被遗忘的时光

重庆出版集团
重庆出版社

青衫落拓 著

图书在版编目(CIP)数据

被遗忘的时光 / 青衫落拓著. —重庆: 重庆出版社, 2023.12
ISBN 978-7-229-18067-6

Ⅰ.①被… Ⅱ.①青… Ⅲ.①长篇小说—中国—当代
Ⅳ.①I247.5

中国国家版本馆CIP数据核字(2023)第192734号

被遗忘的时光
BEI YIWANG DE SHIGUANG
青衫落拓 著

责任编辑:袁　宁
责任校对:刘小燕
装帧设计:冰糖珠子

重庆出版集团
重庆出版社 出版

重庆市南岸区南滨路162号1幢　邮政编码:400061　http://www.cqph.com
重庆出版社艺术设计有限公司制版
重庆市国丰印务有限责任公司印刷
重庆出版集团图书发行有限公司发行
E-MAIL:fxchu@cqph.com　邮购电话:023-61520646
全国新华书店经销

开本:880mm×1230mm　1/32　印张:11.75　字数:295千
2023年12月第1版　2023年12月第1次印刷
ISBN 978-7-229-18067-6
定价:55.00元

如有印装质量问题,请向本集团图书发行有限公司调换:023-61520678

版权所有　侵权必究

序

我写的书，已经可以占满家里书架的一格，其中放着两版《被遗忘的时光》，第一版出版于2009年7月，那也是我正式出版的第一本小说，第二版出版于2014年1月。

一转眼，十年过去了。

作为一本小说而言，《被遗忘的时光》结构比较简单，没有起伏回转的情节，也没有能称得上激烈的戏剧冲突，不过是一对男女于茫茫人海中相识、相知的过程。然而，直到现在，还会不断收到读者留言，说这本书是她们时不时会重温的小说，邵伊敏是她们最爱的小说人物。

我感动，又有点诧异，因为最初连载时，不止一次看到评论：这么脾气古怪的女生会有男人喜欢吗？

我想，对于一个人物持久的欣赏，多多少少反映了这些年来我的读者自我意识的提升，审美也更加多元。

温柔，甜美，会撒娇……这些当然是可人的特质；坚定，坚持自我，坚守内心的准则，在我看来，也是生而为人（无论性别）值得被自己珍惜、被他人尊重的品质。

如果我说世界上每一个邵伊敏都会遇到她的苏哲，那我写的就是童话而不是小说了。每个个体将会遇到的人和事都充满着未知,需要独立去了解、去感知、去接受。在时光里,一直有着千百种可能,然而同时,随着时间流逝,也一直会让人觉得选择太少前路茫茫,有着太多的不确定性。

愿我的读者们,在需要独自上路时,不要害怕;在爱的时候,也要握紧对方的手。

青衫落拓
2019年5月

 目录

序 /001

Chapter One /001
我们需要达成一个默契，就当什么也没发生，忘了这件事吧

Chapter Two /022
至于付不起代价的游戏，我不会让自己上瘾

Chapter Three /050
你对我来说，是一种奢侈，我不确定我要得起

Chapter Four /096
这样的一晌贪欢，如果一定要付出代价，那么好吧，我认了

Chapter Five /131
对我来说，你就是我不可能有准备的一个意外

Chapter Six /164
可是现在到了这一步，由不得我了。苏哲，我不放也得放了

Chapter Seven /195
就算不能完全遗忘，也到了应该释然的时候

Chapter Eight /216
那样的痛，我一生经历一次已经足够了

Chapter Nine /252

我再没从前那样孤勇，不会拿自己的身体和生活做任何赌博

Chapter Ten /293

对我来说，你已经是一种抹不去的存在，我只知道我早就没有选择了

番外一　谁是谁的选择——柳芸　/312

番外二　倾听与讲述——罗音　/326

番外三　我庆幸我没有错过她——苏哲　/339

番外四　为了告别的相会——路是　/356

Chapter One

我们需要达成一个默契,就当什么也没发生,忘了这件事吧

1

十八岁那年,邵伊敏考入位于汉江市的师范大学数学系,独自带着行李来这座城市报到,一下火车,便被扑面而来的滚滚热浪弄得茫然了。尽管事前查过资料,她对这样的高温还是毫无准备。

这座中部省会城市与她出生并长大的北方工业小城完全不同,大学林立,热闹的市区和书香浓厚的学院区并存,冬天阴冷潮湿,十分漫长;夏季则酷热如火炉,更为漫长。

转眼两年过去,她慢慢适应了在汉江市的生活。到了暑假,大部分同学放假回家,她选择了留校,每周三次去给即将升初三的一对孪生兄妹做家教。

这对相貌酷似的小兄妹都有些任性,哥哥林乐清奇思妙想不断,总能将思路带到不相干的地方;妹妹林乐平则似听非听,一双圆溜溜的大眼睛明明看着她却神思不属。她替他们补习数学,实在不是一件轻松的工作。

他们的父亲林跃庆经商,经常不在家,妈妈孙咏芝是全职太太,性格和善,谈吐斯文有礼,一个人打理着一套近二百平方米

的复式房子，照管发育期的兄妹，虽然有钟点工，也说不上轻松。邵伊敏每周三次上门的日子，就是孙咏芝的放假时光，用来上瑜伽课、和朋友逛街。她看到邵伊敏居然很快把兄妹俩管得服帖，简直惊喜。偶尔她会比约定时间晚归，看在报酬丰厚的分上，邵伊敏也并不计较。

这天孙咏芝再次晚归。上完课后，林乐清玩任天堂游戏，林乐平则摆出要谈心的架势，小声问邵伊敏读中学时有没有收到过男生的字条。邵伊敏坦白承认："没有，但我的同桌收到过。"

林乐平好不失望："邵老师，你肯定没恋爱过吧。"

邵伊敏莞尔："那么早恋爱有什么好。"

林乐平凑近她一点，悄声说："乐清收到过女生写给他的情书，写得可肉麻呢。"

林乐清明明在对着电视机玩游戏，却把这句话听了进去，拉下脸来："以后怎么求我也不会给你看了。"

林乐平不受这个恐吓："小叔叔说这种情书他以前一周接一沓，没什么稀奇的。"

这"小叔叔"的炫耀令邵伊敏不禁失笑。

转眼快十点钟了，邵伊敏正愁误了末班车不好回学校，门铃响了，她连忙跑去开门。门外除了孙咏芝，还有一个男人，二十六七的样子，穿着颜色轻佻的粉色T恤，可是长得着实醒目，身材高而英挺，俊眉朗目，整个人似有光华流转，竟然显得衣服的颜色并不扎眼。他扶着孙咏芝进门坐到沙发上，孙咏芝看着有气无力的样子。两个孩子看到那男人都是一声欢呼，大叫"小叔叔"。

邵伊敏客观地想，原来这就是一周接一沓情书的那位，也难怪口气忒大。

"你们的妈妈刚才多喝了点酒，不能开车，我送她回来，你们俩还乖吧？"

"当我们是小孩，回回第一句话就问这个。"林乐清不屑，"小叔叔，几时带我们出去玩？"

"我只带小孩出去玩，你大了，所以免了。"

邵伊敏拎起自己的背包，对孙咏芝说："孙姐，我回学校了。乐清、乐平后天见。"

孙咏芝倒没醉得厉害，说："邵老师，今天麻烦你了，苏哲帮我送送吧。"

邵伊敏连忙推辞，孙咏芝说："公共汽车快收班了，你一个女孩子不安全，苏哲是我老公的表弟，让他送没关系的。"

苏哲拿了车钥匙，对两兄妹说："乐平，照顾你妈早点休息，乐清不许再玩游戏了，我改天来带你们出去。"

他也不看邵伊敏，只朝门那边做了个请的手势。邵伊敏无奈，只好对那母子三人挥一下手，出了门。

到了地下停车场，苏哲找到孙咏芝的红色Polo，按遥控后拉开后座门。他礼貌周全，但摆明无意交谈。邵伊敏松了口气，她也无意和陌生人说话，只报了师大，说声"谢谢"就看向车窗外再不作声了。

车上CD放的张惠妹的歌是孙咏芝的趣味，苏哲似乎并不喜欢，直接按到收音机换成一档介绍美国音乐的节目，主持人是个声音略带沙哑的男人，邵伊敏平时练英语也时常听这个节目。

师大很快到了，苏哲刚一停稳，邵伊敏便说："麻烦你了，再见。"她也不等他回应，下车关上车门便走了，步子迈得大而利落。苏哲本来很怕小女生对自己发花痴搭讪，可这个身材纤瘦、面容秀丽的女孩子显然全无此意，他倒是意外一笑，开车走了。

2

转眼暑假结束，小兄妹和邵伊敏都要开学了。孙咏芝将报酬递给邵伊敏，提出想请她继续每周六给乐清、乐平上课。邵伊敏有些意外："我只能帮他们打好基础，快要中考了，家长通常倾向于让小孩子到比较应试的地方补习。"

孙咏芝笑了："打好基础就足够了，升学倒并不重要，他们的爸爸一直打算以后送他们俩去国外念大学的。现在的问题就是他们也知道这一点，所以毫无压力，功课全是应付。乐清、乐平都喜欢你，说你没拿他们当小孩子看，功课也讲得清楚。"

于是邵伊敏继续每周六下午过来给两兄妹补习数学，不时会碰上代替表兄来接两个孩子出去玩的苏哲，两人都是礼貌地点头致意而已。

十月底的一个周六下午，邵伊敏给小兄妹俩上课，林乐平开心地说："邵老师，今天爸爸回来给我们过生日了。"

邵伊敏略微吃惊，昨天碰巧是她的生日，在祖父母身边时，他们会记得为她煮寿面，父母则各自淡忘已久，她早就习惯了："祝你们生日快乐，那今天稍微早点下课吧。"

他们的父亲林跃庆是个精明干练的中年人，这时和孙咏芝一块儿下了楼，很客气地邀请邵伊敏一起去酒店吃饭："今天他们满十五岁了，我们请的客人都是亲戚朋友和他们要好的同学，人多会比较热闹一点。"小兄妹俩也连声附和，邵伊敏觉得自己没法推辞了，只能答应。

到了酒店事先订好的大包房，邵伊敏发现苏哲早等在那边，另外还有两个孩子的爷爷奶奶等诸多亲戚，满满坐了三桌。她很自觉地和那群半大不小的孩子一桌，不用费神听他们说什么，倒也自在。

吃到一半，她出去上洗手间，回来走到转角处，却看见孙咏芝和林跃庆夫妇站在包房门外，孙咏芝握着一部手机，一边看一边讥诮地说："一日不见，如隔三秋，真是情深意长呀，短信一条接着一条，要我拿进去当着你的父母儿女和亲戚朋友的面念一下让他们也开开眼吗？"

林跃庆压低声音烦躁地说："你够了咏芝，别以为我不知道你这段时间喝酒喝得很凶。要发疯你也该看看场合，有什么话，待会儿回家再说。"

"你倒来提醒我看场合。"孙咏芝轻笑，"你回这些短信时看场合了吗？"

"不是你想的那样……"

"够了，别再说谎侮辱我的智商了。你让我恶心。"

包房门打开，苏哲走了出来，他反手带上门，目光扫过不远处拐角处站着的邵伊敏，同样压低声音说："庆哥、咏芝姐，有什么话回去再说吧。"

林跃庆点头，伸手欲拿过妻子手里的手机，没想到孙咏芝后退一步，抬起手狠命将手机掼向大理石地面，只听一声脆响，手机四分五裂，散落得到处都是，她却若无其事："再去买部手机吧，跃庆，反正你并不缺钱。"

她谁也不看，高跟鞋踩过手机碎片，拉开包房门走了进去。林跃庆苦笑一下，随后也进去了。苏哲招手叫来服务员，吩咐他们将碎片清理走，然后抬眼再度看向仍站在转角处的邵伊敏，她没有任何尴尬或者吃惊的表情，只静静看着服务员打扫干净，然后从他身边走过，伸手推门进去。

包房里的气氛仍然热烈开心，并肩坐在主桌上的孙咏芝、林跃庆夫妇看上去也谈笑风生，仿佛什么都没发生。邵伊敏看着与同学嬉闹的小兄妹俩，不禁有些感叹，原来那样让她羡慕的幸福圆满，也不过是遮了一层面纱而已。

终于席终人散，小兄妹的爷爷奶奶要把他们带过去玩一天，林跃庆嘱咐他们下楼上车，其他人也纷纷走出包房。邵伊敏已经走到门口，却被苏哲拦住："邵老师，麻烦你帮着在这里看着我嫂子，她可能喝多了，不适合开车，我把乐清、乐平的同学送回去，马上回来接你们。"

邵伊敏回头一看，刚才还笑吟吟送客的孙咏芝此时颓然地坐到靠窗的沙发上，仿佛已经耗尽了力气，再也无法伪装成一个合格的女主人，邵伊敏无奈只得点头答应。

转眼间偌大一个包房空空荡荡只剩下她和孙咏芝两人了。她正要说话，孙咏芝却先开口："邵老师，拿杯子过来陪我喝点酒吧，我现在还真怕一个人待着。"

她面前的茶几上放着大半瓶红酒，邵伊敏拿了两个杯子过去，坐到她身边。她往两个酒杯里各倒了三分之一杯红酒，执起一个杯子，让深红色的液体在杯中轻轻晃荡，再呷一口，笑了："跃庆说我最近酗酒，倒真没说错。酒确实是一个好东西，帮我们忘忧解愁，不过我猜我要再这么下去，迟早会成个酒鬼。"

邵伊敏以前唯一喝酒的经历是在高中毕业的聚餐上，那其实也是她参加过的唯一一次同学聚会。一帮半大孩子满怀自以为是的离愁别绪，加上突如其来的自由，不知是谁率先提议，然后就叫了一箱啤酒，带着几分苦涩的液体，喝起来其实没有可乐舒服，但每个人都觉得自己有理由把它当成一项不可少的成人仪式吞下去。到最后大家步履踉跄，有人流泪有人大笑，邵伊敏喝得不多，有几分头晕而已。

回家的路上，一个男生突然对她说："邵伊敏，其实我喜欢你很久了。"

她诧异得有些不相信自己的耳朵，再看那个男生，他神情拘束，目光涣散游移，说完这句话就不再看她，转身和另一个男同学勾肩搭背而去。她想：呀，原来醉了会出现这种幻觉。

现在回想，她发现一时居然记不起那个男生的名字了，只剩一张端正的面孔。她端起自己的那杯酒喝了一大口，上好的红酒带着涩味，可是流下喉咙后，却仿佛一只熨帖的手抚过带着愁绪的心头，有着奇妙的回味。

"刚才你都看到了吧，小邵，那就是我婚姻的真相，"孙咏芝咯咯笑道，"我读大二时认识林跃庆，和你这会儿差不多大吧。好像还是昨天的事，可一转眼，我已经老了，是两个半大孩子的妈妈，也许还会是个糟糕的单亲妈妈。"

"可是孙姐你看着还是很年轻呀。"邵伊敏并非随口恭维，孙咏芝身材容貌都保持得很好,堪称风姿楚楚,打扮更是得体又时髦,看上去完全不像十五岁孩子的母亲。

"我努力维持这个皮囊的表象,要是连自己都放弃自己了,那真是生无可恋了。"

面对如此悲凉的感叹,邵伊敏不知该说什么。好在孙咏芝也并不需要她的安慰,又自己斟了半杯酒:"我家不在本地,大三就和林跃庆恋爱了,那时的感情真是单纯,总以为天长地久朝朝暮暮全是我们的。毕业不久我们就结婚了,然后有了一对可爱的儿女。现在让我回忆,真记不起来是走到哪一步就突然走上了岔道,再也回不去了。"

"孙姐,也许你们多沟通一下……"邵伊敏顿住,自认这话来得十分空洞。

"我放弃了,小邵。所有的努力我都做过,早累了,何必还赔上残存的一点自尊呢?我只是心疼乐清、乐平罢了。"孙咏芝将半杯酒一口喝下,再给两人倒了大半杯酒,"我怕离婚了,他们会无法接受。"

"小孩没你想的那么偏狭。我父母在我十岁时就离婚了,然后各自结婚。"邵伊敏被自己讲的话吓了一跳,以前有人不识相对她说起这件事,她马上掉头就走。考来离家千里的汉江市上大学,很大程度上也是想离开那个熟人都过分关注她父母离婚这一事实的环境。她向来不爱出卖自己的经历和别人换来同病相怜感,此时竟然脱口而出,一定是喝下去的酒在作怪,她想。

"我也没怪他们,他们不能因为生了我,就活该没有他们自己的意志和生活了。"

"呵呵,你真能安慰我。"

其实我是怪他们的，尤其是才过了一个被人遗忘的生日之后。邵伊敏端起酒，怅怅地想，我只是接受无法改变的现实罢了。

两人各怀心事地喝着酒，转眼一瓶红酒已经下去一多半，两人都有点酒意上头的感觉。孙咏芝叹息一声："我说这么多，不会让你对爱情和婚姻觉得失望吧？"

"不会呀，我父母再婚都过得不错，不过是个放弃和选择的问题，我很乐观的。"

孙咏芝咯咯笑了："你看着可不像个乐观的人，小邵。不过我们真得乐观，不然怎么挨得下去。还有酒吗？"

邵伊敏觉得她已经醉了，不宜再喝。一回头，突然发现离得最远的那张桌子边不知什么时候坐了一个人。孙咏芝嫌灯光刺眼，只留了沙发边的一盏壁灯，她还真不知道那人是何时无声无息进来的，又把她们的对话听去了多少，只看到幽暗中一个身影，然后是暗红的烟头一闪，烟雾袅袅上升着。那人站起身，将烟按灭在烟灰缸里后走了过来，面孔出现在光亮之中，原来是苏哲。

3

邵伊敏帮苏哲将孙咏芝搀回了家，孙咏芝行动乏力，却并没有醉得失去神志："苏哲，太晚了，还是麻烦你帮我把邵老师送回学校去。"

苏哲点头："咏芝姐，你一个人没事吧？"

孙咏芝苦笑："没事，去吧，帮我把门带上。"

站到电梯里，苏哲才发现一路都表现得条理清晰的邵伊敏其实也喝多了，酒力发作之下，她无力地靠着电梯壁，眼神迷茫，双颊绯红，嘴唇微张，迥异于她平时安详宁静的样子。

"你不要紧吧？"苏哲皱眉问。

邵伊敏全凭意志支撑着摇摇头，她这会儿才知道红酒的后劲和啤酒完全是两回事。随着苏哲到地下停车场后，她自觉去拉后面车门，苏哲拦住她，拉开了副驾驶位的车门："你坐这里，万一想吐，跟我说一声。"

邵伊敏被吓到了，扶住头，突然清晰记起那一次高中同学的醉态，当时只觉惊吓，现在却忍不住好笑。地下车库灯光昏黄，苏哲只觉这张年轻的面孔娇艳如花，微微含笑，眼波流转仿佛欲语还休，他的心怦然一动，伸手扶住车门上沿让她坐进去，然后绕过车头上了车。见她魂游天外一般看着远方微笑出神，他只得伸手过去替她系上安全带。她似乎惊了一下，缓慢转头看他，然后吁了口气放松下来。

苏哲暗暗笑着摇头，发动车子，小心控制着车速。他没开出多远，她就低声叫："对不起，停车。"

他赶紧将车靠路边停下，邵伊敏解开安全带冲了下去，对着一个垃圾桶大吐起来，吐完了也不上车，摇摇晃晃地走上人行道。苏哲吓一跳，赶紧下车追过去，只见她走到路边便利店要了一瓶矿泉水，扔下十元钱就往回走，苏哲只好帮她把找的钱拿上。她走到人行道边，拧开瓶盖仰头喝下一大口，然后对着水沟"咕咚咕咚"使劲漱着口。

不知怎么的，苏哲觉得这女孩子醉态实在有趣，忍笑过去扶住她："没事了吧？"

她不答，他拖过她的背包，将零钱塞了进去，再拉开车门，她却不动："我有点难受，不想坐车了，你先回去吧，我自己走走。"

苏哲看看表："知道现在几点了吗？"

她茫然摇头，他把手腕伸到她眼前，没想到她抓住他的手腕对着表看了好一会儿，还是摇头。

"快十二点了，我要把你留街上溜达出事了怎么办？"

"好闷，我不想上车。"

苏哲前后看了看，指着不远处一家酒店："怕了你了，我去那里开个房间，你睡一晚，明天自己回学校好了。"也不等她再反对，推她上了车，一下开到酒店，拿身份证交钱办了入住。

苏哲将房卡递到邵伊敏手里："806房，自己上去吧。"

不想邵伊敏接过房卡，却摇摇晃晃地往酒店外面走。他无可奈何，赶上去拖住她，扶她上了电梯。她再撑不住，蹲了下去。到了八楼，苏哲只好抱起她走进806，把她放到床上。不提防邵伊敏突然抱住他的脖子，他一下伏倒在她身上。他吃了一惊，没想到这个看着冷静自持的女孩子竟然如此大胆。他并不热衷和小女生玩游戏找麻烦，克制着自己，准备撑起身体。

"其实昨天是我的生日，二十岁，没人陪我过。"邵伊敏突然轻轻地说，声音低柔，清澈的眼睛看着他，视线却似乎越过他看到了远处，她呼出的气息还带着点红酒的味道，软软地撩动着他，"他们都不记得我，一直没有人陪我，一直。"

有记忆以来，她的父母就在冷战，到十岁时，父母离婚，随即各自再婚。他们非常平等地负担着她的生活费和教育费，从未拖欠，可是不久新生的弟弟妹妹占据了他们的时间和注意力，他们确实就顾不到和爷爷奶奶生活的她了。她想：是的，我的确怨恨，真是不诚实，居然对自己都说谎，骗自己装不在乎装了这么多年。

苏哲动了恻隐之心，安抚地摸了下她的脸："好了好了，过去了，明年你的生日我陪你过好不好？"

他的手指修长，指腹带着薄茧，抚在她的脸上，触感温和。她笑出了声，视线定到他的眼睛里，突然伸出一根手指点在他的鼻子上："骗我，你把我当乐清、乐平在哄呢。"

她乌黑的头发散在枕上，衬得一张脸苍白而娇小，花瓣一样粉嫩的嘴唇微微张着，看着诱惑到了罪恶的地步。苏哲的心怦然一动，他突然觉得有些把持不住自己了，撑起身，隔开一点距离看着她："你这个样子，可真是危险，如果换个男人……"

没等他哑声说完，邵伊敏突然撑起身吻住了他。她的嘴唇很柔润，苏哲想也不想，将她压回床上，狠狠回吻起来。这个吻彻底夺走了邵伊敏最后一点清明的意识，她只觉身体炽热，血液仿佛在叫嚣要贴近、要抚慰，所有的空虚、脆弱和孤独如同洪水般积攒在这一刻翻涌而来，瞬间把她吞没。

4

灰白的晨曦透过窗帘照进来，邵伊敏醒来，首先映入眼帘的是一张英俊的面孔。她瞪大眼睛，发现自己正躺在他怀里，忙伸手捂住嘴，突然记起昨晚发生的全部事情。

苏哲无奈地看着她，隔着这么近的距离，她眼中的慌乱惊恐清清楚楚，让他不忍。他今年二十七岁，过去的生活堪称丰富，但自认从没失控过，眼下他也有点狼狈，不知如何才能让这荒唐的场面不那么尴尬。

隔了一会儿，邵伊敏一声不响地推开他，翻身下床拿起衣服冲进洗手间。他也起来穿上衣服，把窗子推开一点，清晨清新而略带凉意的空气涌了进来。他坐到窗前的椅子上，从外套口袋里摸出烟点上。他一向没什么烟瘾，此刻百无聊赖，连抽了两支烟，邵伊敏才从洗手间出来，也不看他，拎起背包拔腿便走。他好气又好笑，拦住了她。

"我送你回学校吧。"他也不等她反对，拿过她的背包，走过去开了门。

两人下楼，苏哲结账，径直出门将背包扔到后座上，再打开副驾座的门，回头看她。两人的视线首次碰到一起，晨曦里她看上去脆弱而不安，低垂下眼帘上了车。

她一直沉默着。苏哲一边开车，一边想，自己恐怕是惹上大麻烦了，可是也不能跟着沉默下去："我很抱歉，我希望我能……补偿你。"

一直看着车窗外的邵伊敏猛地回过头来盯着他，他硬着头皮说："如果你有什么要求……"

"请停车。"

苏哲想，好吧，对方肯停车谈就不至于爆发得太狠，他将车驶到路边停下。

她并不看他，指一下路边一家药房："有一件事，是你可以帮我做的。听说有一种药，好像能事后避孕，真是一项伟大慈悲的发明。麻烦你进去帮我买一盒，再加一瓶水，谢谢。"

苏哲盯着她，她苍白的面孔上泛起了红晕，但神情平静，再不回避他的注视。他一声不响地下车走进了药房，少顷，拿着药出来，打开后备箱取出一瓶矿泉水一齐递给她。她打开药盒，仔细看完说明书，然后取出一片药，和水服下，将剩下的药放进背包内,这才转向他,微微一笑:"请送我到学校门口,谢谢。"

苏哲彻底被吓了一跳,发动汽车,很快开到师大门口。邵伊敏背上包,一手放在车门上,踌躇一下,回头看着他,态度非常诚恳地说:"我们需要达成一个默契,就当什么也没发生,忘了这件事吧。昨天其实是我借酒装疯,很抱歉。补偿什么的,呃,有点好笑,我大概也补偿不了你什么,所以——"

她用耸一下肩代替剩下不好说出口的话,拉开车门,扬长而去。她走路姿势挺拔,步子迈得又大又轻盈。

盯着她大步流星走进学校大门,苏哲呆了一下,禁不住想,似乎有点被这女孩子羞辱了,可是他并不恼怒,倒觉得好笑,又自认实在是有些活该。他摇摇头,发动车子离开,决定像她建议的那样忘记这件事。

5

邵伊敏进了宿舍,看看时间,不过刚六点,寝室内十分安静,室友基本上都在享受周末的懒觉。她轻手轻脚地爬上自己的铺位,拉过被子蒙上头,这才在心里呻吟了一声。

她居然和一个只见过几面,在昨晚以前都没正眼看过自己的男人做出了如此疯狂的事情。她只有牢牢捂住嘴,才能把对自己的惊叹和质问堵回心里。

师大在高校众多的汉江市向来以美女如云和恋爱风盛行闻名。在熄灯以后的卧谈会上,会有非常劲爆的话题。不过邵伊敏一向沉默寡言,不可救药地和人保持距离,从不参与意见,哪怕问到她头上,她也没看法可以贡献。

不是没人追求过她。她高挑而纤瘦，面容秀丽，一双眼睛明亮有神，在师大虽然不算出众，然而在女少男多的数学系还是引人注目的。可是她从小到大回避与人亲密，每当有人热情靠近，她就会不由自主地后退，有礼而冷淡，划出一个明确的距离。读到大三，已经再没有男生敢壮着胆子为她打开水了。

有时她也不禁怀疑，莫非自己如室友私下议论的那样，确实是天生冷感，永远无法和人亲密？

然而昨夜发生的事推翻了邵伊敏一向对自己的认知。

她或许是喝多了，可是并没醉到失去记忆，记不清细节。她竟然那样主动地渴求着一个拥抱、一个亲吻；她和一个陌生男人赤裸相见身体交缠……她只得再次强压下一声惊叹。

懊恼之中，她想，起码这一夜证明了自己在那方面还算正常。可是她马上质问自己，这种体验怎么能算正常？

她从来没计划过给自己的二十岁生日来这么一份迟到的礼物。前天生日，她只隐隐期待过父母至少有一方会打来电话，到晚上没接到，也没太失望。她就为这个原因对一个陌生男人投怀送抱吗？她老实承认，这个理由确实不成立。深究下去，仿佛有些压抑已久的东西突然被唤醒。可是这样分析自己，她当然无法做到释然。

邵伊敏移开被子，看着蚊帐顶，一动不动地躺着。同寝室的女孩陆续起来，各人忙着各人的事，没人注意到她的一夜不归。她也和平时一样，下床洗漱、打开水、去食堂吃早点，然后去图书馆看书。

到了晚上，她没去自习，而是去学校后面散步。

师大后面有一个面积颇大的天然湖泊，本来有个很土的名字，叫黑水湖，随着学校规模日益扩大，政府拿钱整修了一番湖岸，正式将其定名为墨水湖，似乎想沾点文墨之气。湖的对岸也成了刚刚萌发势头的房地产商开发的宝地，有一个小区就干脆叫书香门第。

靠师大这边湖岸则向来是附近学校学生恋爱的宝地，多的是成双成对的学生，据说周边不远处城乡接合部村民的出租屋因这片湖的存在而生意大好。入夜以后，湖水摇曳反映灯影，湖岸边柳树成荫，加上秋日独有的月白风清，如此良辰美景，不拿来谈情说爱都算浪费。像邵伊敏这样把手抄在口袋里独自闲荡的只能是异类。

她从读中学开始寄宿，一向适应集体生活，但集体生活对她而言最大的不便就是缺乏个人空间，简直没法找到独处的地方和时间，从教室、宿舍、图书馆、自习室到操场，没有一个地方不是人满为患，洗个澡都得和认识、不认识的人裸裎相对。

她时时会逃到相对人少的地方走走，这个时候她更是无意面对任何一个熟面孔。可是没走出多远，她偏偏就看到了熟人。

几步开外，师大出了名的中文系才子、文学社社长、学生会干部赵启智正和一个娇小的长发女孩四目交接谈得热烈，邵伊敏想改变方向都来不及了。赵启智也看到了她，一脸愕然，她只好点点头算是打招呼，从他们身边走过去。

按照她读中文系的室友罗音的说法，赵启智自从偶遇她后就对她颇有好感，她从来不认为自己是个能第一眼给人留下深刻印象的女孩子，听了只觉得诧异。

可是罗音显然并不是随意猜测。这学期开始的某一天，邵伊敏按老习惯每天去自习室看书,她向来有视而不见听而不闻的本领,从不理会周围卿卿我我打情骂俏的情侣。待一篇英语阅读做完,她伸个懒腰,突然看到了身边伏桌看书的正是赵启智。赵启智抬头对她微微一笑,她也只得回一个微笑,毕竟她只是和人保持距离,但从不刻意冷淡谁。

下了自习,赵启智非常自然地陪她往寝室走,闲闲地说起文学社一个新进来的小师妹写的酸文,十分风趣,让她也忍俊不禁。他送她到宿舍楼下分手,自此以后,赵启智偶尔便会神秘地出现在自习室里,坐在她旁边,两人各自看书,然后闲聊着送她回宿舍。这种没压迫感的接近,邵伊敏倒也并不反感。

此时两人乍然相遇,赵启智不免一脸尴尬之色。不过邵伊敏从他身边走过,就再没想他了。毕竟两人只有在自习室里同坐那么点交情,她还没被激发着对此展开过想象,更不可能在自己心事重重的时候去操心他了。

她想到的是另一件事。

她八九岁的时候,曾经偶然听到父亲这边一个亲戚带着轻蔑口气说她母亲"放荡"。不用任何人解释,她也明白,那是一个带着强烈贬损意味的词。她无从为母亲辩护,只能任其沉淀到心底。此时她禁不住拷问自己,从小到大,她都与异性保持距离,是否下意识想和母亲表现得截然不同?然而她昨晚的行为是否也算是"放荡"?

寻常女孩陷于这个问题,大约要痛苦很久,但邵伊敏并没有纠结的习惯。十岁之后,只有祖父母与她生活在一起,而老人的关心更多体现在生活的照顾上,她早已学会了独自解决问题,安抚自己。

她对着湖面站定，略带凉意的秋风拂面而来，对岸灯光星星点点，一片宁静。她深深呼吸着，想：好吧，她不能骗自己说什么也没发生，但追悔无益。那既然是一个错误，以后不可以再犯。

6

乐清、乐平的生日宴会之后，林跃庆被孙咏芝断然拒之门外。受表兄的委托，苏哲周末会抽时间过来接小兄妹俩出去，有时是带他们玩，有时是送他们去祖父母那边。

这天他过来，恰好碰到邵伊敏正在给他们补课。她的声音从小书房传出来，清脆柔和，不疾不徐，没一句多余的废话，颇有权威感。

孙咏芝悄声说："唉，乐清跟乐平最近都心不在焉，幸好小邵跟他们交流得不错，教起功课来又确实有一套，才算让他们的成绩没掉下来。这女孩子真不愧是师大的高才生。"

苏哲莞尔，心想，这份才能恐怕是天生的，而不是师大教出来的。

孙咏芝进厨房去准备点心。苏哲走过去，只见邵伊敏背门而坐，乌黑的头发笔直垂顺地搭在肩头。他清楚记得那晚摸在这秀发上的柔滑手感，心里一荡，马上嘱咐自己不要自找麻烦。

他从来不爱哄生涩的小女生招来后患，眼前这个女孩子虽说既没要他哄，还很不给他面子地把后患直接消灭掉了，但谁能说清这到底是犯倔强装没事人还是一种欲擒故纵？就算他是一个喜欢冒险的人，他喜欢冒的险也肯定不是陷于莫名其妙的纠缠之中。

林乐平抬头看到他，正要说话，他竖起一根手指示意她安静，但邵伊敏还是回过头来。自那晚之后,两人头一次面对面,苏哲发现,她的眼神很平静,视线从他脸上一扫而过,毫不停留,重新面对乐清与乐平,若无其事地说:"今天的课就上到这里,我给你们留的作业一定要做完。下次来我要检查的。"

她收拾好自己的东西,与端点心过来的孙咏芝道别,按她的嘱咐拿了一块海绵蛋糕,咬了一口,背上书包,从苏哲身边走过,径直出门。

苏哲走到窗前,看着楼下,过了一会儿,只见邵伊敏出来,大步穿过马路,走路的姿势有着一种心无旁骛的专注感。

被彻底当成路人甲,对于他来讲,实在是一个新鲜的经历。看着那个身影消失,他摸着下巴笑了。他见过不少表现特立独行的女孩子,但像邵伊敏这样能够迅速控制自己的情绪,从慌乱到冷静几乎没有过渡的,让他不得不称奇。

林乐平问他:"小叔叔,你笑什么?"

"没什么。吃完点心,我送你们去爷爷奶奶家。"

林乐清垮下脸来:"我不去。"林乐平也嘟着嘴:"我也不去。"

"那今天晚上我带你们去吃牛排好不好?"

林乐平没什么兴致地说:"不想吃。"

林乐清紧接上一句:"比上次直接带我们去麦当劳算进步了一点。"

两兄妹一句接着一句,表情语气如此相似,孙咏芝有些好笑,又没来由地有些心酸:"好了,乖一点,不许磨你们的小叔叔。我约好了人,先出去一下,有什么事找我的手机。"

她走之后,两兄妹交换一个眼神,一声不吭,苏哲承认自己还真是不会哄这么大的别扭孩子:"在想什么?"

"爸爸妈妈真的会离婚吗?"林乐平冷不丁问,"我问爷爷奶奶,他们就说我瞎想。"

苏哲不打算跟老人一样避重就轻:"你们两个对离婚怎么看?"

"怎么看有关系吗?"林乐清冷冷地说,"反正他们也没打算征求我们的意见。"

"我猜他们现在正处于一个艰难的时刻,需要对未来的生活做出决定,而你们两个是他们做决定必须首先考虑的因素。"苏哲平静地说,"成人世界有很多烦恼,有时他们会把握不好自己的生活,但不管怎么说,他们两人都是爱你们的。

"小叔叔,如果他们真的离婚了,我是说如果,"林乐平问,"会不会把我们两个分开,一个跟爸爸一个跟妈妈?"

"你们怎么会这么想?"

"我偷听到奶奶说,至少要留下乐清。"

林乐平已经红了眼圈,林乐清将手放到妹妹肩上,粗声说:"他们胡说的,别理他们。"

苏哲好不恼怒:"婚姻是你们父母之间的事,别人说什么都不算数,不必理会。他们目前还没有决定要不要分手,不过我会劝他们和你们两个好好谈一下,解释清楚他们的打算和对你们生活的安排,省得你们胡思乱想。"

"人不是非结婚不可吧,王莹的爸妈也离婚了,方文静的爸妈成天吵架。这样结了又离不离就吵不是穷折腾吗?像小叔叔多好,一个人过,不会有那么多讨厌的事。"林乐清闷闷地说。

苏哲再度摸着下巴苦笑:"我承认我没结婚的打算,不是一个好的榜样。但对大部分人来说,结婚还是不错的,可以有一个亲密的人和你分享生活。至于矛盾，也很平常，谁也不能保证自己的想法一生不变，重要的是知道自己最珍惜的是什么。如果彼此觉得没有了当初在一起时的感觉，分手也不是世界末日。"

他一向在正经交谈时并不拿他们当小孩敷衍，所以深得他们的喜欢。两个孩子同时沉默，消化着他的话。

"我可能讲得太深入了，你们目前还接受不了。不过总的来说，我觉得抱怨你们控制不了的事情并没有什么意义。现在跟我出去，我们吃饭看电影，好好开心一下。"

Chapter Two

对于付不起代价的游戏，我不会让自己上瘾

1

11月上旬是本地最美的季节，秋高气爽，温度宜人。赵启智约邵伊敏去看银杏树叶，看她犹疑，连忙说："这是文学社组织的活动，很多人参加，罗音也会去。理工大后面的银杏树很壮观的，现在差不多是最美的时候了。"

邵伊敏也想出去走走，便答应下来。到了星期天早上，她洗漱完毕，却见罗音赖在床上不肯起来："你骑我的车去吧，就说我感冒了，去不了。"

旁边床上睡的中文系系花李思碧窃笑："罗音，你是躲人家韩伟国吧？"

同样读中文系的罗音瘦高个子，短发，清秀的面孔上有一个小而略上翘的鼻子，带几分俏皮，看着很讨人喜欢。她性格爽朗风趣，对李思碧的取笑满不在乎："瞎说，我是那么不厚道的人吗？不过我真是纳闷，为什么追我的人从高中到现在都是戴眼镜的小胖子？难道是我的体质有问题？"

宿舍几个女孩子全被逗乐了。

邵伊敏接住罗音丢过来的车钥匙，骑车到校门口和赵启智会合,以他的文学社为主力的一大队人已经来得差不多了。看到她一个人过来,物理系的韩伟国满脸失望,直接就问:"罗音怎么没和你一块儿来呀?"

"她感冒了,来不了。"邵伊敏见过他在宿舍下面等罗音,现在正面看他,果然是个"戴眼镜的小胖子",不知道这种类型怎么就不讨罗音喜欢了。

"要不要紧呀,我去看看她。"

"她这会儿吃了药躺床上睡着了,你不用去打扰她。"邵伊敏只好说,"休息一天应该就会好的。"

赵启智知道罗音那点小心思,暗暗好笑,拍拍韩伟国的肩:"星期天一大早往女生宿舍跑,别说罗音,同寝室的也不会待见你的。人来得差不多了,我们走吧。"

三十多辆自行车排成的队伍颇为浩荡。每个人都背了一个背包带上食品和水,另外还有人带上了吉他。此时刚到深秋,阳光暖暖,秋风中的那点寒意并不刺骨,却让人神清气爽。

邵伊敏和其他人都不算熟,赵启智保持车速和她并行着,时不时前后呼应讲上几句笑话。这样轻松明快的气氛颇有感染力,邵伊敏嘴角含笑看着前方,赵启智一瞥之下,只觉那张沉静的面孔也生动起来。

他对她颇为动心,总觉得这样看着冷静又聪明的女孩子是女朋友的最佳人选,哪怕她对文学的兴趣接近于无。但上次扛不住一年级学妹宋黎的热情邀约去湖边谈文学,却意外撞上她独自散步,又不能丢下睁大一双亮晶晶的眼睛崇拜地望着自己的小师妹去追她,他不免怕她误会。可是隔几天在自习室见到她,她跟平常没有两样,又让他有些捉摸不透。

骑差不多半小时的车,一行人就到了理工大,这间学校是国内排名靠前的名校之一,和浪漫的师大比,这里学术气氛浓厚,学生也以用功刻苦闻名。理工大的校园在大学没扩招合并成风时就已经大到惊人,最重要的是学校后面有座无名小山,上面种满了银杏树,每当秋季,树叶由绿转黄,非常灿烂夺目。

进了校园,转过几座教学楼,满山满地的金黄赫然出现在眼前,众人齐声欢呼,引得本校的学生笑着摇头。骑到山脚下,大家将车锁好,徒步上山。说是山,充其量也就是个丘陵罢了,没有多高,一会儿工夫就到了最上面,大家说好了集合时间,便散开各自行动。尤其双双对对出游的,更是转眼没了踪影。

赵启智和文学社其他几人落在后面一点,正一块儿商量社里的活动,一转头已经没看见邵伊敏了,不禁有点懊丧。

邵伊敏顺着堆满金黄落叶的小路独自溜达,她以前在夏天来过这里,那时挺拔的银杏树树荫十分浓密,山上明显比别处凉爽。此时花瓣形的树叶转成金黄色,秋风吹过,纷纷坠落,树下铺了厚厚一层黄叶。

山不算大,她根本不用看路,只管随意走着。后山比前面安静得多,走到一处低洼的地方,一棵树干粗大得需要两人合抱的银杏树下,很平坦地铺着近一尺厚的金黄落叶,她看看四下无人,跳下土坎走过去躺下,拿背包枕着头,阳光透过树枝斑驳地洒下来,温暖舒适得让她想叹息。

一阵秋风吹过,树叶纷纷飘落,她随手接住一片掉下来的银杏叶,对着阳光看它的脉络,正享受这难得的独处时光,头顶却隐约传来脚步声和说话的声音。她指望着人家走过去,不料听声音两个人停了下来。

"你倒是一点没变，总是这么坦白。"一个娇柔的女声说。

"坦白点对大家都好。"

邵伊敏惊奇地发现这个低沉的男声听着有些耳熟。

"过去对你来说一点意义都没有吗？"

"当然有，没有过去哪有成长，对大家来说都一样。"

"我要能像你一样豁达就好了，现在看来，留校对我而言真不是个好主意，每年这个季节走到这座山上，看着银杏树叶黄了就忍不住想起你。"

"一年想我一次而已，不会对你造成伤害，也许倒是平淡生活的有益调剂。"那男人语带调侃，轻松地说。

"你没有心，苏哲，可是我偏偏忘不了你。"

正听得心烦的邵伊敏猛然明白，站在不远处的男人的确是苏哲。尽管他们加起来没说几句话，但这个名字加上声音的熟悉感，应该不会错了。她一松手，让捏着的银杏叶飘落到胸前，拿不准是该装死不动，等他们谈到兴尽走人；还是主动站出去，省得听到更隐私的话题。

不等她想好，上面传来衣服窸窸窣窣摩擦在一起的声音，不用看也是两个人拥抱在一起了，然后就是……她瞪大眼睛，辨出应该是接吻，加上小小的喘息。

她不打算被迫旁听如此暧昧的场面发展下去，正准备坐起来，却听到两个人分开了。

"你现在有未婚夫了，不要干会让你自己后悔的事，慧慧。"苏哲的声音十分平静。

那个女性声音却带了喘息和怒意："那你就根本不应该再出现

在我面前。"

"你是说我不该回本市吗?抱歉,慧慧,恐怕我还得在这边待上一段时间。"苏哲轻声笑道。

一阵沉默,然后是急促的脚步声,一个人先离开了,而另外一个人还站在原处。邵伊敏觉得刻意保持一动不动,躺得已经有点全身僵硬了,这时头顶上飘来一个淡淡的声音。

"听得好玩吗?"

邵伊敏坐起身,狠狠活动了一下肩膀:"没意思,剧情老套,对话俗滥。"她把落到身上的银杏叶拂掉,坦然仰头看着从上面迈步跨下来的苏哲。

苏哲穿着牛仔裤和长袖T恤,阳光洒在他的身上,整个人显得越发英挺,他饶有兴致地看着她:"我不主动停下的话,你就准备一直听下去?"

"如果不睡着的话,也许吧。"邵伊敏掩口打了个大大的哈欠。

"顺便问问,有没有勾起你的联想?"

"要不你叫她回来继续,我试试会不会浮想联翩。"

苏哲哈哈大笑,轻松迈步走下来在她身边坐下,两条长腿伸展开,回头看着她:"何必叫她,我们俩继续就可以了。"

他坐得离她很近,歪着头看着她,眼神诱惑。邵伊敏情不自禁想到那个早晨在酒店睁开眼睛看到这张脸的情景,脸控制不住地红了,但声音保持着镇定:"我今天没喝酒,不打算在没借口的情况下装疯。"

"嗯,不过只是需要一个可以原谅自己的借口,对不对?"

他的脸逼得更近了,她强迫自己不后退,直视着他:"我原谅自己倒是从来不用借口,换句话讲,我对自己一向宽容。"

苏哲停止进逼，若无其事地笑了，露出雪白的牙齿："很好的习惯。你怎么一个人在这里？"

她暗暗松了口气："秋游呗。我不用问你怎么在这儿吧？"

"理工大是我的母校，刚才那女孩子是我以前的女友，这里呢，是我们第一次接吻的地方。"

"多完美的怀旧。"

"你有怀旧的习惯吗？"

"我还没有旧可怀。"

邵伊敏仰起下巴，苏哲暗自赞叹，阳光透过树叶间隙洒下来，照得她白皙的皮肤有透明感，这张年轻秀丽的脸傲气得如此理直气壮而动人。他抬手似乎要摸向她的头发，她向后一缩，他微微一笑，将一片银杏叶从她头上摘下来。

她一跃而起，顺手拎起背包："先走了，再见。"

没想到他也起身："正好，我也要走了。"

"我们不同路。"

"你打算往哪边走？"

"应该是和你相反的那条路。"

苏哲并没被惹火，反而笑了："别紧张，我对你没企图。对这里我比你熟，除非你真的有偷窥癖，不然由着性子乱转，碰到真正的野鸳鸯的概率一定不低。"

苏哲陪着邵伊敏往山前走，离她不远不近，两人迈步的频率很快一致了，踩在遍地金黄的落叶上，发出低低的沙沙声。两人都保持着沉默，很快走到前面，同学们已经聚在一块空地上，有人吃东西，有人打牌，有人弹吉他唱歌。赵启智看到她，迎了上来。

Chapter Two　027

"邵伊敏，去哪儿了？我正准备去找你。"

"随便转了一下。"

尽管所有人目光全转向了苏哲，女同学更是毫不掩饰倾慕之意，邵伊敏也没介绍他的打算。他显然明白她巴不得他马上消失，微微一笑："玩得开心。"说完他便径直下山而去。

赵启智忍不住问："碰到熟人了？"

"说不上，学生的亲戚罢了。"

旁边一个女生收回痴痴注视那个背影的目光，感叹："好帅的男人呀。"

她男朋友老实不客气地说："留点面子，别当着我的面发花痴好不好？"

众人大笑，另一个女生问："他是干什么的？"

邵伊敏如实而简单地回答："不清楚。"

她一直有杜绝别人跟她八卦的本事，再多好奇心到她这里都得不到有效回应，一时再没其他人打听什么。她找个位置坐下，听他们弹吉他唱歌。此时校园民谣不复大热了，但身处校园，喜欢吟唱风花雪月的感性青年还是喜欢借此抒怀。

"我后悔我学文，不然上这所大学多好。"赵启智仰头看着高大的银杏树出神，"我老家的市树就是这种树，满城都是，到了这个季节，树树皆秋色，来这座山上真是勾动乡愁。"

文学社成员的诗兴被他勾动，围绕诗词中固有的乡愁主题展开讨论。邵伊敏不反感别人投入地进行如此文艺的对话，可是她觉得自己没有乡愁，来这边的大学后，她除了惦记祖父母之外，对家乡并无怀念之情。去年她在加拿大定居的叔叔将爷爷奶奶接过去养老，她就更难得想起自己生长的那座有不愉快记忆的城市了。她平时看小说不多，而且从来不曾投入过，读中学时写作文一直是大问题，老师的评论总是"语句通顺，逻辑清晰，但欠缺情感渲染和展开"，对于诗词的记忆仅限于应试的课本，要有人说她没情趣，她觉得根本不算冤枉。

碰到苏哲带来的心情起伏已经平复，她抱膝而坐，满目都是金黄一片，天空湛蓝，吉他声、歌声与对话在耳边飞扬，这样的秋日，自有一种宁静的幸福感觉。

2

汉江市的气候比较极端，入秋以后，一路暖和如夏日，到了差不多深秋时节，也不过略有凉意，待一场连绵秋雨落下，忽然正式进入了冬天，气温骤降，阴冷而潮湿。

邵伊敏过着再正常不过的学生生活，上课、自习、做家教。她和赵启智之间仍然是那么若即若离的，她不觉得那算一种超出同学之上的关系。可是周围的人觉得他在追求，而她在享受追求。

罗音看得好笑，她一向和赵启智熟不拘礼，依文学社的通行称呼叫他："启智兄，咱们的小师妹宋黎看你的眼神可谓目光灼灼呀。"

不管怎么样，有人倾慕都是很能满足虚荣心的，赵启智故作轻描淡写："我可没乱放电哄人家小女生。"

罗音暗笑："那是，色不迷人人自迷嘛，启智兄你的色相明摆在这里了。"

"罗音，你现在损起人来是越来越狠，一点也不把师兄放眼里了。"

"哪儿呀师兄，我是羡慕嫉妒恨交集于心，要是有一个秀色可餐的清纯师弟用那么崇拜的眼光时时看着我该有多好。"

"人家韩伟国看你的眼神还不够火热虔诚吗?"

罗音顿时哑然,她最近躲韩伟国躲得有点辛苦。

赵启智没有穷追,只叹气:"说出来你不许笑,我真的不知道怎么跟邵伊敏表白才好。"

罗音倒真是没笑,她从来在该认真的时候是认真的:"我觉得邵伊敏已经太含蓄了,你现在和她比赛看谁更含蓄,好像不是个好的追求方法。"

"我想坦白呀,可是她看人的眼神,很有距离感,我觉得至少应该先跟她接近才好开口吧。"

"那个……她其实看谁都有点距离感。"

"你这算是安慰我吗?"赵启智笑了,"如果对她来说,我和其他谁谁都一样了,那还表白个什么?"

什么样的表白能打动邵伊敏?罗音想来想去,没有要领,拍拍赵启智的肩:"你好自为之吧启智兄。"

邵伊敏浑然不觉赵启智的苦恼,甚至没留意到宋黎看她的眼神有什么异样。她照常在周六下午准时去给林乐清、林乐平补习,按响门铃,没人开门,再按一下,林乐平跑来开门,可马上奔上楼梯。邵伊敏进去一看,两兄妹全神贯注,脸色发白地坐在楼梯最上面一级听着楼上的动静,而楼上正传来不大清晰的一男一女激烈争吵的声音。

邵伊敏在心底叹息,这两个孩子以前对功课都说不上用心,最近更是非常神思不属,今天的课算是泡汤了。她小时候父母只是相敬如"冰"地冷战,然后各行其是,倒没在她面前吵闹,为这一点她也是感激他们的。

她走上楼,绕过两个孩子,直接敲紧闭的主卧室门,开门的是最近很少露面的男主人林跃庆。他脸色铁青,但还是很彬彬有礼地说:"邵老师,下午好。"

"你好,林先生,孙姐呢?"

孙咏芝走了出来,看得出是在努力平复自己的情绪:"你来了,邵老师,给他们上课吧,"她看到楼梯上站着的林乐清、林乐平,"怎么在这里站着?"

"这个房间的隔音没你们想的那样好,孙姐,我猜他们俩今天可能都不会有上课的心情。你们能不能心平气和地谈,不要吓到他们?"

孙咏芝的眼圈一下红了,她轻声说:"对不起。"她又转头看林跃庆,"我们没什么好谈了,你还是走吧,算是体谅你的儿女。"

林跃庆沉着脸说:"我想带他们出去走走,可以吗?"

"只要他们愿意,当然可以,他们的父亲也该抽时间关心一下他们了。"孙咏芝冷笑。

"我不想和你出去。"林乐清明明白白地说,"我也不需要你的关心。"他谁也不看,下楼走进自己的房间,重重摔上了门。

林乐平仍然站在楼梯边,仰头看着她父亲,眼泪在眼眶里打转,林跃庆刚要走近她,她就爆发了:"你别过来,别过来。"

邵伊敏离她较近,手疾眼快地一把抓住她的胳膊,止住她向后退踏空的势头,吓得出了一身冷汗。

"平平。"孙咏芝也吓呆了,扑过来紧紧抱住乐平,"你别吓妈妈,妈妈以后再也不会在你们面前和他吵架了。"

林乐平伏在她妈妈怀里号啕大哭起来,邵伊敏怜悯地看着她:

脆弱的孩子，恐怕得难过一阵子了。她觉得自己再待下去也没帮助，悄悄下了楼，正要开门走掉，迎面看到苏哲正从电梯里出来。

"今天不用上课吗，邵老师？"他一边走进来，一边关上门。

邵伊敏抬下巴指了下楼上，苏哲皱眉看着他们："这是怎么了？"

她懒得解释："你去看看乐清吧，他把自己关房里了，今天的课我看算了，我先走了。"

"你等等，我带他们两个出去，你一块儿去，正好现身说法，劝劝他们，告诉他们父母离婚没那么可怕。"

邵伊敏大怒，知道那天在酒店包房和孙咏芝说的话大概都被他听去了。她直视着他，低声但清晰地说："我只管上课，你说的属于心理治疗范围了，我干不来。而且我也没有嗜痂癖，非要把伤口展示给别人看。"

她绕过他，拉开门走出去，随手带上了门。

苏哲没料到她说翻脸就翻脸，倒也无可奈何。他抬头看了下楼上的三个人，林乐平仍然伏在妈妈怀里哭，林跃庆站在旁边，神情木然。苏哲只能先去敲林乐清的门，林乐清不理，他走进去，林乐清正躺在床上，呆呆看着天花板。苏哲拖张椅子坐到床边，看着这躺下来比床短不了多少的半大男孩子，试着回忆自己这么大时想的是什么。

林乐清无精打采地回头看他："小叔叔，不用劝我了，我都知道。他们争吵，不是我的错，我应该容许他们有自己的生活空间。他们是我的父母没错，但他们不光是为我和平平活着的，他们如果要离婚，我该接受现实。"

苏哲苦笑:"乐清,我承认我没话可说了,不如我带你出去打游戏吧,省得在家闷着。"

这个倒是林乐清愿意的,他慢吞吞地爬起来,拿了外套,跟苏哲走出房间。林跃庆已经下楼坐到客厅沙发上抽烟,楼上孙咏芝也带了女儿进卧室安慰。

"庆哥,我带乐清出去转转。"

林跃庆点头:"去吧,等会儿我也带平平出去,跟你打电话看在哪里吃饭。"

林乐清拉着脸先出门,根本不理他父亲。苏哲和他进了电梯:"刚才跟我讲道理似乎都讲得明白,那就别恨你爸爸。"

"他背叛我妈妈,我有不恨他的理由吗?"林乐清笑了,"我要是从来不爱他就好了,现在就可以不用恨了。"

"可是闹脾气不理人,很像小孩子呀。"

"我就是小孩。"林乐清理直气壮,"法律上叫未成年人,父母离婚了我也得被判由他们中的一个人监护那种,我只有趁现在任性一下。"

苏哲摸下巴,笑了:"好吧,小孩,去任性吧,不过记住起码的礼貌也是应该要有的。"

苏哲开车带林乐清去了离家不远的商场,七楼就是电玩区,一上自动扶梯就听到震耳欲聋的电子音乐声。他讨厌这份闹腾,准备去楼下咖啡厅坐着,刚递钱给林乐清,一转眼,却看到靠侧边玩赛车的一个女孩正是刚才扬长而去的邵伊敏。电玩区热气腾腾,她已经脱了外套,只穿件毛衣,专心致志地操纵着游戏杆,屏幕反光照得她年轻的面孔忽明忽暗,她眼睛睁得大大的,嘴唇紧抿，全然没平时的镇定和老成。

林乐清也看到她了，他和苏哲站到她身后看她玩，她手势稳定、反应敏捷，玩得很不错。一轮游戏结束，她满足地吁口气，回身看到他们两人，一下目瞪口呆。林乐清坏笑："邵老师，学生玩游戏上瘾不大好。"

这是她有一回看林乐清打任天堂时教训他的话，现在不免有点哭笑不得："我中学的时候可没玩过这个。"

她说的是实话，读中学时她是标准的好学生，上大学后才头一次进电玩区，刚开始还没什么兴致，可是一玩竟然就有点瘾头了。这家商场的电玩最齐全，她一般做完家教后会过来玩上一两个小时再回学校，没想到和学生碰个正着。好在她平时不算道貌岸然，现在也能马上和林乐清一块儿去玩下一款游戏。

苏哲去楼下咖啡厅叫杯咖啡喝着，透过窗子看着街道上往来不休的车辆出神。到了差不多五点，林跃庆打来电话，说了吃饭的地点，他上楼去一看，两个人居然并肩玩得仍然忘我。

他拍林乐清："走了，你爸带乐平等你过去一起吃饭。"

林乐清玩得痛快，没了方才的戾气，乖乖退出游戏。邵伊敏头也不回，只说："乐清再见，下周上课时间照旧。"

苏哲老实不客气地按停她的游戏："你也别玩了，为人师表呀。"

邵伊敏无话可说，想想算了，收拾剩余的游戏币，拿上外套和他们一块儿下楼。到一楼她正要说再见，苏哲却转向了她："邵老师。"他声音温和，"我送你回去吧，正好顺路。"

不容她谢绝，他已经虚挽她一下，示意她跟他往地下停车场走。林乐清也开心地继续跟她谈起刚才的游戏，她只好无可奈何地跟着前面这个男人。

苏哲开的车出乎意料和他本人完全不衬,是辆半旧的黑色捷达,林乐清和邵伊敏坐后座,没多久就到了一家才开不久的海鲜餐馆,装修得颇有中国风,门口已经停了好多车。他转头对林乐清说:"上去吧,你爸在207包房,记得要礼貌。他或许做了错事,但他对不住的那个人不是你,你妈妈也不需要你这样来为她打抱不平。"

林乐清哼一声算是回答,跟两人说了再见,进了餐馆。

苏哲等了一会儿,拿出手机给林跃庆打电话:"庆哥,乐清上去了吧?嗯,好,你耐心点,坦诚点,别摆当爹的架子,也别拿他们当小孩子哄,他们的理解能力比你想的强。"

他放下手机,从后视镜里看邵伊敏:"我们去吃饭吧。"

"我今天不打算喝酒了。"后视镜里邵伊敏似笑非笑,一点没有刚才打电玩时那股看着稚气的认真劲。

苏哲哄然大笑,回头看着她:"不,纯粹就是吃个饭,当我赔罪。下午我说那话的确不妥,你没义务帮我管孩子的心理问题。"

邵伊敏脸上一热,她没法适应如此露骨的讲话方式,哪怕这话听上去也没什么恶意。她强自镇定,手扶到车门上:"下午我并没答应你,所以你没什么罪好赔。吃饭?我看算了。"

"难道一定要我承认对你有企图,你才肯和我一块儿吃饭吗?"他挑眉调侃,英气勃勃的脸上有掩饰不住的戏弄之意。

邵伊敏暗自承认,这的确是个很难应付的男人,相比之下那些说话期期艾艾的男同学实在太幼稚了。再加上曾经和他有过那样一个尴尬夜晚,现在她还真是很难让他知难而退。他一本正经地说:"我看得出你是关心乐清和乐平的,想跟你讨论一下怎么做对他们才算最好。"

她当然也看得出他十分关心那两个孩子,但并不相信他的邀约全为此而来,不过她下决心要让他以后别再提这件事,躲肯定不是个好办法。

"好吧,去吃饭。"她话锋一转说道,靠回椅背,神情平静。苏哲笑着点头,发动车子,开了大约半小时的样子,停在一间上海菜餐馆前,回头问她:"淮扬菜,喜欢吗?"

"我不挑食,都可以。"

3

苏哲挑的餐馆装修精致,全是小台位,进餐的人也多半成双成对,没有一般中餐馆的喧闹劲。

他请邵伊敏点菜,她摇头:"我很少下餐馆,对点菜没概念,你点吧。"

他点好菜,果然没叫酒,只让上了一杯鲜榨橙汁:"不知道邵老师这个寒假还有没有时间继续给乐清、乐平上课。"

"恐怕不行,我寒假得回家。"她只试了上个暑假不归,父母分别打来电话问了又问,小心翼翼,不肯独自承担女儿避不见面的责任。她还不敢挑战自己的心理承受能力独自在异地过年,更何况爷爷奶奶已经打来电话告诉她,准备在春节期间和她的叔叔一起回国。

"你认为他们两个适合上寄宿学校吗?"

她认真想想:"我从初一开始寄宿,依我看,大部分孩子能适应,不过开始的时候乐平可能会有点问题。"

苏哲若有所思地看看她:"你倒是个很好的例子。"

邵伊敏觉得这话有点说不出来的言外之意,不过她现在根本不想再和他唇枪舌剑,只专心吃着清炖狮子头。

"喜欢淮扬菜的味道吗?"

"还行。"她简单两个字打发了这个问题,尝了下蜜汁糖藕,断定自己并不喜欢这种甜甜糯糯的食品,可是扣三丝汤很好喝,她心无旁骛地一样样尝着,但直觉告诉她,苏哲正看着她。她一抬头,果然,他看得很带劲,眼里尽是笑意。

"我记得师大的食堂很不错呀,难道现在退步得这么厉害了?"

"你去师大食堂吃过饭吗?"邵伊敏不理会他的弦外之音。

"我以前的女朋友在师大读书。"

她马上想到了那天在山上的那个"慧慧",苏哲看出了她的心思,摇头笑道:"不是她。"

"交很多女朋友是什么感觉,会不会叫错名字、记错生日什么的?"

"我不滥交的,一个时期只有一个女朋友。"他很坦然,不过马上把话题转到了她身上,"我猜你一定没交过男朋友。"

"是呀,你猜对了。所以我很奇怪,你干吗还非要请我吃饭,好像不仅仅是关心乐清、乐平的成长吧,不怕我纠缠你吗?"

"你把'离我远点'这四个字明明白白写在脸上,所以我觉得自己很安全,可是同时也很好奇,一个都没交过男朋友的女孩子怎么能这么镇定地处理这件事。"

邵伊敏吁了口气,微微一笑道:"我们都来选择性失忆一下好不好?我对那一晚的记忆确实很模糊了,不打算再仔细回忆折磨自己。你呢,也别费神研究我的行为,也许我就是迟钝加健忘而已。"

"我没那么糟糕吧,一般来说,先忘记的那个人应该是我。"

"懂了,我居然伤到你的自尊心了,真是不好意思。可是我当时就强调,我喝多了,据说喝多了干比这更离谱的事也不算稀奇。所以我原谅自己,你也原谅我吧,我真的没办法对你负责——不管是你的身体还是你的自尊。"

苏哲再也忍不住,笑出了声。他平时神情冷淡,就算笑,笑容也是浮在脸上罢了,像这样开心一直笑到眼底,那张面孔称得上神采飞扬,让邵伊敏有点目眩的感觉。她只能移开视线,重新对付面前的狮子头。

"我二十岁的时候如果有你这份果断就好了。你确实很有趣。"

"好吧,很高兴我娱乐了你,可是很遗憾你并没有娱乐我。"

"真的吗?"他身体前倾,悄声说,"可是宝贝儿,第一次都是这样的,我已经尽可能温柔了。"

"我们别玩比赛谁的脸皮比较厚这个游戏了好不好?"邵伊敏只好求饶了,放下筷子,"这种对话我真的有点受不了。请送我回去,以后再别提这件事,不然我只好辞了家教拉倒。"

苏哲笑着招服务员过来结账:"别紧张,你继续教乐清、乐平吧。我不可能从你眼前消失,不过我猜我能克制住自己别去招惹你。"

两人走出餐馆,苏哲拉开副驾驶位的门请邵伊敏上车,一路上没再说什么。快到师大西门,邵伊敏开了口:"谢谢,就在这边停。"

"数学系、中文系宿舍应该靠东门比较近吧?"

她想,此人果然交过师大女友:"我想走走。"

苏哲将车稳稳停到西门边,邵伊敏拉开车门下去,敷衍地对他点了下头算是道别,然后大步走进校门。

入夜之后气温很低,北风呼啸着刮得人脸生疼,师大校园不算小,从西门走到东门不是一个短距离,邵伊敏并不在乎,单纯不想再跟苏哲共处在那个狭小的空间里了。

因为不想多看对面那个男人,她刚才只能不停地埋头吃吃吃,再加上对话来得紧张又费神,此时觉得胃很不舒服,只能把外套裹紧一点。路过篮球场,她发现灯光球场正热闹地打着比赛,旁边有不少学生观战。

眼前这个热气腾腾的场面吸引了她,她走过去,把手抄在口袋里看着,意外发现赵启智也在球场上。他个子瘦瘦高高,这么冷的天只穿了短袖运动服,正高举双手防守,同时吆喝着队友跑位。她平时见他多半斯斯文文的,倒是没见到过他运动时的样子,正看着,身边一个怯怯的声音响起。

"你也来看赵师兄打球吗?"

邵伊敏回头一看,是赵启智的中文系小师妹宋黎,她们见过几次面,但没直接交谈过,现在觉得这小女生看她的眼神让她很不自在,她简单点点头,继续看向球场。

"我很喜欢赵师兄的文采。"

邵伊敏没什么反应,宋黎也不管,继续说:"准确地说,我仰慕他,我觉得以他的才华,肯定能在文学上有所成就的。"

邵伊敏只好回头看着她,和气地说:"我不太懂文学,恐怕跟你讨论不来这个问题。"

宋黎还有很多话想说,但在这种客气下也说不出来了,只能在心中再次确认,学理科的女生的确是不一样的生物。

一节打完，球员散开休息，邵伊敏对宋黎点了下头："我先走了，再见。"

她知道宋黎正努力鼓起勇气想对她说点什么，不过她对赵启智没特别的感觉，也不认为自己有义务鼓励或者安慰谁。站了这么一会儿，她浑身发冷，便加快脚步走向宿舍。走着走着，一个念头涌上心头，她觉得自己是不是有点不正常，为什么一个现成的大好青年，在自己心里居然激不起半点涟漪。

陡然间她想起某个夜晚某个人的拥抱和炙热的吻，心中重重一荡，同时也重重一惊，硬生生收住脚步，禁不住在心里，对自己说，这就是犯错误的代价，比吃事后避孕药弄得经期连着两个月紊乱更烦人的代价。

罗音正往宿舍走着，远远看到邵伊敏正对着天空发呆。她走到邵伊敏跟前，对方仍然保持着那个姿势。她好不惊奇，印象里这个室友可不是个爱对月抒怀的人，尤其现在天气如此寒冷。她伸手拍了下邵伊敏的肩，邵伊敏吓了一跳。

"对不起，吓到你了吗？"

"没有没有。"邵伊敏倒是感谢她这一拍，让自己魂归了原位，不然不知道还得在这儿傻吹多久冷风，"正想明天应该还是晴天吧。"

判断是不是晴天好像不用那样长久对着天空凝望，不过罗音笑笑，不打算管闲事。邵伊敏对所有人都友善客气，可哪怕大家在一个宿舍住了快三年，她的距离感也确实让人不会随意和她调笑，两人并肩走回宿舍。

4

邵伊敏决定试一下自己还算不算个正常女生。

当赵启智说起美院正在搞奥斯卡经典电影回顾，他有同学在那边，能弄到票，想请她同去观看时，她一口答应下来，赵启智简直喜出望外。

美院离师大不算远。两人约好晚上七点在南门碰头，然后赵启智骑着辆旧自行车，邵伊敏轻盈地跳上后座，两人冒着寒风向美院赶去。

电影展在美院小礼堂举行，里面多的是打扮怪异的男生女生，像赵启智和邵伊敏这样穿得中规中矩的人，一看便知是别的学校跑来凑热闹的。赵启智是一个跨校文学组织的活跃分子，熟人不少，不断有人过来和他打招呼，直到电影开场。

当天晚上放的电影是《与狼共舞》，这部长达三小时的史诗片很投合喜欢热血沸腾的学生的胃口。也不知他们哪里搞来的原声配字幕拷贝，邵伊敏英文不差，但也只是词汇量大、阅读水平尚可以，她想看这种电影倒是个学习听力和口语的好方法。

电影散场后，赵启智还是骑车带邵伊敏回学校。已经过了晚上十一点，街上空空荡荡，时不时一辆汽车一掠而过，行人很少，寒意也更重了。

"喜欢这部片子吗？"风把赵启智的声音刮得有点零落。

"喜欢呀，故事好看，画面也很壮丽。"

"我欣赏邓巴离群索居的生活方式，我觉得他很大程度是被印第安人质朴纯真的生活方式和文化吸引了。这部片子既有写实主义风格，又有浪漫主义色彩，真是难得。"

一上升到这样的高度来讨论，邵伊敏就有无力感，她习惯于把电影和人生分开看，从来没找到从电影或者小说的微言大义里体会人生真谛的感觉。

　　她只能用"嗯""对"这样的单音节词回答赵启智的观后感，可是这并不妨碍赵启智的开心。他平时见惯了文采斐然、遣词造句务求华丽、看法不走偏锋不爽的各类才子才女，而且他自省的时候，觉得以上毛病自己也挺齐全的，现在看一个女孩子如此冷静不敷衍地听自己高谈阔论，反而更觉可贵。

　　赵启智一直将邵伊敏送到宿舍楼下，她对他挥手跑进宿舍楼时，已经快被冻僵了，只想用这种方式确定自己正常与否，好像真说不上是个好主意。

　　周六邵伊敏照常去给乐清、乐平做家教，这次两兄妹情绪相对平静，孙咏芝重新当回了体贴妈妈，中间休息还端了三碗甜汤进来。课上完以后，孙咏芝和邵伊敏结算了报酬，约定下学期照样上课。这是寒假前的最后一节课了，邵伊敏已经买好了火车票准备明天回家。

　　她正要告辞，林乐清巴巴地说："邵老师邵老师，我们去打电动吧，我妈要带乐平逛商场买衣服，我没兴趣。"

　　当着家长的面被学生约着打游戏似乎不大好，邵伊敏有点尴尬。好在孙咏芝并不介意："小邵，今天钟点工请假，我是打算带他们出去的。如果没什么事，你就陪乐清玩玩，晚上正好一块儿吃饭。"

　　"晚上我还有事，"邵伊敏和赵启智已经约好去美院看最后一场电影，"现在去玩一下是可以的。"

林乐清大喜,他早就想和邵伊敏再较量一下了。大家一齐出门上了孙咏芝的Polo,还是去了那家商场。孙咏芝带林乐平血拼,邵伊敏带林乐清继续上楼。

换游戏币时,林乐清抢着掏钱,邵伊敏拦住他:"我今天刚领了工资呢,我请你。"

"我妈刚才给我钱了,还让我别用你的钱,说你勤工俭学很辛苦。"林乐清认真地说,"她不说也一样,男生哪能让女生出钱。"

邵伊敏被逗乐了,眼前十五岁的林乐清已经比她高出半个头,严肃的样子俨然颇有男子气概,可一转眼对着游戏机,他就没了矜持,一脸的孩子气全露了出来。

"说好啊,只玩一个半小时,我和人约好了晚上有事。"

"是男朋友吗?"

"同学。"

"男同学吗?"

邵伊敏好不吃惊:"我还以为这问题只有乐平问得出来呢。对,男同学。玩吧,开始计时了。"

"他在追求你吗?"

她从来没打算和学生讨论这类问题,警告地瞟他一眼,这个眼神很有威慑力,林乐清投降:"好好,不说就不说。"

两人专心开始玩游戏,只偶尔交谈和游戏有关的只言片语。邵伊敏一边玩一边注意着时间,玩了一个小时多一点,突然两人肩上同时被拍了一下,两人回头一看,林乐平兴奋得两眼放光,在喧闹的环境下扯着嗓子叫:"你们猜我刚才看到谁了?"

"你的偶像金城武。"林乐清漫不经心地回答。

林乐平插到两人中间道:"小叔叔带着个美女在楼下买衣服。"

林乐清好笑:"我以为什么呢。你还特地跑上来跟我们说这个呀?"

"我逛累了,跟妈妈说了上来找你,就在这里等她上来,我们喝汽水去吧。"

"别闹,等这一盘结束。"

林乐平探着头左顾右盼:"你没邵老师厉害,哎呀,笨,快闪,哈,中招了吧。"

邵伊敏和林乐清虽然习惯了游戏厅里的高分贝电子音乐,但对林乐平的唠叨都有些招架不住。邵伊敏看看腕表,时间也差不多了:"不玩了,我请你们两个喝汽水,喝完我也该走了。"

游戏厅旁边就是美食城、甜品站,她回头问他们喝什么,林乐清已经拿下巴指着空位置道:"你们坐着,我去买。"那姿势颇为帅气。

林乐平被哥哥照顾习惯了的,一点不以为意。过了一会儿,林乐清一个托盘端了好几样东西过来,放在林乐平面前的是七喜和一球巧克力冰激凌,放到邵伊敏面前的是橙汁加一球草莓冰激凌,最后把冰可乐放自己面前。

"乐清你不吃冰激凌吗?"

"他从来不吃甜食,邵老师别管他。"林乐平一边吃着冰激凌,一边报告八卦,"小叔叔带的那个姐姐好漂亮。我想让妈妈也给我买一件和她一样的外套,妈妈说学生穿不合适,我叫她自己买,她偏偏又说,像她那样的半老太太穿也不合适了。"

林乐清不客气地说:"照你吃甜食的劲头,很快会什么也不合适的。"

两个孩子相貌奇似，但过了初二以后，林乐清有又高又瘦的趋势，林乐平的身高却不见长，还有些圆嘟嘟的婴儿肥，不过林乐平和林乐清早相互打击习惯了，她只瞪他一眼，继续八卦："我喜欢那个姐姐的耳环，不知道妈妈什么时候准我去穿耳洞。邵老师，你怎么不穿耳洞？"

"我怕痛，不打算试。"邵伊敏准备快点吃完走人，不料一大勺冰激凌刚放进嘴里，一个人老实不客气地坐到了她旁边的空位上，两个孩子齐叫："小叔叔，你怎么来了？"

林乐平急问："小叔叔，你带的那个漂亮姐姐呢？"

林乐清坏笑："平平已经跟我们报告半天狗仔新闻了。"

"她走了。"苏哲递了张纸巾给邵伊敏，示意一下她的嘴角。她只好接过来印一下，果然沾了点粉红色冰激凌。

"小叔叔，她是你的女朋友吗？"林乐平满怀期待地问。

苏哲取了纸巾直接伸手过去擦林乐平的嘴巴："女孩子，太过八卦了不够斯文大方，你只要知道她是我朋友又是女性就行了。"

邵伊敏将橙汁一口喝完，伸手拎起包："我到时间得走了，乐清、乐平，下学期再见。"

林乐清、林乐平齐声说："邵老师再见。"

苏哲笑着看她目不斜视地笔直走向自动扶梯，旁边林乐清鬼鬼祟祟地对林乐平说："你只知道小叔叔的八卦，不知道邵老师的八卦吧。"

林乐平大感兴趣："快说快说。"

"邵老师跟我说了，今天晚上有男同学约她。"

苏哲敲一下林乐清的脑袋，笑骂："这样议论一个女孩子很没风度，更不用说她是你们的老师了。你们的妈妈马上上来，在这儿坐着别走开,我也走了。"

5

邵伊敏转到三楼下行自动扶梯处时,发现苏哲突然无声无息地站到了身边。他个子高,穿着一件蓝紫两色的格子绒布衬衫,配深色长裤,手里拎了件厚外套,脸上是一贯的淡漠神情。可邵伊敏得承认,他长相英俊还是其次,更重要的是有股在人群中显得突出的气质,也许这份淡漠就是因为知道自己对别人的影响。

她一向奉行"敌不动我不动"的原则,也保持着直视前方的姿势,却正看到孙咏芝拎了几个袋子乘自动扶梯向上行,她点头致意,而孙咏芝带着错愕的表情也点了下头,同时瞪苏哲一眼,苏哲咧嘴一笑,三人交错而过。

下到一楼,邵伊敏准备往外走,苏哲拦住她:"我送你回学校吧。"

"我以为我们刚刚讲过再见了。"

"晚上好,我们又见面了,真巧。走吧,我的车在下面。"苏哲彬彬有礼地说

他们站的位置是一楼的名表区,人不算多,但投向苏哲的目光仍不算少,她不喜欢分享这种注目,只好妥协,随苏哲下到地下停车场。苏哲拉开副驾驶位的车门,她坐了进去,苏哲上车,将外套扔到后座上,发动了汽车。

"以后不用这么客气了好不好?这座城市公交很便利。"

"晚上和男同学有约会吗?"

"你只要知道他是我同学又是男的就可以了。"

苏哲大笑:"保持这样总能逗我开心的幽默感,我想我会爱

上你。"

邵伊敏想，活了二十岁，倒是头一回有人夸自己幽默，可是她对此人良好的自我感觉真是服了："刚刚看到孙姐的眼神没？"

"惊奇和警告，看到了。"

"我不会喜欢身边有个让人看了会惊奇的人，更别提警告了。"

"你也不喜欢生活中所有的意外惊喜吗？"

"我对意外的看法一向是惊则有之，喜却未必。"

邵伊敏经历的意外无一例外地让自己难堪，比如从青少年宫学书法出来碰到父亲和另一个阿姨牵手而行；比如半夜被雷声惊醒，惊恐地爬到窗前，却看到某个男人送妈妈回家；比如无意中听到亲戚的窃窃私语，亲戚看到她又集体静默。

苏哲点头，并无不悦之意："你的防备之心太重，会错过很多人生乐趣。"

"让我错过吧。每周玩两个小时电动游戏，让耳膜被震木，眼睛被晃花，这点代价我付得起也愿意付。至于付不起代价的游戏——"她打住，不得不承认，其实她已经玩了一个这样的游戏，只能强自镇定道，"我不会让自己上瘾。"

"很谨慎的生活态度，我不赞赏，不过能理解。看来你对自己的未来有明确的安排，找一份正当的职业，应该就是当教师吧，嫁一个可靠的男人，过没有任何风险和意外可言的生活。"

邵伊敏心惊了，这确实就是她没和任何人讲过的人生规划。她一直是个习惯独自安排好生活的人，并没有太大的奢求，只想做老师工作稳定且有假期，于是填报志愿时首选了师范大学。而像她这样长大的孩子又怎么可能不懂憬一个稳定幸福的家庭呢？可是这一切被眼前这个危险的男人闲闲道出，却显得如此平庸无趣。

"不用激我,我知道我们计划的是一些事,而发生的可能是另一些事,可是那也不代表我会给自己没事找事。"

苏哲突然将车驶到路边停下来,转头看她:"如果我心血来潮一定要招惹你呢?"

"理由,总该有个理由吧。"

"因为你很有趣,这理由足够了吧?"

暮色中苏哲脸上微微带笑,英俊得有点让人窒息,但邵伊敏让自己正视他:"其实我没什么挑战性,几杯酒下肚就和你上床了,现在也不过是害怕自己成为你魅力下的又一个牺牲品,想索性躲开点求个太平罢了。"

苏哲再次大笑,露出雪白的牙齿:"知不知道你的口气像是在哄一个蛮横无理的孩子:喏,这颗苹果有点酸,还是去吃另一颗吧。"他倏地倾过身体,"可是我品尝过你了,宝贝儿,你很甜。"

他的声音低沉柔和,他的脸逼到离她只有不到十厘米的位置,淡淡的烟草味道和古龙水的清淡气息扑入她的鼻间,她退无可退,只能苦笑:"我以为我们早达成共识了,忘了那件事。"

"我的记性一向好,而且我怀疑你也不可能忘。"

邵伊敏点头承认:"不错,我没忘,所以我更想离你远一点,下学期我换一家做家教好了。"她将手伸到车门处摸索开关,"我们现在再说一次再见好吗?"

"待会儿吧,"苏哲坐正身体,发动汽车,同时将车门落锁,"不然我又得跟你打招呼:真巧,今天第三次见面了。不逗你了,我送你回学校,这次是哪个门?"

"方便的话,南门,谢谢。"

苏哲点头："你赢了，至少最近我不会招惹你了。我表哥和嫂子可能会达成共识，等乐清、乐平初三读完送他们去加拿大读书。所以，你接着教他们吧，也许是最后一学期了，我不想让他们觉得生活中没一样东西留得住。"

邵伊敏无声地笑了，嘴角上扬的弧度终于露出了孩子气的样子。

"不过我真的很喜欢你。看你故作镇定的样子，我总在想，是因为你有坚强的神经呢，还是你实在太稚嫩，所以对男人没想法。"

"我有个同学，从大一开始研究四色问题的简洁书面证明方法，一直研究到现在，我不认为那个问题多有趣，可是对他来说，那个问题就是他生活的一部分。所以，不要花太多时间研究我，不然你会发现，本来只想消遣，却不知不觉变成了执念，多不好。"

"仔细想想，到目前为止，我还真没对某个人、某样事执着过，也许从你开始也不错。"

可是这句话吓不到邵伊敏了，她明显放松下来，懒懒地靠在座椅背上看外面，冬季的夜晚来得迅猛，一转眼已天色暗沉，路灯次第亮起。车子很快开到师大南门，她拨动开关，发现门上了锁，回头看苏哲，苏哲笑了："去吧，从好好谈一场纯纯的青涩恋爱开始，也许能让你开窍。"他开了中控门锁，"再见，玩得开心。"

Chapter Three

你对我来说，是一种奢侈，我不确定我要得起

1

邵伊敏带着简单的行李，冒着小雪随春运的滚滚人流上火车回家过年。坐下之后，她翻看着赵启智上午送给她的小说《走出非洲》，他轻描淡写地说："昨天看你喜欢这部电影，应该有兴趣看一下小说，这本是我很早就买了的，你先拿去看吧。"

他们头天在美院看的就是同名电影，还意外碰到了罗音和"戴眼镜的小胖子"韩伟国。这部1986年的奥斯卡获奖电影给邵伊敏留下了深刻印象。从影片一开始年老的女主角Karen用沙哑的声音开始讲述，回忆那个狩猎时带着留声机听莫扎特的男人，邵伊敏就被深深吸引，当男女主角在高空中握住手，优美抒情的主题音乐铺天盖地而来，邵伊敏发现自己头一次毫无距离地深深沉浸到了别人编的故事里面。

十个小时后，邵伊敏抵达家乡，没人接站，她也习惯了，坐上公交车回到爷爷奶奶留下的宿舍。开门一看，老旧的两房一厅打扫得很整齐，暖气也开通了，不像很久没人居住的样子，她不禁松了口气。桌上有张字条是她爸爸留的，大意是趁休息来整理过了,让她回来以后放下行李去他家吃饭。

她当然不想往父母任何一方的家里跑,可是这边虽然整洁,却也没有任何生活必需品。

她收拾好行李,便下楼去超市买东西。老厂区宿舍在市区中心,生活便利,同时也意味着熟人多得抬头就是。这个上班的时间,她迎面碰到的基本上是和她爷爷奶奶同龄的老先生老太太,他们一认出她,就一定会停下脚步问长问短。她再怎么冷淡,毕竟从小到大家教严格,没胆子公然冷下脸不搭腔,只好一一回答:"对,放假了,回来过年。""爷爷奶奶过两天也要回来。""有地方吃饭,不麻烦您了。""嗯,叔叔也会回来。"

她一路应酬到厂区外的超市,脸不知是笑还是被冻得有点木了,只能拿手揉一下,想到回去可能还要这么演上一盘,她一点胃口都没了。

本地是不算大的工业城市,风气一向保守,而邵伊敏的父母都是有半公开的外遇,一直闹到离婚再各自婚娶生子的,比报纸上不相干的明星绯闻更让人津津乐道、记忆深刻,加上他们一直住在宿舍区,差不多每个人对她家的故事都耳熟能详。邵伊敏觉得爷爷奶奶恐怕很大程度上是因为这个去加拿大定居的,而她也是想摆脱这里才填报了千里以外的大学。她能想象那些老人此时在她身后必然接着在议论:"可怜的姑娘。""一个人,爹妈都不管。""跟孤儿差不多了。"

对这些议论和多余的好意,她一向有些哭笑不得,却无可奈何。事实上她从不觉得自己有多可怜,最多也就是和父母不够亲近罢了,但也只能被动接受众人的怜悯。她直奔超市,买了小包装的米、面、油和其他生活必需品,拎了满满两大袋子东西往家走。

"邵伊敏。"

突然一个男声带点犹豫不确定地叫她,她转头一看,眼前一个高个子男生一只脚撑着自行车停在她面前,看着眼熟,她却一时想不起对方的姓名来:"呃,你好。"

"真的是你,邵伊敏,"这个男生开心地笑了,下来将车支好放一边,显然看出她不大记得自己了,但也不介意,"我是刘宏宇呀。"

"不好意思呀,刘宏宇,我这破记性,刚刚一下卡住了。"其实邵伊敏的记忆力不坏,马上想起就是眼前这个男生,在毕业聚餐喝酒后没头没脑地对她说过"其实我喜欢你很久了",他成绩很好,高分考上了北京一所名校的电子工程专业。

"好久没见了,刚才看到你,我也有点不确定,可是你走路的姿势没变,拎着这么多东西,还是这么大步流星的。"刘宏宇笑得十分明朗,"能碰到你太好了。"

"是呀,好久不见。"

他完全没有高中时期的羞涩闪烁,看上去自信果断了很多,伸手接过她手里的袋子放到车篓里:"太重了,我帮你送回去。"

袋子的确沉得已经将她的手勒出了红印,她欢迎这样的帮助。

两人很快回了宿舍区,她照例又是一路客气地打招呼。刘宏宇也不征求她的意见,把自行车锁上,拎了袋子示意她带路上楼。

邵伊敏打开门,请刘宏宇随便坐,然后接过袋子放进厨房,开始烧水。刘宏宇打量着小小的客厅,发现四壁萧条,连电视都没有。他和其他同学一样,隐约知道邵伊敏的家事,不禁有点为她一个人孤零零地住在这里难过,可是邵伊敏神情坦然,马上让他觉得自己的小伤感来得多余。

他的确悄悄喜欢过这个安静秀丽的同学，也借着酒劲表白过，只是当时年少，说完就没有勇气再去看她了。随后他们一个北上一个南下各奔前程求学，邵伊敏并未给任何同学留电话或地址进行联系，假期也很少回来露面。在北京生活丰富，眼界开阔，他慢慢看淡此事，但看到青涩时期暗恋的女孩子仍是开心的。

"我这会儿有事，能不能留个你的电话给我？改天我来找你，这边还有老同学打算假期搞聚会，以前总是联系不上你。"

邵伊敏并不热衷聚会，但她也没孤僻到一口回绝的地步。刘宏宇从背包里拿了个本子出来，写下自己的手机和家里的电话号码，撕下来递给邵伊敏，然后请她留下号码。她只能把楼下小卖部公话号码写给他："家里电话早停了，如果找我，打这个号码请他们叫我吧，只要不是太早或太晚都可以的。"

刘宏宇走后，邵伊敏给自己煮了点面条，对付了一餐。在六人宿舍住久了，她喜欢这么独处的感觉，找出小收音机，装了才买的电池，走进自己的小房间，调到音乐台，半躺到床上继续看《走出非洲》，看了差不多几十页，不知不觉就睡着了。等她再睁开眼睛时，天色已经黑了下来，客厅透进灯光，她起身走出去，发现父亲邵正森正坐在沙发上抽烟。

"爸，您什么时候来的？"

邵正森在本地一家工厂任工程师，今年四十七岁："下班就过来了，小敏，不是叫你回来了上我那边去吗？这里什么也没有。"

"我买了东西回来，不麻烦您了。"

邵正森暗暗叹气，眼前的女儿脸形像前妻，眉目却像足了自己，只是那股子冷淡劲就说不清像谁了："至少今天去吃晚饭吧，你阿姨已经做好了。"

邵伊敏并不固执，乖乖穿上衣服锁好门跟着爸爸去了他家。接下来几天她差不多换着去父母两边各吃了几次饭，同时辅导弟弟妹妹的功课，省得他们找上门来。好在接着爷爷奶奶在她叔叔邵正磊的陪伴下也回来了，小小的宿舍一下热闹起来，有了家的气氛。

爷爷奶奶素来疼爱他们一手带大的孙女，也只在他们面前，邵伊敏会撒点娇。邵正磊大学毕业后又出国留学，后在加拿大定居成家，目前做财务管理工作，妻子刚刚怀孕，不适合长途旅行，所以没回来。他和侄女见面的时间有限，但他也是心疼邵伊敏的。

爷爷奶奶告诉邵伊敏，温哥华空气好，环境气候宜人，他们生活得很适应，打算终老他乡了，这次回来就是把必要的手续办完。邵伊敏有点惆怅，想自己和此地的联系大概会彻底断了。

"反正你毕业了也不想回这里，我们和你爸爸商量了一下，准备把这套房子卖掉，钱留给你，小敏。"奶奶摸着她的头发说，"他没有意见。"

邵伊敏对钱和房子都没概念，迟疑一下道："都给我，阿姨会不会有意见？"她指的自然是继母。

"这是老宿舍，面积也不大，本地房价又低，卖不了几个钱。他们对你都没好好尽到责任，能有什么意见？"爷爷沉着脸说。他是比较老派的知识分子，对长子闹得沸沸扬扬的婚外情与婚变从来没谅解过，一直拒绝见长子的后妻，直到现在见到长子也没有好脸色，"你和你叔叔好好聊一下毕业以后的打算。"

邵正磊非常亲切随和，没有长久不见面的那种生疏感："小敏，女孩子做老师是不错的，不过视野也不妨放开阔一点。现在你英语水平怎么样?"

"打算今年过六级,应该没什么问题。"

"我刚到北京读大学时和你的想法一样,但接触的人和事多了以后,就觉得天地广阔,可以给自己多点选择的机会。你有没有想过出国深造?"

师大虽然也是中部的名校,但毕竟大部分学生从不发达地区过来,没有真正形成留洋的热潮,她从未想过这问题,老实地摇头。

"你爷爷奶奶最不放心的就是你,你读书的天分应该不低,可以认真规划一下自己要走的路,如果有意在毕业后申请国外的学校,叔叔也可以帮你收集资料。"

"可是我读的是师范数学专业,能去国外继续读什么呢?我对纯数学研究也没太大兴趣。"

"学数学的转向计算机或者会计、统计都有不错的基础,在国外这些专业职业前景也挺好。你可以认真考虑一下,如果觉得自己有能力尝试,就得先把英语关过了,当然现在才开始晚了一点,必须抓紧时间才行。"

邵伊敏郑重点头。她知道叔叔的好意,而自己也突然觉得,好像面前开了一扇窗,有豁然开朗之感。

寒假过得迅速,其间刘宏宇也打来电话,邀她参加同学聚会。她去了,不过是老套的吃饭加唱歌。刘宏宇直言不讳会争取奖学金去美国读PHD,邵伊敏也没和他们多谈想法,只留下QQ号和邮箱,许诺以后会常联络。

除夕那天,邵伊敏还接到了赵启智打来的电话,她倚在小卖部的窗口,看着漫天大雪,听到听筒里他的那一声"新年好",没来由地也开心了:"你也一样。"

"我这边在下雪,很大的雪。"

"我这边也是。"

两人同时静默了,耳畔只有一阵紧似一阵的鞭炮声在响。邵伊敏向来没有过分细腻的想象,但还是想,有个来自远处朋友的问候,原来感觉会暖暖的,真不错。

2

过完春节,邵伊敏先送走爷爷奶奶和叔叔,然后买到返校的车票,分别向父母辞行,独自返回学校。她是行动派,马上上网查资料,对留学有了初步概念,就开始制订自己的计划。

过了两天,邵伊敏在宿舍接到孙咏芝的电话,对方说话有些迟疑:"小邵,我和乐清、乐平的父亲基本达成了协议,准备近期去办离婚手续。我正办理移民,准备带两个孩子去加拿大,让他们换个环境读书。"

邵伊敏没想到会听到她讲家事,可是也大概有数了:"如果孙姐不需要我再给他们上课了,请尽管说。"

"两个孩子都很喜欢你,移民办下来需要时间,我本来很希望你继续辅导他们,不过他们现在迫切需要的倒是加强语言学习,我给他们找了英语老师。"孙咏芝有点为难地说。

邵伊敏笑道:"孙姐,我能理解的,没关系。"

"不过我真的不想突然断了你勤工俭学的收入,我给我的一个朋友介绍了你的情况,她女儿今年读高二,也想请家教,想跟你约个时间去试讲一下,我先征求你的意见,看你有没有兴趣。"

按邵伊敏的安排,她这学期的时间应该很紧张,不适合再接家教,可是现在一口回绝孙咏芝,她觉得未免对不住对方的好意:"可以啊,孙姐你让她给我打电话约时间好了。"

"那就好,"孙咏芝如释重负,"另外,不要觉得我八婆,我实在是很喜欢你,所以才不怕冒昧地讲,离苏哲远一点。我知道苏哲对女孩子的吸引力,但他确实不适合给一个像你这样的年轻女孩子当男朋友。"

"我和他没交情的,孙姐,那天只是下楼碰到。"邵伊敏只好撇清自己,想这话虽然不算完全诚实,但也算是比较好的交代了。

吃完饭,邵伊敏回宿舍午休,刚躺上床,罗音立在她的铺前拍她,递给她一份报纸。她接过来一看,是本地报纸的副刊,满版的散文:"你发表文章了吗?哪篇?"

"唉,我的名字现在倒也上报纸,全是跟着记者混的'本报实习生',喏,你看这个。"

罗音指的是一篇署名莫非的文章,题为"寂寞的颜色",内容是在喧嚣的城市深夜静思享受孤独,听雪花飘落的声音,外加品味一种隐约的相思云云。邵伊敏一目十行地扫完,只能干巴巴地评论:"嗯,挺好。"

罗音笑:"你不知道莫非是赵启智的笔名?"

她确实不知道,至少赵启智从来没主动跟她说起过。她再看一眼文章,还是讲不出新的评价:"很好。"然后她便将报纸还给了罗音。

"唉,怕了你了,你没把这文里的相思和自己联系起来吗?"

看文章催来的一点睡意顿时被吓没了,邵伊敏瞪大眼睛看着罗音。罗音暗爽，想这人可算有点正常的表情了。可是一转眼，邵伊敏笑了："你可真能联想。"

罗音被她打败了："我服了你，中午我碰到启智兄，他让我把这个给你的。"她把报纸拍给邵伊敏，表情分明是觉得赵启智这番俏媚眼算做给瞎子看了。

邵伊敏只好说："谢谢你，罗音。"

她把文章从头到尾再看一次，除了两地下雪这一点似乎勉强与自己有点关系，她还是没能联想到其他。如此含蓄而文艺腔的表达让她不知说什么好，正常的反应好像应该是感动，可是她实在调动不起感动的情绪，也只能把报纸折好放到枕边，继续午休。

罗音躺到床上，心里默念"多情却被无情恼"。

她倒没那么多义愤为赵启智抱不平，只是实在有点犯愁，自己该怎么和韩伟国保持距离。没错，韩伟国对她很好，为了追她甚至不顾家里想让他回南方老家的要求，报考理工大的研究生。她有点感动，可对他就是完全没恋爱的感觉。

从这个意义上，她觉得自己跟邵伊敏好像同样无情，可是再看一眼已经平静安睡的邵伊敏，她不得不承认，她的"无情"到底还是有些不忍韩伟国付出的"多情"，只能说是"无情也被多情恼"了，比不上邵伊敏那样完全心无挂碍的"无情"。

3

开学不久就是情人节，这一向是恋爱没恋爱的学生集体蠢蠢欲动的日子。

李思碧正对着镜子细细化妆，她是公认的中文系系花，个子高挑，明眸皓齿，一头长卷发十分妩媚。她一向追求者甚众，今晚没有安排也就怪了。才失恋的陈媛媛躺在床上发呆，自认为很有触景伤情的资格。另外两个女孩子一个是中文系的刘洁，一个是数学系的江小琳，她们俩和邵伊敏一样，没有正式的男朋友。最奇怪的是罗音，一直神思不属地胡乱翻着本书。

李思碧对别的女生多少有高高在上俯视的味道，不过她还是很喜欢罗音的："哎，韩伟国不是约了你吗？你怎么还一副没着落的表情，连衣服也不换？"

除了邵伊敏，宿舍里另外几个闻言各自愤愤，可是也没人敢公然做酸葡萄状说什么。罗音叹口气道："就是提不起精神呗。"

她又和韩伟国约会了几次，她承认他是一个聪明的男生，对自己也足够体贴细心。不过她对着他没有心跳加速、没有意外的喜悦，更没有刚刚分开就开始的想念。她并未真正恋爱过，可是却认为这些是恋爱必须有的体验，今天虽然接受了韩伟国的邀约，却没有什么期待的感觉。

黄昏时分，宿舍楼下已经来了好几拨抱玫瑰的男生，阵仗最大的当然还得属李思碧的追求者，一个外校的有钱学生，让家里司机开着车拖进来超大一捧玫瑰不说，还很卖力地在宿舍楼下用蜡烛摆了个心形图案。可惜冬日风大，他和司机弯腰在那里满头大汗地一支支点蜡烛，这个过程着实有些喜剧色彩，楼上楼下的看客一边鼓噪，一边大笑，把那点浪漫气息全给弄没了。再过一会儿，校保卫处来了人，老实不客气地勒令对方马上熄掉免得引起火灾。李思碧哭笑不得，不过还是在众女生羡慕的眼光下，脚步轻盈地下楼上车绝尘而去。

电话响了，罗音离得最近，懒懒地伸手拿起话筒，然后叫：

Chapter Three 059

"邵伊敏，电话。"

邵伊敏已经整理好书包，正准备雷打不动地去上自习，闻言接过电话："你好，哪位？"

"一个可能不受你欢迎的人。"苏哲的声音低沉悦耳地传了过来，"我现在在你们学校东门这里，捧着大把玫瑰花，要我送到你的宿舍去吗？"

邵伊敏呆住，一时不知道说什么好，想了一下道："算了，不劳你的大驾，我过去。"

她当然不要出这样的风头，拎了书包出宿舍向东门走去。

苏哲的车停在东门对面，他穿着一件棕色软牛皮夹克、深色长裤，正靠在车外抽烟，北风将他的头发吹得有些凌乱，路灯下那张带点寂寥神情的脸英俊得让人窒息。隔了马路看过去，邵伊敏只能暗自承认，生活的确说不上公平，有时一张面孔的说服力胜过了万语千言。

他两手空空，她当然也没傻到相信他会真干出捧玫瑰花肃立街头这么幼稚的事情来，不过他就是真这样空着手站到她的宿舍下面，大概引起的轰动也不会小于那个可笑的点蜡烛场面了。

她走过去，苏哲扔掉烟头，不赞成地看着她："情人节居然也老实待在宿舍里。不是让你去好好谈一场校园恋爱的吗？"

"所以你是特地来拯救我的？"

"没错，这样你到老了回忆起来，才不至于追悔，竟然在最可以犯错、轻狂的岁月，过着最乏味的生活，实在是浪费了生命。"

"你如此有舍身普济世人的情怀确实让我感动。"她无可奈何地说。

苏哲笑了，绕过车头拉开副驾驶位的门："上车吧，我带你出去转转，让我们从最幼稚的事开始做起，给你好好补上一课。"

眼下东门这边各种车子靠路边停了一大排，人来人往，好不热闹。而苏哲又着实太过醒目，不少过路女生已经开始对他行注目礼了，邵伊敏迟疑之间不经意转头，居然看到一个熟悉的面孔，赵启智正站在不远处，脸上带着惊讶和难以置信地看着她，两人视线相接，他匆匆转身走了。

邵伊敏注视着那个瘦瘦高高的背影消失在夜色里，静默了好一会儿。苏哲并不催她，只安静看着。她回过头，也不看他，牵动嘴角一笑，上了车。

苏哲上车，拿过邵伊敏搁自己腿上的书包，皱眉道："这么重，真是个好学生。"他顺手将其扔到后座上，发动车子，"不问我们去哪儿吗？"

邵伊敏懒懒地靠在椅背上："问不问好像没多大分别，反正已经上了车。"

"你倒是很能随遇而安，我喜欢你这样不跟自己纠结的性格。"

"谢谢你的赏识。"

"昨天见了乐清、乐平，他们很不开心，都不希望换老师。"

"如果他们要去加拿大念书，那孙姐的安排是对的，打好英语基础去那边适应起来会快很多。"车开了一会儿，邵伊敏渐渐觉得车内暖气热度上来，她解开羽绒服，取下了围巾。

苏哲摇头："小孩子才不管什么样的安排算理智，他们只知道生活的变化一个接一个，让他们只能被动接受。"

"恐怕不光小孩，每个人都得无能为力接受某些事。"

"你是说现在的你吧，"苏哲笑了，"在我眼里，你也是个倔强的孩子。可是放心，我现在强加给你的，你日后一定会感谢我。"

邵伊敏哑然，同时被他这样自恋的口气生生给逗乐了，用同样的腔调说："谢谢你照亮了我灰白暗淡的生活。如果没有你，我想象得到，我的未来必定就是个古板的老处女，没朋友没恋人没人生乐趣。"

"那倒不会，伊敏，你有幽默感，这一点足够保证你未来的生活不会乏味，不会没有乐趣，可是你大概很难体验到激情。"

"激情"是邵伊敏陌生且抗拒的另一个词，她不知道她的父母各自不惧流言不理会旁人议论，坚决拆散家庭然后重组的举动算不算受激情驱使。说起来他们都受过高等教育，平时为人处世理智，然而一惹上激情，大概理智就只能让位了。

"我不认为那会是我人生的一个很大损失。"

"只有真正体验过，才有资格说这话。"苏哲注视着前方，稳稳把握着方向盘。

"我实在是不懂了，苏先生，就算我的人生残缺无趣吧，关你什么事，需要你这么肉身布施来关怀我？"

"我早说了，我就是喜欢你的有趣，让我重新有了追求的冲动。"

"你的趣味很特别。"邵伊敏干巴巴地评论完，不再开口。

苏哲也不说话，只将车上音响开大一点，恩雅似梦似幻的歌声流淌出来。车子顺着公路驶向前方，慢慢周围越来越黑，大灯将前面照出一圈光明，更衬得稍远像是不可知的道路。邵伊敏看着前方，内心的不确定感突然来得十分深重。

她在大部分时间都明确知道自己要的是什么，准备去做的又是什么。和叔叔谈过话后，她重新确定了选择，此时书包里放的就有计算机教程和英语托福考试辅导教材。然而面对完全不明的方向和身边这个一再扰乱自己心境的男人，自我置疑让她年轻的心首次觉得茫然而疲惫。

苏哲侧头看她，那张秀丽的面孔上有着迷惘，眼神飘向远方，不同于平时的镇定自持，他的心有了些微的牵动。他一向对自己诚实，决定做什么也从来不悔，这时却有点不确定打破这个女孩子的平静是否算明智之举。

捷达车的避震并不好，车子离开了公路，越来越颠簸。苏哲停下车，走过来给邵伊敏拉开车门。她一下车，寒冷的风便呼啸着扑面而来，让她打了个冷战。她裹紧自己的衣服，环顾四周，发现此时车停在一个湖边，脚下是凹凸不平的泥土路。她放眼看向前方，暗沉沉的湖水轻轻拍击着岸边，半人高枯干的芦苇被风吹得沙沙作响，天空中有几点繁星，明亮得不可思议。

"这是哪里？"

"郊区的一个湿地保护区，其他季节会有很多人来观鸟。"

"干吗带我来这里？"

"我说了，我们从最幼稚的事干起，来看看城市里看不到的星星。"他打开后备箱，拿出一个望远镜给她，指着天空让她看，"看，那就是猎户座，冬天北半球天空最耀眼的星座。夏天天空繁星密布，比较好看，可是只有在冬天，才能看到这么明亮突出的星光"。

邵伊敏举着望远镜看向天空，她对天文并无概念，只觉得这几颗星挂在冬日暗蓝色的夜空中,显得寂寥高远。这时一群鸟拍着翅膀出现在望远镜的视野内,如此暗夜飞行,它们的姿态却自有一种从容不迫的感觉,她的目光追随着它们的身影,直到它们消失在天际的黑暗之中。

"应该是北飞的候鸟经过此地,春天快来了。"

"多美,我喜欢它们挥动翅膀的样子。"邵伊敏低声说。

苏哲从她身后环住她,指向天空:"这是猎户七星中最显眼的腰带三星,不过猎户座最亮的应该是参宿四和参宿七,喏,就是猎户的左肩和右脚。猎户座下方那颗是天狼星。如果我们凌晨来,可以看到北斗七星。"

他的声音低沉柔和,在呼啸的北风中仍然清晰稳定,一个字一个字地送入她的耳中。她放下望远镜,直接望着天空,那么无垠辽阔,面前是暗夜里看不到边际的一片湖面,四周安静得只有呼呼的风声刮过,仿佛天地之间只剩下自己和身后这个温暖的怀抱。

"你带多少女孩子来看过星星?"邵伊敏冷不丁地问道。

"你真会煞风景,"他呵呵笑,"不,我不需要这么追女孩子,所以我一直是一个人来这里。"

邵伊敏不再说什么,将望远镜递还给苏哲,苏哲反身将望远镜扔到车子后座上,然后重新回来抱住她:"冷不冷?"

他的手臂很有力,脸离她很近,他身上仍带着淡淡的烟草味和皮革味,这个混合的味道她并不反感。她仰头看着他,一双眼睛亮如寒星,嘴角微微上挑,笑了:"冷,可是令我印象深刻。你赢了,我猜以后的日子,我会记得你给我的这个情人节。"

"我赢了吗?其实我并不确定。而且,我要你记得的可不止这些。"

他俯下头，吻向她的双唇，那里已经冻得冰凉。他细细品尝着她柔嫩的嘴唇，一点点深入掠夺攻陷着她，她只有牢牢搂住他的身体，努力支撑自己靠在他怀里才不至于倒下。

这一次我没有任何借口了，她意识模糊地想。

这个吻持续了多长时间，邵伊敏并不清楚。她只知道，清醒过来后，她已经回到了车里，脱力般坐在副驾驶座上。苏哲发动汽车，开得不同于来时平稳，她仍然并不关心他要开向哪里，只茫然地看着车窗外黑暗中的景物飞快地向后掠去。

慢慢窗外灯光多了起来，路边出现了行人，苏哲将车停到师大东门外，转头看她，替她将搭在额头上的一缕头发拨开。

"只是一个吻，不用这么天人交战吧。"

邵伊敏伸手抚摸自己微微肿胀的嘴唇："我怕的不是吻，而是身体失控之后心也失控的感觉。所以，"她定定看向他，"我们还是不要再见面了。"

苏哲微笑："你对我很坦白，但对你自己不够诚实。欲望并不是件可耻的事情。"

"欲望当然不可耻，可是听任欲望驱使就可耻了。"

邵伊敏伸手拉开车门下车，苏哲跟着下来，将她的书包递给她："那么设想一下，你会谈一场什么样的恋爱？没有激情，只有相互的好感，拥抱起来身体不反感就觉得已经足够，接吻浅尝即止，一切都在你可以控制的范围内，这对你来说有吸引力吗？"

"我不知道。"邵伊敏疲惫地说，"我对男人没那么远的想象力，可是你对我来说，是一种奢侈，我不确定我要得起。"

她背上书包，大步穿过马路，走向师大大门。苏哲拿出香烟盒抽出一支烟,背风点燃,立在车边注视着她,直看到那个寂寥的身影消失在夜色里,才回身上车。

开车回来时,有一瞬间他是准备带她回家的,可是那张处于脆弱与茫然中的面孔让他改了主意。他再一次不能确定,是否应该打破她的平静。

4

情人节这天的校园似乎比平常来得安静,邵伊敏漫无目的地随意走着,既不想回宿舍面对室友,也无心去自习室做完给自己规定好的功课。

那个吻如同一个烙印,重重烙在了她的唇上。她坐到路边长椅上,仰头看向天空,仍然可以看到那几点星光,可是没有刚才野外湖边那样耀眼。她为这个联想而恼火,同时又提醒自己:嘿,难道往后的日子,看到星星就会有某种联想吗?

然而,能让她联想到他的,何止星星。

邵伊敏坐到浑身发冷,才走回宿舍。宿舍里只有陈媛媛一个人,她正半躺在床上吃着零食看小说,眼里含着泪光,不知是在借书中哪个人物的酒浇自己胸中的块垒。

邵伊敏洗漱上床,就着床头灯看一向最能催眠的数据结构教材,准备早点把自己送进梦乡了结这样一天,可是一向良好的睡眠背叛了她。对面下铺陈媛媛吃零食的声音已经很扰人了,然后邵伊敏刚有一点朦胧睡意,就陆续有室友回来,交换着情人节的感想。

等到罗音回来时,另外几个女孩子一齐拷问她都有哪些安排,可是罗音情绪并不高,只敷衍地说"困了困了,早点睡",邵伊敏简直想感谢她了。室内终于陷入黑暗和安静,她睡着了,睡得并不安稳,做着莫衷一是的梦。

醒来之后,她并没有睡足一晚的轻松感,反而更加疲乏。她想,难怪心理学家热衷释梦,她做的那些梦,不用任何心理学基础,都能解释出无数潜意识来。

一夜未归的李思碧轻手轻脚地走进了宿舍,一向快人快语的陈媛媛吹声口哨:"情人节快乐。"宿舍几个女孩都笑了。李思碧并不在乎,她一向非常安于自己比别人来得醒目这个事实,只掩口大大打了个哈欠。

邵伊敏起床洗漱,整理好书包,提了开水瓶去打开水。罗音和她同行,闲闲地说:"昨天你出去以后,赵启智打来了电话找你。"

邵伊敏简单"哦"了一声表示知道了,可心里还是飞快闪过一个念头,如果早一点接到赵启智的电话,昨晚的事应该就不会发生吧。一时间,她的神情有些恍惚。

罗音看到她这样的神态,略微诧异。她觉得邵伊敏尽管举止和平时无异,但整个人都有点说不出来的不同寻常。她有好奇心,不过向来并不爱八卦管闲事搬弄是非,现在只想,这个恍惚的神情看起来不像是为错过了一个约会而惋惜,启智兄的一番良苦用心恐怕是落空了。

情人节,她想,都是情人节闹的。

罗音昨晚过的是一个最大众化的标准学生情人节,直到今天醒来还觉得烦闷。

她跟韩伟国出去吃了肯德基,然后看电影。她既不反感肯德基,也喜欢看电影。然而放眼看去,满街都是安排和她一样的人,到了电影院更是人满为患。她站得开一点,看韩伟国挤在人流中排队买票,突然深深鄙视自己:我不过是不想在这么个日子一个人待在宿舍里罢了。深夜韩伟国送她到宿舍楼下,一路握着她的手,掌心那点潮湿的汗意让她很想缩回手,可是又有罪恶感,只好对自己说:好吧,换个时间,一定要和他讲清楚,不能再这么拖泥带水误人误己了。

赵启智的烦闷比罗音的来得强烈得多。

他一向觉得情人节是个恶俗的噱头,先不提他所厌恶的西方文化侵蚀这样的大背景,各路商家攒劲造势的劲头就已经把原本属于私密感情的事弄成了一场赤裸裸的炫耀狂欢。

可是架不住现在的女孩子看起来好像全好这一口,虽说邵伊敏看着理智,但到底也还是个女生。他决定向世俗屈服一次,精心安排了晚上的活动,打算直接跟邵伊敏表白。

开学之初,他有点忙碌,只能请罗音帮着先把发表了自己文章的报纸带过去,下午因为处理学生会的事情耽误了一会儿时间,看天色不早,也不屑于站在女生宿舍楼下,于是走到东门那边,拿手机打过去。罗音接的电话,听到是他找邵伊敏,念出越剧对白:"梁兄,你来迟了。"

他这一惊非同小可,想不明白平时明明和任何男生没有多余话说,用罗音的话讲,"生活得比修女还有规律"的邵伊敏怎么会在这一天接到电话就出去了。他站在东门外,正转着念头要不要去自习室看看,却看到邵伊敏大步穿过马路向自己这边走过来,没等他惊喜,她走向了停在路边的一辆黑色捷达。捷达车的主人正靠着车门抽烟,那个人实在太过突出,赵启智一眼就认出曾在理工大后山上见过对方,当时邵伊敏的说法是"学生的亲戚"。

邵伊敏穿羽绒服、牛仔裤加球鞋,背着个大大的书包,打扮和她平时去自习室没有两样,看着并不像赴一个情人节约会,与那个男人交谈了几句,那男人拉开副驾驶位的车门,示意她上车。她突然转头,正碰上他的视线,他猝不及防,只能匆匆转身走掉。

在外漫无目的地闲荡了一大圈,回到空荡荡的宿舍,他不可避免地失眠了,各种念头翻涌,他想,他和邵伊敏大概算没有开始就已经结束了。

赵启智表面佻傥,表现得远离世俗,骨子里是个明智而脚踏实地的人。尽管小师弟师妹们对他的文学才华推崇备至,但他对自己基本有一个比较清醒的认识,知道自己具备才思,但欠缺天分,不大可能在文学这个天才和灵感比训练更可贵的领域有很大发展。

他多少也对小师妹们迷恋的目光有点腻了,不再热衷和她们辩论那些虚无的风花雪月问题。他将目光投向看着冷静的邵伊敏,想这样理智的女孩,秀丽又没有虚荣心,看着纯洁如同一张白纸,应该是一个很好的恋爱对象。热不热爱文学有什么关系?

有人追求邵伊敏他不会震惊,可是她会在情人节这天上一个男人的车,就和他之前的认知差得太远。一时之间,他有点心灰意懒。

第二天傍晚,赵启智突然接到邵伊敏的电话,她声音平和坦然:"赵启智你好,书我看完了,现在方便还给你吗?"

他想自己一个男人,好像没必要小气,也同样声音平和地跟她讲好见面地点。

邵伊敏背着个大书包,到了约好的多功能体育馆边,体育馆边种有上十棵梅树,过了盛开时节,但残花仍隐有暗香。她将书递给先过来的赵启智:"谢谢,我看完了,很不错。"

赵启智觉得拿了书掉头便走未免有失风度,随口问道:"你对这本书有什么看法?可能女生会更喜欢电影那样的表现手法。"

"刚开始看觉得平淡,可是认真看下去,感觉还是很丰富的,确实像你说的那样,更多是在异国他乡的生活感悟,不局限于一段爱情。"邵伊敏微笑,"电影把爱情升华浓缩了,而且,男主角又那么有魅力。"

赵启智也笑了,想到昨天看到的那个帅得过分的男人,不禁暗自嗟叹,原来看着这么理智的女生也会迷上一张面孔:"Sydney Pollack是个好导演,但如果没有原作丰富的文学基础,电影不可能传递这么多的人文气息。当然Robert Redford很帅,罗音也很迷他。"

邵伊敏喜欢的其实是那个个性不羁的角色本身而不是演员:"电影画面感自然比小说来得丰富,可是小说里内涵其实更广泛一些,爱情在小说里只是作者生命的一个激越。"

赵启智任社长的文学社里有个怪才,读化学系的二年级学生,写出的东西犀利程度和文采都让他这个中文系学生暗自惭愧,他早就不敢小瞧理科生的智慧:"说得很对,文字的力量就体现在这里。电影渲染更多的是女主角的传奇色彩,再加上一贯的好莱坞路线,爱情当然提升成唯一的主题。"

邵伊敏若有所思地点头:"我阅读范围还是太狭窄。好啦,不耽误你的时间了,我先走了。"

"等一下。"赵启智将手里的书递给她,"这书送给你吧。"

她略为诧异，赵启智自嘲地一笑："其实是那天我特意去书店买的，"他没说为了让书显得不太新，他在宿舍把书好一通来回翻腾，"拿着吧，没别的意思。这书的中文版本和英文版我都早看过，留着也没有用。"

邵伊敏不能不感动了。她想：如果没有昨晚，自己和眼前这个人不是没有可能。可惜，现在他心有芥蒂，而自己心绪混乱到只能不去多想，更不可能坦然接受他的感情了。

两人就是错过了，而且这样的错过对自己来说，差不多就是无可挽回的，已经没有任何重回纯真幼稚的路了。她珍重地接过书，昏暗灯光下两人视线交接，赵启智看到的是她微带迷惘的表情，素日清澈的眼睛带了点雾气，狠狠牵动了他的心。

5

周六上午，邵伊敏接到孙咏芝朋友方太太的电话。方太太语气颇为强势："咏芝说你是师大数学系高才生，我是信得过的，不过还是想听你试讲一下，最好是今天过来。"

邵伊敏不想拂孙咏芝的好意，于是和方太太约定上午十一点过去。

方太太住在离孙咏芝家不远的一幢高级公寓楼，环境同样优雅，装修则更为豪阔，处处传达着"主人有钱"这个信息。

但邵伊敏对这家人第一印象欠佳。据孙咏芝介绍方太太应该和她同龄，已经中年发胖，还偏偏没有胖人一般会有的慈善相，目光十分苛刻；瘦弱得像没发育的女儿方文静看上去实在不像高中生，倒是不叛逆不顽皮，就是样子木讷得让人吃惊，跟她讲什么都是茫然地"嗯"一声,邵伊敏很怀疑她有没有真正理解甚至听进去自己讲的课。接着男主人方先生突然回家,大感兴趣地上下打量她,目光灼灼,方太太顿时面色不悦,她没想到丈夫会这个时间回家。她对老公的操守评价向来极低,心想,请这么秀丽的年轻女孩子做家教不等于引狼入室吗?可是碍于孙咏芝的大力推荐,她只好没话找话,想让邵伊敏自己知难而退。

"我家小静准备读文科班,虽然在数学方面没有特别的要求,但我很希望请的家教能让她的数学成绩跟上进度,不拖总分的后腿。"

"那要注意改进学习方法,争取先把课本上的知识掌握牢。"

方先生把玩着手里的奔驰车钥匙,在旁边说:"邵小姐是师大学生喽,现在念几年级?"

"三年级。"邵伊敏几乎马上决定,还是别做这个家教了。她并不看方先生,直接对着方太太说,"我觉得您女儿的学习能力并不差,而且读的又是重点学校,现阶段应该以跟上学校进度、重点消化老师讲的内容为主,好像没必要专为数学一科请家教。"

方太太没想到她如此知趣,简直感激她的说辞,笑容马上亲切许多:"也对也对,邵老师,真不好意思麻烦你特意来一趟。"

"没关系。"

邵伊敏快速收拾自己的东西,准备告辞,方先生只好自顾自进了自己的书房。他一走,方太太倒起了和邵伊敏攀谈的念头:"你教孙咏芝的双胞胎好像有一段时间了,他们家的事你也知道吧?"

"不清楚,我只管上课,上完课就走了。"

"她离婚了,准备带孩子移民去加拿大,房子车子都准备卖掉,不过她家老林还算厚道,听说给的赡养费不薄。"

邵伊敏只笑笑,将最后一本书放进书包:"方太太、小静,我先走了,再见。"

方太太很遗憾邵伊敏不肯配合自己谈点隐私打发时间,不过还是很高兴不费力气打发了这个一看就让她没法放心的家教:"再见,以后有需要再找你,邵老师。"

邵伊敏出了公寓,只见天气阴沉得厉害,已经飘起了小雨。她没拿伞,便止步想着要不要找间书吧或网吧接收一下邮件,也顺便避雨。一辆黑色奔驰无声无息地开过来停在她身边,车窗玻璃降下,方先生对她微笑道:"邵老师,下雨了,要去哪里,我送你吧。"

邵伊敏摇头:"谢谢你,方先生,我等人,再见。"

方先生没料到她拒绝得如此干脆彻底,正要说话,一个变声期的嗓子叫道:"邵老师。"

邵伊敏回头一看,林乐清站在不远的地方。一个假期没见,这孩子似乎又长高了。他对她眨下眼,弯腰看向方先生,笑眯眯地打招呼:"方叔叔,你好。"

方先生好不尴尬:"你好,我有事先走了。"他升上车窗,一溜烟开走了。

林乐清咧嘴笑了:"方文静的爸爸还真是,"他摇了下头,显然对其评价也不高,"他在跟你搭讪吗?"

"你懂什么叫搭讪。"邵伊敏心情大好,"你怎么在这里闲逛,下午不用上课?"

"我准备逃课,我讨厌新英语老师。"

"喂,你当着老师的面说逃课,很不给老师面子呀。"

Chapter Three 073

"邵老师,你怎么在这里?"林乐清试图转移话题。

"你妈介绍我给方先生的女儿做家教,刚试讲完。"

"方文静?"林乐清又咧一下嘴,"她有轻度抑郁症,吃了药以后,成天跟梦游一样,你跟她讲课,白浪费你的口水。更别说她爹根本就是一个色狼了,好在他平时不怎么着家,方文静的妈妈又特厉害,有她在旁边盯着,危险不大。"

"你怎么知道这么多八卦?"

"我们一个幼儿园、一个小学再加一个中学,她只比我和平平大一岁,和平平还挺要好的。你说我怎么可能不知道?"林乐清鬼鬼地笑,"邵老师,我们去打电动游戏吧。"

"不去,我没当你的老师了还带你逃课去打游戏,你妈不跟我急才怪。"

"没劲,我自己去了。"林乐清不满地说。

"你妈同意了吗?"

"当然……没有。"

"那你老实回家,下次离家出走逃课的话,记得别跟熟人打招呼了,不然一样被逮回去。"

"我刚帮你摆脱了色狼好不好。"林乐清嬉皮笑脸,"这样吧,我好不容易溜出来,去那边小牛面馆吃碗牛肉面当放风行不行?我请客,吃完我就回去。"

面馆不算远,两人冒雨跑过去后,邵伊敏大吃一惊,不起眼的小小一家店面跟前排了老长的队,她喃喃地说:"一碗面而已,换一家吧,浪费时间。"

"还有人专门开车来吃,我和平平都喜欢,待会儿给她打包一份回去,邵老师你赶紧去占座。"

邵伊敏很不以为然地走进店堂，里面已经坐满了食客，她好不容易在墙角找了个空位置坐下，拿出托福词汇来默记。过了好一会儿，林乐清端着个托盘进来，放到她面前，看见她手里的书，做擦冷汗状："邵老师，你想言传身教我能理解，不过也不用这样来寒碜我吧。"

"少贫嘴，我订了计划，这是今天必须做完的功课。"

她收起书，发现面前摆的牛肉面看着确实非常诱人，满满一大碗，牛肉切得整整齐齐地码在上面，汤上泛着点红油，撒了翠绿的香菜，闻着香气扑鼻。

"你的微辣，我的特辣。"林乐清大口吃了起来。"怎么样，味道很好吧？"

邵伊敏吃了几口，点头承认这么多人排队还是有道理的。可是如果换她一个人，她才不肯来这浪费时间。

"你刚才是准备一个人出去打游戏吗？"

"那倒也不是，就想出来走走透口气。"

"你替你妈想想好不好，出来玩会儿没问题，但跟她打声招呼很费事吗？"

"我要打了招呼，她肯定要陪我一块儿去。"

"没那么夸张吧，难道你这么大个人会走丢？"

"你不知道，我妈现在关心我和平平关心得密不透风，早上送我们上学，下午接我们放学，每天亲自给我们准备早餐。我们稍一皱眉，她就要和我们谈心。我们自己待一会儿，她就会进来问我们有什么心事，还说要请心理医生咨询。再这么下去，她不疯，我和平平要先疯了。"

"我猜你妈妈就是比较紧张你们，如果不喜欢这种相处方式，你可以好好和她谈。"

"我不知道怎么和她谈,拒绝她的关心吗?算了,我妈也可怜,她一直心情不好,一个人又要管我们,又要办移民那些破事。"林乐清摇头,眉头皱得紧紧的,"我还是不给她添堵得了。"

邵伊敏并不愿意介入别人的生活,不过眼前这个漂亮男孩子的心事还真是触动了她:"别犯愁,什么问题都是可以解决的,你妈妈需要的是时间。你和平平应该主动向她证明,你们能够照顾好自己,这样才能解脱她也解脱你们自己。"

林乐清点点头,继续吃面。两人吃完,走出面馆一看,不禁吃惊,外面雨突然下大了,屋檐下站了好多避雨的路人。

"糟了,我先给家里打个电话,躲会儿雨再回去,要不我妈恐怕会抓狂。"林乐清跑隔壁副食店打电话,过了一会儿,他回来道,"邵老师,我妈一会儿来接我呢,我让她给你拿把伞过来。我去给乐平打包一份面。"

6

"小叔叔,你怎么来了?"

"你不声不响地出门,你妈急坏了,给我打电话让我出来找你呢。还好你还知道打电话回去,以后别玩这样的出走游戏了行不行?"苏哲从捷达上下来,站到他们面前,天气依然寒冷,他却只穿着白色衬衫加牛仔裤。

林乐清没好气地说:"小叔叔,我都跟我妈说了是放风不是出走,要出走的话我至少会带上我的存折,里面的钱够我花一阵了。"

"这个问题晚上我们好好谈谈,现在上车。"苏哲目光扫向邵伊敏,"邵老师,你也上车吧,我送你,雨太大了。"

林乐清已经拉开了后座车门,邵伊敏想再拒绝未免显得可疑了,只好上车。

"哎,邵老师,下周你来给方文静上完课就跟我一起去打电动好不好?"

"方太太没看中我,我失业了,没钱跟你打电动了。"

林乐清当了真:"虽然不用教方文静我觉得是好事,也省得再招上她那个色狼爹,可是……你会不会没钱交学费、没钱吃饭什么的?我可以借你的,我有钱。"

邵伊敏只好笑着投降:"对不起,刚才跟你开玩笑的。我的学费已经缴了,饭卡也充够了钱,不会饿肚子的,谢谢你,乐清。打电动游戏嘛,得等我有空,你妈也准假再说,偷跑出来就免谈了。"

见林乐清拉下脸来,邵伊敏有点不忍:"这样吧,你问问你妈,如果她同意,那今天下课后我们可以去玩一会儿。"

林乐清马上找苏哲要手机,苏哲已经将车开到楼下:"快点上去,人家英语老师已经来了。我代你妈批准了,不过你得答应这种不打招呼的放风以后不会再发生。"

林乐清笑眯眯地点头:"邵老师你跟我一块儿上去吧。"

"我得找个网吧查点资料再过来,现在不上去了。"

苏哲开了口:"我带邵老师去我的办公室上网好了,待会儿送她过来。"

林乐清满意地点头下了车。苏哲回头看着邵伊敏:"真碰上色狼了吗?"

"乐清夸张呢,什么色狼。"邵伊敏发愁地看看窗外的雨势,

"办公室？不大方便吧。我还是去网吧好了。"

"雨太大了，我那边上网很方便，而且我正好也得去办点事。"苏哲浅浅一笑，"放心，你不愿意，我不会碰你的，我并不急色。"

邵伊敏迟疑一下点了点头，苏哲发动车子，开到市区一处高档写字楼地下停车场，刚下车，他的手机就响了，他说了声"对不起"，一边锁车门一边接电话。

她避嫌地走开几步，但地下车库十分安静，他的声音仍然清晰地传了过来。

"不，我觉得这不是一个好主意。

"慧慧，接受现实，我不喜欢复杂的关系，也不喜欢旧事重提。"

"请柬？好吧，不用特意送过来，寄给我吧。如果你觉得合适，我会参加你的婚礼，送个大红包。"他带着笑意说，"可是你这么任性，对你以后的生活没有好处……好的，再见。"

他讲完电话走过来："上去吧，电梯在这边。"

苏哲的办公室在二十五楼，门口挂着朴素的牌子，写明是某外资保险公司中部代表处。邵伊敏进去一看，办公室是个大的套间，外面是一个接待区加一个半圆形一人座办公区，放着电脑、传真、打印机。

"你随意，我在里面办点事，那边有水，想喝自己去倒。"

办公室开着中央空调，邵伊敏脱了外衣坐下，打开电脑，登上了自己基本没怎么用的QQ，然后进了邮箱，果然收到了叔叔发的邮件。她将有用的资料存进随身带来的U盘，正在浏览叔叔介绍的网站，QQ上亮起添加请求，她一看资料，是刘宏宇，连忙加了。

"嘿，真难得碰上你。"

"我很少上的，正想问问你托福考试的情况。"

"你也有出国的打算吗？"

"想试一下，可是准备得有点晚了，不知道能不能过今年8月的托福。"

"如果想突击一下，可以来北京的暑期强化班，另外我也可以给你寄点资料过来。其实我算走了弯路，去年先过的托福，应该先过GRE的，先考GRE再考托福，容易得多。而且GRE的成绩五年有效，托福只有两年有效期。"

"我准备申请加拿大的学校，过托福就可以，也没时间准备GRE了。"

刘宏宇给她介绍了几个BBS，留学资讯比较多，很多人会介绍自己考试、准备资料、申请奖学金的经验，也有人晒自己收到的Offer，同时感叹出国这个念头占据了自己的全部时间，好像整个生活就在围绕这个目标转动了，"连陪女朋友的时候，都在想这件事"。

邵伊敏和他有同感，两人聊了几句，道了再见。她下线后，退出邮箱，清除上网的记录，关上电脑，拿出自己的书专心看起来。

苏哲担任这家外资保险公司的中部代表处代表，说是代表处，其实除了负责的他，另外只有一个秘书。此时国内还没开放外资保险进入的政策出台，但对中国市场怀有企图心的各大保险公司已经开始各自布局。苏哲去年留学回国以后，因为在本市的背景，一经介绍就被总公司看中,派来担任了这个职务,负责先期的筹备运作。

他处理好自己的邮件,看看时间,走了出来,发现她正捧着书看得心无旁骛。从他这个角度看过去,可以看见她神情专注,细密纤长的睫毛微微颤动,微垂的颈项带着一个美好的弧度。他注视好一会儿,才说:"可以走了吗?"

"当然。"

邵伊敏收起书,起身将椅子移回原处,顺便看看窗外是不是还在下雨。她第一次站得如此高地看这座城市,不禁有点惊奇。雨似乎停了,淡淡的雾气下,这座城市显得有些迷蒙,一眼望去,高高低低的楼群错落相连直到灰色天际,一群鸽子结伴从眼底掠过,马路上的车水马龙看上去十分遥远,不远处一个小小的湖泊如同一粒绿色的宝石镶嵌在高楼之间。

苏哲走到她身后,顺着她的视线望出去。这里是他出生的城市,尽管中间他离开了几次,可是完成学业决定回国时,还是不假思索地先回了本地。受命成立代表处,他选择了这里办公,也是因为喜欢视线以内市中心寸土寸金地段的这个小湖。

邵伊敏感觉到他走到身边,猝然转身,却和他碰了个面对面。她下意识地向后退去,身体重重抵在窗台上。

"我弄得你这么紧张?"

她牵动嘴角自嘲地笑了,坦白地说:"没办法,对着你我的确紧张。"

"和自己挣扎得这么辛苦,值得吗?"

"我不知道,但如果有让我挣扎的理由,我猜大概就是值得的吧。"

她强自镇定下来，微微侧身，伸手去取自己的外套。苏哲先一步拿到，抖开衣服替她穿上，一瞬间两人的身体已经接触到一起，他身上的古龙水味道她已经十分熟悉，她必须努力才能控制自己的战栗。她僵立着，待他站开一步，她才轻轻呼了一口气。苏哲帮她拿起书包，示意她先出门。两人乘电梯时都默默直视着电梯门，不看彼此，到地下车库上车。

苏哲一边开车一边说："伊敏，待会儿能不能上去和我嫂子谈一下？别误会，我没有请你揭自己家事安慰她的意思。事实上离婚对她也许是个解脱，但她现在太紧张乐清和乐平了，反而弄得两个孩子很为难。我是个男人，又是她前夫的表弟，有些话不大方便说得太直接。"

邵伊敏不愿意掺和别人的家事，但她想起乐清和乐平，还是点了下头："如果孙姐愿意听，我可以从教育心理学角度给她一点建议，但恐怕我的意见说不上权威。"

"她不需要权威的意见，只是欠缺坦诚的交流。她家不在本地，离婚后好像和原来那些朋友也很少往来了。"

"跟你一块儿过去，我怕孙姐看了不会开心，她告诉过我要离你远点儿，我也答应了的。"

苏哲笑了："我嫂子看来是真的很喜欢你，不然不会这么糟蹋我。放心吧，我会告诉她，眼下只是我在不断纠缠你罢了。"他嘴角的笑意越来越明显，"而你立场一直坚定。"

邵伊敏一下红了脸，无可奈何地说："你又何必挖苦我，我如果一直坚定，会少很多烦恼。"

"你能为我烦恼，我觉得很开心，至少在你心里，我不算一个一无是处的陌生人了。"

孙咏芝来给他们开门，看到邵伊敏很高兴："幸好乐清出去碰到了你，不然不知道他要逛到几时才肯回来。他们还在上课，我们去楼上坐坐吧，我正在整理东西。苏哲，你自己随意啊。"

邵伊敏随孙咏芝上了楼，走进她的主卧套间，发现地板上摊了好多东西。孙咏芝盘腿坐到个坐垫上，也推了一个坐垫给她："我现在只要有空，就开始整理东西，分门别类地放好，省得到要走的时候再手忙脚乱。"

"现在就整理，会不会太早了？"

"不早呀，我已经整理了好多不用带走的东西送人。真没想到十七年婚姻、两个孩子，会堆积下这么多东西。"她随手拿起一盘录像带，"这是我结婚时录的，真讽刺，本来想丢掉，可是又想，毕竟也是属于自己的一部分生活，丢掉也不能抹去了。"

孙咏芝有些消瘦，但精神不错，看起来的确有解脱后的释然。她翻拣着一样样东西：录像带、相册、各种纪念册、乐清和乐平的奖状、两人小时候的作文、母亲节和父亲节以及生日的贺卡、旅游纪念品、小玩具。她把准备留下的贴上标签，请邵伊敏用记号笔写上简单标注，放进了纸箱里。

看着眼前琳琅满目的东西，邵伊敏是感慨的。

她有两次搬家收拾东西的经历。第一次是十岁那年，父母离婚，准备各自再婚，爷爷奶奶来接她过去同住，她一声不响地收拾东西。尽管父母不和多年，但对她照顾算周到。她的小房间里床头摆着毛绒卡通玩具熊，书架上放着一期期的儿童文学和童话故事书，墙上挂着曾经的一家三口合照。她只将还能穿的衣服通通放进箱子里，再整理好自己的书包，然后跟爷爷奶奶走了。后来爸爸说要把那些东西给她送过来,她头也不抬地说:"没地方放,全扔了吧。"

爷爷奶奶的房子很小,她的房间更小,只能摆一张窄窄的单人床和一张小小的书桌,一个简易衣柜,从窗子看出去也不过是对面宿舍的红墙,景色单调。但爷爷奶奶的慈爱让她一住进去就觉得安心,父母再分别接她过去,她无法敷衍那两个必须叫叔叔和阿姨的陌生人,多半会直白拒绝,后来他们各自有了孩子,彼此联络更加稀少。初中上了寄宿学校,她对集体宿舍并不反感,但每个周末都是背上书包飞快回家,窝在自己的小房间里仿佛才会松一口气,外面孩子喧闹地结伴玩耍对她从来没有诱惑力。

她从没想过毕业以后回老家工作的可能性,然而有个家在远处笃定地等着自己,感觉还是会很不一样。可是那套房子很快就要属于别人了。

寒假返校的前一天,她开着收音机,开始第二次收拾自己需要带走的东西。这时才发现属于自己的东西实在少得可怜,甚至比十岁那年更容易做取舍。

她从小到大没有写日记的习惯,从来没参与同学之间纪念册题字留言的兴致,存下来的照片也不多,全装在一个圆形的饼干盒子里,不大好携带,她准备寄放在爸爸家里,只挑了高中毕业时和爷爷奶奶的一张合影放进钱夹里。她再看向书桌上方,那里是个壁挂式的书架,上面几乎全是高中教科书和教辅资料,自然没有带走任何一本的必要。

她一直认为自己没有什么感情方面的固执或者说恋物癖,然而眼见自己除了回来时的行李,只会带走薄薄一张照片,和这个房子就此告别,这个认知让她第一次真切地感觉到了自己的生命是贫乏的。

眼下帮着孙咏芝将一个个有纪念意义的物品包好捆扎起来，仿佛可以看见当时的欢乐被定格在这些繁杂琐碎的东西之中，可是她居然不曾拥有这样简单的幸福。过去的一切，好像成了被自己刻意遗忘的时光。

"怎么了，伊敏？"

邵伊敏回过神来，微微一笑："没什么，这个玩具小熊很可爱。"

孙咏芝拿起用丝带扎好的一沓信，怔了一下，摇摇头道："比录像更讽刺的东西，是跃庆以前写给我的这些情书。他一个工科生，写得那么缠绵，刚开始收到的时候，我还以为他是抄来的。"她脸上的表情瞬间变得温柔，随即她又苦涩地笑了，再看发黄的信封一眼，断然扬手，将它丢进了旁边一个废纸箱里，"算了，我最近真是唠叨得厉害，而且对你一个女孩子讲这些也实在不妥，可能会害你对婚姻失去信心。"

"不至于，我没那么脆弱感伤的。"

"不管怎么说，我们的确幸福过，我不会怨恨他。两个孩子的东西，我打算再琐碎也都带走，我想保留好关于他们的每一点回忆。丈夫可能变成前夫，可是儿女不管长多大，总是我的儿女。"

"那是自然，孙姐。可是你有没有想过，他们十五岁了，对很多事情都有自己的看法，很快就会长大独立。"

孙咏芝的眼神黯淡下来："我当然想过，所以才珍惜眼下和他们相处的每一天。我已经不能给他们一个完整的家了，只希望对他们付出多一点，也算是弥补。"

"你和林先生只是分开生活,我相信林先生一样会关心他们的。所以,你不要有太多心理负担,也不要对两个孩子过分关心照顾,这样会对他们两人造成心理压力。我不知道乐平现在是什么状况,但乐清看起来已经接受现实。从心理学角度讲,用正常的态度对待他们,有助于他们建立自己的平衡。以他们的年龄,也应该有一定独立的生活空间和自我调适能力,不能太把他们当小孩看待。"

孙咏芝听得认真,半晌无言。

邵伊敏迟疑了一下,继续说道:"那些大道理也许没什么说服力,我成长过程中父母并不关注我,我怨恨过,但回想一下,其实最初他们都很负疚,十分热切地想弥补我,我反而被他们的热情吓到了。因为那并不是一种常态的、我希望得到的父爱母爱。他们只是在努力对我假装我的生活没有变化,可是我知道那只是一种假象,假的就是假的,再怎么掩饰也没用。我想乐清和乐平希望得到的也不是你没有底线的付出,你如果能轻松幸福,对他们也是一种很好的暗示,证明就算父母不在一起了,生活一样可以按正轨进行。"

孙咏芝沉思着,神情变幻不定。邵伊敏想这番话已经有违自己一向坚持的原则了,只能言尽于此。她将一张张贺卡收拾好,不小心掉下一张,贺卡飘落到地板上展开,居然自动播放起一首圣诞歌曲。孙咏芝拿起贺卡,仔细看着。

"乐清和乐平四岁时收到的,真神奇,电池还能用。"她抬头看着邵伊敏,"离婚这事,我父母和朋友看得比我还要严重,对着我就欲言又止,要么是过分关心,觉得我的未来一片黑暗,要么就是强颜欢笑。我讨厌他们的这种态度,没想到我自己不知不觉中居然也用这种态度对待乐清和乐平了。谢谢你,伊敏。你和苏哲都说得对,我这段时间的确太紧张了。我会试着放松自己的。"

两人说话间,林乐清和林乐平下课上楼,看到地上的东西,林乐平惊喜地叫道:"哎呀,妈妈,你还留着我们这么小的时候的照片呀。这个发条青蛙也还在,以前乐清老和我抢着玩的。"

"明明是我的,你和我抢才对。"

他们都在地板上坐下来,翻看着属于自己的童年回忆。邵伊敏将记号笔递给林乐清:"帮你妈妈收拾,下次我们再去打电动,怎么样?"

林乐清点头。邵伊敏对孙咏芝一笑:"我先走了,孙姐,再见,乐清、乐平。"

孙咏芝和两个孩子也仰头对她微笑说再见。

7

邵伊敏走下楼,对正坐在沙发上看报纸的苏哲说:"乐清、乐平帮孙姐收拾东西,今天不玩游戏,我先走了。"

"我送你。"苏哲起身,将报纸折好放到茶几上。两人走出孙家,进了电梯,直接下到地下停车场。邵伊敏上了车,靠在椅背上长吁一口,觉得有点累了。

"怎么看着不太开心?是我刚才的要求太勉强你了吗?"

邵伊敏摇头:"只是有点感触罢了,如果可以预见未来,再浓烈的感情也有这样分手的一天,那还有没有必要结婚?"

"是我的错,不该让你去劝我嫂子的。知道吗?你问了几乎和乐清一样的问题,我忘了你看着再理智,也不过只比他大五岁罢了。好吧,我给他的回答差不多是这样的:结婚还是不错的,可以跟一个你最亲密的人分享生活。任何人都不能保证自己的想法一生不变，重要的是知道自己最珍惜的是什么。"

"果然是哄孩子的话。可是，也只能这么想，不然人类都不用繁衍了。"邵伊敏看着远方，微微笑了。

"我还有一句哄孩子的话，结婚可不是光为了繁衍。"

"我们还是不要谈人生的意义和目的了，这个话题让我很无力。"

苏哲无声地笑了："要不我们先找个地方吃饭吧，已经快五点了。"

"我想喝点酒，可以吗？"她看到苏哲一脸意外，自嘲地笑，"放心，我不会喝醉了骚扰你的，只是觉得有点郁闷。"

苏哲笑着点头："其实我欢迎你的骚扰。我们去吃日本菜吧，清酒可以解忧，又不至于喝醉。"

日本菜餐馆门口挂着个画着歌舞伎的门幌，里面装修得幽静雅致，播放着喜多郎的音乐。虽然是周末，但本地爱好日本菜的人不多，里面并没满座。一小份一小份的鱼生、天妇罗、寿司什么的，装在精致的盘子里送上来，并不合邵伊敏的口味，而小小的白瓷杯装的清酒更是平淡。

"不喜欢日本菜吗？"

"挺琐碎的。"

"第一次听人这么评论一种菜。"

"这酒的确喝不醉人。"邵伊敏再喝一杯微烫的清酒，没什么酒意，倒是觉得有点热了。

"我们这才喝第三瓶，清酒还是有后劲的，而且我也不想再弄醉你，让你说我心怀叵测。"苏哲给她把杯子斟满。

"你没灌醉过我,如果认真说起来,倒好像是我心怀叵测了。"

"我的荣幸。"苏哲对她举了下杯,一口饮尽。

"问个问题行吗?"

"问吧,难得你对我有了好奇,我会尽量坦白回答的。"

"你说重要的是知道自己珍惜的是什么,你有过自己一直珍惜的人吗?"

苏哲认真想了想:"我要说得坦白,可能你又会认为我花心,可是人在不同阶段的心理是不可能相同的。一直珍惜,至少到目前我还没体验过。下午在地下车库接到的电话,是我出国前的女友打来的。那会儿我去美国,她留校。两个人对未来有不同的打算,走前她突然跟我说想和我结婚然后同去美国。我喜欢她,但那么早说到婚姻我没法答应,于是她说我不够珍惜她,与其相隔两地,不如分手好了。我们不确定未来,也不确定感情经得起时间和空间的考验,所以愿意放彼此自由,我们的分手是很友好的。"

"可是她好像还爱着你。"邵伊敏记起上次在理工大后山听到的对话。

"她有男朋友了,准备近期结婚。她知道自己该做什么,而我知道我不该做什么。"苏哲莞尔,取出热水中温着的另一瓶清酒,给自己倒了大半杯,"我珍惜她给我的回忆,至于爱情,很抱歉,我对她没有当初的感觉了。过去我不能因为可能分开就拒绝她的爱,现在我也不能因为她还存着旧日的感觉仍然爱她。"

他其实一向坦白,可是用这么诚恳的口气说话却是第一次。昏黄的灯光下,他的笑容看着有几分暖意,仿佛清酒的温度传达到了那里。

"那么,你喜欢我吗?"邵伊敏抬头问他,没有任何撒娇的意思,仿佛只是一个简单的求证。

"不止一个问题了,可我还是乐意回答。对,我喜欢你,不然你以为我干吗纠缠你?一般来说,是别人纠缠我的。"他脸上重新带了点调侃的表情。

邵伊敏点头,将手里的酒喝完,突然抬头看着他:"趁我没有后悔,带我去酒店吧。"清酒将她的脸蒸得绯红,眼睛晶亮,她的神情坦然得好像刚刚说的不过是"送我回学校吧"。

苏哲有些吃惊:"这个提议我很喜欢,可是如果你觉得自己肯定会后悔,那何必一定要去做?"

"那当我什么也没说好了。"她拎起书包和外套,起身要走。

苏哲一把拖住她,扬声叫服务员过来结账。然后牵着她走出餐馆。他在门口停住脚步想给她披上衣服,她却一把甩开,掉头就走,苏哲追上去拉住她:"你可真是喝多了,赶紧上车,小心着凉。"

"关你什么事。"她烦躁地说。

苏哲抓住她的手拉她到车边,打开车门将她塞进去。然后自己也上了车,发动车子:"你想好了吗?我可不喜欢你再来告诉我,你是借酒装疯酒后失德,然后叫我忘了。"

"我今天根本没醉。你不愿意就算了,当我无聊骚扰了你,送我回学校吧,不过以后都别指望我还会这么说。对了,是以后你都不要再出现在我面前了。"

"好吧,我只想知道,下午你还直想躲开我,为什么突然改主意?"

"大概就是和自己挣扎得累了。"她疲惫地说,靠到椅背上,"我承认我也喜欢你,我想看看不和这个念头对抗会怎么样。"

苏哲不作声,默默开着车,过了好一会儿,邵伊敏察觉出不是回学校的那条路,垂下眼睛,低声说:"还有一件事,我不想再吃事后避孕药了。"

苏哲再开了一会儿,突然将车停到路边,下车走进药店,不一会儿重新上车,还是一言不发地开车,速度明显快了很多。他拐进一个住宅小区,停好车,然后绕过来拉开副驾驶位车门,握住邵伊敏的手将她拉下车,锁上车门,牵着她进了一个单元,快步直上到四楼,她几乎跟不上他的脚步。

他拿出钥匙开门,将钥匙丢在玄关上,回身将邵伊敏拉进来,动作差不多是粗暴的。她失去平衡重重撞入他怀中,他抱起她,也不开灯,走进卧室,一边吻她,一边开始脱她的衣服。室内似乎有集中供暖,相当温暖,可是当彻底裸露在他面前时,她还是瑟缩了。转眼间,他已覆上她,一个个火热的吻重重落到她有点冰凉的肌肤上。

这一次我没有任何借口了。一片混沌之中,这个念头再次清晰浮现在她的脑海中。她拒绝再想,紧紧抱住了他。

似乎灵魂飘出了身体,正在黑暗中冷冷看着自己放弃挣扎。

他在她耳边叫着她的名字。

伊敏,伊敏……

从来没有人用这么缠绵的声音呼唤她,她的身体迎接着他的冲击,如同被潮汐冲刷的沙滩,纯粹的感官快乐也如同潮汐般铺天盖地席卷而来。

黎明时分,邵伊敏猛然惊醒,眼睛慢慢适应黑暗后,看到了陌生的房间、陌生的床，再加一个算不上陌生可也绝对说不上熟悉的男人。

他睡得十分安详，英俊的面孔上没有平常的淡漠，也没有经常会对她流露的调侃意味。她几乎妒忌他这种松弛到无忧无虑的睡态，她猜自己可能真的得有铁打的神经，才能继续沉入睡眠之中。

她起身到地板上摸索自己的衣服，先摸到手里的是苏哲的衬衫，她随手拿起来披上，走去客厅。

室内暖气充足，光线幽暗，她光着脚踩着带着凉意的地板走到客厅，窗子那里利用包暖气片的空间做出了一个略高的飘窗台，上面铺着线毯，放着靠垫，她坐上去，看着外面。此时正是天将放亮前夜色最深沉的时候，借着路灯，可以看见楼下整齐停着一辆辆车，黑色车道两边都是很高的树，光秃秃的枝条随风轻轻摆动，稍远一点是一片空地，中间有一棵郁郁苍苍的大树，遮出老大一片阴影。

她双手搂住自己的双腿，将脸贴在膝头上，出神地看着窗外。整个小区安静得没有一点声音，不知怎么的，赵启智写的那篇文章突然浮上她的心头，内容她记不清了，可是标题似乎很适合眼前的情景：寂寞的颜色。

寂寞如果真的有颜色，应该就是这样无边无际带点幽微光线的黑暗吧。看那篇文章时，她有种轻微的哭笑不得的感觉，因为从小到大，寂寞就如影随形无处不在地陪伴着她，她只是习惯、接受和安于寂寞的存在，从来不觉得主动去品味寂寞是件有意思的事。一个已经无视寂寞的人当然不能理解一个偶尔寂寞的人发出的享受感叹。

她也从来不害怕寂寞,现在当然不能骗自己说投进这个怀抱是因为寂寞。其实在火热的拥抱、身体的缠绕、唇舌的交接后这样醒来,只会更加寂寞。可是她并不后悔。如此亲密无间的体验、心醉神迷的欢乐,果然把折磨身体的那些喧嚣挣扎给抚平了。

她想,这是值得的。

天边渐渐透出微光,苏哲从卧室走出来,走到她身后抱住她:"我喜欢你穿我的衬衫的样子。"他的手指轻轻摩挲她的颈项,拨开她的头发,吻她的脖子,"对不起,伊敏,我想我大概毁了你谈一场幼稚校园恋爱的可能了。"

"我都大三了,再想幼稚也太晚了。"邵伊敏脑海里掠过赵启智满是震惊的脸,自嘲地笑,回身伏到他胸前。他看着清瘦,其实身体还是结实的,她将脸贴在他的颈下,"好像不是一个很大的损失。"她的确怀疑自己有谈幼稚恋爱的能力。

苏哲也笑了,抚摸她乌黑的头发:"你让我失控了,我本来想和你慢慢来,从看星星开始,一点点体会恋爱的乐趣,给你一个完美的体验。"

"偶尔试一下失控的感觉并不坏。"她喃喃地说,呼吸软软喷在他胸前的皮肤上,"至于完美,我不知道,已经很接近了吧。"

他把她抱起来一点,吻她的唇,她的唇和她的呼吸一样柔软,她的头发从两侧披散下来,垂到他的脸上、身上。他捏住她的一缕头发,缠绕在自己的手指上,也是软软的、柔滑的,手指轻轻一扯动,发丝就从指间脱开了再纷纷散落下来。

原来沉沦来得这么容易。

8

邵伊敏再次睁开眼睛时,床上只剩她一个人了。她拿起表看了看时间,不禁吃惊,已经是上午十一点了,基本上她没试过在床上睡到这么晚。她下床,拿起衣服走进和卧室相连的卫生间,卫生间面积不大,但装修简洁紧凑,全套白色的卫浴设施,面盆上放着没开封的牙刷,毛巾架上叠放着白色毛巾。

她快速洗了个澡,穿好衣服走出卧室,苏哲衣着整齐,正背向她站在半开的窗边接电话。这是一间不算大的客厅,可是空间比一般公寓的房子高许多,天花板上悬着木质的吊扇,地上铺的柚木地板,深色的家具通通不是时尚的样式,米色的窗帘和宽大的咖啡色沙发颜色略为暗淡,看得出都有些年头了,但全透着让人舒服的居家气氛。

苏哲讲完电话回过身,正看到邵伊敏,目光清澈,神情平静,半湿的头发披在肩上。他走过去抱住她:"真能睡呀,看你睡的样子,实在不忍心叫醒你。饿了吧?我带你出去吃饭。"

他接过她手里的羽绒服给她穿上,两人下楼后,邵伊敏才看清这是个不算大的小区,一栋栋五层的楼房,楼间距说不上大,楼房看外观和苏哲家室内一样都有些陈旧不起眼了,但楼与楼之间大树丛生,树冠都高过了五层楼顶,中间还有一片打理得很好的草坪,正中是一棵参天大树,下面正当冬季仍然绿草茵茵。市区中心有这样近乎奢侈的绿化环境实在让人瞠目,院内停着的车也多得出奇。

苏哲开车驶出大院,院外也是一条安静的林荫大道,路上行人稀少,车辆全是一掠而过,只有清洁工人在埋头清扫着人行道。

路两旁是高大的法国梧桐,虽然正是冬季,树枝光秃秃的,也可以想见,到了夏天树叶繁茂时这条路一定是浓荫蔽日的。车子拐出这条路,街道突然变得喧哗,仿佛魔术般回到了尘世。

他将车开到了一家小小的餐馆前,还没到吃饭高峰时间,里面只有他们这一桌,点了几个菜,很快就上齐了,两人随意吃完。他开车送她回学校,没开音响也没开空调,将车窗降下一点,冬日冷冽的寒风吹进车内,两人都觉得神清气爽。

"后悔吗?这么沉默。"

"后悔已经发生的事吗?"邵伊敏微笑,"不,何况我不认为我有后悔的理由。"

苏哲将车开到路边:"我去那边给你买部手机,方便联络一些,怎么样?"

邵伊敏摇头:"别买,我不接受随传随到的。而且这学期我连家教也不接了,平时真的没空,如果找我的话,周六打宿舍的电话吧。"

苏哲笑了,重新发动车子:"你甚至连我的号码都不打算要,好吧,我猜我要等你主动找我,可能会白等,那么至少不要不接我的电话。我多少年没往女生宿舍打电话了,真是一个巨大的考验。"

邵伊敏回到宿舍,宿舍里只有罗音在。电话响了,罗音连忙对她说:"要是韩伟国找我,就说我不在。"

邵伊敏点头拎起话筒,还真是韩伟国:"不好意思,罗音不在。我不知道她怎么没开手机,大概没电了吧。嗯,好,看到她我会告诉她的,再见。"

她一点好奇心不带地简洁转告，罗音长叹一声："邵伊敏，要怎么说才能拒绝一个人，又不伤他的自尊心？"

罗音的确诚心求教。因为昨天她在文学社活动上见到了赵启智，他看上去明摆着彻底对邵伊敏断了想法，可是提到她，居然还微微一笑，仍然带了点温柔和惆怅，那个表情迷死了小师妹宋黎，也让罗音对自己的室友佩服得五体投地。

邵伊敏却没想到会有人跟自己讨教这种问题，换个人她也许会笑笑不理，但她一向喜欢罗音，想了想说："我没拒绝别人的经验，不过我想坦诚很重要吧。"

这种隔靴搔痒式的回答让罗音挫败地再次长叹："我说不出我不喜欢他，他人真的很好。"

"当然你是喜欢他的，作为同学、朋友。可是这种喜欢和爱不一样，大家都还年轻，没必要急着决定未来，不妨先作为普通朋友来相处，给双方时间和空间，如果能找到爱的感觉再说。"

罗音一下坐起来，直盯着邵伊敏，邵伊敏吓一跳："如果你觉得这说法不妥……"

"太妥了，邵伊敏。为什么这些话被你一说就显得很有说服力？我其实也想说这个意思，但是我不知道怎么表达出来才算完整又善良。对着他那么真诚的表情，我就有罪恶感，怎么也说不出'我喜欢你，可我不爱你'。"

邵伊敏涩然一笑，不觉得自己顺口就能说出这些话算是一种才能："如果实在确定自己没有感觉，也许直接拒绝也是一种善良吧。我去图书馆了，再见。"

Chapter Four

这样的一晌贪欢，如果一定要付出代价，那么好吧，我认了。

1

邵伊敏过着和从前没有两样的生活。她早上六点半起床，出去跑步、背单词、吃早点、打开水，基本一节课不落，每天照旧在图书馆或者自习室待到最晚，全神贯注于自己的书本，对周围的任何声音都充耳不闻。

师大没有考研打算的学生读到大三下时，大部分已经过得轻松悠闲，谈恋爱、上网聊天、玩游戏，大家尽情享受着自由。还有比较大胆的，干脆双双对对搬到校外租房子同居，提前过起小日子。对比之下，邵伊敏本来是引不起别人的八卦之心的，可是女生几乎有着天然的敏感，还是有人马上就注意到了她的变化。

周六中午，苏哲打来电话："今天有时间吗？就算忘记了我，也该记得答应了乐清。我现在混得真惨，得拿侄子做幌子了。"

身处宿舍之中，邵伊敏脸微微涨红，不知如何回答才好。

陈媛媛的位置对着电话，正好看见了她的表情，几乎不相信居然会从这张平时平静得像扑克的脸上看到这样的小女生情态。但邵伊敏只是含混地"嗯""好"然后就"再见"挂上电话，拿起书包走了。

　　陈媛媛对室友讲出自己的发现:"哎,我觉得邵伊敏恋爱了。"

　　罗音好笑:"春天快来了,你看全世界都在恋爱。"

　　"我说真的,她刚才接电话脸一红,那个样子还真有点……妩媚。"

　　李思碧的追求者号称从师大东门可以排到西门,她从来对谈恋爱这件事有点天然的优越感:"读到大三下才初恋,也怪不容易的。"

　　江小琳刚好就是另一个"怪不容易"的人,一向对李思碧强烈的美女意识接受不良,此时她只能向天翻一下眼睛。她和邵伊敏同班,因为数学系女生较少,才被分插到中文系女生宿舍。她相貌普通,有点面黄肌瘦,来自贫困地区,靠助学金和奖学金维持着生活。她也并不在意别人知道这个事实,公然地说自己没空玩恋爱这个奢侈的游戏。

　　某种程度上,邵伊敏同意江小琳的说法,恋爱确实是个奢侈的游戏。

　　她觉得自己的时间实在不够用了。她开学之初为自己制订的计划不包括打电动游戏,当然更不包括恋爱这样最能谋杀时间的事情。但眼下她不忍拒绝乐清,他所有的同学都在备战中考,没人陪他玩;而苏哲,目前属于她不可能拒绝的那一部分。

　　玩了快两个小时游戏,邵伊敏和林乐清出来喝水。林乐清的爸爸林跃庆今天飞去加拿大,在那边先帮他们把房子找好,苏哲送他去了机场,说好了待会儿来接他们。邵伊敏揉着自己的耳朵,近来她戴耳机练听力时间过久,这会儿再被里面的高分贝电子音乐一轰炸,都觉得有点耳鸣了。

"最近你妈还好吧?"

"反正没管我和平平那么厉害了,准我周末下课了找你打游戏,也准平平和方文静不用家长陪着出去看电影。我知道是你和小叔叔劝了她。"

"你妈自己想明白了才是真的。"

"奇怪,我妈跟我爸也相处得比以前好,什么都是一块儿商量,那叫一个相敬如宾,这个样子让我和平平怀疑,有什么必要离婚呢?"

"他们的矛盾已经通过离婚解决了,剩下的问题是共同承担对你和乐平的责任,当然应该一块儿商量。赌气不理对方,那太幼稚了。"

林乐清哼了一声:"好吧,我幼稚,我现在就是不爱理他,我不知道该跟他说什么,看到他就觉得烦。"

邵伊敏能理解这种感觉,她没有说教的瘾头,无意当人家家庭的调解人,只想林某人也是成年人了,应该自己承受儿子和他从此疏离的后果:"你不爱说话,不用勉强自己,可是也别勉强自己一定要不理他,那样就变成用别人的错误惩罚自己,没什么意义。"

林乐清转动着眼珠,冷不丁说:"邵老师,小叔叔是不是在追求你?"

邵伊敏一口汽水差点喷出来。林乐清递纸巾给她,笑眯眯地说:"我小叔叔很不错的,肯定比你的男同学好。"

"喝水,这么多废话。回去不许八卦,听到没?"

"我要封口费。"林乐清坏笑。

邵伊敏扫他一眼,他马上认输了:"得得邵老师,你别拿这么厉害的眼神看我，最多陪我打下游戏就算封口了。"

邵伊敏忍不住好笑："你的同学现在都得准备中考，没人像你这么悠闲自在吧，还有心思八卦，还能玩游戏？估计吃饭都得看着时间了。"

"那倒真是，这是整件事中唯一让我和平平爽的部分。妈妈对我们的要求是中考分数不难看，我们的同学都眼红坏了。"

邵伊敏中考、高考的滋味全尝过，考试对她来说一向不是问题，但也能理解他们的同学的艳羡，被林乐清眉飞色舞的表情逗乐了。

苏哲乘自动扶梯上楼来，远远地就看到邵伊敏的笑容，十分惬意开怀，完全不同于和自己在一起的样子，倒是带了几分孩子气，他几乎有点不愿意上前打扰了。不过她已经看到他了，对他招了一下手。

他走过去，坐到她身边，林乐清对他眨了下眼睛："小叔叔，我刚才问邵老师，你是不是在追求她。"

"哦，邵老师怎么说？"

"她不许我废话。"

"这样啊，那听老师的话没错的。"苏哲懒洋洋地说。

邵伊敏对林乐清做出的那副心领神会的表情简直忍无可忍了："哎，你是不是真不想我再陪你玩游戏了？"

林乐清笑嘻嘻地说："邵老师，你得庆幸面前坐的是我，我只问个答案出来就满足了，要是平平来了，还不得从头问到尾呀。小叔叔，你给我封口费得了。"

"我要封什么口，我巴不得你到处去说。"苏哲很轻松地说，拿出手机接听后，对他说："好啦，你妈在楼下，已经接到乐平和她朋友了，在一楼等你，叫你一块儿去吃饭。我们下去吧。"

"我不要跟方文静一块儿吃饭。"林乐清大惊，"她吃饭的样子让人一点胃口都没有了，我总怀疑平平爱跟她在一块儿就是想减肥。"

"你这么说女生很不厚道呀，而且，你既然知道我在追求邵老师了，就该自觉走人对不对？"苏哲很没正形地笑着对林乐清说。

邵伊敏竖个手指制止了林乐清和他叔叔一样没正形的笑，林乐清忍住笑道："好好，我走我走。邵老师，下周再见。"

苏哲伸手拎起邵伊敏的书包："我们也走吧。"

"等会儿吧，省得碰上孙姐。"邵伊敏哭笑不得地看着从自动扶梯那里回头给她做鬼脸的林乐清。

"我跟她说了我在追求你。"

邵伊敏怔住："你好像没必要去向她自首吧。"

"没办法呀，我嫂子直接把我叫过去，让我离你远点，我只能坦白说我是认真的。"苏哲笑着摸摸她的头发，"我实在想不明白，我这人就这么不靠谱吗？看来我得好好反省一下自己了。"

邵伊敏无可奈何，林乐清开开孩子气的玩笑也就罢了，她本能地不喜欢大家都知道，可是孙咏芝的好意她还是心领的。

两人找地方吃完饭，邵伊敏坐上车，还是不问苏哲往哪儿开。苏哲瞟她一眼："你和乐清说的话比和我好像要多得多。"

"可能因为我和他只相差五岁，和你差了七岁吧。"

他被这个答复给气乐了，也不理她，自顾自开车带她回了自己的家，两人一起上楼，他一边脱外套一边说："好吧，我不是在和乐清吃醋。你能这么关心乐清和乐平，我很开心，本来还以为别人的生活彻底不在你的视线范围内呢。"

邵伊敏再度怔住。

"你看你和我这么亲密了，可是你对我没一点基本的好奇，从来不问我任何问题。这次应该算我栽你手里了，你并不打算和我分享生活。"

"我一向好奇心不算强。我只是想，如果我们会在短时间内说再见，那何必用好奇来打扰你也困扰我自己；如果我们能相处下去，你我多少都会了解对方。至于分享嘛，我真的不大确定。我的生活很单调，而你的生活对我来说，未免太丰富了，我不知道怎么分享。"

"看样子我已经给你留了个太坏的印象，也太快带你回来了。可是有一点我得说清楚，我从来不欠缺简单的肉体关系，也不是为此找上你。"

邵伊敏并不准备争论，只走过去伸手抱住他："如果你是想提醒我恋爱谈得不够专心，那好，我道歉。"

她仰头看着他，目光清澈如水，嘴角含笑，神情居然带点不自知的妩媚。苏哲心里一动，搂紧她，一脸严肃："下次不许这么快跟我认错，你要任性，要无理取闹，要明知理亏仍然嘴硬，要我来哄你……"

没等他说完，邵伊敏已经笑得软倒在他怀中，肩头直抖做恐慌状："这得需要多好的演技才能配合你的要求呀。哎，你不是真有这么特别的趣味吧？"

他也笑了，坐到飘窗台上，把她抱到自己怀里："不是。不过我欢迎你偶尔这么对我，这是女朋友的特权。"

已经是早春时节了，窗外下着小小的雨，从这里看出去，正好是小区中央的那片草坪，细雨无声洒落在绿草上，偶尔几个人匆匆走过，看着安静至极。

"奇怪，现在这个季节居然已经有这么绿的草。"

"为了满足某些人的特别趣味呗。"苏哲漫不经心地说着，把玩着她的头发。

邵伊敏还真不习惯这么无所事事地闲坐，眼睛简直下意识地看向自己的书包，可是她想这会儿要是再去拿英语过来看就太不明智了。好在苏哲开始吻她，她很快忘了英语和其他。

"我嫂子还真是喜欢你。你这么理智的孩子，肯定知道她说的话没错，为什么会对她食言，突然就放弃抵抗没离我远点？"他一边吻她，一边问，眼睛在半暗的光线中闪着光亮。

"为你的美色所惑好不好？"邵伊敏斜睨他一眼，然后思索一下，慢条斯理地说，"其实我也没那么肤浅啦，"她正对着苏哲逼近的脸，"我想我主要还是被你良好的自我感觉给打败了。"

苏哲重重一口咬在她的嘴唇上，她痛得尖叫一声，狠狠推他，可是他动也不动，只是松开她的唇，差不多鼻子对鼻子地看着她："好吧，猜猜看我干吗非要招惹你。"

"呃，你说过吧，我……有趣？"她抚着自己的嘴唇，没什么底气地说。她从来不觉得自己算得上有趣，而且清楚地知道，在大部分同学眼里，自己应该算是非常无趣了。

"那只是原因之一，剩下的我偏不告诉你了。"苏哲往后靠在窗框上，"你慢慢猜吧。"

她抚摸着他英挺的眉毛，笑道："我才不费这个脑筋去猜。"

"我居然忘了，你还嘱咐过我别费神研究你，说容易研究成执念。"苏哲微微合上眼,任她抚摸着,"可是傻孩子,执念哪是只因为好奇和研究就能形成的呢。"

2

邵伊敏没买手机,她的生活实在太规律,在固定的时间打宿舍电话肯定就能找到她,而且父母给的生活费并不宽裕,她用不着给自己找个负担。但林乐清把一部手机交到她手里时,她也只能无可奈何地接下来。

"小叔叔前天去香港开会了,下星期三回,临走时叫我把这个给你,请你开机给他打电话,号码已经存了。"林乐清喝着可乐,笑嘻嘻地说,"你的号码我记下来了,下次不用再叫你们宿舍那个说话好嗲的姐姐留话给你了。"

出了商场,送林乐清上了回家的公交车,邵伊敏看了下时间,快五点半了。她打开手机,果然里面只存了一个号码,拨过去,苏哲很快接听了。

"游戏时间结束了吗?"

"嗯。"她一向打电话只讲必须讲的话,一时之间不知道说什么好了。

"我现在在中环,天气好闷热,往来都是陌生面孔,匆匆擦身而过。接到你的电话,很开心。"苏哲的声音在电话里稳定而温和,比当面说话竟显得诚恳许多。

邵伊敏正走上过街天桥,看了看自己身边,一样是行色匆匆的路人:"我正打算回学校。"

"我很想你,伊敏。"

她停下脚步,伏在天桥栏杆上,下方马路上车辆川流不息,一片喧哗中,她突然觉得周围的一切走远,只留了这个声音直直钻进了耳内,她良久不语。过了好一会儿,她才轻声说:"我也想你。"

挂了电话,她待在原地看向远方,眼前一片车流无尽延伸。

她只对爷爷奶奶产生过想念的情绪,而且从来没有用言语直接表达出来的习惯。爷爷奶奶也都是感情含蓄的人,打来电话只会抓紧时间絮絮地问她的生活情况,她知道若一说想他们,恐怕他们会被惹出眼泪来。

现在她竟然在熙熙攘攘的街头,对着一个才开机的电话,向千里以外的某个人说出了想念,这让她一时有点恍惚。想念?她并不跟自己抠字眼,应该算是想念吧。

不知道从什么时候起,背单词、做真题训练的间隙,邵伊敏会有短暂的出神时刻,然后再命令自己收回心神重新专注。她不知道她那片刻的出神落在同在自习室的赵启智眼里,让他多么迷惑。赵启智从来不缺乏细致的观察力,他知道有人扰乱了那颗平静无波的心,而那个人不是他。

他研究生选读了新闻学,固然是放弃了文学方面的野心,但文学已经成了他的爱好和习惯,他情不自禁地品味着心里的惆怅,放大着自己的情绪,再用文字将情绪具体化并定格下来。

不同于宋黎他们的一味叫好,罗音看到社刊上赵启智的新作时吃了一惊,斜睨他一眼,半晌不作声。赵启智有点心虚,可是隐隐又有点得意,只想有感而发和无病呻吟果然是两个概念,而罗音,简直就是知音人了。

罗音的确读出了赵启智的弦外之意,也有点被触动了。她刚刚和韩伟国分手,可是尽管参考了邵伊敏的说辞,这还是一次足够糟糕的分手,韩伟国根本没理会所谓"以后还是朋友"的说辞,只说:"你觉得可能吗?"然后他掉头而去。

她躺在床上发呆。江小琳问她是不是不舒服,她只有气无力地摇头。弄清楚原因后,陈媛媛和刘洁都笑了:"哎,你甩了人家,是人家失恋了比较可怜,你何必躺在这里装死?"

罗音无言以对。

李思碧则撇了下嘴:"笨哪,你又没新的目标,干吗急着分手?"

饶是满腹心事,罗音也被逗乐了:"这也能骑驴找马呀,对别人太不尊重了吧。"

"对男人最大的尊重就是接受他的爱。"李思碧有很多说出来掷地有声的理论,"你以为你一句没感觉就打发了人家算是尊重吗?他也不会领你的情,只会想你居然宁可荒着没男友也不愿要他,这是多大的侮辱。"

罗音大汗:"他不会真这么想吧,也太能发挥了。"

"是你了解男人还是我了解男人?"

罗音只好认输,可是毕竟不甘心:"如果他这么幼稚,那我怎么做都是错,也没什么好说的了。"

"其实男人都是幼稚的动物。"李思碧打了个哈欠,下了结论。

其他人基本上只见识过男生,还来不及见识男人,当然也没法反驳。

罗音没有为这事长久烦恼的心思,可是半靠在床上,又看了一遍赵启智的文章,还是不得不心生感慨,为什么人家将一点恋情结束得这么惆怅美好呢?

她想，是赵启智比韩伟国来得成熟吗？好像也不见得。正好邵伊敏拎着她那个重重的书包走进来，将书拿了几本出来放好，手抚着书包，带点倦意地看向窗外。罗音知道从她那个角度看出去，不过就是对面的一幢宿舍罢了，可是邵伊敏的神情显得含义万千，仿佛看到的是某处神秘不可测的风景。不过转眼之间，邵伊敏恢复了行动，将书包放回原位，拎着开水瓶去了水房。

罗音丢开社刊，头一次认真琢磨起自己的室友来。她这才意识到，邵伊敏没有因为拒绝赵启智而弄得彼此反目，还让他平添了点因为得不到的爱带来的沧桑气质，弄得宋黎看他的眼神越发痴了，这可绝对不是因为"我们以后还是朋友"这样的废话。

从大一开始，数学系追邵伊敏的人虽然不多，但一直也没断过，可是她总能礼貌又坚决地拒绝，没给别人一点想象空间，也没让任何人下不了台，似乎不大像李思碧说的"冷感"就能达到这效果，这一点自己大概是怎么学也学不到了，得算一种天生的才能吧。

要说调动男生的情绪，李思碧应该算是高手了。同寝室快三年了，罗音不止一次亲眼见过她以退为进欲去还留，把一干追求者弄得牵肠挂肚不能自拔。看到那个过程，的确会让人在某些雄性生物的智商面前有一点优越感。罗音一向宽容，不介意看好戏在眼前上演，但从来没想过用这一套对付某个男生。相比起来，如果可能做到的话，她当然更愿意像邵伊敏那样处理分手。

邵伊敏并不知道室友会起琢磨自己的念头。通常情况下，她都是洗漱完毕，然后换上睡衣，躺到床上再戴上耳机听一下英语听力练习，静待熄灯后的卧谈会结束再睡觉。可是今天她有点心神不宁,立在床边脱了外套,调到振动的手机在口袋里振动起来,她马上重新穿好衣服鞋子,快步走出宿舍,才拿出手机接听。

"我回来了,现在在东门这边等你。"

她疾步走向东门,脑袋里还是闪过一个念头:这样的一晌贪欢,如果一定要付出代价,那么好吧,我认了。

3

再怎么行事小心,邵伊敏还是引起了越来越多的注意。

某天早上她走进宿舍,嘴巴一向比脑袋动得快的陈媛媛马上说:"咦,邵伊敏,你一夜未归啊。"

全宿舍的人都看向她,她只心平气和地回答:"你一直在等我吗?"

陈媛媛顿时哑然,其他人也只好各自移开目光。

又有一次苏哲在学校门口接她,有相识的同学正好路过,索性驻足一直看她上车。

苏哲带她去了酒吧,旧时废弃的教堂改建而成,在闹市区一条相对偏僻的街道上,门面很不显眼,面积也并不大,但里面空间高大幽深,拱形的屋顶悬着小天使雕像,四壁尽是彩绘玻璃,灯光照例暧昧不明,一边小舞台上有支乐队在唱英文摇滚歌曲。

苏哲和伊敏坐在角落的一张沙发上听歌喝酒,但她并不喜欢这里的喧闹,同时觉得自己一身学生装束和这里的气氛格格不入。偶一抬头,她小吃了一惊,不远处和一个男人正在喝酒并窃窃私语的美女,尽管化了妆又被灯光照得面色变幻不定,可她还是认得出那是她的室友李思碧。她当然不喜欢在这里碰到熟人的感觉,推说耳朵难受,苏哲也不勉强,两人刚起身,李思碧恰好回头,把他们看个正着。

各式各样的猜测凑到一块儿,爱八卦的同学得出了比较接近事实的推理:邵伊敏交了男朋友——有偶尔的夜不归宿为证;帅——对男人的外形有鉴别发言权的李思碧可以保证;是学生的亲戚——看到邵伊敏上车的同学恰好也去过理工大的那次郊游。

中文系女孩子理所当然地产生了联想:"哈哈,家庭女教师,学生的亲戚,这么'简·爱'这么'琼瑶'的故事。"

陈媛媛从来口无遮拦:"什么年头了,会不会也有个疯老婆在家?"

几个女孩子笑成一团。罗音也觉得好笑,不过她看到邵伊敏出现在门口时,只庆幸自己还没逞口舌之快乱说什么。

邵伊敏一向对别人闲聊的反应慢半拍,寝室房门大开着,她当然把所有玩笑话听了个正着,可是居然没往自己身上产生任何联想。直到走进去后,几个女孩子看着她集体缄默时,她才回过神来。

她从前太熟悉看到自己出现时的这种失语了,不过那都是在议论她的父母。她一下白了脸,什么也没说,扫了众人一眼,径直走到书桌前开抽屉拿了单放机的电池,转身走了出去。

"果然不能随便在背后谈人是非。"罗音喃喃地说,觉得邵伊敏那个眼神扫过来只短短一瞬,可是透着凌厉,着实有点厉害。

陈媛媛不服气:"许她做不许人说吗?再说我们也没说什么呀。"

"别做不做的说得那么难听,人家恋爱,也不是啥大不了的事。"罗音不想再纠结这个问题,八卦着好玩是一回事,八卦到当事人不开心就是另一回事了。

刘洁也附和："对呀，跟帅哥恋爱多好，不知道那男人到底有多帅，真想亲眼看看。"

"那个男人不是她守得住的，我以前就在酒吧见过他，实在打眼，跟他搭讪的女人不少。"李思碧很干脆地说，"恋爱？做做梦不要紧，我希望她别认真。可是第一次恋爱不认真就怪了，她有的是苦头吃。"

邵伊敏并没有生气，她仅仅是不喜欢被别人议论的那种感觉罢了。可是她也知道，想不让人议论那是不可能的。李思碧一向是众人议论的焦点，对方也享受作为焦点人物的感受，然后从罗音、陈媛媛、刘洁的恋爱、失恋，到生活严谨得无可挑剔的江小琳对于奖学金的争取，所有话题都会有人津津乐道。她一向不参与此类闲谈，对别人的八卦听听就算了，完全不往心里去，现在只希望别人对自己采取同样的态度，同时也提醒自己，不能玩得太疯了。

她能坚持的不过是在周末接受苏哲的邀约，先和林乐清玩会儿游戏，然后苏哲过来接她，有时两人一块儿吃饭看场电影，有时他带她出去转转，然后去他家。两人这种实在有点说不清性质的关系居然就这么很有规律地维持着，比她预料的时间一天多过一天。慢慢地，她对苏哲也有了点了解。

苏哲从理工大工科专业毕业，然后去美国"混了几年"，先读工科，后来转学商科，拿了个硕士学位后悠游了一阵子，去年回来，刚好赶上某家外资保险公司中部代表处成立，他就接着"混上了"——他自己的原话。

他从来不提他的家人，邵伊敏反而松了口气，事实上她对任何人的家庭都没有好奇心，觉得这样更好。苏哲对此似乎也默认了。

邵伊敏既不爱泡吧，也不爱购物。苏哲笑着说她的生活习惯不像女孩子倒有点像清教徒，不过也不勉强她。有时他晚上开车带她兜风，一路随意闲扯。到了师大后边的墨水湖，他就停下车，两人沿湖散步。

"你们学校后边这湖，以前我在这里钓过鱼，那会儿这里没修环湖路，晚上黑灯瞎火的，有好多水鸟，湖水也比现在清澈。"

湖边已经垂柳青青，春风和煦，双双对对亲热的小情侣自然很多。

没人会一个人跑这么远专门来钓鱼，邵伊敏嘴角勾起一个笑，知趣地不提他交过的师大女友。可他偏偏说："师大的美女的确比理工大的要多，不过我受不了学文科的女生那股矫情劲，说声再见都能整出生离死别的味道来。"

她横他一眼，懒得接腔，只想反正自己学的不是文科，当然更犯不着为同校女生的名誉而战。

他说："当然，你不一样，你的大脑回路估计和她们不同，你是能把生离死别当普通再见处理的那种人。"

她并不生气，反倒被逗乐了："你喜欢别人和你成天执手相看泪眼无语凝噎吗？"

"不喜欢。所以我半夜醒来，摸到你在身边，总会谢谢老天：没事，这个妞虽然会在我舍不得的时候非要走掉，可那不是死别，下周我们还会见面的。"他转头看着邵伊敏，威胁说，"不许做出那副忍吐的表情，不然待会儿回去有你好瞧的，我难得抒情一回，你必须配合我一下。"

邵伊敏笑倒在他怀里:"我得引用你的话了,保持这样总能逗乐我的状态,我想我会爱上你。"

"是呀,"他摸她的头发,"你爱的是快乐,不是我。可是没关系,你也让我快乐了。"

他和他给的快乐能截然分开吗?她不清楚。好吧,快乐就好。她已经被自己给自己安排的高强度攻托福的目标逼得有点神经衰弱了,所以欢迎这样一个轻松的周末。

可是苏哲也并不总是轻松的。再一个周末他明显有些烦躁,坐在外面等她和林乐清时,手指敲着桌子,脸色阴郁。送走林乐清,两人说到去哪儿吃饭,邵伊敏照例没有意见,他恼火地说:"偶尔主动说说自己的想法很为难吗?"

第一次见他这样不好说话,她建议说:"你的情绪好像不大好,我可以自己先回学校去。"

苏哲更恼怒了:"这算什么,开心的时候在一块儿乐乐,有情绪了各自走路?"

"我只是不想和你吵架好不好,而且我确实不大懂得怎么哄人。"

他盯着她看,眼神让她发毛,可是他最终只摆了下手:"你有生理周期,就当我有情绪周期好了。我不希望你生理期就说不来见我的面,弄得我们好像只有床上那点关系。现在我处于情绪周期,你也体谅我,让我自己待会儿就好了。"

话说到这份上,邵伊敏也就只好随他去了。他开车回家,叫了外卖送东西上来,两人沉默地吃了。然后苏哲进去换了件衣服,走时打了个招呼,直接说自己去酒吧喝点酒,可能会回来得晚点,让她不用等他。

看着门在他背后关上，邵伊敏烦恼地想，原来恋爱里的麻烦实在不少。她第一次独自待在这个房子里，那种一个人在别人家的感觉让她很不安。

她懒得多想，打开书包拿了书，开了落地灯，盘腿坐在沙发上做自己的功课。身处这样安静的环境里，她的学习效率十分高。看书看得累了，她去厨房拿了个苹果，洗干净坐到客厅飘窗台上吃着，春天柔软的风从半开的窗子吹进来，空气清新而温暖。她从这个角度看过去，客厅过去一边是书房和主卧，另一边是餐厅、厨房和一个小储藏室，所有的房间都通风良好，光线充足。眼前这套房子装修得低调舒服，风格是她赞赏的那种。她来过多次了，但看着仍然觉得陌生。

她十岁前住的房子在爸爸再婚时已经重新装修了，她的小房间后来当然给了她的异母妹妹住。她妈妈再婚后的家她只去过几次，就再也不肯去了。她唯一熟悉的房子就是爷爷奶奶的那个老厂区宿舍，楼道狭窄，拐角永远堆着杂物，房间内空不高，客厅狭小，厨房、卫生间光线昏暗，整个结构可以说一无是处，可是她不知道到哪里还能找到待在那个屋子里的安心感。

想起旧时的房子，她不禁有点踌躇。照爷爷奶奶的说法，应该是把那房子卖了，然后把钱给她，充当留学前期必需的花费，爸爸也点头答应了。当地房价很低，一套面积不大的老厂区宿舍，照估价最多值十万块钱罢了。她并不惦记那笔钱，但的确想过等钱到了以后，像刘宏宇建议的那样，利用暑假去北京上托福短期强化班，这样八月底去参加考试才更有把握一点。可是父亲那边一直没有下文，而刘宏宇在QQ里说现在暑期班报名早开始了，异常火爆，如果她不抓紧恐怕根本排不上号。

她看看时间,不到九点,这件事她平时也不好在宿舍打电话谈,现在迟疑了下,还是拿出手机打了爸爸家的电话。继母接听的,有点惊奇:"小敏你买手机了呀?"

邵伊敏含混地应了一声。继母知趣地没说什么,叫来邵伊敏的父亲听电话。

"最近传出拆迁的风声,据说有开发商看中了这一片老厂区宿舍,现在出手有点难,大家都在观望。"邵正森说话有点迟疑,"小敏,你是需要钱吗?你叔叔跟我说了你的打算,爸爸会支持你的。"

邵伊敏知道父亲所在的企业不景气,父亲收入有限,所以并不想让他为难:"没事,申请学校是下半年的事了,得等托福成绩出来再说,这会儿不用。"

挂上电话后,她迅速盘点了一下自己的经济状况。她过得很节俭,但父母各自给的钱加在一起只够学费和基本生活费。北方中型工业城市的生活标准不高,她也从来不愿意再开口向他们要钱,一向是用奖学金和做家教的收入给自己添置衣物和零用。

她既不要求进步,也不怎么参与学校的活动,更不和人套近乎。数学系算是师大学习风气最浓的系之一,刻苦学习、积极向上的大有人在,她的成绩很好,可有人比她更好,而且还有更多的筹码,她一向只能得金额有限的一等或者说二等奖学金,从来和特等奖学金无缘。凭她手头的那点钱,报名考试够了,但要承担去北京上托福强化班的费用则完全不可能。看来她也只好抓紧这段时间,留在本地多用点功了。至于考试完了而房子还没卖掉,到时拿什么钱来申请学校,她只能摇摇头。到时再说吧,她想,重新拿起了词汇书。

Chapter Four 113

4

深夜，邵伊敏睡得正好。苏哲回来，身上满是从酒吧带回来的酒味、烟草味，纠缠上来，拉扯她的睡衣。她不耐烦地推开他，他不罢休，又缠过来。

"醒醒宝贝，你看今晚的月亮多美。"他在她耳边随口瞎扯着，"春江花月，美景良宵，一个人睡觉多没意思。"

一点睡意生生被吵没了，她不免恼火："你的酒品也太差了吧，喝多了直接洗澡睡觉多好。"

"我能坚持到回来看到你再发疯已经很有品了。"

邵伊敏不能不联想到自己的借酒装疯，顿时哑然，脸一下红了。黑暗中他龇牙轻声笑了，洁白的牙齿很醒目。她想象得到，那个笑容一定很可恶。她赌气地翻个身不理他，但他一把抱起她，顺手拉开卧室窗帘，坐到窗边那把藤制摇椅上，月色如水一般照到两人身上。

"反正你也睡不着了，陪我聊会儿天吧。"

邵伊敏打了个哈欠："聊什么？"

"你不是这么煞风景吧。夜半无人，窃窃私语，还用问我聊什么吗？"

她换个姿势，让自己靠得舒服点，看着月光透过刚生出树叶的大树，在地板上投下斑驳的阴影："真安静，你抒情吧，我保证配合好不好，不然的确有点辜负这样的夜晚。"

苏哲笑了，用下巴揉着她的头发："我一向喜欢你这随遇而安的性格。"

"不然能怎么样？"

"不生我的气吧?"

"没生气。"邵伊敏说的实话,她知道自己性格阴郁的一面,一直原谅自己,当然也能理解别人的坏心情,"我心情不好的时候可能比你恶劣得多,那时候我就希望全世界都把我忘掉,让我一个人待着最好了。"

"那样就能够自己想通吗?我很怀疑。我比较倾向于到人堆里去,耳朵边是轰鸣的音乐,眼前是一张张跟自己不相干的脸,喝一点酒,好像再大的不愉快也都散了。"苏哲抱着她柔软的身体,看着窗外那轮明月出了会儿神,"不问我为什么不愉快吗?"

"如果你愿意说,我愿意听。"

苏哲轻声笑了:"我就别指望你有主动问的那一天了。中午我去参加了前女友的婚礼,很隆重,很喜庆,就是出了一点岔子。"他的声音在安静的夜晚听着柔和低沉,"婚礼中途,新娘把我叫到换衣服的房间,扑进我怀里哭了。"

邵伊敏一下笑出了声,苏哲瞪她,认输地摇头:"你的大脑回路,当真是和别的女人不一样。"

"对不起,我没别的意思,可是想象着那场面,真的很好笑。"她努力忍笑,"然后呢?"

"你当听故事呀,还然后呢?"苏哲拉一下嘴角,不知怎么的,也笑了,"可是真的有然后,然后新郎进来了,很尴尬。"

接下来其实场面也不算难堪,他镇定地将哭得梨花带雨的新娘交给了新郎:"我们是多年没见的老同学了,她难免有点激动,再加上婚礼带来的紧张、焦虑感,你要多理解她。"

新郎同样很镇定地接受了他的说辞,抱着新娘轻轻拍着她的背柔声哄她。苏哲走出房间,随手带上门,直接出了酒店。

Chapter Four 115

"你就为这个烦恼?"邵伊敏倒有点不可思议了,斜睨着他,"可是我觉得烦恼的那个似乎应该是新郎才对吧。"

苏哲就算为前女友肖慧烦恼,也只是一会儿的事罢了。他对她的性格有充分的认识,哪怕她现在留校任教好几年了,又读到了博士,仍然有点和年龄不符的任性和天真,他只能同情那位看着气质儒雅,据说是理工大最年轻副教授的新郎,同时祝他自求多福了。

"是呀,男人烦恼的根源就是女人,远之则怨,近之则不逊。"他顺口说着,并不打算提真正令他恼怒的原因。

邵伊敏轻声笑了:"那我们保持不远不近的距离吧。"她用手将两人的身体撑开一点距离,"这样够不够?"

月光下她的笑容带点调皮,又带点平时没有的天真。苏哲收紧手臂将她搂到胸前:"不许,我们之间的问题不是距离不够,而是你无时无刻不在努力想离我远一点。"

他紧紧抱住她,两人之间没有一点间隙,他俯下头吻她,那样辗转缠绵,掠夺她所有的意识。

5

第二天,邵伊敏正收拾东西准备回学校,手机响了,她拿出来一看,是家里打来的,不觉有点吃惊,连忙接听。

"小敏,是我。"原来是继母,她姓胡,是某医院的护士长。以前邵伊敏在年少倔强时期曾刻意管她叫胡阿姨,后来长大了一点,觉得这个叫法既伤人又不利己。不管怎么说,这个继母都不曾刻薄自己,于是邵伊敏改口叫阿姨,算是亲近了一点,也到了她亲近的极限。

"阿姨您好，有什么事吗？"邵伊敏有些纳闷，继母从来没主动给她打过电话，更别说她昨天已经打电话回去了。

"我昨晚和今天早上打电话到你的宿舍，你都不在，宿舍一个女孩子说你没回去睡，我只好打你的手机。"

邵伊敏不理这话茬儿："您找我有什么事？"

"昨天你问起你父亲关于那套房子的事，我觉得我有点想法必须跟你说清楚，不然真的很难受。"

"好的，您说。"邵伊敏预计对方打算讲的不是什么好话，不过也只能听着了。她走到飘窗台边坐下，想着总比在宿舍众人旁听的情况下接这个电话要好一些。

"我也不知道怎么说才好，小敏，你爷爷奶奶安排卖房这个事很伤我的心。小菲跟你一样，也是邵家的孩子，爷爷奶奶多年来对她不闻不问，到现在哪怕象征性地留一点东西给她的意思都没有。"邵伊菲是邵伊敏的异母妹妹，继母说得动情，声音都有点哽咽了，"她昨天还在问我，为什么爷爷奶奶只喜欢姐姐不喜欢她。"

爷爷奶奶确实因为嫌恶儿子闹婚外情，拒绝见新儿媳，连带着对他们的另一个孙女没多少感情。不过邵伊敏不认为一个不到十岁的女孩子会在意从来没生活在一起、只见过几面的老人是否喜欢自己，所以她保持沉默。

"我知道这么处理房子不是你的意见，小敏，我也没有怪你的意思。可是你应该知道，现在小菲也一天天长大了，我和你爸爸都只是工薪族，单位效益也都说不上好，要照顾你们姐妹两个的教育费用确实是勉力为之。听你爸爸说，你还有出国留学的打算，这是好事，可是我不能不说一句，恐怕那个费用就不是我们能力范围内的事情了。"

"我早跟我爸爸说过,大学毕业以后我会独立,至于是在哪里独立,就不用你们多担心了。阿姨,还有什么事吗?"

"话是这么说,但眼下房子暂时没法出手,你爸爸肯定不可能对你留学的费用不管不问。我已经没办法让他明白,小菲也是他女儿,爷爷奶奶的财产她也应该有份。你一向明理,所以我希望你能跟你爸爸讲清楚,不会再跟他提额外的要求,我们确实负担不起。"

"阿姨,容我提醒您,爷爷奶奶眼下都健在,房子是他们的财产不是遗产,他们有权利按他们的愿望处理,谈不上谁有份谁没份。"

"可是这样对小菲公平吗?"

"公平?阿姨,既然您谈到这个问题,那您觉得我的父亲在我成长的过程中基本不见踪影,对我来说公平吗?您觉得我得到这区区几万块卖房子的钱,就比小菲幸运吗?"邵伊敏笑了,"我原谅我父亲,至少他负担了除我以外另一个完整家庭的责任,至少小菲享受到了一个完整的父爱。可是再别找我要公平,我给不了。"

她的继母一下语塞,停了一会儿才说:"我觉得你爸爸已经对你尽到责任了,他就是觉得你可怜,所以对你的教育费、生活费都是该给多少从不拖拉,我也从来没对他说过什么。如果不是现在实在为自己的女儿觉得不值,我不会跟你说这些话。"

"我父亲真觉得我可怜吗?"邵伊敏怒极反笑,"好吧胡阿姨,请转告他,我承认我父亲到目前为止对我尽到了金钱上的责任,希望他能继续尽这份责任直到明年我毕业,其他额外的都不用他来负担。"

"你对你爸爸真的一点感情也没有吗？我都不敢告诉他你没在宿舍住跑外面过夜的事。一个女孩子总该自重吧，他听了非气坏不可。"

"没关系，我猜我爸爸有这份心理承受能力的，你直接告诉他吧，我的确没在宿舍，我和一个男人在一起。可是我能保证，这个男人不是有妇之夫。"

那边继母彻底哑口无言了，邵伊敏挂断电话，只觉得手抖得厉害。她顺手将手机丢在窗台上，看着窗外草坪中央那棵几人才能合抱的大树。苏哲告诉过她，这是一棵树龄将近百年的樟树，此时正值花期，可是小小的黄绿色花混在茂密的树叶里很不显眼，只有努力看，才能看到花的形状。她瞪大眼睛，几乎看得眼睛酸涩。

苏哲不知什么时候从卧室出来，环抱住她，握住她仍然颤抖不已的手，她不假思索地狠狠往回抽，也没能抽回来，他安慰地说："别生气，可怜的宝贝。"

她顿时爆发了，一下推开他，直奔向玄关。苏哲一把拖住她，她狠命挣扎着想甩脱他："不许再跟我提什么可怜的，不许。"她声嘶力竭地嚷着，"我受够了你们自以为是的怜悯，我真的可怜吗？好吧，那我也不用你们来同情。"

苏哲紧紧抱住她，不管她的踢打，将她圈在自己胸前。她没法挣脱，急怒之下，头狠狠撞向他的身体，他疼得哼了一声，仍然没有放手。她很快挣出了一头一脸的汗，可是也全身无力，停止了挣扎，任他抱着自己坐到沙发上。她将头埋在他怀里，不知道过了多久，突然发现脸下的衬衫是湿的，那湿痕越洇越大，显然不是流汗造成的。她跳起身跑进了浴室，只见自己满脸是泪，头发乱蓬蓬的,汗水将一点碎发黏在额头上,样子着实狼狈。

邵伊敏打开水龙头,埋下头,双手掬起水,冲洗着脸上的汗水和泪痕,良久才扯过自己的毛巾擦拭干净,往脸上拍爽肤水,再擦点乳液,梳理好头发,镜中的自己似乎恢复了平静,可是眼圈泛红,一张脸木木的,怎么看都觉得陌生。

她忘了上次哭是什么时候了。可笑的是,她却记得陈媛媛上学期期末突然失恋,伏在寝室床上放声大哭的情景。陈媛媛哭得那么酣畅淋漓,宿舍里的人纷纷安慰她,连一向瞧不上她的李思碧也站得稍远,凉凉地讲着关于男人靠不住女儿当自强的理论。这种场合邵伊敏完全插不上话,看得吃惊,明白自己从来就做不到这么理直气壮地表达感情。

她无精打采地打开浴室门,苏哲正站在门外。他脱下胸口打湿一大片的衬衫,随手将其扔到洗衣篮里,然后牵住她的手,走回客厅让她坐到沙发上,转身去厨房倒了杯水递给她。她双手捧着杯子,一下喝了半杯水,将杯子放到茶几上。

"看,我心情不好的样子够恶劣吧。"她声音哑哑地说,"下次看我发疯,千万让我一个人待着。"

苏哲坐到她身边揽过她,让她坐自己腿上,一下下抚摸着她的头发:"傻孩子,长时间压抑自己的情绪没什么好处的。"

"可是发泄出来也不过是觉得累,没什么痛快的感觉。"她的确觉得疲乏,"帮个忙,别问我为什么发火好吗?"

"你愿意说,我会愿意听;你不愿意说,我不会问的。"

邵伊敏伸手抱住他,将脸贴在他赤裸的胸口上,闷闷地说:"谢谢你。"

"谢我干什么，我说过我愿意哄你，无理取闹都可以，何况是真不开心。"

她苦笑："昨天我并没有哄你，你这样让我惭愧了。"

"恋爱是没公平可言的事，而且恐怕你想哄也哄不好我。其实昨天下午，我也接到一个让我很烦的电话，我父亲打来的。我和他快一年没说话了。"

这是苏哲第一次说到他的家人，邵伊敏不知道说什么好，只静静听着。

"我们之间矛盾太深，也不用多说了。我以为我不理他，他说什么我都可以不在意，可是我错了，隔那么远，只谈了几句话，我们就吵起来。"苏哲皱了下眉头，"结果他摔了电话，我一个人在街上气得半死。"

邵伊敏贴着他的胸口，听他的心跳，比平时来得急促，和他语速镇定的声音形成了对比。

"不过气归气，我还得打电话过去给他的秘书，让她提醒他记得吃药，我不敢惹他心脏病发，看我活得多窝囊。"

"早就知道你不是为你前女友生那么大闷气。"邵伊敏嘀咕着。

苏哲笑，伸手扳过她的脸，让她正对着自己："对，不是为她。我要能为她郁闷成那样，早拉她跟我私奔了，还用眼看着她嫁给别人吗？"

"连着两天遇上女人趴你怀里哭，也挺郁闷的吧？"

"好啦，你现在已经能拿自己开玩笑了，估计也没什么事了。用不用我再附送一点人生建议之类的？"

"说吧，我听着。"

"我们都有必须忍受的人和事，生完气就算了，不值得多想。"

邵伊敏将头搁在他肩上长久不作声。她想自己其实从来不欠缺容忍,基本上她对人对事期待不高,所以出现什么样的悲观情况,她都能接受。继母的话虽然讨厌,但遇上比这更烦的事,她也一向是默默咽下去罢了。她还真不知道今天为什么会爆发。

更重要的是,她发火就算了,居然被这个男人一抱就抱出了天大的委屈,眼泪止也止不住地狂奔出来。她有点鄙视自己,这和陈媛媛听人劝得越是恳切,哭得越发来劲,真是没有什么区别了。

"如果是为钱,就更不值得了,我可以……"

她抬手掩住他的嘴:"不是钱的问题,只是家事。我不多想了,你也忘了吧。"

苏哲笑着吻她的手:"如果是用钱就能解决的烦恼,其实最不值得你烦恼,以后你就会明白这个道理了。"

以后的事以后再说,眼下邵伊敏的烦恼的确有一部分是因为钱,但她怎么也不肯把这个烦恼交给苏哲解决。这段关系开始得已经太微妙,如果扯上钱,就更让她应付不来了,她不愿意给自己找这个负担。

6

转眼到了五一假期,手头略有余钱的大学生们也蠢蠢欲动着纷纷出游。

苏哲公司的大老板来中国会见保监会领导,顺便召集下面代表处开会,苏哲出差去了北京。邵伊敏没有任何旅游的打算,便抓紧时间留在学校背单词背得抓狂,听磁带听得耳鸣阵阵,到假期结束前一天,接到苏哲的电话:

"我回来了,现在在你们学校图书馆前面那个布告栏边。"苏哲的声音显得很愉快,"好多年没进师大了,我决定冒充一下学生,再试一下等女朋友的滋味。"

邵伊敏对着英语已经有点想吐了,欢迎他的这种直接干扰:"那我要不要多拖一会儿再过去,显得你的等待比较有诚意?"

"我怀疑多拖一会儿,你自己会先对自己不耐烦,你太守时了。"

她放下电话,开始换衣服,想了想,还是把托福词汇书放进书包,自嘲地想:毕竟是给自己套上了枷锁,怎么也不敢放纵自己太狠了。

正在这时,罗音跑进门,手忙脚乱地丢下背包,一边清理着笔记本之类的东西,一边问她:"你也去听讲座吗?"

邵伊敏摇头,她根本没注意什么讲座,正准备出门,罗音跟上来:"可算赶上了,今天是晚报社长的讲座,新闻专业的人恐怕这会儿全去了。"

两人正好同路,邵伊敏有些不安,再一想,罗音平时并不多事。两人转过教学实验楼,苏哲正站在布告栏前,手里拎着西装,领带拉松,白底蓝色条纹衬衫领口纽扣解开,他正饶有兴致地看布告栏上贴得乱七八糟的启事、通知之类。

邵伊敏对罗音说声再见,跑过去挽住苏哲,苏哲低下头,对她微微一笑:"看,我说了,你实在是个守时的好孩子。"

"走吧,省得我们的同学看到。"

"我没那么见不得人吧?"

"你的样子太招摇,我怕你在这里招蜂引蝶好不好。"

"你打击起我来从来毫不留情。"

罗音呆立在原地目送他们走远,她终于看到了传说中的邵伊敏的帅哥男友,可是一个帅字未免形容得太抽象了。师大出了名的女多男少,美男在校园里虽不多,但不是没有,而刚从眼前走开的这个男人高大挺拔,五官严格来讲并不是通常意义上的漂亮,但眉目俊朗,神采飞扬,整个人醒目得让人过目难忘,尤其微微一笑,淡漠的表情突然带着温柔,仿佛有无法言传的含义。罗音不能形容那个并不是对着自己的微笑带来的震撼感觉,她只知道自己呆站了好一会儿,有相熟的同学叫她:"怎么还不进去,马上要开始了。"她含混地说:"你先进去吧,我一会儿去。"

她并没有进去听讲座,而是神思恍惚地走回宿舍躺下,晚饭时间过了,她也没觉得饿,眼前充满了那张微笑的侧脸。晚上江小琳回到寝室开了灯,看她躺着出神的样子,吓了一跳,伸手摸了下她的额头。

"没事吧你,笑得这么神秘。"

罗音翻身坐起,疑惑地说:"我在笑吗?"

"在笑,而且笑得跟蒙娜丽莎似的。"江小琳看她没生病就放了心,"三峡好玩吗?"

"还行。"罗音这几天和几个同学结伴去了三峡,"哎,江小琳,你相信一见钟情吗?"

江小琳很干脆地说:"我信。"

其实罗音没指望她回答这问题,只是太需要有个人陪自己说说话了,这下反而被吓着了:"我以为你们读理科的人会对这个说法嗤之以鼻呢。"

江小琳白她一眼:"我相信所有没发生在我身上的奇迹。"

"我得拿笔把这话记下来,太精辟了。启智兄没说错呀,我的确总是低估理科生的智慧。"

"你这算是在夸我呢还是损我呢?"江小琳哭笑不得。

"我觉得我对一个差不多不认识的人动了心,荒唐吗?"

"你旅游时有艳遇吗?跟他搭讪没?"

"我想我一辈子也不会主动跟他搭腔的,我只要知道这世界上的确存在着一个一眼看去就能无条件打动我的人就好。"

"敢问这种神奇的存在对你有什么意义?"

"意义嘛,就是让我相信生命中还是存在惊喜的,我对爱情的期待也没有错。"罗音笑眯眯地回答。

江小琳只能再白她一眼:"请你继续低估理科生的智慧好了,我不能理解你这一套玄妙的理论。"

罗音大笑,重新躺下,双手枕在脑后。她想,好吧,这的确是一种神奇的存在。对她来说,这个男人既不是同学的男友,也不是她可能发起进攻的对象,而更像一个抽象而不可触及、和自己现实生活脱节、只能存在于小说和想象里的人物。如果这样的话,他是谁都没有关系吧。

她再看邵伊敏时,当然有几分不自觉的好奇。可是邵伊敏除了偶尔夜不归宿,看不出异样,平静得完全不像罗音之前看到过的任何一个陷入情网的同学。一定要让罗音发挥观察能力的话,她也只能说,邵伊敏脸上偶尔会闪过一个温柔恍惚的表情,算是唯一和以前不同的地方了。

"你相信一见钟情吗,启智兄?"罗音近来问过很多人这个问题,得到了林林总总的答案,碰到赵启智时,她当然不会放过。

资深文学青年赵启智最近却很不确定自己对此的看法,只能苦笑："如果没有一见钟情，文学会乏味失色不少吧。"

罗音瞪他："去你的，你居然说的不是生活会乏味失色不少。"

赵启智一怔，然后点头："对，罗音，我对专业的选择没错，我真的不适合做文学这个行当，老是把最重要的生活体验放到后面。"

罗音打量他，不得不承认，眼前的赵启智仿佛突然显得成熟了许多，难道就是即将到来的毕业带来的变化吗？赵启智察觉到她的注视，笑了。

"其实我在认真想，一见钟情是一种什么样的感觉。如果你认识一个人，最初只是用理智的眼光欣赏，知道她有你喜欢的品质，是能和你合拍的类型，这应该不算一见钟情对不对？"

"不算，一见钟情应该是没道理可讲的，在你知道对方是什么样的人之前，这种感觉就把你吞没了。"

"是呀，到了某一天，理智告诉你，那个人其实并不适合你，应该趁一切没来得及开始前放手是最好的选择。你却突然发现，她在你心里成了超出理智欣赏的一种存在。你不介意她的好品质、好习惯、好性情了，只知道突然有一刻，她那么带点迷茫的出神让你心动，这种心动感突如其来，算一见钟情吗？"

罗音呆住，她当然知道赵启智说的是什么，也知道赵启智明白她能理解。赵启智微微一笑："看，真的是没道理可讲的一件事，对不对？"

罗音也笑："对，没道理可讲，可我还是觉得，我们得谢谢生活中有这样没道理可讲的事情光临。"

"你爱上某个人了吗？突然这么感慨。"

"我爱上了想象中的爱情。"罗音狡狯地说，并不打算和师兄交换秘密。

7

到了六月,林乐清要备战中考,被暂停了游戏。邵伊敏也要应付接踵而来的英语六级考试、期末考试,谢绝了苏哲的约会,一门心思扎进了功课之中。考完最后一门,她长吁一口气,拿出手机给苏哲打电话,苏哲有个应酬,晚饭后开车来接她。

"大学考试,我没见过像你这么累的。"

"如果只求过关,当然不用紧张,可这关系到我的奖学金好不好。"邵伊敏揉着自己的太阳穴,当然也关系到申请加拿大学校时必须有拿得出手的学科成绩,现在她总算放下了一个担子。

"我有休假,你也放暑假了,我们去稻城亚丁玩十天吧。"

"不行啊,我报了八月底的托福考试,打算从明天开始最后冲刺呢,哪儿也不能去。"

苏哲很长时间没说话,邵伊敏隐隐觉得不妙,可是她既然不可能放弃这个暑假最后的冲刺时间,就只好面对苏哲的不悦了。只不过苏哲的情绪显然比不悦要严重得多,他一言不发,径直将车开出了市区,来到曾带她看星星的那个郊外湿地保护区。

晴朗的夏日,暗蓝色的天空中,繁星如碎钻般闪烁迷人,四周有此起彼伏的虫鸣声,黑暗中还可以看到点点流萤,忽明忽暗地在草丛中飞掠而过,湖面吹来凉爽的风,让人颇有心旷神怡之感。苏哲下车,仰头看向天空。

"今天忘了带望远镜,不过天气不错,也看得清楚。"他的声音一如既往的镇定,"这边是织女星,织女星的东边是天津四,那边是牛郎星,它们三个连在一起是个直角三角形,你学数学的,应该比较容易联想吧。这就是夏季大三角。"

邵伊敏顺着他手指的方向看去，但见繁星满天，没有月亮，这三颗星带着银白色光芒，经他一指，确实醒目。

"你看那儿，从北偏东地平线向南方地平线延伸的光带就是银河。"

那一道光带从三角形里向外延伸，横贯南北，灿烂到壮美。邵伊敏仰头看得痴了，满天星斗神秘而高远，这样看上去，仿佛时间和思绪一齐停顿，让人不知今夕是何夕。

一架夜航的飞机低飞而过，灯光把宁静的夜色分割开来。她的头终于仰酸了，她缓缓看向苏哲，星光下他靠坐在捷达满是灰尘的车头，看着远处的湖面，手里拿着一支烟，烟雾缭绕下，更看不清他的表情。

她走过去，轻轻弹掉暗红烟头上挂的半截烟灰："对不起，我还是那个不会哄人却爱煞风景的家伙，你有话要说吗？"

"我在等你说，看不出来吗？一定要我跟你玩一问一答吗？"

她也和他一样，靠坐在捷达车头上，不知名的小小飞虫在眼前乱飞着，她一时不知道从哪里说起了。

"我父母离婚以后，我就和爷爷奶奶一块儿生活了，从十岁开始。"邵伊敏第一次跟人讲起了自己的家事，"我上大学以后，他们去了加拿大，和我叔叔一块儿生活。我报了托福，想申请那边的学校念Master（硕士学位的统称），以后可以离他们近一点。"

"我还是得问了，你什么时候做出出国决定的？"

"今年才有这个想法，准备得晚了，只好抓紧时间，不然没法过托福。"

"这么说是想等托福成绩一下来就开始申请那边的学校了。"他转过头看着她，眼神锐利，"你做好了出国的打算，才决定接受我，对不对？"

"这中间没有必然的联系。"

"是吗？"他讥诮地一笑，"我当你一向诚实呢，伊敏，可我忘了，你一向最在意的是保护自己，跟我相处既然肯定有一个期限，你就觉得可以试着让自己放纵一下了。"

"你一定要这么说，我没办法。"

"这样利用我感觉很爽吧，纾解了你紧张单调的生活，又不至于留下感情的后患，多合算。"

邵伊敏知道无法挽回了。她想，果然是偷来的欢娱，享受一天就少了一天。这么诛心的指责，她没法辩解。事实上她甚至迷惑，莫非苏哲比自己更了解自己，莫非自己的本意就是这样，只图享受一段肯定没有将来的快乐？

苏哲脸上那笑容中带的嘲讽更深了："好吧，我认栽，尽管是第一次被人利用，也是你情我愿，没什么好说的。可是伊敏，如果你以为我会老实等你考完托福，申请好学校，办完所有手续，再来跟我深情告别，那你就太低估男人了。"

"我不敢低估任何人，尤其是你。如果你还记得的话，我曾经说过，你对我来说，是一种奢侈，我不确定我要得起。"邵伊敏尽量保持自己语气的平稳，"可是对着你，我也有贪念，还是舍不得不要，你给了我逃离平庸生活的一个契机，为此，我感激你。"

"接下来你要说永远珍惜我们之间的美好记忆对不对？抱歉宝贝，我给你的到此为止不能再多了。我从来对长久或者永恒什么的没有太强烈的期待，不过我不能接受一个女人因为肯定会分开才和我在一起。"苏哲将烟头丢下，脚尖踩过去，一直将其踩入泥里，"上车吧，我送你回学校。"

两人上了车,苏哲插上钥匙,狠狠一脚油门踩下去,车子迅速穿过颠簸的土路,重新回到公路上,两人都一言不发,一直到师大东门。

车停稳后,她的手刚放到门把手上,苏哲开口了。

"明天记得给乐清打个电话,耽误不了你多少时间。他们应该会在这几天动身。我想,至少你对他们还是关心的。"

"我会打的。"

她下了车,苏哲注视她穿过马路,保持着一向大步疾行的姿态。他突然意识到,这不是第一次看她走远了,而每一次,她都是这么绝不回头,没有一丝迟疑。那个挺直腰背的纤细身影没入了黑暗里,他收回目光,发动车子,对自己说,就这样吧。

Chapter Five

对我来说，你就是我不可能有准备的一个意外

1

邵伊敏与林乐清约好下午三点直接在常去的那家商场的七楼电玩区碰面，她过来时，发现林乐清、林乐平还有那个瘦弱的女孩方文静都坐在那里喝汽水。

"乐平也来玩游戏吗？"

"邵老师，我不爱玩这个，我和方文静买了电影票，等电影开场呢。"

方文静仍然低着头不作声，林乐清站起身走开，一会儿工夫拿了瓶冰镇雪碧过来递给邵伊敏："喂，你们两个，到时间该上去了吧。"

林乐平撇嘴："我还要爆米花。"

林乐清瞪她："你要什么不肯一次说全吗？"

旁边的方文静拉了下林乐平的T恤，细声细气地说："平平，我们自己去买吧。"

"得得，我去买。"林乐清认命地掉头。

邵伊敏忍笑不语，方文静仍是小声地说林乐平："你别招惹乐清了。"

"谁让他大我六分钟是我哥的，我就欺负他，哈哈。"林乐平得意地说。

林乐清将两大份爆米花放到她们俩面前，恶声恶气地对林乐平说："去吃个够，小胖妞。"

林乐平也不理会他，对邵伊敏说："邵老师，方文静这学期数学还是没考好，她刚才跟我说很想找你给她补习。"

邵伊敏看向方文静，见这女孩拘束地低下头避开她的目光，她道："对不起，小静，我八月下旬有个重要的考试，这个假期恐怕接不了家教。你如果愿意的话，我可以介绍我的一个同学过来教你，她叫江小琳，比我的成绩好，年年都拿特等奖学金。"

林乐清没好气地插话说："方文静，你得找个你爸爸肯定不在家的时间上课。"

方文静大窘，脸一下红到了脖子，邵伊敏和林乐平一齐瞪林乐清，林乐清只好认错："对不起呀，我……我没别的意思，你当我没说好了。"

"我上课的时候，我妈都在旁边的。"方文静低着头对着桌子说，并没有生气。

林乐平站起身："别理他，他抽风呢，我们走吧。"

方文静也站起来，拿了爆米花，仍然不看着人，小声说："邵老师，我让我妈给你打电话行吗？"

"当然可以。"

两个女孩子上楼去了，林乐清已经是老大不耐烦："可算走了。"

"乐清，你对方文静太没耐心了。"

"我一看她吞吞吐吐说话的样子，就有点着急。"林乐咧了下嘴，"这个不能怪我吧。都怪她妈，找个男老师吧怕方文静早恋，找个女老师又得防着她爹。"

"你别太夸张了。玩去吧,我好久没打游戏了,估计今天也是我考试前最后一次了。"

可是玩了不到一个钟头,邵伊敏就撑不住了,只觉得耳鸣,耳朵还伴有疼痛感,她对林乐清说:"你玩吧,我去外面休息一下,有点不舒服。"

她撑着头在外面坐了一会儿,林乐清也跟了出来:"没事吧,邵老师?"

"没事,只要不是太吵就还好,估计是这阵子戴耳机听英语时间太长了。"

"你以后会和小叔叔一块儿过来看我们的,对不对?"

邵伊敏顿了一下道:"我爷爷奶奶和叔叔现在也住温哥华,我猜以后我们会有机会见面的。"

林乐清大喜:"那多好。"

孙咏芝过来时,他们正在漫无边际地聊着天,孙咏芝打发林乐清:"过去自己玩会儿,我和邵老师说会儿话。"

邵伊敏有段时间没见她了,此时看她神情有点疲倦:"孙姐,准备起程一定很累吧?"

"还好,这几天尽是和家人、朋友、同学告别。本来没什么出国离乡的感觉,只是换个生活环境罢了,可是不停地告别,倒整出一点伤感来了。"

"我看乐清、乐平还好,心情很放松的。"

"是呀,他们现在状态调整得不错,得谢谢你跟苏哲,不然我可能会弄得他们比我还紧张。"

提到苏哲,邵伊敏沉默了。

孙咏芝看着她，眼睛里全是了然："伊敏，苏哲刚才给我打电话了，说他明天出发去稻城亚丁度假，不送我和乐清、乐平了。你们没事吧？"

"没事了。"邵伊敏微微笑了，"有事也是过去的事了。"

"我还是想多一句嘴。"孙咏芝也微笑着道，"之前我确实跟你说过，苏哲不适合你。因为我觉得你生活得很踏实，而苏哲一向漫不经心，我还多事端出嫂子的身份让苏哲少去招惹你。可是他对你似乎很上心，至少我没见他对别的女孩子这么认真过。"

"我们之间的问题不在于认不认真。"邵伊敏低声说。

"两个人之间的问题在哪里，当然只有你们自己最清楚。苏哲的家庭怎么说呢，有点复杂。他爷爷离休前是本省政府官员。他父亲迁去那边做生意，也做得算有规模了。跃庆在那边发展，其实也是依附着他家的生意。"孙咏芝迟疑了下，还是接着说，"但是苏哲和他父亲一直不和，回国后宁可在这做个闲差事混日子，也不愿意过去打理家里的生意。我和跃庆没少劝他，不过他一直是表面随和自己主意最大，谁劝他都是白搭。本来我还想，如果他对你认真，改掉对什么都漫不经心的毛病，从此安定下来倒是一件好事。"

"为某个人改变自己的生活，是个很大的决定，我猜我和他目前都不大可能做到这一点。所以，真别为这事操心了，孙姐。"

孙咏芝点头："你一向有主见，我也不多说什么了。自己保重。"

"谢谢孙姐，你和乐清、乐平也是，照顾好自己。我先走了，帮我跟乐清、乐平说再见。后天的飞机，我就不去了，在这先祝你们旅途顺利。"

邵伊敏出了商场，眼前是晃眼的大太阳，尽管已经将近下午五点,依然炙热得似乎要把人烤熟。她走向车站,坐车直接回了学校,只想,好吧,该重回自己的生活了。

晚上邵伊敏洗了澡,正准备拿了凉席上宿舍天台纳凉,罗音正换衣服,对她说:"哎,邵伊敏,今天我们去送文学社毕业的学长,聊天喝酒加撒点野。"她转头对着躺床上的江小琳道,"你也去吧,江小琳,都放假了,人太少了没气氛。"

邵伊敏想今天足够郁闷了,去放松一下也不错,便换了T恤加条牛仔短裤,三个人基本是一个打扮,去了研究生楼的天台。那里被打扫得干干净净,铺好了凉席,旁边放着几箱啤酒、切开的西瓜,另外点了几盘蚊香。已经坐了十来个人正聊得热闹,大部分她并不认识,不过留校帮导师编书的赵启智也在其中。大家都是学生,并不需要正式介绍。

有人拨动琴弦,开始用沙哑的嗓子轻声唱起《倩女幽魂》的主题曲,歌声在天台回荡。邵伊敏抱膝而坐,仰头看天空,依然是本地特有的晴朗干燥的夏夜,今天有满满一轮带着黄晕的月亮挂在天空,城市的星光果然暗淡,她努力去看,也分辨不清哪是迢迢银汉,想到曾为她指点天空的那个人,她心中一痛。

赵启智注意到她的出神,递一罐啤酒给她,她接过,两人碰一下,各自喝了一大口。

"我不喜欢七月,好像天天都是告别。"有个女生似乎有点感伤。

赵启智慢悠悠地说:"生活就是一场接一场的告别。我们不停地告别昨天,告别我们熟悉的人和事。"

"我们永远不知道下一个角落等着我们的是什么,所以生活才值得期待。"不知是谁接上这样抒情的一句,大家又是一阵哄笑,都酣畅地大口喝着啤酒，包括平时滴酒不沾的江小琳。

这样多好。邵伊敏情不自禁想到苏哲那句带点调笑的话：你是能把生离死别当普通再见处理的那种人。她微微苦笑，如果生活真的就是一场接一场的告别，她喜欢这样，没有离愁别恨，只有相忘于江湖的痛快感觉。

2

第二天一早，邵伊敏就接到方太太打来的电话，她已经问了江小琳的意见，同时讲明白方先生目光灼灼比较惹厌，但一般不在家，而且方太太肯定在家，提醒江小琳自己认真考虑。江小琳指了下自己戴的样式老气的眼镜讪笑她多虑了，每个假期她都会兼几份职打工挣钱，当然乐意接受这份每周三次、报酬很说得过去的家教，她去试讲后顺利被方太太录用了。

接下来的几天，同学们开始各自回家，宿舍里只剩下江小琳、罗音和邵伊敏，江小琳除了家教外还在超市打了另一份工，每天来去匆匆，罗音找了家报社实习，每天跟有采访任务的记者出去跑，再不就泡报社里帮着改稿。

白天只剩了邵伊敏一个人，她开始不顾炎热，高强度做真题练听力。她以为在这样安静的环境里，只有占据自己的全部时间，才能不用去想那些会让自己心乱的事情。但只过了几天，她就有点崩溃了。晚上耳朵内鸣响得让她无法入睡，白天也精神恍惚。

意识到这样自我折腾效率却低得可怕以后，邵伊敏决定改一下安排，随另一个留校的同学一道去应聘了商场一楼一家洋快餐店的小时工，体检后顺利上岗，每天从下午六点工作到晚上十点，一周六天。她买下了一个毕业离校的学生的旧自行车，开始执行修改后的时间表。每天早上她六点半起床，出去散步，然后做英语练习，两个小时休息一刻钟；吃午饭后，小睡一会儿，继续学习，五点半准时出门去打工，换上制服一刻不停地穿梭在有冷气的店堂里收拾餐盘打扫卫生，居然对绷得紧紧的神经和身体起到了有效的调节；十点下班，骑车回学校，洗完澡后听会儿听力，终于可以带着疲惫安然入睡了。

到了八月，邵伊敏自认为对于托福考试的准备还算顺利，基本按自己制订的进度在推进。但是一天天临近考试，她耳鸣和疼痛的感觉越来越厉害，逼不得已只能去医院。医生检查之后，告诉她疼痛是外耳道炎引起，除了开药每天更换清洗消炎外，还明确禁止在治愈之前再戴耳机。至于耳鸣，得等炎症消除后排除其他病变才能确诊，一般过度疲劳、睡眠不足、情绪过于紧张也可能导致耳鸣的发生。

出了医院，她突然有想仰天大笑的感觉，然而站在人来人往的闷热街头，也只能耸一下肩作罢。

前几天她接到过爸爸打来的电话，告诉她老宅已经正式划入拆迁红线以内，到处刷上了大大的"拆"字，冻结了买卖交易，可是不知道具体拆迁补偿金额和时间，她只能说不急不急。父女两人竟然有点相对无言，她知道恐怕继母对爸爸说了什么，可是误会也好，隔阂也好，她都无意再去解释了。

此时她带着疼痛的耳朵，第一次认真地想，在费用没有把握的情况下，自己这样一意孤行坚持报名考试到底是为什么，似乎很不符合自己一直以来的谨慎。就算托福成绩理想，学校申请得顺利，收到Offer，过去加拿大以后的生活不至于有什么问题，她也不知道上哪儿弄办护照、签证和买机票的钱。

眼下她当然不可能跟父母开口。爷爷奶奶退休于倒闭的老国企,退休金有限,唯一值钱的财产就是那套房子,已经明确说了给她,她也不愿意再跟他们提这件事,增加他们的烦恼和负担。至于叔叔,就是因为不愿意父母在退休以后还为窘迫有限的医药费用操心,断然决定把他们接去加拿大,邵伊敏更是想都没想过再去麻烦他,自己可不是他应该背负的担子。

这些情况她怎么可能没有预想过,可是在那个紧张考试的六月,她还是赶在截止日期前去报了名。

因为你害怕沉溺到那段让你没有把握的感情中,越来越亲密的感觉让你畏缩,你一边享受,一边心虚,做不到抽离感情,单纯享受他给你带来的快乐,于是只好趁着自己还能做到表面的若无其事,赶快抽身走人。她从来对自己诚实到毫不留情,只能冷冷地这么对自己说。

真的全身而退了吗?她不知道,她能做的不过是强迫自己不再想他。然而此时背叛她意志的身体清楚地告诉她,要忘记他,比她想象的更难。她知道自己的确情绪紧张,而这份紧张不是近在眼前的托福带来的。从小到大,她就没怕过任何考试。她紧张只能是来源于努力忘却。

接下来的一周,按医生的嘱咐,她每天按时去医院换药,炎症总算消除且没有疼痛感了,但仍会隐隐有耳鸣困扰。她问医生,医生又做了一次检查,没发现耳内有病变,告诉她应该是神经性耳鸣,目前情况还不算严重,建议她注意休息和放松。如果放心不下,也可以去看一下神经内科,她也只能苦笑。

3

这天黄昏时分，天气异常阴沉闷热，邵伊敏照常骑车去快餐店上班。员工的自行车在商场地下车库有专门的一个存放地点。她顺着车道滑行下去，然后拐向停放区，刚刚下车，身后响起一声喇叭。时常会有没修养的驾驶员，根本不耐烦多一秒的等待，也会如此。她并不以为意，头也不回地将自行车挪向路边一点，等前面的人存好车再过去。身后车门一响，苏哲走了下来。他打量着她的一身打扮：灰色T恤、牛仔裤加球鞋，背着个双肩包，戴了一顶红色的快餐厅棒球帽。

他皱着眉头问："你在这儿干什么，伊敏？不是下周要考试吗？"

"打工。"她简单地回答，将车推进去锁好，回身却看见苏哲仍然站在那里。

"是不是钱不够用？"

"不是。全天对着英语要吐了，换一下脑筋，现在改对着炸鸡想吐，果然好多了。对不起，我赶时间，先上去了。"

没等她挪动，捷达车窗摇下，副驾驶座上探出一个女孩子的头，女孩声音清脆地问："苏哲，碰到熟人了吗？"

那是一个长发娇美的面孔，正意味深长地打量她，邵伊敏看着对方，勾起嘴角笑了："对，熟人。你好，再见。"

她绕过苏哲，直奔员工通道。洋快餐店管理严格，迟到就意味着扣钱，她匆匆跑上去换好工作服，开始工作。

学生兼职最好找的就是在这样的洋快餐店打工，报酬并不高，而且累人。邵伊敏觉得唯一的好处是不需要动脑筋，只要手脚利落就行了，很能让自己高度紧张的神经借机放松。

Chapter Five 139

到九点多钟，店里的人稍微少了点，她忙靠在墙上偷闲休息一会儿，只希望值班经理或者组长都不要注意到自己。门一响，她几乎是条件反射地说着"欢迎光临"，然而推门进来出现在她眼前的是苏哲，苏哲看她一眼，转头去柜台点了一份可乐，端过来找空座坐下，然后看向她："麻烦你过来把这里擦一下。"

邵伊敏没脾气地走过去，拿抹布将干净的桌面仔细再抹了一遍，转身准备走开。

"几点下班？"

"十点。对不起，我们工作时间不让进行私人交谈。"

她走开，下班之前半小时照例帮前台补充配件打扫台面。到了十点，她去员工休息室换下工作服，直接下到灯光昏暗的地下车库取自行车，苏哲已经等在那里了。她无可奈何地看着他，他穿着米黄色的T恤，看上去晒黑了一点，但整齐清爽得和这个闷热的季节完全不符。

"你闻着一身的薯条味。"苏哲看着邵伊敏，脸上带着认识之初她曾经很熟悉的冷淡表情，批评地说。

"何止，还有炸鸡的味道。"她厌倦地说。每天四个小时做下来，总有轮到去守炸鸡和薯条的时间。尽管下班就换了工作服，回去都要花长时间冲澡洗头，可是那味道还是顽固地附着在身上，却让爱好垃圾食品的罗音大乐，说改天她也想来这里打工了。

"我送你回去吧，外面在下大雨，自行车就丢这里好了。"

"不麻烦你了，我带了雨衣。"她每天出门前听天气预报，背包里的确备了雨衣。

苏哲挑眉笑了："你对什么样的意外都有准备对不对？"

"除了你。"她低声，但清清楚楚地说。

苏哲的笑一下敛去了，他近乎凶狠地看着她。她懊悔自己的冲口而出，避开他的目光，转身准备去取车。她刚一动，他蓦地抓住她的胳膊，将她拖进自己怀里紧紧抱住。

"不许再这样挑逗我。"他在她耳边咬着牙低声说。

"这算挑逗吗？"她努力推开他一点。

"你以为这话对我来说意味着什么？"

"对不起，这不是调情，只是一句实话。对我来说，你就是我不可能有准备的一个意外，我不会后悔遇见这样的意外。可是所有的意外都有个共同的特点，就是开始和结束同样不可理喻。"

"你一句话就轻易动摇了我的决心，这样下去，我怀疑我会甘心被你摆布。"

邵伊敏仰头看着他，疲乏地说："你总是把这一切当成一场征服的游戏，其实我早说过，游戏我玩不起。我如果真想挑逗你，不会带着一身难闻的油烟味，选在这样一个闷热又空气糟糕的地下车库，特别是你身上还留着别的女人的香水味道。"她挣脱他的手，向后退了一步，"我们还是说再见吧。只要你对汉堡包没特别的爱好，这座城市这么大，我们再见面的机会应该不会很大，都会过去的。"

外面果然下着滂沱大雨，邵伊敏从双肩背包里拿出雨衣穿上，骑车冲进大雨之中。远远天际一亮，乌云翻滚中一道闪电划出，然后跟着是一阵沉闷的雷声掠过，雨水劈头盖脸地砸过来，雨衣根本起不了多少遮挡作用，但她并不在乎，倒颇觉得痛快淋漓。

一路骑回学校进了宿舍，她大半身湿淋淋地走进寝室，把穿着睡衣正在聊天的罗音和江小琳吓了一跳。

"躲会儿雨再回呀,你也不怕着凉。"

邵伊敏捋了一下滴水的头发和湿漉漉的面孔,笑了:"哈哈,很过瘾。"

她扔下背包,踢掉湿透的球鞋,取下手表一看,已经进了水,只好摇一下头,随手放在桌上。她再拿出包里的手机,还好,双肩背包在背后,又是防水材质,手机倒是没事。她关掉手机扔到床上,然后拿了洗漱用品、干衣服和毛巾去水房。

罗音和江小琳面面相觑,两人都有点吃惊,她们从来没见过邵伊敏这样大笑,可以说完全不像平时的她了。

罗音起身走到窗前,看向外面,现在下得已经称得上暴雨了,狂泻而下的雨水将视线遮挡得一片茫然,闪电不时划破天际的黑暗,雷声隆隆不断,宿舍窗子关着,但走廊的风从门那里呼呼刮进来。她想象了一下在这样的雨夜里骑车狂奔的感觉,不禁哆嗦了一下,觉得自己理解不来这份快感。

罗音这个假期白天去报社,晚上都回学校宿舍,不过她再没看到邵伊敏的男朋友来找邵伊敏,也没看到邵伊敏在外过夜。她当然有些胡思乱想的揣测,不过她既有些心虚,又自认为和邵伊敏没有谈论隐私的交情,根本没想过要去探听什么。

难道真的像李思碧冷冷预言的那样,邵伊敏失恋了吗?可是罗音看不出任何异常,除了刚才雨中狂奔后邵伊敏那个显得有点诡异的笑。或者对方受了刺激?罗音被自己的联想吓了一跳,踌躇着要不要去水房看看,又觉得唐突。

"哎,你觉得她和平时是不是不大一样?"罗音小声问江小琳。

江小琳忙自己的事还忙不过来,平时也不管别人的闲事,但那些议论肯定有的没的刮进了她的耳朵里,她点头,不确定地说:

"有点,不过应该没什么吧。"

好一会儿也没见邵伊敏回来,两人交换着不安的眼神,罗音拿起自己的茶杯:"我还是去看看得了。"

她走进水房,却看见邵伊敏穿着干净的睡衣,用毛巾包着头发,正在洗衣服。水房的窗子开得大大的,风裹着雨直吹进来,比寝室还要凉爽。罗音只好暗骂自己神经过敏,草草洗了下杯子回到寝室。过了一会儿,邵伊敏晾好衣服也回来了,表情平静,有条不紊地将背包挂好,把球鞋放在通风的地方,拿出抽屉里的维C银翘片和板蓝根冲剂,冲了一包冲剂,再吃了两片药。罗音和江小琳再对视一眼,都觉得有点讪讪的。

江小琳打岔地说:"邵伊敏,方文静这孩子倒是蛮听话的,教起来不费劲。"

"是呀,很乖的一个女孩子,就是内向了点。"邵伊敏敷衍地说,用的是她一向表示交谈到此为止的语调。

她爬上自己的床合上了眼睛,罗音向江小琳耸了下肩,两人也上床睡觉了。

4

暴雨下了整整一夜,城市多处道路积水,但却带来了这个炎热夏天难得的清凉感觉。

邵伊敏醒来时,毫不意外地发现自己有点头痛。江小琳已经先走了,罗音头一次看她在宿舍里睡懒觉,迟疑了一下还是问:"你没事吧?"

"没事,谢谢你。今天的天气很适合休息。"邵伊敏微笑着回答。

罗音放了心,暗自惭愧,想人家正常得很,倒是自己自从那个偶遇以后有点神神道道不正常了,她也出门去了报社。

整个宿舍楼十分安静,似乎只剩邵伊敏一个人了。她拿起桌上的手表看看,不出意料已经停了,头一次她克服了对时间的强迫症,懒得管几点钟了,心想,离托福考试只一周时间了,既然给自己找虐般找来了这场带着感冒前兆的头痛,索性再自暴自弃休息一天,不然实在有点撑不下去的感觉。

她找出感冒药再吃一次,然后给组长打电话请假,请她重新安排晚上的排班。组长自然嫌麻烦很是不快,可听到她嘶哑的声音也只能叫她好好休息。

她重新爬上床,继续睡觉,积攒几个月的疲惫好像在这个总算清凉下来的日子里一起袭来。中间宿舍的电话响过,她也只当是说不出名堂的梦境的一部分,根本懒得理,翻个身继续睡。这一觉酣甜至极,再睁开眼睛时,她完全没了时间概念,看着蚊帐顶,发了好一会儿呆才回过神来,摸出枕边的手机打开一看,已经是下午五点了。

头倒是不疼了,可是她全身乏力。虽然根本没胃口,但她总不能在床上一直躺下去吧。假期学校食堂全关闭了,她一向讨厌方便面的味道,也从来没给自己准备零食什么的。

她慢吞吞地起床,看到外面雨已经停了。她换了衣服,对着镜子梳理纠结成一团的头发,可是昨天头发没干就睡了,实在没法梳平,她只好草草绾了个髻,拿上钱走出宿舍。

假期的校园静悄悄的,只有鸟鸣声从头顶传来,雨后空气清凉而新鲜,邵伊敏走在林荫道上,风稍稍一吹,树叶上积存的雨水就滑落下来,滴在头上、身上,脚下人行道也是大大小小的水洼。笔直一条路，只有她一个人。她穿着凉鞋，一边走一边有一下没一下地用脚踢着水，直到身后赵启智骑自行车赶上来叫她。

"第一次见你走得这么慢，还以为我认错人了。"赵启智笑道，下来推着车和她并行。

邵伊敏知道自己走路一向大步流星，像这样一边慢慢走还一边踢水玩是从来没有过的，一半是因为没力气，另一半是在享受这难得的清凉宁静："天气不错，走快了似乎有点不忍心。"

"你最近好像瘦了不少，身体还好吧？"

"苦夏，好像有这个说法吧，每年夏天都是这样。"

赵启智笑了："对，苦夏。我可能永远没法适应这里的气候，可是奇怪，现在倒是并不讨厌了，总觉得这样酷热到极致，好像要耗尽忍耐力，可是偶尔大雨过后，凉风习习，峰回路转，就有一点乐天的惊喜感觉生出来。"

"是呀。"邵伊敏有同感，承认他说得很对。

她在本地过的第一个夏天差点让她无法忍受，白天酷热也就算了，晚上闷热的感觉也不减，宿舍仿佛是一个大蒸笼，人坐在里面不动也像洗桑拿，吊扇搅起的热风根本于事无补。可是老天仿佛只是在考验人的耐心，沿海台风来袭，这里会吹来凉意；郁积的气压释放会带来大雨，总有几天缓和下来的天气让人感激。走在浓荫蔽日的林荫道上、躺在半夜的天台上、去湖边散步，都能体会到夏日严酷下的乐趣。而此时的校园，几乎称得上天堂了。

"你去哪里？"

"去吃点东西，你呢？"

"我去导师家混饭吃，书稿提前完工了，他开心，叫我们几个过去犒劳一下。"赵启智这个暑假过得很舒心，虽然忙碌点，但得

Chapter Five 145

到导师的赏识，编书也算挣了点零花钱，现在颇为踌躇满志，"邵伊敏，今年毕业生签约都不算理想，明年分配的形势可能也不会太好，你有没有想过考研？"

邵伊敏摇头："眼下没这个打算。"

"你没想过将来吗？马上大四了呀。"赵启智有点惊奇，觉得邵伊敏不像是那种得过且过对将来毫无打算的人。

"当然想过。我十八岁的时候，很确定自己将来会做什么，到现在反而觉得所有的计划赶不上变化。"

"这么悲观？"

邵伊敏笑了："不是悲观，只是可能比以前更现实了吧。"

"如果从现实考虑，真想毕业以后当老师的话，下学期一开始，学校会先搞教学技能竞赛，你应该参加一下。"

她从来没参加过学校的各种竞赛："这个很重要吗？"

"最重要的其实是十月到十一月的六周教育实习，如果表现够突出，被实习学校看中的可能性也是有的。另外，实习后评定优秀实习生，对于以后联系工作也很关键。"

邵伊敏知道上一届就有这样的情况，不过她以前对这个太不上心，现在觉得应该好好想想了。

赵启智长期做学生会工作，比较了解这些情况，就事论事地说："每次系办在分配实习学校时会综合考量，现在好的中学和一般的中学待遇差太远了，谁都想被分到好点的实习学校多点机会。这个比赛如果能拿名次，应该也能增加分配实习学校的筹码。你的成绩应该没话说，但现在的情况你得知道，只有成绩是不够的。"

邵伊敏点头，她平时对追求进步和系里的事情通通不上心，但并不代表对世事无知，当然知道赵启智说的是对的。两人走到岔路口，道了再见，赵启智上车骑了一段距离，到底还是忍不住回头，只见她仍是慢悠悠走着，那个姿势说不上无精打采，倒是有点平时没有的放松感。

她的确放松了许多，这么不可理喻地自虐一下，至少想通了好多事情，本来以为会在心头萦绕不去的事，也不过跟那场暴雨一样，总会过去，不值得多纠结。

现在她肯定还是得尽量把已经报名的托福考好才是上策，毕竟这个成绩有两年的有效期，而自己近千元的报名费和这半年的辛苦都不能白费。

至于苏哲，她只是单纯地认为可以不用再去想这件事了，自己的确没有游戏感情的能力和天分，这样结束，最好不过。

5

托福考试在八月下旬的一个周六，天气异常炎热，考点设在本市的一所高校。邵伊敏参考网上提示和刘宏宇的建议，备好了考试用具，再带上巧克力和瓶装水，早早赶了过去。一上午的考试下来，对于体力是严峻的考验，她出来时已经有点头晕目眩了。

外面正午的阳光当头直射下来，灼热而刺目，认识的不认识的考生们一边交换着考试心得，一边往外走去，有人骂骂咧咧抱怨考场耳机质量太差，一戴上就听到"沙沙"的噪声。她听得苦笑，找张树荫下的石凳坐下，打算等一下再走，省得和一大堆人挤公交车。

她仔细回想刚才的考试，听力环节本来就是自己相对的弱项，戴上耳机就觉得难受，忍着疼痛和耳鸣听下来，很受影响，估计这项是不可能考出好成绩了,其他都算发挥正常。准备的时间有限,又全是靠自己独自摸索,她对最终的结果无法确定。再一想,她不禁摇头,考得好今年也不可能申请学校了,只好安慰自己,大不了明年再考吧。

邵伊敏正想得出神,突然一个身影罩在她眼前,挡住了透过斑驳树荫洒下来的阳光。她抬头一看,不禁一惊,站在面前的是苏哲,他正居高临下地看着她,表情一如既往的冷淡,递了一瓶矿泉水给她。

"考得怎么样?"

"一般吧。"她迟疑了一下,"你怎么在这里?"

"我早上八点就过来了一趟,看着你进的考场。"他平静地说。

"有什么事吗?"

他用看白痴的眼神看着她,她哑然,知道自己这个问题未免太无聊,可是她的脑袋仍然被考试塞得满满的,确实不知道对他说什么好。

"我并没有大热天在学校里等人的瘾头,所以,我确实有事。"

邵伊敏皱眉困惑地看着他,揉自己的耳朵。苏哲有点被这个姿势激怒了:"就算我说什么对你来说都没有意义,你也不用把不信任的姿态摆得这么明显吧。"

"对不起,我只是……最近都有点耳鸣。我要是不信任,那就是不信任我的耳朵,"邵伊敏苦笑着放下手,"我的听力八成也考砸了。"

苏哲沉着脸看着她,良久伸出一只手拉起她:"走吧。"

邵伊敏坐进他的车里后还有点莫名其妙,可是看看苏哲绷得紧紧的脸,知道现在说什么可能都免不了要吵起来,而她没有任何跟人争吵的力气和心情，索性不吭声。

苏哲也不说话，直接将车开到一家潮州餐馆前停下，但她不客气地说："没胃口，不想吃。"

他同样不客气："没胃口也得吃，你倒看看你自己现在的难民样子。"

她最近闻到油味就讨厌，当然知道自己已经瘦到不能再瘦的地步了，只能妥协："换个地方总行吧，我想吃点清淡的。"

他发动车子开到一家做粥的餐馆，并不问她什么，给她点了一份桂圆莲子粥，自己点了份海鲜粥，然后叫了几道清淡的菜。但他几乎没吃什么，只是没什么表情地看着她吃。他的眼神让她心里发毛，可粥还是很美味的，很配合她现在不振的食欲，她有点赌气地大吃起来。

吃完了两人走出餐馆，邵伊敏停下脚步刚要说话，苏哲回头盯着她："也不见得吃完了抹脸就要走吧。"

"如果你是存心要和我吵架的话，那我们也换个时间好不好？我今天确实很累，晚上还要上班，现在只想回宿舍好好睡一觉。"她眼见他的脸沉得更加厉害，却头一次管不住自己，补充道，"而且我以为我们说过的再见是以后都不用再见的那种。"

"去我那里睡吧，我估计现在宿舍比蒸笼还热，"他竟然没有发怒，眯起眼睛看着她，见她一脸不同意，也冷冷补上一句，"你不会以为我带你回去就是想和你亲热吧？"

"我对我的身体没那么大的自信，你要找人亲热应该根本不费劲，不必为这个理由来找我这么难缠的人。可是我怕我会对你记得太深，特别是现在，我差不多已经快做到忘了你。"

"在我忘了你之前，你最好别忘了我。"

邵伊敏目瞪口呆地看着他:"这算什么,我没扯着你的衣袖不让你走,就伤了你的自尊不成?"

"我的自尊没那么脆弱,不需要你牺牲自尊来维护,而且我从来没指望过你跟任何人上演苦情戏码。"苏哲仍然冷冷地说,"不过,我们一定要站在大太阳底下吵架吗?"

正午的太阳此时正火辣辣地晒在两人身上,一会儿工夫,两个人都已经汗流浃背了。

不等她说话,他拖住她的手走向停车的地方,开了车门,将她推了进去,车里也是一阵热浪冲出来,尽管他一上车就把冷气打到最大,还是过了好一会儿才凉下来。

苏哲将车驶入去他家的那条林荫大道,浓密的树荫将阳光遮挡成了柔和的光影,本地热烈的夏天到了这里,很奇怪地被大大稀释了。他拐进小区停好车,邵伊敏下车,阳光从叶缝中穿透下来,晃花了她的眼睛,这还是入夏以后她第一次来这里,耳边听着一声接一声悠长的蝉鸣,并不聒噪,却另添了点夏日午后特有的慵懒感觉。

屋里开着空调,温度打得很低,窗纱半合,光线柔和,客厅上木制吊扇慢慢转动,让人一进来就感觉有点凉意。

"你去洗个澡睡会儿吧,到时间我叫你。"苏哲并不看她,转身进了客房。

邵伊敏盯着他摔上的门看了一会儿,恼火地放下书包,只觉得一身汗黏得难受,只好走进主卧,一看床上,自己的睡衣竟然正搭在那里。她不客气地拿上睡衣进浴室洗澡,出来想了想,还是把手机闹钟调到五点。本市37℃以上的高温已经持续一周,晚上她都是和罗音、江小琳带着凉席上天台睡的,当然说不上睡得好,现在躺在室温只有23℃的房间里,她几乎什么也来不及想就沉入了睡眠之中。

手机铃声准时响起时,邵伊敏正做着关于考试的梦。

一个空荡荡的大教室里,四周零零落落坐着的全是不认识的面孔,她面前摆了一大沓试卷,题目似乎是泛函分析、复变函数之类。这些平时她根本没放在眼里的题,此刻却怎么做也做不完,她正着急,偏偏结束铃声响起来。她吓得一弹而起,好一会儿才回过神来,按停手机响铃,心跳得怦怦的,简直有点哭笑不得。她居然会在这么凉爽适合安睡的环境里,把自己从来就没怕过的考试做成一场噩梦。

苏哲走到卧室门边,看了看表:"还早,你不是六点上班吗?"

"我得先回学校拿工作服。"邵伊敏皱眉想着刚才的梦,觉得实在不可解,只能摇下头,下床抱了衣服跑进浴室换好。

等她出来,苏哲已经拿了钥匙,拎着她的书包站在玄关处,俨然一副标准男友的模样,好像他们之间没有任何芥蒂,一切和从前一样。她感觉自己做的怪梦显然还没结束,可是她这会儿也没时间跟他说什么了,一声不吭地跟他下楼上车。

苏哲熟门熟路地将车开到师大北门,这边假期管得比较松,外来车辆可以直接开进去。他将车开到宿舍楼下停好:"不想迟到的话,五分钟内得下来,我先带你去吃东西再上班。"

她对他的自说自话完全无可奈何。她早上出门穿的T恤、牛仔及膝裙加凉鞋,店里的规定是得穿长裤、球鞋,她只能匆匆上楼去换衣服。

罗音今天跟一个跑社会新闻的记者和一个摄影记者到处转悠了大半天，采访所谓各行各业应对持续性高温酷暑的综合信息。那两个记者一男一女，都是老人了，自己上写字楼、公司、市场等地采访，打发她去骄阳似火的街头采访排队等公交车的路人、小商小贩和农民工。罗音衣服已经汗湿了好几次，皮肤都晒得有疼痛感了，不停喝了好几瓶水还有脱水的感觉，而骄阳下接受采访的人几乎通通没好气地抱怨和不耐烦，她还是咬牙硬扛着完成了任务。

素来苛刻的记者老师看着平时秀气开朗的小姑娘花容失色，终于动了恻隐之心，回报社大力表扬罗音，先做完她采访的那一部分，许诺综合报道的一个小节会安排她这个实习生独立署名，然后让她早点回学校休息。

罗音心情大好，觉得虽然衣服像是附了一层盐结晶，全身都散发着汗味，皮肤更是晒黑得让自己心疼，但总算没白忙。她拿着个蛋筒冰激凌边吃边往宿舍晃，隔着一段距离就看到宿舍下停着的捷达，再走近一点，看清站在车旁一边抽烟一边打电话的那个男人，她的心顿时狂跳起来。

她努力维持正常的速度走向宿舍，再走近一点，又忍不住看向他。正好苏哲回过头来看宿舍这边，视线不经意扫过她，然后转头继续讲电话："对，十分钟，嗯，好。"低沉好听的声音传进罗音耳内。

他穿着白色T恤、深色长裤，神情和上次一样淡漠，烟捏在修长的手指之间，慢慢从嘴边拿开，吐出一口烟雾。罗音只觉得自己的整个身心似乎都随着烟雾飘荡开来，她对这个过分文艺的想法感到羞愧，加快脚步走进宿舍，差点迎面撞上拎着双肩包往外走的邵伊敏。

"你好，出去吗？"罗音没话找话地说。

邵伊敏点头，然后指一下她手上拿的冰激凌："小心。"

话音刚落，罗音只觉胸前一凉，一大团融化的冰激凌已经滴到了衣服上，邵伊敏好笑道："先走了，再见。"

罗音走上楼梯，转角处有一面大镜子，她停下来，看着镜子里的自己，短发乱蓬蓬的，一部分翻翘着，一部分被汗黏在额头上，皮肤在这个夏天已经被晒成了小麦色，斜背着个大包，汗透了的T恤皱巴巴的，没一点形状，胸前是一块巧克力色的污渍。

她打量着自己，将蛋筒塞进嘴里，想：好吧，她得谢谢这个男人只是漫不经心地扫视了自己一下。尽管她此时没有任何和他搭讪的勇气，而且猜想以后也不可能干出这事，还是不愿意自己这么狼狈的样子落到他眼里。

宿舍外传来汽车发动的声音，罗音走到拐角处的窗前，恰好看到那辆捷达利落地在宿舍前掉头离去。她对自己说，别人的男人，别人的恋爱，当观众已经很无趣，陷于迷恋就只能以可悲来形容了。

6

苏哲带邵伊敏去了她打工的快餐店旁边的一家家常菜馆，他已经先打电话过去点好了菜，两人落座一会儿菜就上齐了。邵伊敏这段时间的晚餐都是店里卖不动到规定时间要处理掉的汉堡，她早吃伤了，叫了碗米饭，匆匆吃完就要走。苏哲一把按住她，盛了碗汤看她喝："下班了直接去地下车库，我在那里等你。"

她做满四个小时，换好衣服，下到地下车库，苏哲已经发动了车子等在那里。她坐进去，苏哲一耸鼻子："谁带着这一身味道都会没胃口吃饭的。"

她伸手拉门就要出去，他一把拽住她的手将她拖回座位系上安全带，同时将车门落锁，笑道："不用这么大反应吧，平时你开得起玩笑的嘛。"

邵伊敏想，自己就算再有幽默感，恐怕也被他今天奇怪的行为给折磨没了。她挣开他的手，疲乏地靠到座椅背上。

苏哲发动车子，闲闲地问："你准备申请加拿大的哪几所学校？"

邵伊敏怔了一下，并不打算说自己连申请学校的钱都没着落："托福成绩出来再说吧，今天考得一般，未见得有把握申请到理想学校的奖学金。"

"那你有什么打算？"

"接着上学，明年毕业了先找份工作，然后再考一次。"

苏哲没什么表情地听着，什么也没说。她本以为考试完了可以放松一点，可是现在她耳内鸣响得甚至比前几天还要厉害，让她心烦意乱。她合上眼睛，揉着自己的耳朵。

"明天我带你去好好检查一下耳朵吧。"苏哲侧头看了下她疲倦消瘦的脸。

"检查过了，医生说是神经性耳鸣，也说不上严重，注意休息就可以了。"

"那把快餐厅的工作辞了，趁离开学还有几天，在我这边好好休息一下。"

邵伊敏放下手，转头看着他："我们能不能不要装作什么都没发生？"

黑暗中她看不清苏哲的表情，停了一会儿，他轻声笑了，可笑声里并无愉悦之意："是的，的确发生了一些事，可是对这些事，我们的理解肯定不一样。"

谈话再度没法继续下去了。她挫败地想，反正她从来也没弄懂这个男人的想法，好像现在也没必要再说什么了。

苏哲将车驶进小区停好，邵伊敏下车，下意识仰头，只见明月当头，明天大概仍然是个晴热的天气，苏哲突然从后面抱住了她。

"真的快忘了我了吗？"他在她耳边轻声问。

本地的夏天向来白天炎热，夜晚相对湿度大而又闷热，此时一丝风也没有，小区里根本无人走动，大约都回家开了空调纳凉。两个人身体靠在一起，瞬间就大汗淋漓了。邵伊敏挣扎了一下，可是他抱得那么紧，她根本挣不脱。

"如果你只是想知道这个，那么好吧，我说谎了，你的拥抱和你的吻我全记得，"她回头，眼睛在黑暗中闪着光，同样轻声说，"可是那又怎么样？"

不等她说完，他已经扳过她的脸，狠狠吻了下去。

苏哲从来没有这么霸道地吻过邵伊敏。

她被挤压得踉跄后退，后背重重撞上汽车，一阵疼痛，可是她的一声痛呼还来不及脱口而出就被他吞噬了。他的唇舌灼热而急迫地压迫着她，她的耳内嗡然作响，却又不像刚才的耳鸣，只觉得全身像火烧一样，呼吸在一瞬间全部被掠夺了。她死死抓住苏哲的衬衫，回应着他的吻。

这时一束手电筒光柱往他们这边晃过来，物业巡逻的保安在不远处犹疑地停下脚步："请问两位是住这儿的吗？"

邵伊敏大窘，侧头避开电筒光。苏哲站直身体，电筒光掠过他的脸，上面挂满汗珠，他声音镇定地说："是我，马上上楼。"

保安认识他，马上移开手电筒："晚上好，苏先生，再见。"

邵伊敏的心在几乎不胜负荷地狂跳，双腿发软。苏哲揽住她，替她抹一下满头的汗，拉着她走进单元上了楼。一开门，室内的冷空气扑面而来，她禁不住哆嗦了一下，发现自己身上的T恤已经被汗水浸透了，冷汗仍顺着脊背不停向下流淌。

不等她反应过来，苏哲已经再度紧紧抱住她，咬向她的颈项。她的动脉在他齿间激烈地搏动着，他狠狠啃噬吮吸，压迫得她几乎有了窒息感。她在战栗眩晕中，只能更紧地抱住他。

他抱起她走进卧室，身体和她紧紧贴合在了一起，他逼近她的眼睛直视着她："只记住我的吻和拥抱还不够，你得记住更多。"他贴近她的耳朵，"说，说你不会忘记我。"

她一偏头，一口咬在他肩头，同样绝望地用力，嘴里是他身上咸涩的汗水味道，她毫不留情地继续狠狠咬着，直到尝到一点腥味才松开，然后同样直视着他的眼睛："那么好吧，你也一样要记得我。"

7

邵伊敏醒来时，天还没亮，苏哲并不在床上。她一下睡意全没了，翻身坐起，出了一会儿神，拿起睡衣去浴室洗澡洗头。

她对着镜子将头发吹到半干，拂开镜子上的水汽，看着镜子里的自己。她不记得从什么时候开始，自己的眼神不复以前的澄静无波，却带了几分迷惘。她抚摸着颈上的斑斑红痕想，幸好离开学还有好几天，不然这样的大热天，怎么遮掩得住。

她走出卧室，苏哲正开了一半窗子，坐在飘窗台上抽烟。见她过来，他掐灭烟，将烟灰缸挪开，然后抱住她，把脸埋进她的头发里，良久不作声。

"有什么想对我说的吗？"她轻声问。

"有时候我恨你对人完全无视近乎迟钝，有时候我又恨你这样聪明敏锐。"他抬起头看着她，此时接近黎明了，夏天天亮得早，微微一点晨光中，他的神情有点苦涩，没什么凉意的风从窗子里吹进来，带着点清新气息。

"这不需要太多的聪明，毕竟你都给了那么多提示，一定要我记住你。我的逻辑一向学得不坏的。"

"我得离开这里一段时间了，伊敏。"

轮到邵伊敏沉默了，她靠在苏哲怀里，出神地看着窗纱随风轻轻摆动。

"我跟你说过我和我父亲关系不大好吧。用不大好来形容，可能太温和了。有一段时间，我们完全不说话，具体为什么，我倒是记不大清楚了。"说到这，苏哲几乎下意识又想抽烟，但还是忍住了，"可能应该和我妈妈有关系。她是我父亲的第二任妻子，我还有个大我九岁的异母哥哥，你看，够复杂吧。"

她想到自己有继父、继母、异母妹妹、异父弟弟各一名，嘴角挂了个苦笑，并不说什么。

"我妈妈，怎么说呢，我觉得她这一生应该算过得很委屈，可能她自己不这么想了。妙龄未婚女子，嫁给了一个大她十多岁的男人，亲戚众多的大家庭，还得侍奉公婆，那两位，嘿，真不是平常好伺候的那种老人。"苏哲抚摸着她的头发，迟疑一下，接着说,"我妈对我哥哥远比对我好,这个其实我也不介意。但她讨好那个家的每个人到卑微的地步,而每个人都觉得她的牺牲付出是理所当然的事,包括她的丈夫,也就是我的父亲。我讨厌她那样生活,虽然那完全是她自己的选择。所以,我只能选择眼不见为净。父亲后来带全家去了南方经商,我一个人坚持留在了这边,上中学、大学,然后出国,回来也不去他的公司。"

邵伊敏反手过去安抚地摸了下他的脸,他握住她的手,放在唇边轻轻吻着:"你不用安慰我,我也并不为这些事难过。我只是想解释清楚罢了,这一团复杂家事,我没跟别人说过。上个星期,记得吗?我们在商场地下车库碰到的前一天,我接到我妈妈的电话。她一向纵容我,知道我不愿意受那个家的约束。但那天她第一次开口,求我一定去深圳,不要再和父亲别扭下去了。"

"我能理解,你不用解释什么了。"

"我答应她之后,当天就给北京办事处发了辞职报告,眼下只等交接了。可是我放不下你,伊敏,就算那天不遇到你也一样。只是遇到以后,我更知道自己的想法了。"

她不想对话这么沉重地继续下去,笑了:"你放不下我的方法很有趣,希望有一天我也能学会那样牵挂一个人,既保持深情,也不耽误享受生活。"

苏哲当然知道她指的是什么,手臂狠狠紧了一下:"我都不敢指望你是在吃醋。"

她回头斜睨他一眼:"我当然会吃醋。我不会对没和我在一起的男人有要求,可是真在一起的话,你会发现,我是一个苛刻的人。"

苏哲哑然,停了一会儿才说:"你一直活得认真,让我惭愧。

之所以答应我妈回去，我也是想着不应该再这么得过且过地混下去了。"停了一下，他将她的手贴在自己脸上，"我不想打扰你考试，只好等你考完再说。和你在一起，对我来说不是一场游戏，我从来不会对待一个游戏认真到这一步。知道你计划出国，我发火发得很没道理，可是我真的很生气，说不出原因地生气。"

"好了，你不用再生我的气了，我们都得做自己该做的事。"邵伊敏叹了口气，"放心，我不会发火，我想我也没权利发火，毕竟你不是第一个想离开的那个人。"

"非要在这个时候跟我讲公平吗？"

"不关公平的事，苏哲，我接受现实很快的，一向这样。"

"我过去不会待很长时间，而且隔得也不算远，飞机不到两个小时就能到。也许……"

"不，我们都别承诺什么好不好？这样日后不用怨恨自己或者对方失信。"

"我从来不愿意承诺，到现在，终于轮到一个女孩子拒绝我给出承诺了。"苏哲微微苦笑，越来越亮的晨曦里，他低头吻她散发着浴后清香的头发，心里奇怪，这么固执的女孩子居然会有这么柔顺的头发。

"什么时候动身？"

"这边手续差不多办完了，我等你开学再走好不好？"

"那会是一个悠长折磨人的告别吗？还是不要了，我们不要拖延，按你原来的时间表进行吧。"

苏哲再次用力收紧手臂："你一定要用这种方式来表明你不在乎吗？"

"我当然是在乎的。可是你还是接着把我当大脑构造和别人不一样的怪人吧,这样什么都解释得通了。"她往他怀里靠得更紧一点,环抱住他的腰,仰头看着他,"我只是想,一整个夏天,我都在没完没了地告别,送走了孙姐、乐清和乐平,送走了毕业的同学,又要送走你。可能到我离开时,就不知道该跟谁说再见了。"

苏哲一下咬紧了牙,半晌才哑声说:"你太知道怎么来刺激我调动我的情绪,有时我想到你甚至会觉得害怕。"他重新握住她的手,放在自己胸前,她能感受到那里跳动得并不像他的声音那么平静,"知道吗?这段时间我一直在想,凭什么你就能一再搅乱我的心?"

她将他的睡衣拉开一点,抚摸他左边肩头那一圈被她咬出的透着血痕的鲜明牙印,凑上去轻轻吻了一下:"别为这个耿耿于怀了,因为你也搅乱了我的心。就这样吧,我不会在你忘了我之前忘了你的,我猜我的记忆应该会比你来得长久。"

8

苏哲开车出去说买点东西。邵伊敏打电话给快餐店提出了辞工,那里人员流动很大,当然没人来问原因,只跟她约好了领工资和退工作服的时间。

放下电话,她穿了件苏哲的T恤在家洗自己的衣服,然后靠在沙发上发呆。电视正放一个无聊的剧,悲欢离合得热闹,她正对着屏幕,却神思不属,完全没弄清屏幕上放的是什么。苏哲回来,将几个购物袋搁在她腿上,她打开第一个一看,惊叫了一声:里面居然是成套的内衣。

苏哲难得见她这么惊奇,好笑地看着她。她的脸蓦地通红:"哎,你……一个男人去买这些会不会很奇怪?"

"我告诉营业员是买给我女朋友的,她很开心帮我挑呀。"

她张口结舌:"那个,你怎么知道尺寸?"

苏哲瞟了下她套着的空荡荡的T恤:"70B,不可能大过这了。"

她完全无话可说,丢下内衣看着电视机不理他,恰好屏幕上一个女演员正眼泪汪汪地连声叫着:"不要走,不要走,这太残忍了,不要……"苏哲拿起遥控器一下关掉了电视。

她避开他突然紧绷着的脸,随手再拿个袋子看:"买这么多T恤和牛仔裤干吗?"

"我们出去待几天吧,顺便避一下暑,省得你再回去拿衣服。"

苏哲开车两个多小时,带邵伊敏来到省内一处山区,这里分布着不少度假树、疗养院。他直接开到山上的一间疗养院,这家疗养院平时并不对外开放,此时也只是前面一栋楼住了一个单位的十几个人。院长很客气地出来接待他们,一再问他爷爷好,请他方便的时候再过来休息,然后将他们引到了后面的联排别墅里:"这里现在基本没人,很清静,有事给我打电话就行了,想吃什么直接跟餐厅说,他们会送过来的。"

两人住了下来,山区温度宜人,早晚更是颇有凉意。空气新鲜,安静得只听得到鸟鸣虫叫的声音,的确让才从火炉般的城市出来的人感到身心舒畅。

邵伊敏以前从来没过过这样完全悠闲无所事事的生活。早上起来后,吃过早点,苏哲会带她出去散步,或者走远一点爬山。这里的山连绵起伏,并不陡峭,参天的大树间盛开着各种野花,并没有特别的景致,但无疑十分怡人。

他对地形颇熟:"小时候每年夏天放假,我都会和爷爷奶奶一块儿过来住上几天。"他指了下疗养院后面的山,"那边看着不高,但有野兽,我以前看到过狍子,现在可能开发没了吧。"

黄昏时他会开车带她出去,看看日落和晚霞,再转到附近的农家去吃锅巴粥和才从地里摘来的新鲜蔬菜。

到了晚上,两人坐在门廊的躺椅上,旁边放了个小小的草编笼子,里面蝈蝈在鸣唱着,这是农家小孩编了送给他们的。他们漫无边际地闲扯,然后亲吻彼此。两人心照不宣,都不再说起近在眼前的离别。

然而,在那样日日夜夜黏在一起的几天过去以后,两人终于还是得分开了。

开学的头一天中午,苏哲送邵伊敏到师大东门。他是下午三点的飞机,行李已经收拾好了,也不过是一个箱子罢了,他只带了几件衣服,并不想大搬家一样迁徙。捷达是他回国来到本市时表哥借给他的,已经说好和林跃庆的本地公司一个员工在机场碰面,交给员工开走。

一路上两人都沉默着。邵伊敏正要下车,苏哲把一把银灰色钥匙和一张门卡一块儿放到她手里,看着车窗前方说:"拿着吧,我家的钥匙,我从高中时就一个人住那边。你如果不开心了,又希望全世界都忘掉你,就去那里待着好了。"她的手被他握拢,"可是你要记住,就算全世界都忘记了你,我还是记得你的。"

邵伊敏没回宿舍,而是独自来到学校后面的湖边,抬头看向湖面上方的天空,远方是太阳西沉留下的红色霞光,绚丽地预示着晴热天气还将继续,这个夏天还没到结束的时候。

苏哲的话在她耳边温柔回响着，让她恍惚，也只有此时真切躺在她手心里的那把钥匙提醒她，一切都已经成了回忆。

她从包里拿出一根红绳结穿着的黄铜色钥匙，这是她老家爷爷奶奶那套准备卖掉的房子的钥匙。她从中学就一直随身带着，寒假离开时犹豫了一下，到底没交给爸爸。她只想，哪怕是马上要属于别人的、再也回不去的家，她还是愿意保留着这把钥匙，当成一个曾经拥有过的证明。她打开绳结，将两把钥匙拴到一块儿，重新装进口袋放好。

她一直坐到天色全暗下来，手机在口袋里振动，她拿出来，看着屏上闪动的"苏哲"两个字出神。这是苏哲预先给她存好的，之后她再没存任何人的电话号码进去，宁可凭记忆和电话号码本记常用的号码。

她迟疑良久，手机不停顿地在她掌中振动着。她还是拿起来接听了。

"飞机晚点，我刚到。"他的声音从来在电话里会显得更加诚恳，此时听来，只短短几个字也觉荡气回肠。

她"嗯"了一声，眼睛那里终于有了湿意。

"去我那里时，看看左边床头柜的抽屉，信封里的卡和密码是给你的。我一直胡混，手头没多少钱，但应该够你申请学校了。休假我会回去看你的，伊敏，照顾好你自己，有事一定记得给我打电话，手机我会一直开着的。"

她只能再"嗯"一声，用尽全力让声音平静："你也一样，再见。"

放下电话，她伸手抹下滑落的一滴眼泪，毕竟做不到纵情大哭，哪怕是在这样无人的黑暗里。

Chapter Six

可是现在到了这一步，由不得我了。苏哲，我不放也得放了

1

邵伊敏的大四生活开始了，按没遇到苏哲前的方式正常进行着。

开学后，她听从赵启智的建议，报名参加了全校教学技能大赛。师大相当重视每年一次的这个赛事，请来的评委包括各系教授和市内几所知名中学的校长，有志从教的学生自然也投入了极大热情参加，差不多整个九月的中下旬，师大大部分学生的注意力都被这个比赛占据了。

邵伊敏按自己的想法，花时间准备参赛教案，顺利通过了初赛进入复赛。她认真观摩了每一场比赛。才艺多到泛滥的艺术系学生自不必说，每次都会引来大批观众；中文系学生挥洒唐诗宋词和莎士比亚十四行诗对比，可谓文采风流；地理、历史系学生都是古今中外旁征博引，从丝绸之路讲到十字军东征，从夏商周断代讲到宇宙黑洞；教英语的学生用大段美国文艺片对白来征服听众，再加歌舞剧经典段落热辣上演；就算物理、化学系学生也是将各种实验搬上讲台，务求做到生动有趣；政教系的参赛学生尚且能打点擦边球讲点别的哲学思潮。唯独数学这门课不比其他，

没有实验可做，没有趣闻喧宾夺主，没有任何噱头可想，只能老实讲课，能在比赛中出奇制胜很难。

到了复赛，每个人十五分钟专业讲课，五分钟才艺展示。各系参赛选手可说都出尽百宝了。轮到邵伊敏上场，她穿着和平时一样的白色T恤加牛仔裤，眼睛正视下面的观众和评审，开始讲课时就引起了小小的震动。她普通话标准，声音清脆悦耳有穿透力，这些倒并不稀奇。她准备的是一段标准的初三数学课程，板书漂亮，课讲得条理清晰，根本没有许多参赛者一路背下来的那种僵硬感，更没有很多人在讲课过程中会出现的"嗯嗯啊啊这个那个"之类的语气助词，提问环节的设计也中规中矩，是完全没有任何花哨的讲课方法。

评委看法十分一致，认为她的演示非常实用而且干净利落，两个来自中学的校长尤其赞赏。他们并不喜欢那些炫目但不踏实的讲课，不约而同地对主评的一位副校长说，这样的学生如果到了中学，简直可以直接上手带班，实在难得。

罗音从来没打算从教，也就没有参赛，但她要给校刊以及本地报社写相关稿件，基本从头看到了尾。陈媛媛坐她身边，嘀咕着："果然数学老师是个最无趣的人才能做得最好的工作。"

罗音没喜欢过数学，不过觉得这话未免太不公平了，用胳膊肘拐她一下："你要能把语文讲得有她这么条理清楚，那才叫有趣好不好。"

陈媛媛初赛就被淘汰了，不免气馁："我大概不适合当老师吧，真不知道她是怎么做到对着底下这么多人还能保持镇定的，平时也没见她爱出头露面呀，难道是天生的？"

邵伊敏没什么特别的才艺，第二个环节不过是老老实实写了幅前两天翻书找来的苏轼的《定风波》算数。比赛结果出来,她没什么争议地拿了一等奖。江小琳也参赛了,只拿了三等奖,她的路数其实和邵伊敏倒是不谋而合,但临场发挥就差多了。两人得奖,这也算数学系历年参加教学技能大赛的最好成绩。

邵伊敏还没出礼堂就被历史系的一个副教授拦住,请她当天去他家试讲,然后拍板定下在周末给他读初三的女儿当家教,她自然是一口答应了。

她并不为得奖兴奋,看到她那个和平时没两样的表情,当然也没人来跟她开玩笑让请客之类。她白天照样上课,晚上照常去自习室看书,周末去做两个小时的家教,但这样机械重复的生活没法让她跟从前一样视作理所当然了。

现在邵伊敏和苏哲之间的联系就是手机,只是她对着电话一直就有种无话可说的感觉,苏哲不怎么提他的工作,她也没有絮絮地跟人讲日复一日的大学生活的习惯,两人都是简单问候。每每放下电话,她都觉得挫败和怅惘。

晚上出了自习室,她漫步走着,想了想,还是在体育馆前的台阶上坐下,拨了苏哲的手机号码,过一会儿他接听了,背景是轰鸣的音乐,简直听不清说话的声音。隔了一会儿,苏哲走出来,两人才算能对话了。

"在酒吧喝酒呢,"苏哲的声音有点倦意,"伊敏,你怎么样?"

"还好啊。"她只能这样说。

的确,一切都算还好,天气日渐凉爽,连夏天困扰她的耳鸣似乎都没怎么复发了,生活安静得如同什么也没发生。

"我最近都很忙,接手的那部分事情根本丢不开,马上国庆节放假了,你买机票到深圳来陪我几天好吗?"

邵伊敏一怔："可是我刚接了家教，说好了国庆假期隔一天上一次课。"

苏哲良久无语，好一会儿才说："那再说吧。"

我很想念你。这一句话在她嗓子里打着转想冲口而出，然而到底没说，她知道自己的想念来得苍白，没有说服力，她甚至不能为他放弃一个家教，又有什么资格用一句想念来禁锢他？

放下电话，她知道苏哲是不悦了。可是她无法断然放弃才接手的家教，去赴一个假期的约会。十点后的校园渐渐安静下来，此时她独坐在这里，而苏哲在以他习惯的方式打发寂寞。

他们处于两个世界。她仰头看初秋显得高远的夜空，只想，如果两人注定是渐行渐远，也只能这样了。

2

国庆长假过后，学校开始分配六周教学实习了。

名单下来，邵伊敏发现自己被分去了市内一所普通中学，而按她的成绩和教学技能竞赛表现应该不会这样。马上有同学告诉她，系办接到反映，说她经常夜不归宿，影响不好。她睁大眼睛有点惊奇地听着，听完倒一笑，转身走了。既然用这种标准分配，她觉得她也没什么可说的了。

她一进宿舍，江小琳就急急地对她说："你不要误会我，我不是背后说人坏话的人。"

江小琳如愿被分去了众人都羡慕的省重点中学师大附中实习。然而她还没来得及开心，系里已经传得沸沸扬扬，有人干脆直指到系办告状的人就是和邵伊敏同寝室的她，理由十分充分。邵伊敏一向处事平和，并不张扬，系里女生又少，没多少人注意她的私事。江小琳则从来都是主张对自己的权利毫不手软,争起奖学金绝不退让。

风言风语传来,江小琳气急败坏,有百口莫辩的感觉。她的确去过系办争取被分到重点学校实习,但她并没有说过邵伊敏什么,她一向觉得恋爱这种奢侈游戏她玩不起,别人能玩那是别人的自由。

听了她的话,邵伊敏点点头,没有进一步的表示,拿了饭盒准备去食堂吃饭。

江小琳急了:"要不然我们一块儿去系办,当面对质,我不能背这个黑锅。"

"你只是想去证明你没说,并不是想证明我没夜不归宿对不对?"邵伊敏冷静地问。

江小琳一怔,她当然不打算给邵伊敏辩护,何况在她看来,那是事实,而且她们从来没有帮着撒谎隐瞒的交情。看着邵伊敏脸上那点笑意,她一下不知道说什么好了。

"你想去就自己去好了,谁说的我并不在乎,事情已经这样了,由他去吧。"

江小琳急得几乎要流下眼泪:"你不在乎我在乎,我知道我平时什么都争,比较恶形恶状,可是我不会使那种阴毒的招数。"

邵伊敏烦恼地看着她,觉得无奈,不明白怎么弄得倒像自己冤枉了她。同宿舍的几个女孩子看着这个场面,都不知道说什么好。

停了一会儿,罗音解围地说:"算了江小琳,邵伊敏都说了又没怪你。"

"我做了,别人怪我我无话可说,现在问题是我没做呀。"

"我并没有说你做过,而且,"邵伊敏耸耸肩,"谁做的对我来说都一样。我看我们别想这件事了,自己问心无愧就可以了。"

她再不想说什么,自顾自走了出去。

江小琳气得摘下眼镜,伏在桌上半天不作声。她来自贫困山区,父母在家务农,身体都说不上好,收入菲薄,她的姐姐辍学在南方一家皮鞋厂打工,呼吸着含有甲醛、苯等有害物质的空气,每月寄钱养家,下面还有一个弟弟在读中学。她以高分拿奖学金考入师大,就是图当时师范大学刚开始转轨,学费相比其他高校要低廉一些,节省的钱对她和她的家,都意味着负担减轻了许多。

她只能遇事争取,不然哪怕是窘迫地完成学业都不可能。一进大学她就写了入党申请书,不放弃所有勤工俭学的机会。尽管她的成绩好得能保研,但她也不准备继续深造下去。她的打算是毕业后找所好点的中学当老师,有一份不错的收入,尽快负担起养家的责任,让她那可怜的姐姐缓口气先成家。姐姐为这个家已经快成老姑娘了。

其实相比其他人,她在这个宿舍是比较喜欢罗音和邵伊敏的。罗音性格开朗,待人坦诚自不必说;而邵伊敏对所有人态度都一样,不像其他人对她要么有点居高临下的同情,要么小心翼翼顾及她的自尊反而让她更敏感。眼下弄成这个样子,她当然觉得十分窝火。

罗音轻轻拍了下她的肩:"好啦,去吃饭吧,再不去食堂可剩不下什么了。"

江小琳无精打采地跟她一块儿出宿舍:"罗音,你觉得我做人有那么差劲吗?居然这么多人说得有鼻子有眼的,跟真事一样。"

罗音好笑:"你这不是自寻烦恼吗?谣言止于智者。邵伊敏是冷了点,可那句话是不错的,自己坦然就可以了。"

"我以为我们一个宿舍住了这么久,起码她应该对我有点基本了解。"

"你要怪她就不公平了,换个人碰上这事还不得大闹一场呀?你看她真正做到了一声不响。要说你们系还真是有小人,居然去打这种小报告,太无聊了。"

"问题是那个小人真不是我。"

"得了,她好像是真不在意,"罗音想了想又道,"你不觉得她也不是针对你或者针对这一件事吗?她就是觉得你没做那事是正常的,做了也不奇怪。"

"这算宽容吗?"

"我不知道,"罗音老实回答,"反正我想她并没有为这事怪你,别的你就不要耿耿于怀了。"

下午邵伊敏上完课,从教学楼出来正看见赵启智:"你好,你怎么会在这里?"

"一块儿出去吃个饭吧,我刚拿到编书的稿费。"

邵伊敏一看他关心的眼神就知道是为什么了。她没料到那点破事会传到他那里去,倒有点哭笑不得,只想好吧,不知道有多少人知道她夜不归宿了。

"不用了,其实没什么,不过是实习学校差一点。启智,谢谢你。"

"其实你完全可以去系里好好争取一下,用这个理由决定实习学校太可笑了。"

"我平时都不跟他们打交道,这会儿再去烧冷灶大概晚了。而且实习也不代表就业分配,我不想为这事跟他们理论了。"

事实上，下午班上就有觉得实习名单不公平的同学鼓动她同去系办，可是她清楚，未必能改变结果不说，一去肯定会谈到夜不归宿的事情。她并不以此为耻，也不怕和人争执，但不愿意在任何人面前谈论自己的隐私，情愿沉默算了。

"没想到你心胸这么开阔，我倒是落了下乘。其实那天看你比赛写的那首《定风波》，我就该知道了。"

邵伊敏有点汗颜："我没你说的那么豁达，只是不愿意自寻烦恼。"

两人说话之间，邵伊敏放在口袋里的手机振动起来，她拿出来一看，是苏哲。她说声"对不起"，便走开几步接听。上次她没答应国庆节去深圳后，这还是两人第一次联系。她几次拿出手机又放了回去，总觉得不知道说什么好，只能想，面对面自己尚且会让谈话冷场，哪能做到电话传情。她这种性格，实在不适合维系一场远距离恋爱。

"是不是快吃饭了？如果食堂吃厌了，就和同学一块儿出去吃点好的，别老一个人待着。"

"没有总是一个人呀，今天正好还有师兄请客呢。"

"那别去，师兄请客通常是不怀好意另有企图的。"苏哲笑道，"我准备待会儿陪人上餐厅。乖，上次我太不讲理了，不要生我的气。"

"没有啊，你不生我的气，我就已经要偷笑了。"

苏哲在电话里轻声笑了："这算是你在哄我吗？"

"我希望能哄到你，可是好像很难。"

"不，我很好哄的。说你想我，很想我，就够哄我开心几天了。"

"我当然想你。"她冲口而出,声音带了点不自知的颤抖,"一直在想。"

两人都静默了,直到电话里传来一个女声:"苏总,客人都到了。"

苏哲低声说:"秘书在叫我,我得走了。宝贝,我也想你,很想。"

收起手机,邵伊敏愣怔一下,才记起赵启智,他仍在不远处站着。她走过去:"没事的,启智,我并不在意这事,不用来安慰我。"

"爱情让你开心吗,伊敏?"赵启智神情复杂,突然问道。

她被这个来得奇怪的问题给问住了,想了想才说:"恐怕不仅仅是开心,只有一点开心是不够让人坚持的。"

赵启智点头,他长于观察人的细微表情,自然看得到邵伊敏握着手机时眼睛一亮和接完电话回来时眼神的似喜似愁流转不定,他不知道什么样的男人能调动起这么冷静的女孩子的感情:"不管怎么说,还是希望你能开心得更多一点。"

邵伊敏笑了:"谢谢,你也一样。"

两人道了再见。赵启智注视着她走远。他从来只在自己的文章中抒发深情,并没有当真对谁产生过特别深刻的感情。然而对着邵伊敏,他的确越来越有不一样的感觉,但此时只能理智地劝自己,安于做个能理解的好朋友,不然恐怕连目前这点心照不宣也难以保持了。

教学实习出发的那天早上,大家各自打包好行李上了预先分配好的大交通车。邵伊敏刚刚上车落座,带队老师就上来叫她的名字,让她去另一辆车。她莫名其妙地下车,老师告诉她,她被重新安排到师大附中实习了。

这个变化来得实在够戏剧性。她上了去师大附中的那辆车,只有江小琳一个人旁边还有空座,她毫不迟疑地坐下。车发动后,江小琳犹豫了一下,直视着前方开口:"我听了点内幕,师大附中的校长也是上次教学技能大赛的评委之一,他看了实习名单后,昨天指名要求增加你到师大附中实习,这是头一次有三个数学系学生被分到一个学校实习。"

邵伊敏"哦"了一声,算是解了疑问。

"我还是那句话,我只靠实力争取,不会使卑鄙手段的。"江小琳老实不客气地说,"包括你考托福,准备出国这件事,我谁也没说过。"

这次邵伊敏连个"哦"也没有了,江小琳好不恼火,可是隔了一会儿,邵伊敏说:"你绷得太紧,没有必要。"

"你们有放松享受生活的权利,而我只是苦苦求生,不能不绷紧。"

邵伊敏诧异,同寝室的女孩子一向是把她与江小琳视为同类,她没想到自己也被江小琳划到享受生活的那一类中去了。不过她再一想,至少在恋爱这件事上,她是真的放松甚至放纵自己在享受。

想到苏哲这个名字,她的心就柔软了,根本不介意江小琳说什么。

3

师大附中是本省重点中学,面向全省招生,规模颇大。到校当天，学校安排这批实习老师入住了学生公寓的顶楼，大家拎了行李进去一看，四人一间，高架床下面是书桌，窗明几净，光线充足，带有独立的卫生间，比师大宿舍的设施要齐全气派得多。大家各自放好行李，然后集中听从学校分配实习年级和指导老师，安排实习事项。

邵伊敏、江小琳和同班另一个男生都被分在高一年级，他们的班主任工作指导老师和教学指导老师是同一个人，高一（3）班的班主任李老师，是个四十岁左右、风韵犹存的中年女子，衣着考究得体，脸上带着多年教师做下来习惯性的严厉表情，一看就是对人对己都有极高要求的类型。

相比其他市内走读学校，在师大附中实习的要求要严格得多。六周实习期间，实习教师必须早上6:40到班，管理早读前的纪律，白天不停地听课、备课、试讲加协助批改作业，晚上下自习课后配合寝室管理员进行寝室管理，也就是说基本没有什么空余时间了。

转眼到了10月底，这天是周三，下午放学后，邵伊敏跟李老师请假，说有事必须出去一趟，晚上不能参加晚自习和查寝。李老师显然不喜欢这种讲不出明确理由的请假，但邵伊敏的表现一直既不多话也不木讷，做事认真，写出的教案也能入她的法眼，她还是点头同意了。

邵伊敏背上背包，在外面吃了简单的晚餐，然后乘公共汽车去了苏哲的家。天色已经全暗了下来，还下起了细细的小雨，有几分凉意。她拿出门卡进小区，再按密码开单元门，上了四楼，拿出红绳结系着的两把钥匙，用银灰色那把开了门，换好拖鞋，打开门窗通风。

尽管苏哲告诉她,这里所有的水电、供暖、物业费用他全办了托收,让秘书定期打钱进去,她只管过来住就可以,但这还是在苏哲离开以后她第一次来。

今天是她的二十一岁生日,她决定离开寝室,给自己一个独处、不必转眼就看到人影晃动、满耳充斥着声音的安静夜晚当生日礼物。

整个房子和他们离开时一样,家具上蒙了些许灰尘,邵伊敏找了块抹布,细细将屋子擦拭干净。

她走进卧室,床上深蓝色条纹床罩还是临走那天她铺的。她拉开衣柜,里面仍然挂着她的睡衣,苏哲的西装、衬衫等衣物。她坐到床边,拉开左边床头柜的抽屉,那里果然放了一个白色信封,她盯着看了好一会儿,并没有去动它。良久,她合上抽屉,躺到床上,呆呆看着天花板出神。

她早拿到了托福成绩,听力如她所料拖了后腿,让她没上预先给自己定的底线。这个成绩有点尴尬,申请加拿大二三类城市的大学奖学金也许没太大问题,但她一直给自己定的目标是爷爷奶奶和叔叔生活的温哥华的几所学校,如果寄申请资料过去,她的把握不大。

去温哥华,她可以和她的爷爷奶奶生活在同一座城市;去地广人稀的加拿大二三线城市,就成了为离开而离开。

这段时间她一直在犹豫,真的要动用苏哲留下的钱吗?她并不为该不该用这笔钱挣扎,只是清楚知道,拿这笔钱出去的话,隔了一个大洋,她和苏哲的联系就越发遥远脆弱了。

她从来不是行事迟疑不决的人,对这件事却一拖再拖难以决断。到现在她还不立刻动手准备资料的话,差不多就等于是放弃了毕业以后马上出国的计划。

舍不得苏哲吗?那是自然。可是她明白,她对这段感情并不肯定,哪怕他此时仍然留在这座城市,他们之间能维系多久,谁也说不清,更不要说他此时远在深圳。

加拿大和中国的距离将近八千公里,本地和深圳的距离是一千二百公里,这两个数字区别有多大?她问自己,然后在心里做了回答,当然很大,大到她一想到就觉得无法决定去留了。

然而她留在这里,他们各自的生活无法产生交集,几乎是坐等双方的关系不可避免地一点点变淡,未免太被动痛苦了。

经过半个来月闹哄哄的中学实习教师生活,此时这间房子只听得到细雨敲窗的沙沙声,这样的安静让邵伊敏有了睡意,正在眼睛半睁半合时,口袋里的手机振动起来,她一下清醒,拿出来一看,是苏哲打来的。

"伊敏,快点出来,我在东门外等你。"

邵伊敏睁大眼睛,几乎不敢相信自己的耳朵:"你……回来了吗?"

"刚下飞机到师大。"

她的嗓子一下哽住了,隔了一会儿她才哑声说:"我在你家,苏哲。"

她再也说不下去,只能紧紧攥住手机,心跳激烈到似乎能听到怦怦的声音。她无力地躺回床上,用手遮住眼睛,几乎失去了时间概念,直到听到外面房门被打开的声音。

苏哲匆匆走了进来,他穿着白色条纹衬衫、灰色西装,打着灰蓝两色的领带，头发和肩上都被雨打湿了。她跪坐在床上，一把抱住他的腰，死死将头抵在他的胸前。

他俯头亲着她的头发："生日快乐，伊敏。"

她不作声，只用尽全力抱紧他，仿佛要将自己嵌入他体内。这样小孩子般的姿态让苏哲惊异又震动，这个女孩子，从来不肯轻易动容，此刻却如此脆弱。

苏哲今天全天在公司忙碌，根本无暇想起其他事情。下午林跃庆过来和他谈件生意，谈完后两人准备一块儿去吃晚饭，闲聊时说起明天是乐清、乐平的生日，让苏哲猛然想起和邵伊敏的第一次，就是乐清、乐平生日宴会结束以后。

"其实昨天是我的生日，二十岁，没人陪我过。

"一直没人陪我，一直。"

她带着酒意喃喃诉说，他当时安抚地哄她："好了好了，过去了，明年你的生日我陪你过好不好？"

她醉成那样，仍然知道这不过是句随口哄人的话，一下笑了："骗我，你把我当乐清、乐平在哄呢。"

关于那天的记忆清晰涌上他的心头，他马上打电话叫秘书订机票，然后匆匆赶往机场，下飞机后叫辆出租车到了师大东门，只是想给她一个意外惊喜。

然而现在看她在生日这天独自待在这个空寂的房子里，想起她曾说过的希望某些时候全世界都把她忘记那句话，他庆幸他及时赶了回来。

苏哲轻轻抚着邵伊敏的背，让她慢慢平静下来。她松开手臂，只觉得这一阵毫无道理的用力,简直耗尽了自己的力气,她努力平复心情,希望自己不要再歇斯底里地发作。

他脱下西装扔到一边,靠在床头,把她抱入怀里,吻她的眼睛:"时间太紧,抱歉没给你买礼物。"

她摇头,凝视他轻声说:"我已经收到了一生中最好的生日礼物,谢谢你。"

她并不介意过一个没人问候的生日,反正不是第一次了。然而苏哲突然出现在她面前,对她来说,远不止一个情人之间的意外惊喜那么简单。她第一次带着感激想,她得谢谢这个世界上真的有一个人,没有在今天彻底将她遗忘。

一切言语都已经显得多余,她开始吻他,从来没试过这样主动地取悦他。

而苏哲并不需要更多煽动,两人很快急切地交缠到了一起,近两个月的分离,让他们的每个接触都带了甜蜜的急迫。即使是上次告别,两人在山上疗养院那几天缠绵,她也只是表现得温柔罢了,今天她这样无保留地迎合他的热情,近乎贪婪地吻他,让他心神为之激荡。

来日太过缥缈,眼前良宵苦短,两人同时意识到这一点,都带了一些近乎末日狂欢的感觉,直到彼此精疲力竭才交缠在一起沉沉睡去。

苏哲第二天上午还有个重要的会议,已经订好清早的返程机票,而邵伊敏也必须赶在早上六点半前到学校。两人只能早早起床,邵伊敏对着镜子摆弄着头发。实习这段时间,她和所有女同学一样把头发盘了起来,务求让自己显得端庄少点学生气,只是她的头发软滑，很不好盘成合乎要求的一丝不乱状。苏哲靠浴室门站着，一边拿电动剃须刀刮着胡子，一边问她："你学校申请得怎么样了？"

她的手悬在头上停了一会儿，一缕头发不受控制地垂落下来。她重新拢上去，对着镜子说："明年再说吧，这次托福成绩不理想。"

苏哲放下剃须刀，从身后抱住她，看着镜子里的她，轻声在她耳边说："那么毕业了到深圳来好不好？就算想出去念书，在那边准备是一样的。"

她再次停顿一下，然后说："好。"她将头发固定好，转身看着他，目光清澈，满含温柔。

苏哲没料到她答应得这么爽快，只能紧紧抱一下她。

出了小区，外面天色才亮，路上行人稀少，这条林荫大道两边种的都是本市常见的法国梧桐，此时已经将近深秋，树叶开始转黄，一夜秋风加细雨过后，满地都是落叶。两人站在路边等了一会儿才拦停一辆出租车，请司机先开到师大附中门口，邵伊敏从他手里抽出自己的手，下了车，站在路边目送车子掉头开走，消失在视线里，才大步过马路走进学校。

她知道自己刚才在苏哲家里说的那个"好"，是做了一个对她来说算得上任性的决定，一下结束了这段时间对出国一事的患得患失，有些空落，又有些释然。对于未来，她还是不肯定。可是经过昨晚以后，她决定去争取一下。

那个唯一记得她生日的人，那样让她沉沦的热情，她不想主动放手或者被动等待结束。去深圳？好吧，她愿意。

4

　　教学实习有条不紊地进行着,邵伊敏对于严格的制度和超长的时间安排没什么抗拒,她的备课试讲都得到了以苛刻著称的李老师的认可。但进入了班主任实习阶段,她发现自己很不喜欢这个环节,除了必须一天到晚和学生泡在一起,还得关心他们的心理问题。她从来做不到像其他同学那样扮知心哥哥姐姐和同学打成一片,要她主动去和那些半大学生谈心,简直要了她的命。这让她第一次有点怀疑自己的职业定位,以后能不能做个合格的教师呢?

　　每所实习学校都会安排学生的公开课,邵伊敏的公开课表现很成功,受到听课老师的一致好评,但她上的主题班会课就大大不如江小琳了。她的安排是她一向的作风,程序清楚,条理清晰,但没什么煽情的部分。江小琳在这个环节则成功调动了班上所有学生的参与热情,也让李老师大加赞赏。

　　实习总结时,李老师很客观地指出:邵伊敏同学可以做一个相当称职的任课老师,但需要注意调整自己的距离感;而江小琳同学授课技巧有待加强,但具有高度责任心和工作热情,适合做班主任工作。

　　应该说这个评价来得十分公允。大家带着各自的实习评语返回学校,学校进行了评选并召开了总结暨表彰大会,邵伊敏和江小琳两人都上了优秀实习生名单,教学实习圆满结束。

　　邵伊敏和爷爷奶奶通电话,解释了自己打算推迟一年申请留学,他们颇为意外,奶奶问:"你一个人留在那里干什么?"不等她回答，爷爷马上又抢过电话问是不是因为钱的问题："你先申请好学校，我们再给你汇钱过去，你叔叔说了支持你的。"

她不想撒谎，可是对真实原因又说不出口，只好满怀愧疚地说希望准备得更充分一点，申请更好的学校。好在两位老人的心现在被叔叔婶婶才出生一个多月的小男孩占据了，又知道她素来有点求完美的性格，倒是能接受这个说法。

爷爷兴奋地告诉她，给她的小堂弟起的中文名字叫邵一鸣，取一鸣惊人之意。她听得笑："这样会跟我叫混的呀爷爷。"

爷爷得意地说："不会不会，其实这名字本来是你没出生就给你预备了的，等你生下来一看，哭得倒是很大声，不过女孩叫这名字不合适，现在总算用上了。"

她禁不住大笑："爷爷，原来你一直重男轻女，今天算是暴露了。"

奶奶在旁边嗔怪："小敏别听他胡说，我们最疼、最牵挂的就是你了。"爷爷连声附和。放下电话，她只觉开心，爷爷奶奶生活得如此惬意，她就放心了。

但接着的消息让邵伊敏没法轻松。苏哲在她放假前给她打来电话，心情很差地告诉她，他母亲身体不适，检查出了乳腺癌，幸好是早期，他决定这段时间陪母亲去美国就诊，然后做手术。她听得心一沉，完全不知道说什么好，只能让他放宽心，好好照顾他母亲。

放下电话，她只觉得自己的确一向不善于安慰人，同时也觉得劝慰言辞来得贫乏，只能默默在心里惦记着、不安着。

邵伊敏决定这个寒假不回家过年,她打电话告诉父母时,他们的反应都很不高兴,继父、继母甚至打来电话,劝她回家。但她并不准备改主意,只是好言好语地解释,家教待遇算不错,学生进步明显,副教授夫妇大喜过望,一再挽留她在寒假继续。再说车票实行春运价,贵且不好买。她的父母也只好由着她。

她其实没有让父母不痛快的打算。不过爷爷奶奶的老宿舍已经开始动迁,但关于原地还建和拆迁补偿金额没能达成一致,一部分居民选择做钉子户,和开发商闹得很僵。据爸爸说那一片治安恶化,水电时有时无,基本不适合住人了。她要回去,就势必得住到父母两方的任何一个家去,可是她实在不愿意插到两个完整的家庭中去当一个多余的人。

寒假开始后,她没有向学校申请假期住宿,收拾了自己的东西,住到了苏哲家。她一周去给副教授的女儿上三次课,有时顺道买点菜回来,自己试着做点东西吃。平时她都待在屋里,或者窝在沙发上看书,或者租回原声影碟来看,英语听力大有进步,累了就出去散会儿步。除了挂念苏哲,这样绝对没人打扰的独处,算她过得最享受的一个假期了。

她和苏哲陆续通了几次电话,苏哲一直心情不好,每次都只能泛泛说下近况。他母亲已经确诊,并安排了手术日期,但他父亲只来陪了两天就回国了,他母亲情绪非常低落,他一怒之下,打电话给父亲,父子二人再度大吵了一场。

她刚劝他不要发火,他就恼了:"你最好别跟我说这话,知不知道我最恨我妈这样说了,她一生就是隐忍,才惯出我那个爹的自私,也把自己郁闷得患了癌症。"

他挂断电话,她只能看着手机苦笑。当然,她体谅他的心情,可是确实有挫败感。她想，她竟然完全不会哄人，难道长久的习惯已经让她对别人的心境失去了理解与安慰的能力吗？在最孤独的时候，她享受了苏哲那样温暖的怀抱，此时却完全觉得无能为力，根本给不了他任何帮助。

除夕这天，天气阴沉，下午下起了小雨雪。邵伊敏也去采购了一堆食品，下载了几季《老友记》，准备趁这几天不出门全部看完。晚上简单吃了点东西后，她几年来第一次穿了睡衣窝在沙发上看春晚，可是对着那样的热闹，她还是心神不宁，想了想，给苏哲发了条短信，问他现在情况怎么样。

苏哲过了很久才给她打回电话，告诉她，他母亲的手术刚做完，按医生的说法还算成功，过观察期后他们会回国。两人说话间，电话里传出一个年轻女子清脆甜美的声音："苏哲，要不要我给你带杯咖啡上来？"

苏哲移开一点电话低声说了句什么，然后才对她说："刚才是公司的一个员工，她以前在美国医药公司做事，销售的是抗癌药品，刚好对这边的情况比较熟，所以带她过来帮忙一块儿照顾我妈。"

他解释得十分详尽，邵伊敏只能"哦"了一声，觉得有点尴尬。那个声音给她的感觉很奇怪，她的心重重跳动了几下，现在只能自责自己小气。

苏哲声音中透着疲倦，嘱咐她照顾好自己，两人也没多说什么。放下手机，邵伊敏到飘窗台那里坐下，看着窗子外飘着的细细碎碎夹了雨丝的小雪，情不自禁想起自己家乡那经常下得扬扬洒洒铺天盖地的大雪。她来这边几年了，没看到痛快下过一场像样的雪，每每一点雪花飘落，都能引来本地同学的欢呼。

她想，自己这算不算是在思乡呢？她不禁有点惊异，她一直以为她对出生长大的那座城市没有任何感情和怀念。可是这样的节日，她再怎么习惯独处，也有点异样的情绪。一瞬间她想起了远方的爷爷奶奶，以及差不多同样远的苏哲。她将头埋在膝头，有点无奈于这样的情绪泛滥，只能静等自己平复下来，然后再心不在焉地看着春节晚会。

5

邵伊敏在开学前几天搬回了宿舍，不过还是会在周末做完家教后去苏哲那边住上一天，让房子保持有人居住的整洁状态，也让自己放松一下。

苏哲陪母亲回了国，他母亲术后恢复还算良好。在她的坚持下，他还是很不情愿地和父亲和解了，不过心情一直说不上好。近一段时间，他与邵伊敏的联系仍然是通过手机进行，其实通话并不算频繁，一周一两次罢了。偶尔他说起公司的事，但也是很快打住："算了，不讲这些没意思的。"邵伊敏很小心地问他最近怎么样，他只是提不起精神地说："老样子，没事。"

她只能想，哪怕是在那样亲密以后，两个人还是生活在完全不同的空间里，没法有交集。她从来没有探究别人心底想法的习惯和勇气，眼下这样的联系有多脆弱，她比谁都清楚。而现在，她只能寄希望于一天天临近的毕业，也许两人相守在一起，这些问题就不会成为问题了。

可是她一向算不上乐观的人，对这样的自我安慰禁不住有点无奈，知道自己是在哄自己。

一天，邵伊敏坐在自习室看书，下意识地掏出手机，看有没有未接电话和短信。将手机放回去时，她突然意识到，她在不知不觉中竟然处于一种依赖和等待的状态而不能自拔了。

不知从什么时候起，她已经习惯了二十四小时将手机开到静音状态，隔不了多长时间会拿出来看看，睡觉时也放在枕边。偶然有一天她忘记带手机，上课时伸手摸了个空，一下前所未有地感到不安和难以专注，下了课就跑回宿舍，拿上手机才算是松了口气。

她悚然一惊，托住了自己的头，她那份让别人惊叹的自控能力似乎已经不复存在。难道爱情可以把一个人改变得如此彻底？她被这个念头弄得长时间心神不安。

她不确定她是否喜欢这样的改变。而且，她一向习惯于对未来有明确的计划，可是决定去深圳后，她却有点茫然了。

她的中学同学刘宏宇再三权衡后还是接受了本校的保研，因为导师手上有一个重要的研究项目，能够参与的话，三年以后申请出国读PHD的胜算会大得多。她身边的同学也纷纷为各自的工作奔走着，赶上校园招聘会，她只留意深圳那边的工作机会，不过对于师范毕业生来说，机会确实稀少。

每个人都有目标，唯独她，对以后竟然突然没了概念。

恰在此时，师大附中校长给数学系打来电话，指名要系里的江小琳和邵伊敏过去面试。江小琳心中忐忑，这个机会对她来说实在太重要了。她事先已经打听到师大只准备招一个数学教师，过去面试，无非再次试讲，比拼课堂表现力，而这个环节，她根本没有把握赢过邵伊敏。

可是和她一块儿走进系办的邵伊敏认真听老师讲完，随即客气而坚决地谢绝了面试。系办老师惊讶地看着她，师大毕业生能进师大附中当教师应该是比较完美的职业归宿，他完全不明白怎么会有人拒绝这样的工作机会。在他追问之下，邵伊敏只说毕业后另有打算，就再没什么话说了。

出了系办，江小琳又是惊喜又是困惑，她从来不相信自己会凭空有这般好运，心想如果邵伊敏是想考托福然后出去留学，也应该早向系里要求开具成绩单了，可是邵伊敏没任何动静。她百思不得其解，却也知道不可能向这个沉默的同学要到答案。

邵伊敏的拒绝理所当然在系里、宿舍都引起了不小的轰动，居然有人不要这样现成而难得的签约机会，她在众人眼里顿时更显得神秘了。

赵启智碰上她时，直接问她放弃面试的原因。她并不想瞒他，只是说："可能毕业后我会去深圳那边，没必要占用一个机会。"

赵启智恍然大悟，有些怅然，当然也没再说什么。他不会和别人谈起自己的那点心事，但一向并不瞒着罗音。而罗音和江小琳一样，并不参与宿舍里对邵伊敏的讨论，她有些不由自主地回避这个话题，但同时又不由自主地想，像邵伊敏这样做什么都好像胸有成竹的女孩子，应该是和男朋友有安排了。听赵启智转述，罗音也怅然了，她想，大概以后不可能再见到那个人了。这让她有说不出的失落感，却又有点松了口气。

自从假期在宿舍楼下的那次偶遇后，她再没见到那个看一眼就让她心怦怦乱跳的男人来学校。邵伊敏还是跟以前一样和所有人保持距离，可是脸上的神情并不像从前那样一成不变的冷静，倒是时时能看到她有些恍惚出神。

这就是恋爱的状态吗？罗音从来没陷入过正式恋爱中。她所有关于爱情的认知都来自小说和电影，丰富倒是很丰富，可是并不真实。但赵启智的那点带着惆怅美感的单相思、邵伊敏的神秘变化，再加上自己几乎完全不可告人的小秘密，都让她初次真切体验到情之一物的复杂莫测。

6

邵伊敏的毕业论文准备得十分顺利，眼看一天天临近劳动节假期，同学们都在商量着去哪儿玩，她心中一动，开始想，要不要利用假期去深圳见见苏哲？他从美国回来后一直很忙，谈到公司的事情就透出疲惫，加上照顾母亲，肯定不可能有时间过来，他们也有半年多没见面了。这个念头一起，她有点笑自己，居然等不到马上来临的毕业了，可还是莫名兴奋。

她一向不热衷制造意外惊喜，决定还是提前向苏哲通报一声。晚上十点，她从自习室出来，仍然在体育馆门前的台阶上坐下。这里视野开阔，隔条马路过去，前面是个小小的人工湖，湖里种了荷花，此时荷叶田田，散步的同学大部分在湖那边。她一般习惯在这里给苏哲打电话，不必担心周围会有人旁听。

手机响了几声后，喧闹的酒吧音乐背景声中，一个女子的声音传来："你好，找苏哲吗？他去洗手间了，稍等一会儿好吗？"

邵伊敏怔住，停了一会儿才说："好吧，请你让他给我回电话，谢谢。"

那边的女子轻轻笑了："嗯，你很镇定，佩服。不如我们先聊会儿。你叫伊敏对不对？"

"那么你是哪位?"

"我姓向,向安妮。他对我说起过你,对啦,其实我们早就见过面的,去年八月,地下车库,记得吗?"

邵伊敏脑海中蓦地掠过那个闷热傍晚的情景,从捷达车里探出来的娇美面孔、意味深长的注视,还有清脆的声音,一下全对上了号,她没有说话。

向安妮仍然轻笑:"还好,看来你是记得我的。"

"你也在深圳?"

"对,苏哲没告诉你吗?我去年九月就过来了,只比他晚到几天而已。"

邵伊敏再度讲不出话来。

"确切地讲,春节时我和他一块儿陪他母亲去了美国。再往前回溯一点嘛,我和他在一起的时间应该从去年七月我们一块儿去稻城亚丁时算起,不算短吧。"

邵伊敏不等她再说什么,挂断了电话。她陷于一种失神的状态,直直看着面前路灯昏黄的光晕,等回过神来,第一个念头竟然是:毕竟还是坚持不到毕业了。她不知道已经坐了多久,拎起书包想要站起来,腿却已经发麻了,一阵针刺的感觉袭来。

邵伊敏揉着自己的腿,拿起手机看看时间,快十一点了,她毅然再度拨通苏哲的电话,决定不给自己逃避的机会,彻底了结这件事。

这次是苏哲接的电话,听上去周围很安静:"伊敏,你还没睡吗?"

"告诉我,你刚才和谁在一起?"

苏哲没有回答,她的心彻底冷了:"那么,向安妮说的都是真的了?"

一阵难堪的沉默过后,苏哲开了口:"你怎么会问起她?"

"一个小时前,我打电话给你,是她接听的。"

"她都说了什么?"

"还真的是说了不少,稻城亚丁、深圳、一起去美国……你知道吗?我并不敢奢望天长地久,但总以为我们至少可以相互坦白,不必借别人的口来告之这样的消息。"

"我和她的关系不是你想的那样。"苏哲焦躁地说。

"我很粗俗,想象你们就是肉体关系,你可千万别跟我说你们还心灵相通柏拉图着呢。"邵伊敏哑着嗓子笑了,"那样我会更受不了的。"

"对不起,伊敏,我不知道说什么才能让你原谅我。你冷静一点,我明天就买机票过去。"

"过来让我原谅你吗?不用了,我现在就原谅你,苏哲。我知道这样的恋爱对你来说太难了,我也从来不指望别人跟我一样习惯寂寞。以后我不会再对你有让你做不到的要求,我们……完了。"

不等苏哲再说什么,她挂断电话,拎起书包站起来向宿舍走去。手里的手机再度振动起来,她盯着屏幕上闪动的苏哲的名字看了良久,突然一扬手,将手机扔进小湖里,只听咕咚一声轻响,几圈涟漪扩散开去,湖面顿时恢复了平静。

7

邵伊敏度过一个彻底无眠的夜晚后,第二天全凭惯性驱动着,起床、上课、去食堂、去图书馆,按部就班,竟然没人注意到她有什么异样。到了晚上,她照常去了自习室,握着笔对着摊在桌上的一本书出神，面前的笔记本上什么也没写。

罗音突然跑进来，小声对她说："哎，累死我了，挨个教室找你。快点下去，你男朋友在楼下等你呢。"

邵伊敏迟钝地看罗音一眼，没有反应，罗音又是惊讶又是着急，一边伸手收拾她面前的东西，通通将其塞进她的书包里，一边说："你怎么没开手机？他打电话到宿舍来，我接的电话，只好带他过来找你。快下去。"

"谢谢你。"邵伊敏只能机械地说。

两人下来，苏哲正站在楼下，他伸手接过邵伊敏重重的书包，然后也礼貌地对罗音说："谢谢你。"

罗音一下红了脸："别客气，我先走了。"她转身跑开了。

邵伊敏不想在这个人来人往的地方久留："去后面吧。"她也不看他，大步向学校后面的墨水湖走去。

两人在湖边站定，邵伊敏拿过自己的书包，从里面掏出红绳结系着的钥匙，一边解绳结一边说："正好，我本来想跑一趟给你放过去……"

苏哲一把握住她的手，厉声说："你再解试试。"

她抬起眼睛看着他，一脸透支之后的疲惫，眼睛里布着血丝。苏哲顿时心痛了，拖着她的手走几步，推她坐在一条石凳上，蹲在她面前："昨晚没睡好吧，脸色这么差。我昨天到今天打你的电话打疯了也打不通，快急死了。"

"以后别打了，昨晚我就把手机扔湖里去了。"

苏哲咬牙看着她："根本不想听我的解释吗？"

"说真的，不想听。"

"那你也得给我好好听着。没错，我跟向安妮认识有一段时间了，我在这里工作时，和她上班的医药公司在同一栋写字楼，后来她刚好也跟我在一个户外俱乐部。去年七月我们分手后，我……是和她一块儿去了稻城亚丁。"

邵伊敏神情木然地听着。

"我在地下车库碰到你之前，就已经跟她说了分手。不过我没想到她会辞职跑去深圳，而且去我们公司应聘。"

她倒没想到他会说得如此详细："这么说来，她比我勇敢，也比我愿意付出。"

"至于带她去美国的原因，我已经告诉你了。她……"苏哲迟疑了一下，"我跟她，只有一晚，在美国，和我父亲吵架的那一天，我喝多了。"

邵伊敏惨淡地笑："我明白，我们也是酒后开始的。"

"不许这样比较。"

"我没办法不做这种联想。"她想抽回自己的手，但苏哲握得紧紧的并不放开。

"我跟她当时就说清楚了，那是一个误会，我不爱她，跟她没有可能。我没想到她会接我的电话跟你乱讲。"

"照我的理解，她说的基本是事实，没有乱讲。我原谅你了，苏哲，我自己也酒后乱性过，如果可能，我不会选择跟你有那样一个开始，但是没有那样一个开始，我们也许不会有任何可能。"

苏哲一下被激怒了："我说过了，不要做这种比较，我对你是不一样的。你这算什么，又一次显示你拿得起放得下足够洒脱吗？"

"你错了，我放不下，真的，所以我没有申请学校留下来，还计划着毕业以后马上去深圳找你。我想的是，我们的关系一直是你在主动，我付出得太少，那么不到最后关头，至少我不可以先

Chapter Six 191

放手,我也做点努力吧。"她咬牙压制住自己声音的颤抖,"可是现在到了这一步,由不得我了。苏哲,我不放也得放了。"

她站起身,苏哲也立起来,一把抓住她的手,将她拉进怀里抱住,低下头逼视着她的眼睛。

"我跟她,只是那一晚。我承认是我做得不对,但我已经和她讲清楚了,再没有以后。我们忘了这件事好不好?"

邵伊敏苦笑:"对不起,我做不到你那样收放自如想忘就忘。和你在一起,确实是我贪婪了,先是贪图一段快乐,然后再贪图你给的温暖,想要的越来越多,这一路任性下来,把本来早就该做的告别一点一点拖后,以为就能算拥有你。"

"什么叫就算拥有了?我们的相处在你看来就这么不真实吗?你对我一直没信心,就是走一步看一步,现在看到这一步,大概心里还对自己说:看,我早料到了。对不对?"

她有点失神,想了想才说:"这么说,你比我更了解我自己。是的,我没信心,不管是对你,还是对我自己。据说有什么样的坏预期就会发生什么样的坏事,所以我并不怪你。"

"邵伊敏,我恨你用这种口气跟我说话,你要我怎么说你才能明白,那一次只是一个意外、一个错误,我压力太大,太放纵自己。我道歉,也保证以后不会再发生这样的事情。我的保证对你没有任何意义吗?"

邵伊敏看着他,他神情焦灼痛苦。她再也按捺不住,手一松丢下书包,双手环抱住他,将头贴到他胸前,听着他急剧的心跳,知道自己的心跳得同样激烈。这个怀抱让她贪恋而不忍割舍,可是她也只能逼自己离开了。

"以后大概还会有别的错误跟意外发生,谁知道呢。我们都还不能确定自己要的到底是什么，我想毕业后还是先去加拿大，就这样吧。"

静默了一会儿，苏哲的声音难以置信地从她头顶上传过来："邵伊敏，你知道你在说什么吗？这就是你说的相互不要承诺的意思吗？可以方便你想叫停就叫停，想抽身就拔腿走人？"

"我不后悔和你在一起，也感激你给我的快乐。可是我说过，真在一起的话，我会是个苛刻的人。我接受不了你的生活态度和生活方式，你为我改变大概也很辛苦。再继续下去，我怕我们会磨光对彼此还有的一点情意。"

她松开自己的手，挣开他的怀抱，不再看他，狠狠拉扯那个绳结，可是当时用力系得太牢，急切间竟然解不开。

"别解了，我给你的全部不会收回，你不想要，不妨跟手机一样扔了吧。"他平静地说。

她停住手，看着掌心里的两枚钥匙，弯腰拾起地上的书包，转身大步走了。

邵伊敏紧紧攥着两把钥匙，在学校漫无目的地转悠，钥匙的棱角深深刺进了掌心。最初的疼痛转成了麻木，松开手掌时，掌心被刺出几道伤口，冒着血珠，可是她依然感觉不到疼痛。

她直到差不多熄灯时才回宿舍，并不理会罗音的目光，只感谢罗音不是陈媛媛，不会非要刨根问底或者在宿舍大肆谈论，眼下她没心情跟任何人说话。

她洗漱上床后，静静躺着，也不去进行任何进入睡眠状态的徒劳努力。夜一点点深了，她和昨晚一样再次注意到，看着那么娇艳的李思碧会微微打鼾磨牙，而性格完全不同的陈媛媛和江小琳都爱突然讲些含混不清的梦话。可是不管怎么样,她们都是安然沉睡着。只有她,在这样的黑暗里,闭上眼睛全是她不想看到的回忆,睁开眼睛看到的只是自己的蚊帐顶。

这样一动不动地躺着,全身有些僵硬发痛,她轻轻下床,上了天台。临近五月的深夜,风带着凉意,大半轮明月挂在天空,看不到多少星星。

所有相处的时光,在她眼前一一掠过,她只能无能为力地任凭这些回忆将自己淹没。她想,就趁着这样的黑暗,放任自己自怜个够吧,然后可以就此放开了。

可是这样一想,她几乎无力支撑自己站立了。她伏到栏杆上,泪水无声奔涌出来。她一直站到眼睛干涸,夜晚的露水降下来,沾得睡衣都有了点潮意,才下楼重新上床。

Chapter Seven
就算不能完全遗忘，也到了应该释然的时候

1

邵伊敏应付着考试、毕业论文答辩，同时买了一部功能最简单的手机，上号以后，开始和其他没有顺利签约的同学一样去赶各式名目的招聘大会。她准备找一份工作维持生活，等手头的钱攒够了，找个时间再考一次托福，尽快申请去加拿大的学校。

同宿舍的几个人工作早就有了着落，江小琳如愿进了师大附中，罗音成了本地一家报社的见习记者，刘洁和陈媛媛选择回老家，一个考了公务员，一个进当地中学当教师，李思碧签了本地电视台，算是去向最风光的。

她们看到邵伊敏在拒绝师大附中的面试后这么不声不响地找工作，着实好奇加不解，可是邵伊敏甚至比从前更沉默，没任何解释自己行为的意向，连各种名目的告别聚会都不参加，自然也没人愿意多事去问她。

毕业生集中招聘的高峰期已经过了。一个师范学校数学系的学生，又排除了当教师的想法，选择实在有限。好在她的英语很拿得出手，手里又有计算机等级考试证书，还是陆续找到了一些面试机会。而到了面试环节，她一向的镇定冷静就帮了她的大忙。

大家相继离校,这间寝室只剩了罗音和邵伊敏两个人。

罗音最近在到处找房子,要求当然是离报社近一点,记者工作一般下班晚,她可不愿意去赶末班车。今天中介带她看了一套小小的两房一厅,虽然是七楼,房子老旧,但位置符合她的要求,房间设施也算齐全。她一路盘算着要不要在校内网发帖找人合租,进寝室看到独坐书桌前的邵伊敏,突然心里一动。

"邵伊敏,你的工作找得怎么样了?"

"接到两家公司的通知了,现在正在比较。"邵伊敏一向和罗音谈话多一点,也愿意回答她的问题。

"那太好了,你以后打算住哪儿?"

当然不可能无限期地在学校宿舍混下去,不过忙着找工作,邵伊敏还没来得及考虑这问题:"租房子吧,好像得找中介。"

"愿意和我合租吗?"罗音笑道,"两房一厅,交通便利,月租两千,我们分担的话各自一千,也负担得起。你愿意的话,我就不用发帖找人了。"

邵伊敏有点意外,但很是开心。她当然知道哪怕找到工作,凭开始的薪水想要独居实在不现实,如果一定要与人合租的话,那罗音再合适不过了。罗音性格好,开朗又不多事。

"当然愿意,太好了,省得我再大热天去找房子了。"

"哪两家公司,说出来我帮你参考一下。"

"一家电脑公司业务部做助理,一家商贸公司做秘书。"她拿两家公司的面试负责人名片给罗音看。

其实邵伊敏刚刚已经做了决定。两个职位待遇差不多,电脑公司是外资,而且是先来的通知,本来应该是她的第一选择的,但她决定选商贸公司,这家公司做外国品牌代理,对应聘人员的专业、资历并没有要求，只是对英语要求极高，她通过初试杀进去，面试居然是老板亲自做的。老板姓徐，一个三十多岁、身材高挑、留着微卷短发的女子，目光锐利，极有气势，问的问题看似平和，却十分考验人的反应能力，对于她的职务的介绍也让她觉得有吸引力。

罗音端详徐总的名片："徐华英，盛华商贸，哎，这个名字好熟。"她皱眉想了一下，"想起来了，她是丰华实业老板王丰的夫人嘛。"

"丰华实业很有名吗？"

罗音一年多来不间断地混了好几家报社的实习生，见识广博了许多："丰华是本市数得着的民企，涉猎房地产、出租车、外贸，总之规模很大。这个徐总，有一次记者老师指给我看过，好像是做国外名牌代理的，很厉害。"

邵伊敏点头，没再说什么。她选择这家商贸公司还有一个让她有点不齿的理由，外资电脑公司是在苏哲曾经待过的写字楼内办公，既然有别的选择，她宁可避开那里，省得徒添烦恼。

两人约着第二天去看了那套房子，房屋结构不佳，光线说不上好，加上装修是几年前流行的水曲柳饰面板，衣柜、书柜全利用空间顶天立地地站着，看着有点压抑，但让邵伊敏奇怪地联想起了爷爷奶奶的老宿舍。厨房很小，洗手间不通风，不过设施齐全，看着也干净。主卧说不上大，朝着东面，另一间卧室是按儿童房风格装修的，颜色跳跃又有点损坏，朝着西面，快落山的太阳火辣辣地照射，好在两间房各安了一台空调，这对于本地夏天来说，简直是一个巨大的吸引力。

房东是一对看着模样斯文的中年夫妇，对这两个看着同样斯文的女孩子也颇为满意，双方当即签了合同，缴纳租金押金，拿到了钥匙。接下来两人用最快的速度打包各自简单的行李，顶着炎炎烈日搬离了学校，开始了合租生活。

邵伊敏分别给父母打了电话，通报自己已经上班，请他们不用再寄生活费用。然后她给叔叔发了邮件，请他转告爷爷奶奶，她现在过得不错，不用担心。

盛华商贸公司在市中心一处高档写字楼办公，里面为配合代理的品牌，装修十分考究。公司规模不小，包括卖场营业员在内有近百名员工，代理着五个国外服装和皮具品牌，当然这些牌子都说不上是顶级奢侈品，但相对于这座内地城市此时的消费水平来说，也算很不错了。

邵伊敏的职责是给老板徐华英做秘书，工作繁杂，但她上手很快，在最短的时间内跟上了要求极高的老板徐华英的做事节奏，得到了徐华英的肯定。

徐华英以前头痛的就是秘书要么喜欢揣测自己的意图，要么战战兢兢完全像个答录机没有任何主见，她没想到招进来的这个学数学的新人如此称职，英语良好，和国外公司电话邮件沟通无碍，记忆力惊人，反应敏捷，应对得体，又懂得适时沉默，和所有人保持同样的距离，做事主动灵活。没用多长时间，徐华英就提前签署了给她转正的文件，工资提升一截，同时让人事经理给邵伊敏办理了户口落户手续。

邵伊敏晚上回家，看着手上薄薄的集体户口复印件，有点小小的感慨。她以前上学办过户口迁移手续，可是对这个东西没什么认识。眼前这张纸似乎证明她在这座城市真正落了脚,但她根本不知道还会在这里待上多久。

罗音打着哈欠开门进来,先将背包丢到茶几上,再将自己丢到沙发上:"累死了,这活儿真不是人干的呀。"

她被分在社会新闻板块,每天穿着平跟鞋、牛仔裤穿梭在城市里,用她的话说,就是尽采访些诸如狗咬人之类的事情,下班回来就会发一次这种感叹,可是第二天照样精神抖擞地出门。

两人相处得和以前住学校宿舍没什么两样。她们都很忙碌,平时基本不在家吃饭,下班以后在家碰面,也无非一边看着电视,一边泛泛谈几句工作上的事。逢周末休息,她们很有默契地一起做清洁,轮换着买点菜回来,或者煲点汤,或者煮点粥,算是改善一下生活。

罗音不无惊奇地发现,邵伊敏买回了红酒放在厨房里,有时临睡前会倒上小半杯喝下去。最初邵伊敏也邀她尝上一点,只是罗音并不好红酒的味道,说不如喝啤酒有意思。

那个男人再也没有出现,罗音知道邵伊敏应该是失恋了,她性格开朗,却不是马大哈。对着表面上若无其事的室友,罗音就算自己心底没那么一点小秘密,也绝对不会去触碰人家的心事,而邵伊敏刚好对别人的心事毫无好奇心,两人都不计较生活小节,相互视对方为好相处的合租对象,生活起来十分融洽。

忙碌的日子过得比悠闲的学生时期更快一些,转眼到了第二年六月,邵伊敏存了大半年的钱,老家那边据父亲说已经有了解决问题的迹象。放下手机,她想是时候该去再考一次托福了。

这个念头刚刚一动,居然就牵动得心底有一点钝钝的痛感。她打开箱子,拿出放在最下面的红色绳结拴着的那两把钥匙,握

Chapter Seven 199

在手里看了很久才放回去。掌心的伤口早已痊愈，甚至没有留下疤痕，她想，就算不能完全遗忘，也到了应该释然的时候。

没等邵伊敏去报名，老板娘徐华英那个在本市大名鼎鼎的先生王丰突然出事，他牵扯进了一场复杂的经济纠纷里面，原本无非旷日持久的官司而已，偏偏越闹越大，又涉及本省官员腐败等敏感问题，他被请去协助调查，一去不归，丰华集团顿时乱作一团。和所有的民企一样，王丰的亲戚故旧在集团里各居高位，此时真心着急的人自然有，想趁乱火中取栗的人就更多了。

邵伊敏只见过王丰一次。那天下班后，她和徐华英留在公司，核对几个品牌的销售日志。王丰来公司接太太同去赴宴，他四十岁不到，中等个子，相貌普通，自有一股习惯于指挥发令的气势，看得出非常注重锻炼和保养，头发削得短短的，左边鬓边有一缕很触目的白发，可是倒更增加了一点让人过目不忘的气质，应该说他和他夫人徐华英站在一起都是气场强大、十分引人注目的那种人。

邵伊敏一向对不属自己职责范围内的事情不好奇，不过做了快一年的秘书，自然也知道了老板的一点家事。徐华英和王丰事业做到目前这一步，算得上白手打拼起来的典型，两人有一个十三岁的儿子，刚上师大附中。徐华英持了丰华集团20%的股份，一度在丰华集团担任总经理，不过哪怕是一开头就共事的夫妻，对着一份日益扩大的家业，再要和从前一样相处，同样不易。加上王丰家亲戚太多，矛盾累积之后，徐华英毅然辞去总经理职位，抽身出来，自己全资成立了这家贸易公司，做起品牌代理，同时还去读了EMBA。集团那边，除了偶尔参加董事会之外，她就基本绝足不去了。

这一天，盛华商贸突然来了几个外地检察院的人，声称要封存账目跟银行账户。徐华英不在，可怜的财务部黄经理平时只处理和商场经销商银行的往来，哪里见过这阵势，吓得结结巴巴嚷着让邵伊敏赶紧找徐总回来。

邵伊敏并不理会他，客气地请来人出示有关文件，仔细看过以后，彬彬有礼地指出，本公司的法人代表徐华英女士持有丰华集团20%的股份没错，但丰华以及王丰先生都没有在本公司持股或者参与经营，几位先生手持的文件自然有效，不过应该先去丰华集团才对。

那几人当然知道她说得有理，只是丰华那边早已经进驻了本地检察院，轮不到他们动手，而他们希望了结一笔牵涉他们当地的债务，才跑来这边，想不到没见着老板先碰到了软钉子。

几个人面面相觑，有些不好下台，也不愿意就此罢休。邵伊敏礼貌地请他们坐下，叫来前台重新沏茶，再请来公司一个姓马的品牌经理陪他们坐着闲谈。马经理从公司创立之初已经跟了徐华英，从商场营业员一直坐到经理位置，非常泼辣健谈，长于敷衍各色人等。邵伊敏悄声嘱咐她多扯点闲事，探听他们的来意，然后自己抽身出来给徐华英打电话。

电话响了好久，徐华英才接，邵伊敏简明汇报了这边的情况，徐华英告诉她，她处理得没错，让黄经理和马经理酌情将他们打发走，然后匆匆挂了电话。

好不容易打发走了那帮人，公司里面已经是人心惶惶，有人来找邵伊敏探听消息，但她一律无可奉告，只告诉他们老板随时可能回来，请到处乱晃的人各回原位坐好，大家总算安静了一点。

邵伊敏并不像其他人那样杞人忧天。她了解公司的状况，清楚知道盛华商贸在徐华英的打理下，代理的五个品牌每年业绩增加接近30%，盈利是个相当可观的数字。公司是徐华英本人独资，就算丰华集团那边出了事，可能会受一点影响，但并不是什么灭顶之灾。以徐华英的决断的处事方式，她也不可能让那边的事干扰这边已经上了轨道、有丰厚利润可图的公司的运作。

只是她没料到，看似和她没什么关系的丰华集团的变故，到底还是影响到了她的生活。

2

到下午快下班时，徐华英才回到办公室。她神情和平时没什么区别，不过整个打通的办公区自然没人敢出大气了。

徐华英让邵伊敏通知几个经理去会议室开会。她和平时一样，处理了几项店务管理方面的工作，完全没谈及丰华集团的变故，只在最后指定了财务部黄经理在她不在时全权处理公司日常行政事务，这个决定也不算意外，因为黄经理除了大事不决以外，为人十分细心负责，在公司也是资历最老的一个高层。

散会后，邵伊敏出去做会议纪要，准备下发，徐华英打来内线电话，让她进去。

徐华英的办公室装修并不奢华，精致中透出一点女性气质，铺着羊毛地毯，摆着米色沙发，茶几上水晶花瓶常年放着鲜花，此时插的是香水百合，办公桌不是好多人喜好的那种摆谱的所谓大班台尺寸，上面摆着他们一家三口的照片。

徐华英示意邵伊敏坐下。此时两人隔得近，邵伊敏注意到她的妆容有点脱了，到底透出了疲惫。

"下午的事情你处理得不错。小邵,你在公司做了多久?"

"到月底就满十一个月了。"

"对你目前的工作有什么看法?"

"我学到了很多,会尽力做得更好。"

"面试的时候,其实我有一个问题没有问,因为当时觉得并不算重要。"她翻了下手里的卷宗,"不过现在,我觉得有必要问问了。你师范毕业,专业成绩很不错,为什么不做老师,却选择应聘一个秘书职位?"

"经过教学实习以后,我觉得我的性格比较适合对事负责,并不适合对人负责,所以想尝试一下别的工作。"

徐华英笑了:"和我想的一样,你并没有把这份工作当成你准备一直从事的职业,我也赞成年轻人多试一下职业方向才确定自己的选择。但是你有没有想过,说到底,对事负责和对人负责并没有太大区别。"

老板此刻大事当前,居然有心思跟自己谈这些,未免太举重若轻了。可是邵伊敏知道徐总的行事作风,肯定不是在刻意表现镇定修为而已:"我会认真想想您说的话。"

"小邵,就秘书工作而言,你的确做好了本分,而且做得很出色,比我以前用的每一任秘书都更让我放心。但是你的能力和努力方向,当然也应该不只做一个秘书。你对工作的态度我是欣赏的,你的潜力我看得到,我觉得你唯一的问题可能就是必须确定自己的目标,然后全情投入,很多事情不是光做好本分就足够了。"

这一席话似乎带着批评的意味。邵伊敏想,第一次有人这样直接指出她的疏离并不仅限于人际交往。她一直是专注的,但确实说不上投入，不管是工作还是其他，她都保持着一定的距离。

"你对未来有明确的目标吗？"

邵伊敏迟疑了一下："我有一些计划，但总觉得计划赶不上变化。"

"生活中变化来得很可能大过自己的想象，只有确立目标，才能保持更好的应对变化的能力。"

邵伊敏不知她此时说这话的用意，只点头保持着倾听的姿态。

"集团公司那边的事情，你应该也知道一点了。我今天下午已经拿到王总的授权，准备接下来代替他行使董事长职责，那边会有一个很艰难的局面等着我，可能这段时间顾不上盛华这边了，好在盛华都已经上了轨道。"徐华英顺手拿起烟盒又放下，她平时抽烟，但颇为节制，"现在有两个选择给你，一个就是留在这边，公司接下来准备代理的那个美国牛仔裤品牌，我会让你跟马经理一块儿跟进，商谈代理事宜；另一个，就是跟我去集团那边，当我的助理。起始待遇是一样的，你可以仔细想想，明天给我答复。"

邵伊敏十分意外。如果她单独负责一个品牌，就等于是下一步有可能提升为品牌经理了。一个刚进公司不到一年的员工能得到这样的机会极其难得，完全可以视作一份事业而非职业的开端。而如果她跟着老板去集团那边，只要想一想那边目前的局势，就知道会是一个很大的挑战。

"我看得出你应该是有目标的那种人，但现在你必须选择把目标放在哪里，所以希望你好好考虑清楚。"徐华英随手关上面前的笔记本电脑，"不过，前提还是投入，不管做哪个职位，都不同于你现在做的秘书，我相信你只要投入都能做好。"

走出写字楼，天已经黑了，邵伊敏一边向车站走去，一边思索着刚才老板说的话，突然想起似乎很久以前一个人对她说过的话：就算是单纯为了快乐，双方都投入才能更容易达到目的。

徐华英没给她任何许诺，不过寥寥数语的确让她震动。

她当然明白，老板其实完全可以直接征调一个秘书随她去集团公司，她如果不想另找工作，就只有老实跟从。但徐华英提供了一个选择的机会，准确地讲，是两个机会。尽管这样的机会可以说离不开自己的争取，不过这是她第一次可以从容作出自己的选择。

站在公交车站站牌旁边，邵伊敏下意识仰头看向天空，城市初夏晴朗的夜晚，天空是暗沉的，再也没有那夜的星光。

如果她一心只想着离开，又怎么能彻底走出内心的困境？

她差不多在一瞬间就下了决心，第二天上班时她正式给老板答复，愿意跟老板去集团公司做她的助理。

3

邵伊敏担任徐华英的助理，头一件工作是随她去深圳出差。抵达这座她曾经打算过来却最终未能成行的城市，她没法做到内心不起一丝波动。安排徐华英布置的行程时，她更是感慨：徐华英第一天将与昊天集团总经理苏杰会面。

她与苏哲相处时，苏哲很少谈及自己的家族生意。但上班之后，她从每期必看的一份经济类报纸上，看到了配着苏哲和他哥哥苏杰照片的报道，才知道他家的企业是昊天集团，由他父亲苏伟明创办，做的是百货连锁、商业地产以及高科技等产业投资。报道主要集中在苏杰身上，称他目前俨然有接替其父的势头；提到苏哲，不过只称他留学归来，在知名外企工作以后投身家族生意，目前负责公司投资工作。

照片上兄弟俩都穿了深色西装，面目只略有相似之处，苏杰看上去意气风发，苏哲则表情淡漠。当时她看了照片良久，才将报纸放下。

邵伊敏并不期待一个意外重逢，可是也不能回避，她打电话过去，与苏杰的秘书敲定了时间。

她和徐华英到达昊天集团的写字楼时，苏杰出来迎接，她站在后面，下意识在这个高大的男人身上找似曾相识的地方。

他们看上去并不相似——这个结论让她说不出是宽慰，还是失望。

苏杰是标准的成功人士，英俊，西装昂贵，意气风发，气势逼人，完全没有苏哲那样挥之不去的落寞与无所谓表情。可是苏哲回父亲的公司已经这么久，身处商场，也许也会变成这样吧。邵伊敏只能按捺住内心闪过的念头，随他们走进去。

徐华英与苏杰是EMBA同学，已有几年交情，苏杰带她去自己的办公室落座，笑道："谈融资的事情，本来我弟弟苏哲也该在场，不过他去香港出差了。"

邵伊敏悄悄吁了口气。

落座后苏杰便关切地打听王丰的情况，徐华英据实相告，还没有一个明确的处理，她现在要做的就是稳定大局，让丰华不致就此陷于败局。他们谈的是一个融资合作，很快便达成共识，一起去吃饭。

离开昊天，邵伊敏再度回首看那幢写字楼。她想，这世界看似如此之大，人海茫茫，可是人与人之间竟有如此千丝万缕的联系。

出差回来，邵伊敏有着说不出的疲倦，坐在沙发上，随手翻看着罗音带回来的报纸。

罗音的工作也有了变动，被调到新开的讲述版，栏目名字是她提起来就想吐的"红尘有爱"。自从安顿的《绝对隐私》大卖以后，各家地方报纸都相继开设了类似贩卖普通人生活秘密的栏目，而且受到读者的广泛欢迎。

罗音也说不上不喜欢这个工作，相对于采访狗咬人的社会新闻和开业打折的商业新闻，这个工作其实让她更有机会见识世间百态，每周约见不同的读者，至少出三个整版的讲述文章，加上自己的感叹和评点，至少让她狠狠过了写作的瘾头。她的挣扎不过是觉得自己似乎成了个职业窥探者，满足着读者的集体窥私癖。

邵伊敏平时只看经济金融类报刊，看过罗音主持的版面后忍俊不禁："是你编的吧，真有人找你讲这么狗血的故事吗？"

罗音悻悻地说："相信我，比这更狗血、更戏剧化的故事多的是，我尽量判断真假后，才挑不那么惊悚的写出来给大家看，省得招骂。"

邵伊敏再看一下报纸，一脸惊奇。罗音想，像她这样的人，咽得下所有秘密，当然永远不能理解为什么会有人拿着私事去跟不相干的人说，再登到报纸上给不相干的人看，也幸好像她这样的人不多，不然自己大概得失业了。

"这算一种告解吧，"邵伊敏却笑了，"不错，比看专门的心理医生便宜，既宣泄了情绪，又有一种满足感，从这个角度讲，你的工作挺有意义的。"

换个人这么说，根本就是调侃了，可是邵伊敏很少调侃别人，罗音细想一下，倒也觉得心安了许多。

邵伊敏确实永远不打算对着别人倾吐心事。

在忙碌的工作占据了她的身心以后，这一点就更容易做到了。一转眼，她成为丰华集团董事长徐华英的助理，然后再成特别助理已经有一年多时间了。

王丰的官司终于了结，他虽然不算直接涉案，但被牵扯的事情非同小可，尽管经过多方奔走，仍然被判了两年缓刑。他将公司股份全转到了妻子名下，自己退居幕后，开始操作一个投资公司。徐华英顶住内忧外患，成功维持住了集团的运作不说，还一举清洗掉集团里王丰的各路亲友，让公司日益走上了正轨，且有业绩飞速发展的势头。

邵伊敏没有再去考托福。钱对她来说已经不是问题，房子拆迁后，继母坚持选了原地还建，理由是地段好，然后折价将钱汇给了她，她也只管收下并不计较多少。目前她的待遇在本地以及她这个年龄来讲，是很说得过去的。她现在通过网络和爷爷奶奶以及叔叔一家保持着联系，同时许诺等合适的时间休假就去加拿大看他们。

罗音仍然和邵伊敏合租住在那一套小房子里，不同于邵伊敏忙碌得感情生活一片空白，罗音先后交了几个男朋友，都是泛泛往来，无疾而终。眼下又有人给她介绍了一个和朋友合开小广告公司的男子，两人刚见了第一面，罗音就痛苦地发现，这个叫张新的男子不幸好像又是她不喜欢的那一类：戴眼镜的小胖子。

张新相貌斯文，戴一副树脂无框眼镜，比她大三岁，公平地讲，个子不高不矮，算得上结实，说不上胖，衣着得体，谈吐大方，有小小的幽默感，开辆白色富康，怎么看都是一个大好青年。

而且他对罗音印象极佳，送罗音回家，直看到她上楼，还发了短信祝她晚安。

此时正当秋天，算是本地最怡人的季节了，窗外挂着一轮明月，月光透过窗子照进来，光线不错。罗音进来后也不开灯，放下皮包，随手回复一个简单的"你也一样"，然后坐在沙发上发呆。她想自己这样以貌取人的怪癖是不是太无聊了，可是一个身影突然浮上心头，让她只能仰靠在沙发上轻轻叹息。

她不知坐了多久，邵伊敏回家了，开了玄关那里的灯换鞋，坐到罗音身边，竟然也是仰靠着轻轻吁了口气。

"很累吗？"罗音随口问。

"还好，喝了点酒，有点晕，还是司机送回来的。"

"要不要给你倒点水？"

"没事，突然记起今天是我二十四岁生日，于是喝了点白酒，当给自己庆祝了。"

罗音笑了，她比邵伊敏还大一点，已经快二十五岁了："生日快乐。不过别提生日，我巴不得忘了生日。一过生日我妈就打电话给我，唯一的话题就是愁我快成嫁不出去的老姑娘了。"

邵伊敏也笑："那多好，毕竟还有人惦记着你嘛。"

她没再说什么，起身进房拿睡衣去洗澡。借着月光看着邵伊敏的身影，罗音暗骂自己粗心。她老家在省内一座城市，经常会回去看看，平时和家人联系十分紧密。而邵伊敏跟她同住了两年多，她没见邵伊敏回去过节过，偶尔说起家人，也只说很惦记远在加拿大的爷爷奶奶。

两人同住这么久，邵伊敏也还是从前那个样子，从来不会主动谈起自己的心事，罗音不用有职业观察力也知道，她跟自己一样,心里应该是装着心事的。只不过人家是正经恋爱过,自己则是彻底不足为外人道、连自己想想也要讪笑的可悲单相思。

想到自己刚才居然记挂了一个根本不该她记挂的身影,她的罪恶感比任何时候都更为严重。

邵伊敏对罗音的心理波动一无所知。这几年的生日她都是一个人度过的,去年还是在独自出差去上海的路上。她并没有太多感伤,然而这样一个人静静待着时,不能不想起一点往事。今天应酬时她特意喝了一点白酒,希望略带点酒意,不至于给自己找不痛快,可是那点酒似乎不够将她送进睡眠,她起身去了厨房。

小小的厨房很干净,她拿出放在橱柜里的大半瓶红酒拔了木塞,拿个玻璃杯倒了小半杯,站在那里,透过厨房小小的窗口看着外面的月亮。

如此安静的夜晚,很适合回忆,也确实有回忆伴着如水的月光在她心里蠢蠢欲动地泛起。可是她关于生日的回忆,无不指向那个她情愿忘却的身影,她不知道自己所做的努力是想将他和那段时光遗忘,还是将过去的自己放入回忆里妥帖收藏。

她慢慢喝下那半杯酒,放好酒瓶,这才回到卧室躺下,总算过一会儿就睡着了。

4

第二天,张新打来电话约罗音吃晚饭,罗音十分爽快地答应了。他们去的是做鸭子煲出名的一家餐馆,环境和口碑都非常不错。菜刚上齐,张新的手机响了,他说声"对不起",然后出去接听电话。

罗音漫不经心地一扭头,顿时怔住,两个男人走了进来,右边是一个样子精干的中年人,而靠左边那人个子高高,一张引人注目的面孔,正是苏哲。现在已经入秋,晚上天气颇有凉意,他只穿了一件薄薄的米白色衬衫,轮廓俊朗的脸上表情如从前一样淡漠。那张面孔头一天还浮上她的心头作祟,她刚下决心将他抛开,与张新好好交往,他却骤然间如此近地出现在她面前,她一时只知道呆呆地看着。

苏哲随便扫她一眼,便将视线转开,显然对这样直白的注视已经习惯并熟视无睹,并不在意。罗音明白,尽管接听过他的电话,还主动跑下楼帮他去找过邵伊敏,路上简短交谈,相互通报了名字,但他肯定根本不记得她这个人了。

她的心跳无可救药地加快,以至于根本没有留意到张新带着一个人进来,并介绍说:"戴维凡,我的合伙人、好朋友。"

罗音心不在焉地点个头算是打了招呼,仍然控制不住地不时看向那边一桌的苏哲。苏哲恍若不觉,倒是他对面坐着的中年男人注意到了她,奇怪地看她一眼,她一阵面红心跳,明白自己的注视已经太过露骨了,必须收敛。

张新多少注意到她的异样,却只以为自己的好友贸然前来,惹恼了她,讪讪地说:"我跟老戴是发小,他这个……刚好路过,所以进来坐坐。"

罗音瞟一眼戴维凡:"没关系。"

她总算把心神拉回来一点,心想,两个人约会,突然跑来一个好朋友,恐怕没有刚好路过那么简单。难道自己做好了心理建设,决定不嫌弃"戴眼镜的小胖子",人家"小胖子"倒先不耐烦了?烦乱之下,她努力将注意力集中在鸭子煲上面,埋着头不客气地大吃起来。

高大健美、相貌英俊的戴维凡一向当惯注目焦点，第一次看到无视自己的女孩子，不免有点挫折感，转头跟张新说起白天他们定的画册样本："快点弄出来给他们得了，天天打电话烦死了，真受不了这样借故搭讪的。"

"打电话的是女的吧。"罗音冷不丁抬头问他。

戴维凡有些自大，人可不笨，听得出话里的嘲弄之意："还真被你猜着了。"

罗音"哦"了一声，目光老实不客气地在他和张新之间一转，继续吃着炖得香软的鸭子。张新和戴维凡对视一下，脸上都有几分讪讪的了。

另一桌上，苏哲和那男人先吃完饭，结账起身，从罗音身边走过，她只能埋头喝汤，控制住自己想看看苏哲出餐馆走向哪里的欲望。她想，难道仍然和他生活在一座城市吗？邵伊敏和他见过面没有？

想到邵伊敏，她顿时冷静了许多。

吃完饭出来以后，张新送罗音回家，一路上她懒懒地靠着，并不怎么说话。张新知道自己的损友把事情弄糟了，只能开口补救："罗音，周末有空吗？我们车友会准备出去钓鱼，有没有兴趣一块儿去？"

"戴先生跟你也一个车友会的吧。"

"是呀，不过他不会去，他不喜欢钓鱼。"张新说完了意识到这话有够蠢的，不禁苦笑。

"哦，他只喜欢吃饭，所以你请吃饭会带上他。"罗音笑了，"张新，其实我们才开始交往，如果觉得没必要继续，可以直接说出来，不必浪费时间。"

张新好不懊恼，只好将车停到路边，老实对她坦白戴维凡这个不速之客跑来的原因。

他和戴维凡保持着二十多年的铁哥们儿关系，从读小学起，相互的称呼就是"老张""老戴"。毕业后各自混了几份工作，然后开始合伙创业，开了家广告公司，眼下生意也算初步上轨道了。两人的友谊可以说到了坚不可摧的地步，哪怕戴维凡长了张惹是生非的脸，也没让他们生出嫌隙。

张新前后交了三个女朋友，除了第一个是因为毕业两人各奔东西无疾而终外，另两个都在看到戴维凡后，不由自主地转而对他放电。戴维凡算是有品，并不重色轻友受这类诱惑，张新则大大受了打击。戴维凡歉疚之余，主动请缨，要张新再交女友，索性从一开始就先带上他以"测试人品"。张新对这个主意的可行性将信将疑，但戴维凡今天就很当一回事地自己跑了过来。

罗音听完，差点笑抽过去。她知道正常反应应该是有点恼火才对，可是张新带点诚恳又带点自嘲的叙述着实逗乐了她，大笑下来，心中的无名郁积竟然消散了。这时张新的手机收到短信，他拿起来看看，也乐了，递给罗音，只见手机上显示戴维凡发的一条消息："这妞不错，不为美色所动，值得你认真对待。"

罗音笑倒在座位上，简直觉得才吃得饱饱的肚子都笑痛了。

手机又一响，戴维凡又发了条短信过来："不过老张，这女孩子嘴可够厉害的，真要追她，你以后就别指望能说过她。"

罗音拼命忍笑："他的建议还真是为你好呀。"

张新看着她亮晶晶的眼睛里狡黠的笑意，满心都是欢乐："我干吗非要说过你，我又没打算跟你辩论比赛。而且听你说话，我最开心了。"

Chapter Seven 213

与张新道别，看着他的车开走，罗音回想一下戴维凡，他长着模特一般标准的身材，双目有神，轮廓硬朗，是几乎挑不出毛病的那种英俊，可是她对着他，确实做到了完全没有感觉。这么说来，她对心底某个人的无理由惦记应该不是出于对他外表的迷恋吧？

他是不一样的。

她在心底怅然地确认，那样颀长的身影，那样英挺而对自己长相浑不在意的气质，那样带点寂寥的眼睛，那样淡漠的神情，那样低沉好听的声音，都是不一样的。

她开门换鞋子时，看到邵伊敏已经先回来洗过澡，换了家居服在摆弄笔记本电脑，面前茶几上摆了小半杯红酒。她打个招呼："回了。"

邵伊敏仍旧专注在显示屏上。

罗音站在玄关处打量她，突然发现，在她室友那张平静的面孔上，居然同样有着她不断在记忆里翻腾的某人的神情：淡漠、带点寂寥。

她为这个联想悚然一惊，平时她都自我安慰，她的小心事于己虽然无益，可是对别人也没有伤害。现在一想，她却觉得可悲。她觊觎一个陌生的男人，进而与他的前任女友合租，潜意识里分明是窥视欲进一步发作。她写稿子听陌生人的隐私已经是心理负担，怎么能在生活里也扮演同样的角色，继续沉迷下去？

罗音回了自己的房间，没有向邵伊敏提到这个偶遇。

人海茫茫，一个偶然，来得多么脆弱。如果她的小小暗恋不足为外人道，那么从来对自己心事讳莫如深的邵伊敏想必更不愿意提及。

就让它过去吧。罗音悄悄在心里做了个决定，准备好好和张新交往下去。

Chapter Eight

那样的痛，我一生经历一次已经足够了

1

出差成了邵伊敏日常工作中的一个重要内容。罗音十分羡慕她短短两年天南地北跑了很多地方，但邵伊敏不觉得出差是件好事，辗转于各地机场，早就没有了第一次时的新鲜感。

进入隆冬后，邵伊敏陪徐华英去北京某部邀请官员参加集团赞助的一个地产开发论坛，同时谈盛华代理的某个服装品牌续约。

徐华英与中国总代理张先生交情匪浅，基本只是叙旧走个过场，晚上照例是约一块儿吃饭，张先生派司机来她们下榻的酒店接她们去会所。一进包房，邵伊敏就怔住了，除了张先生、张太太和他公司的一个副总，旁边另外坐了一个穿着灰白条纹衬衫的英俊男子，正是快三年没见面的苏哲。苏哲恰好抬头，也看到她，脸色暗沉下来，深邃的眼睛里全是难以置信，显然惊奇比她来得强烈得多。

张先生正要给他们做介绍，苏哲已经站起身，和徐华英握手："徐总你好。"

"原来你们认识，那太好了。"

徐华英笑道："我和小苏的哥哥苏杰是EMBA的同学，又是同乡，两年前就有合作，跟小苏也在香港碰过面。"

苏哲转向邵伊敏："你好，伊敏。"

"你好，苏总。"

徐华英倒惊奇了："小苏认得我的助理呀？"

"是呀，我们认识很长时间了，不过很久没见面，今天真巧。"苏哲恢复了镇定，帮她们拉开椅子，彬彬有礼地请她们坐下。

"小邵很能干，我一直想挖徐总的墙脚，可是小邵从来不受我的诱惑。"

邵伊敏微微一笑："张先生过奖了。"

她和张先生已经数次见面，张先生也确实十分欣赏她。但这种场合，她保持着一向倾听、不随便插话的姿态，当然更不会响应一句玩笑话。徐华英一向满意的就是她足够冷静理智，处事得体。

苏哲深深看她一眼，随即移开了视线。

席间的话题照例离不开生意经，张先生实力雄厚，代理着多个国外奢侈品牌，和苏家旗下的昊天百货合作很多。徐华英虽然目前生意局限于本省，但她见解和眼光一向不俗，几个人的话题自然很多。

吃到差不多，邵伊敏出去接听电话，是她的中学同学刘宏宇打来的，两人近几年在网上联系颇为频繁，她每次来北京出差，也会和他约着一块儿吃个饭或者找地方坐坐。

她问清楚地点，和他约定了时间，挂断电话，一回身，便看到苏哲。她猝不及防，握紧手机倒退了一步。

"我不用找徐总问你的电话号码吧。"他盯着她，好一会儿才开口。

有一瞬间，苏哲见邵伊敏嘴唇一抿，以为她会像以前那样直截了当地拒绝他。但她只是从皮包里拿出名片夹,抽出一张名片,规规矩矩地双手递给他。这个礼貌得无懈可击的姿态让他苦笑了。

这里是一间装修豪华的会所,走廊上铺着厚厚的暗红色地毯,两边墙壁上的灯光十分柔和,过往的服务员穿着黑色长裙,看到客人,都会稍稍侧身,礼貌而目不斜视地走过。

苏哲看看手里的名片,再看向眼前的邵伊敏,她显得既陌生又熟悉,昔日柔顺的直发剪短到刚刚过肩,烫成微卷的样式,衬得化着淡妆的脸眉目细致,穿着件米灰色丝绒小西装,肩上搭了条色彩跳跃的丝巾,没有了任何一点学生气息,唯一不变的是那双眼睛,明亮幽深,此时正平静而毫不闪避地直视着他。

"这么说你没去加拿大留学。是钱不够吗?"

"不关钱的事,工作做得比较顺手而已。"邵伊敏简短地说,微微欠一下身,打算回包房,但苏哲没有闪开的意思。

"你当徐总的助理多久了?"

"毕业以后我就为徐总工作。"

苏哲皱眉:"看到我,你似乎一点也不惊奇。"

"我陪徐总出差去深圳时,见过你哥哥,当时你去香港出差了。昊天与丰华毕竟有合作,我想,我们碰面是迟早的事。"

苏哲的脸绷得很紧,隔了一会儿,他挤出一个笑容,正是邵伊敏以前熟悉的样子,那个笑浮在脸上,他的眼神却冷冷的:"我以前说得其实没错,你对什么样的意外都有准备,千万别再把我划到你没准备的意外那边去了。"

邵伊敏不清楚他突然的怒意从何而来,只无可奈何地说:"就算再怎么回避,偶然相遇大概不可避免。苏总,不介意的话,我先进去了。"

她从苏哲旁边走过，苏哲一把抓住她的胳膊，可是没等她说什么，他又松了手，哑声说："没错，只是一个偶然。"

苏哲走到走廊一处凹陷进去的角落摆放的小沙发上坐下，拿出烟盒抽出一支烟点上，一直看着邵伊敏走进包房。尽管此刻她穿的不是以前的牛仔裤、球鞋，而是套装加五公分的细跟鞋，但仍然保持着以前那样大步疾行绝不回顾的习惯。他坐在那里，看着烟雾在眼前慢慢升起扩散开去，直到一支烟抽完，他才进去。

吃完饭后，张太太邀请徐华英和邵伊敏在会所美容中心做SPA放松，邵伊敏含笑婉拒："张太太，我和同学约好了待会儿见面，谢谢您。"

张太太笑道："到底是年轻女孩子，再怎么一天下来，也不见劳累脱相，不比我们，非得紧着收拾才能见人。"

徐华英也笑了："让她自由活动吧，每次跟我出差都像打仗一样。"

张先生对苏哲说："小苏，上这边三楼酒吧坐坐吧，待会儿我还有几个朋友过来。"

苏哲已经恢复平静，微笑道："张总，我今天有点累，明天也要回深圳了，还是早点去酒店休息吧。"

"那好，明天我就不送你了，反正过两天我要去香港，我们有的是时间再一起聚聚。"张先生转向邵伊敏，"小邵，这里比较偏，我叫司机送送你。"

没等她说话，苏哲开了口："我顺路送邵小姐好了。"

她无法推拒，只能点头致谢。和大家告别后，两人一块儿走出会所，外面寒风扑面而来，苏哲先穿上西装，然后接过她手里的黑色系带大衣，替她穿上，顺手将她的头发拨出大衣衣领。他的手指不经意间划过她的后颈，她微微一闪，说了声"谢谢"，自己将衣领整理好，随他去了停车场。

苏哲来北京办事已经有几天了，一直开的北京分公司的一辆奥迪，上车之后，他一言不发地开着车，她只好主动开口："麻烦你了苏总，我去三里屯南街，如果不大方便的话，把我放在好拦车的地方就行了。"

"你这个客气的姿态做得还真是到家。"苏哲看着前方，一边开车，一边慢悠悠地说，"我可没想到你会把我想得如此不堪。哪怕再生你的气，哪怕是送你去和别的男人约会，你觉得我会把你扔在北京冬天的街头吗？"

邵伊敏微微苦笑："一饭而聚罢了，席终各走各路。生我的气？从何说起。"

苏哲不再说什么，只专心开车，车窗外路灯的光次第掠过他的脸，明暗变换间让人看不出他的喜怒。邵伊敏也侧头看着窗外，眼下近九点多钟，宽阔的道路上车流量仍然很大，不过总算没有高峰期那恼人的拥堵了。

三里屯酒吧一条街不能行车，苏哲只能靠最近的路边停好车，邵伊敏解开安全带，伸手拉向车门，正准备说再见，苏哲先开了口："你从我的生活里消失得那么彻底，手机扔掉，邮件不回，如果就此不见，各走各路也许可能，"昏黄的路灯光照在他的脸的下半部，他露齿一笑，洁白的牙齿微微闪着光，"可是现在，我们偏偏又遇上了。"

邵伊敏皱眉，但不想再和他多说什么了："谢谢你送我，再见，苏总。"

她下了车,反手关上车门,裹紧大衣,大步走进南街。

2

北京的冬夜十分寒冷,刺骨的寒风在宽阔的大道上呼啸而过,直吹得人瞬间凉透。此时三里屯南街酒吧正流传着拆迁的风声,这一带几个著名的酒吧洋溢着从表演者到消费者集体末日狂欢的气氛。好在不是周末,人并不算很多。邵伊敏疾步走进和刘宏宇约定的酒吧,里面热气扑面而来,她才松了口气。

她和刘宏宇高中同学三年,讲话的次数屈指可数,之后分开两地读大学,如果不是回去过年那次路上巧遇,可能再不会有联系。最初两人只是有共同的目标:出国。慢慢聊着,两人倒有了其他的话题。两人也有不少相似之处,都算是目标明确生活理智的人。刘宏宇目前读到研三,已经寄送出了申请资料到十来家美国大学,希望拿到 Offer 出去读 PHD,按导师的说法,希望是很大的,但压力无疑也很大。以前两人碰面多半是在安静的餐馆和咖啡馆,今天他却选择了酒吧。

这间酒吧装修简洁,有几面墙都是直接刷的油漆,大大的吧台,旧旧的桌椅,角落的表演区每天都有歌手驻唱,多半是不太激烈的英文老歌。刘宏宇已经来了一会儿,他一眼看到站在门口的邵伊敏,起身对她招手。他穿得随便,咖啡色的圆领毛衣加牛仔裤,一看到她的装束就笑了。

邵伊敏脱下大衣看了下四周,大部分人穿着休闲,但也有部分一看就是白领装扮的人:"我的衣着并不算太离谱吧。"

刘宏宇笑道:"没别的意思,每次隔些日子再看到你,就忍不住觉得你越来越像职业女性了。"

她也笑了，知道自己身上的确没有什么残留的学生气息："没办法，我现在就是个每天朝九晚五的上班族，你倒是一点没变化。"

"看来象牙塔的保鲜功能是一流的，和社会脱离一点就落了个驻颜有术了。"

其实刘宏宇还是有变化的。他虽然学的是工科，又从小学一路念到将近硕士毕业，但一直跟导师参与研究项目，加上兴趣广泛，显得既有书卷气，又开朗风趣健谈。

两人喝着酒吧供应的一种英国啤酒，听着老歌，随意闲聊着。邵伊敏一向不爱喧闹的环境，但坐在这里，见到苏哲的心神不宁也慢慢散了。

她对自己说：确实不过是一次偶遇罢了，以自己在深圳出差的时间和频率，以徐华英和苏杰的关系，她居然到今天才在北京碰到苏哲，证明偶然就是偶然。至于临下车苏哲讲的那些话，她决定不理解就不用多去想了。

"昨天接到家里打来的电话，老家那边又下雪了，你今年过年打算回家吗？"

邵伊敏摇头，几年来她趁长假回去过一次，只待了一天就走了，还坚持住的宾馆，然后去离家乡不远的一个新景区独自游玩了两天，再回来上班。父母早已经习惯她的自行其是。

"我准备春节找个清静的地方好好休息一下，最近这段时间太累。你准备几时回家？"

"不回去了，今年打算试一下在北京独自过年，顺便等Offer。回去了牵挂这边，日子太难熬。研究生三年，我除了做项目，大半时间花在这上面，有时真有点怀疑自己的目标了。"

刘宏宇读的名校，尤其他这个专业，每年申请出国读博或者读硕的人占到60%之多。每到国外大学集中寄来Offer的时候，简直就像一场嘉年华会，能刺激到所有学弟学妹对著名学府的向往。他的成绩从大一开始到现在都稳居前十名以内，自然不会放弃深造的机会。不过，为了这个目标，他也放弃了很多，包括谈了两年的女朋友，没能抗过长久的等待和压力，在他读研二时已经和他分手，回到自己的老家工作。

邵伊敏知道他的心事："我们老板说的一句话，我觉得很有道理。"

"能让你觉得有道理的，那大概得是真理了。"

"嗯，差不多了。她说生活中变化来得很可能大过自己的想象，只有确立目标，才能保持更好的应对变化的能力。"

"确实有道理。"刘宏宇笑了，这时换了一名歌手，上来唱的却是一首中文歌，《挪威的森林》。两人都很喜欢这歌，端着杯子直听歌手唱完，才碰下杯，各自喝下一大杯啤酒。

"有时我想，好在我还算经济压力不大的，跟有些同学比，已经要幸运得多。伊敏，你彻底放弃出国的打算了吗？"

"以前想得太简单，只想出去念个会计或者统计以后好谋生就可以了。可是如果只讲谋生的话，眼下我正做的工作就很不错了。出国嘛，我还是想的，至少离爷爷奶奶近一些，现在想存一点钱，争取在工作做厌了以后，能出去读一个自己真正有兴趣的专业。"

刘宏宇点头，他自己的专业就是自己的兴趣所在，准备读的博士研究方向也是自己一直以来的志愿，当然能理解她的想法："记得吗？我们以前也一块儿喝过啤酒。"

"当然记得，高中毕业后的那次聚会嘛。"

"一转眼,七年了,算下时间才知道什么叫光阴似箭。"刘宏宇转头看着她,嘴角带了点调皮笑意,"我当时借着酒劲说过我喜欢你,你可千万别跟我说你压根没听到,天知道我鼓了多大勇气。"

邵伊敏大笑:"不,我听到了,真的。可是我当你是喝醉了。"

刘宏宇也大笑起来:"真差劲,那是我人生中的第一次表白。我当然没醉,只是借酒壮胆。"他招来服务员,再叫了几瓶啤酒,将两人的杯子加满,"不过好在你记住了,希望我是第一个对你说喜欢的那个人。"

酒吧内热气蒸腾,两人痛快地喝着啤酒,这样微带酒意的愉快状态十分放松,忆起往事,只觉得有趣。

"我很荣幸,没想到我这么无趣的性格,会有男孩子主动跟我说这个。"

刘宏宇摇头:"你哪是无趣,只是有点压抑自己罢了。看来眼下这份工作对你大有好处,以前我怎么也想不到我们之间会有这样的对话。"

"是呀,我那会儿一根筋得很,心里想的全是考上大学,换个环境生活。"邵伊敏莞尔,"幸好还有你说过喜欢我,我的少女时代不算白活了。"

两人同时笑着举杯,这时台上换了歌手,唱的是猫王的老歌 *Love Me Tender*,柔和深情的曲调回旋在有点闹哄哄的酒吧里,却又奇怪地和谐。

差不多坐到十二点钟,两人出了酒吧,深夜的北京寒意更加刺骨,刘宏宇在酒吧门口帮邵伊敏穿上大衣,招停出租车,先送她回酒店。她和徐华英住在希尔顿酒店,交通十分便利,深夜车行顺畅，出租车很快到了酒店，门童帮她拉开门，她下了车。刘宏宇追下来，笑着将她的皮包递给她："真喝多了吗？赶紧上去休息。"她也笑着挥了下手，进大堂径直走向电梯回了房间。

3

　　从北京回去后，做完公司赞助的地产论坛，离农历新年也不远了，邵伊敏坐在自己小小的办公室里处理着放假前烦琐的行政事务。她是四个月前刚刚被提升为董事长特别助理，从大厅办公区的一个靠窗格子位分到这里的，算是丰华集团里引人瞩目的一个提升，当然谁也不会觉得奇怪。徐华英不声不响杀回来，只带了她一个人，谁都看得出她是亲信。

　　过去的一年多，徐华英和董事会以及公司高层的一帮人斗智斗勇。看着年轻并不起眼的助理起初并没进入大家的视线，邵伊敏也不声不响，只管井井有条地安排董事长的日常行程、各分公司以及公司各部门之间的协调、各种会议直至办公室的工作。

　　开始自然有人仗着资历进行各种明里暗里的挑衅和刁难，可是邵伊敏态度看似谦抑，但都有理有节，一一应付得让人无可挑剔。随着徐华英在集团里重新站稳脚跟，差不多进行了大换血一般的清洗，再没人敢挑战她的权威，也没人再敢小视她的助理了。

　　集团照例要在节前安排一次全体员工的年终例会和聚餐，去年局势未稳时，徐华英就坚持一切照旧。今年公司上了正轨不说，几个分公司经过调整都取得了不错的成绩，年会当然更不可能马虎。邵伊敏和行政部门协商了方案，然后拿去给徐华英过目，但徐华英只草草翻了一下："形式不用像去年那么古板就行，你们安排具体程序吧。小邵，你通知房地产公司的武总和高层下午开会，重新讨论他们报上来的市中心那个项目方案。"

市中心的项目是丰华去年最大手笔的一个投资。在王丰的暗地支持下，徐华英力排众议，拍板兼并了一个债务复杂的破产国有商场，之前赞助举办的地产论坛也是为这个项目的启动造势。项目方案已经几经修改，目前这个方案是房地产公司结合论坛研讨重新做出来的，但看得出来徐华英并不满意。公司高层差不多天天开会讨论，不过并没能达成一致，一直到春节前，方案也没能最后确定。

邵伊敏天天加班忙碌，直到除夕这天，公司规定下午开始放假。中午她处理完手头的事情，习惯性拿起平常看的经济类报纸，看到第三版，一个醒目的标题跃入眼帘：昊天百货低调进军中部市场。

报道称一向在沿海地区发展的昊天百货权威人士日前向该报证实，将在中部某市设立办事处，"准备进行前期的市场开拓，包括百货公司的选址工作"，同时指出昊天集团高度重视百货业在中部地区的第一步扩张，集团副总苏哲将亲自主持这一工作。

她一目十行地看完，放下报纸走到窗前。她从北京回来以后，苏哲并没联络她，她也只想，这事就算这么过去了。她当然没自恋到认为昊天的这一举动会和自己有什么关系，事实上本市是中部重镇，百货业一向竞争激烈，昊天如果想完成中部的扩张，进军本市可以说是必然的，但苏哲那个名字还是让她隐有不安。

丰华实业的办公楼是位于市中心的一幢十七层大厦，这是集团物业，底下十楼全部作为写字楼出租了，上面七层是本公司办公场所。此时邵伊敏站在十七楼向外看去，天气阴沉，眼前林立的高楼全部灰蒙蒙的，下面的车水马龙似乎和自己隔着一个世界。她正出神间，内线电话响了，她走去接听，是徐华英叫她过去。

徐华英交代了几件事情，然后指了一下面前同样的一份报纸："看到这个消息没有？"

邵伊敏点头："看到了，应该是配合国家的中西部开发政策做的决策。"

"我以前和苏杰谈过这个问题，以他家老爷子在本地的人脉，居然迟迟不进本地市场，实在是很奇怪的做法。当时他说老先生有点狷介，不愿意他们落人口实。现在大概是想通了，大势所趋。他们开发商业地产的经验值得我们学习。"徐华英丢开报纸，"好了，开心过个好年，小邵，有时间也多出去转转，年轻女孩子不要把工作当生活的全部。"

邵伊敏笑道："本来打算出去的，不过初四排了我值班，就算了。下半年徐总给我年休假了吧，我准备去加拿大看一下爷爷奶奶。"

"你记得到时提醒我，我这老板没那么刻薄的。"徐华英也笑了。

目前王丰还在缓刑期间，不能出境，徐华英和他带儿子一同去海南度假。邵伊敏安排司机送他们去了机场，才算松了口气。她出了公司叫辆出租车准备直接回家，又想起自己没为过年买任何东西，晚上总不能去餐馆和人家阖家吃团年饭的人抢位置，只好先去离家不远的超市。

超市里人潮汹涌，每个人都好像处于节前购物亢奋状态，不停往购物车里扔着各类商品。邵伊敏也买了一大堆食品和日用品，准备如非必要就不出门，好好休息一下。付款排了老半天队，她推着购物车出来后,发现外面下起淅沥小雨。虽然离家不算远,可这样走回去显然不现实,她只能在门廊下站着。

戴维凡穿着全套运动装,拎着球包从停车场大步走过来,准备去超市地下一层羽毛球馆打球,一眼就看到站在门廊下避雨的邵伊敏。

罗音和邵伊敏都觉得长时间坐对电脑,颈椎有一些难受,又都有轻微睡眠问题,一年多前开始约时间在周末打羽毛球。自从罗音和张新交往频繁后,先是他受不得罗音关于"戴眼镜的小胖子"的说法,加入了周末的打球,然后某天戴维凡也不请自来了。他运动天分出众,是个很好的陪练对象,自然便与邵伊敏认识了。

平常两人见面都是在球场上,戴维凡印象中她一直是个穿着运动装扎马尾不施脂粉不苟言笑过分沉默的女子,而且似乎有些孤僻,几乎从来不参加他们的聚餐活动。现在只见她穿着黑色腰带长大衣,越发显得身材纤细修长,颈上围着条浅米、咖啡两色的围巾,肩上背着个大大的深咖啡色皮包,一副标准上班族打扮。她正两手抄在口袋里看着远方天空出神,寒风把她的头发吹得向后飞扬,秀丽的面孔平静得和旁边的喧闹气氛格格不入。她周围拎着大包小包躲雨的人不少,看见不远的路边有出租车停下来,就同时会有几个人跑上去争抢。只有她一动不动地站着,那个姿态淡然得几乎让人有点不安。

这个样子,让戴维凡有点说不出的惊艳感觉,他叫了她的名字,她回过神来。

"你好,不用回去过年的吗?"

戴维凡笑道:"我撺掇着让老头老太太去了香港,今年我自由了。"他是独子,父母在老家开着几家餐馆,家境算是不错,其实一向自由,"在等人来接吗?"

"等雨停,或者人走光。"

这个简洁的回答让戴维凡不能不服,他拎起她身前购物车上的袋子:"走吧,我先送你回去。"

邵伊敏也没跟他客气,随他快步冲到停车场上了他的车。戴维凡发动车子,很快送她到了出租屋院外。

她下车,打开后门拎上购物袋,然后弯腰对戴维凡说:"谢谢你,新年快乐,再见。"

"新年快乐,哎,没什么事的话,过两天一块儿打球吧。"

她想,虽然是准备彻底休息,到底也不能一天到晚躺着不动:"好,你定好时间打我的电话吧,除了初四都可以。"

戴维凡拿手机出来存了她的号码,开车走了。她拎着大包的东西一口气上了七楼,累得只有倒在沙发上喘息的份。罗音所在的报社春节休刊,她已经收拾东西回去过年了,小小的出租屋只剩了邵伊敏一个人。她虽然喜欢罗音,但也得老实承认,她更喜欢这样的独处。

丰华实业的房地产公司近几年发展得不错,一直侧重民用住宅开发,对于公司中层以上管理人员买房有一定优惠措施。邵伊敏也认真想过买一套小房子独居的可能性,可是一想到买了房就意味着定居,又有点犹豫。

她觉得哪怕工作做得再得心应手,好像还是没有在本地安下家来的愿望。

邵伊敏给爷爷奶奶以及父母分别打过电话问好以后,开始结结实实地放松休息了。本地冬天阴冷,她开了电热油汀,早上睡到自然醒，饿了就简单煮点东西吃，闲着看看书、看看电视，或者上网和同样在北京宿舍窝着百无聊赖的刘宏宇聊上几句。

刘宏宇告诉她，北京刚下了一场大雪，而他刚刚收到了第一个Offer，虽然并不是他理想的学校，但有一个垫底后，心里踏实了许多，跟着发了一个仰天长笑的表情过来。

她也大笑，回复他："淡定，淡定。"

刘宏宇回答说："这个Offer也只能跟你秀一下了，伊敏。在别人面前我一定死撑着装矜持，实在是不好意思拿出手，好歹我也算众望所归的一牛人呀。"

"放心，我对你有信心的。"

"好，冲这句话，如果拿到我最想要的那个Offer，我一定请你吃饭。"

除了应戴维凡的邀请出去打了一场球，去公司值了一天班，邵伊敏几乎哪里都没去。初七下午罗音和张新进来时，正见她开着电热油汀，穿着牛仔裤、运动上衣歪在沙发上看电视。罗音简直有点不相信自己的眼睛："稀罕，头一回看你这样啊。"

"嗯，犯懒的感觉也不错。"邵伊敏笑道，坐直了身体和张新打个招呼。

"我们今天吃火锅吧邵伊敏，我妈给我带了好多东西。"

火锅做起来简单，罗音把东西一一摆出来，邵伊敏拿出红酒，张新说差一点青菜，马上打戴维凡的电话，吩咐他带上来，果然没过多久，戴维凡就跑来了，手里拎了一箱罐装啤酒和几样洗净并分装得好好的青菜、金针菇之类。罗音大乐："看不出呀老戴，你还挺宜家宜室的，居然会洗菜。"

戴维凡得意扬扬："知道我是人才了吧，要珍惜、要重视、要呵护懂吗？"

张新嘿嘿直笑："作孽，你这又不知道是哄了哪个女孩子帮你洗的，不管了，我们只负责吃。"

几个人刚在小小的餐厅支了桌子摆上火锅。邵伊敏的手机响了，她拿起来一看就怔住了，不用搜索记忆，她也记得这是苏哲以前在本地就开始用的那个手机号码，后来一直带去深圳都没停用。她把存了这个号码的手机扔进了湖里，但她向来出众的记忆和对数字的敏感并不可能意识不到。她迟疑了一下，走到自己的卧室去接听。

"你好。"

"你好，伊敏，"苏哲的声音还是那样低沉，"晚上有时间吗？一块儿吃饭吧，我想见见你。"

邵伊敏沉默了一下，叹口气："可是那又何必，上次一块儿吃饭好像都算不上开心。有什么必要再给彼此找不痛快？"

"相信我，那是因为我见到你太意外了，我不比你，我需要一点时间来消化那个意外。而且我想，你不会高兴明天在公司里直接见到我的。你现在在哪儿？我过去接你。"

她当然情愿留在家里吃火锅，可是她深知苏哲不达目的不可能罢手的性格，并且真不想在公司里看到他，只能告诉他附近一个好停车的地方。

她拿了件羽绒服套上，带上钥匙，走出卧室，抱歉地跟几个人说："对不起，我有事得出去一会儿，你们慢慢吃吧，别等我了。"

4

苏哲站在路边一辆沾满灰尘、挂深圳牌照的灰色沃尔沃XC90旁边，远远看见邵伊敏走过来。她穿着运动鞋、牛仔裤加灰色套头运动服，外面是一件齐膝长的红色羽绒服，头发随便在脑后绾成髻，不再是他在北京看到的那个一身职业装的模样。他一时有点恍惚，只觉得薄薄暮色中，越走越近的宛然就是从前自己站在师大东门等过的那个女生，他们中间并没有隔着将近三年的时间距离。

邵伊敏站到他面前，踌躇一下，正要说话，苏哲先开了口："你要再敢叫我苏总，我就掐死你得了，省得先被你气死。"

他的声音有点沙哑，眼睛里却含着笑意看着她，她无可奈何："你这样弄得我很为难，苏哲。"

苏哲挑眉："你觉得我是无故又来干扰你的生活吗？"

"难道不是吗？我说过了，那只是一次偶遇，没有任何意义，碰上了就碰上了，过去了就过去了，何必刻意再来见面？"

苏哲沉下脸，但并没发作，只是说："先别忙着和我争论好不好？我开了十个小时的车，只在高速服务区吃了一顿糟糕的午饭。现在我们去吃饭吧。"

他拉开副驾座的车门，邵伊敏只好坐上去。

"干吗要开车过来？"

"我会在这边待很长一段时间，车开过来方便一点。"

苏哲很快将车开到了市区一家餐馆，这里以前是租界区，不起眼的门脸深藏在小巷子里。里面空间倒是不小，除了有个院落外,还带了个小小的玻璃阳光房,室内区间分隔精巧,只十几个桌位。深色的地板刻意做旧,四壁贴着木墙裙,很有年代的沉淀感,老式的桌椅加绣花靠垫,迎面墙上贴着的是《花样年华》的经典海报,靠近海报的位置,摆放着一个复古型储藏柜,一个旧式皮箱端端正正地搁在柜子上面。餐厅的里堂搁置着一架钢琴,这会儿正有一个清丽女子弹奏着带爵士风格的乐曲。

邵伊敏陪徐总和公司客人来过这里,她并不喜欢这种太过强调的小资情调,但这里的菜式以本地菜和闽南菜为主,清鲜香脆,餐后点心中西合璧,做得也很精致,还是不错的。只是她的衣服着实跟环境不搭调,这里连服务员都穿着改良的旗袍,好在坐她对面的苏哲也是一身便装。菜单送上来,她看也不看点了个盐烤蛏子、一个时蔬、一份烫饭。苏哲拿着菜单翻了一下,加了一个鸡汤、一个脆皮鲈鱼。

初七的晚上,进餐的人不多,慵懒的钢琴曲在室内轻轻回响,菜很快就上来了,邵伊敏指一下盐烤蛏子:"这家餐馆这个菜做得不错的,尝尝吧。"

"别摆出一副应酬客人的样子行不行?你不故意客套的时候就已经很冷淡了。"

邵伊敏哭笑不得:"都说了不用吃这种注定让彼此不痛快的饭,我这样动辄得咎的话,能够对着你保持客套下去估计都很难了。"

"那你还是客套吧,反正明天我们还会见面。"看到她恼火地皱眉,他倒轻松下来,"别着急,我和你们徐总通电话约好时间了,不会做不速之客跑去你们公司的。"

邵伊敏怔住,迅速在心里消化一下手头掌握的资料:"你是打算和徐总谈百货店的选址吗?"

"你的聪明以前都用在功课上,现在大概是全用在工作上了。没错,我和徐总的确是谈这件事。吃菜吧,这个蛏子是不错。"

邵伊敏食不知味地吃着,觉得自己的处境很为难。她并不认为苏哲此举是针对自己而来,丰华去年拿下的市中心项目位于本市传统商圈,集团的开发意向就是将它改造成一个购物中心,只是最终方案没能确定而已。昊天如果在本市进行百货店选址,这个项目的地理位置就决定了它理所当然会进入他们的考虑范围。作为徐华英的特别助理,她不可能不参与到这件事里来,但如果照眼前苏哲的态度,她哪怕再坦然也觉得难以自处。

苏哲并不说话,替她舀了碗鸡汤放到她面前,然后吃着烫饭。这里的烫饭算是招牌之一,用高汤配制,很是美味。邵伊敏满腹心事,没什么胃口,喝了点汤就不吃了。

"在想什么呢?"

"我们好好谈谈吧,苏哲。"

"谈吧,我求之不得。"

邵伊敏看着他,尽可能语气平和地说:"你回来主持开拓本地市场的工作,想必昊天对百货业在中部地区的发展寄予厚望。我的工作没你那么举足轻重,但对我来说也是很重要的。既然你都说了有可能和徐总谈到生意,我想我们以后还是不要私下见面的好。"

"你眼里只有工作吗?"

"我说过了,工作对我很重要。"

"昊天在本地的发展和丰华的主营业务目前没有交叉的地方,我明天和徐总谈的只是昊天发展的一个环节罢了,而且是双赢的合作，应该能很快达成一致，不会对你的工作有任何影响，这你大可放心。我们可以谈点别的了吧。"

"谈什么呢，叙旧吗？虽然今天这里的环境很适合缅怀。"

苏哲笑了，冷冷地说："你跟以前一样狠，伊敏，你总知道怎么打击我最有效。接下来你该跟我说，你全忘了，无从缅怀，对不对？"

邵伊敏垂下眼帘沉默了好一会儿，才说："缅怀是个奢侈的习惯，我不打算纵容自己这么做。我不知道你为什么生气，更不知道你生气干吗还非要见我。以后我们各做各的事，再不要见面了，应该对彼此都好。"

"邵伊敏，我早知道你有时候对别人的心思迟钝得十分强大，只好明白地跟你说清楚。我不是见到你才记起世界上还有你这么个人，就决定再来纠缠你。"他的声音依然冷冷的，"对你来说，在北京我们碰上只是一次简单的偶遇，你甚至能预料到我们总会偶遇的。不过你有没有想过，在那次偶遇前的两年多时间里，我一直在找你。"

邵伊敏吃了一惊，几乎不相信自己耳朵地看向他。她想如果问他找自己干什么，未免就太近乎于挑衅了，只能闭紧双唇不作声，而他显然也并不等她回答。

"我犹豫了一段时间，伊敏。以你的坚决，我不知道怎么才能挽回。我想如果只能这样，那就都来试试遗忘吧，可是，我忘不了你。"苏哲的声音透着点倦意，恰在此时，一曲钢琴曲弹罢，室内陷入短暂的寂静，他看向坐在对面的邵伊敏，她微微垂着头，看不出她的表情，可是他猜，那还是一张平静的面孔。他曾经打破过那种平静，只是曾经，眼下他不指望马上掀起波澜。

"我完全没办法联络到你,再打你们宿舍的电话时,已经没人接了。登录你们班的校友录,一样没你的消息,给你发邮件,没收到过回复。我以为你已经去了加拿大,连续两年秋天我都去了温哥华,到几所有名的大学去看他们的海外学生录取名单。"

邵伊敏诧异地抬起头,只见他嘴唇已经抿得紧紧的,脸上毫无表情。她从来不上校友录,也不参加同学聚会,大概只有罗音和赵启智知道她目前的行踪。她勉强一笑:"原来是为这个生我的气,那我道歉好了。我确实没想过分手以后还要向你报告行踪,总觉得各自相忘可能对彼此都好。"

"你错了,我并没生你的气。如果我有气的话,也是对我自己。因为我做不到忘记,哪怕清楚知道,你在我忘了你之前已经先忘了我。"

她脸上那个笑的苦涩意味加深了:"还这么计较这个吗?好吧,老实讲,我没忘。我也试过了,可是发现越想遗忘,越难忘记,不如和自己的记忆达成妥协,坦然面对比较容易一点。我现在过得不错,我猜你也应该过得很好,至少你一向比我懂得享受生活。翻腾旧事对谁都没好处,我喜欢回忆就是回忆,现实就是现实,没必要纠缠于过去。"

"那我们都坦然一点好了,很高兴我还在你的记忆里有一个位置。不过我得在这里待相当长一段时间,你最好习惯不光在记忆里看到我。"

"随便你吧。我想回去了,明天还得上班。"她怏怏地说。

苏哲招来服务员结账,两人从餐厅出来,外面已经夜色深沉。他们上了车,她报了地址给他,他一言不发开着车,很快开到她租住的宿舍院外。

苏哲注视着眼前的宿舍区,这是市区常见的老式住宅区,一个简单的院子里,好多幢老宿舍横七竖八地排列着,逼仄拥挤,毫无规划和绿化可言。现在不过八点钟,四周人来人往非常热闹,靠院子外面是一溜明显违章搭盖的小门面,做着小餐馆、小水果店等生意。

"你一向爱清静,怎么会住这边?"

"这里交通便利,生活也方便。"她简单回答,说声再见下了车,大步走进了院子,上到七楼,站在门口就能听到里面传出的说笑声。她在黑暗中站了一会儿,调整一下自己的心情,才摸出钥匙开门。只见小小的厅内热气弥漫,罗音、张新、戴维凡三人围桌而坐,正边吃边谈得开心,见她进来,罗音忙说:"邵伊敏,过来一块儿喝酒。"

她把羽绒服脱了扔到沙发上,坐到罗音旁边,戴维凡问她:"红酒还是啤酒?"

"就红酒吧。"她的确需要喝点酒定下神,戴维凡拿来一次性杯子和碗筷放到她面前,给她倒了小半杯红酒。

罗音已经喝得脸上红扑扑的了,正在讲过年前她接待的一个倾诉读者趣事:"他说他想找一个年长一点、懂得倾听、有母爱情怀的记者听他讲他曲折的人生故事。我说抱歉,我们这版就三个记者,基本要求是懂得倾听。不过有一个是男的,显然不符合你的要求。另外两个女的,除了我就是吴静,你觉得我们两人哪个看起来比较有母爱一点?你们猜他怎么说?"

戴维凡不客气地说:"你哪有一点母爱的影子,人家看你这牙尖嘴利的模样,肯定选另一个了。"

"错。他坐在我们办公室,看看我再看看吴静,然后说,你年龄虽然不大,可是这么懂得让人有选择的机会,和我妈妈一样体贴,就你了。"

张新和戴维凡听得哄然大笑,戴维凡连说:"真不给男人长脸呀。"

邵伊敏也忍俊不禁,不得不承认普通小事让罗音一讲都能让人兴趣盎然。张新更是拿宠爱的眼神看着罗音,给她倒了一杯啤酒。看着他们,邵伊敏不能不有点感触,拿起酒杯喝了一口酒。她想徐华英说得对,的确不应该把工作当成生活的全部,不然可能永远没法和人建立这样的亲密关系了。

戴维凡隔了火锅热气注视着她,暗暗纳罕,眼前的邵伊敏在热气蒸醺和酒意下,面孔绯红,眼睛带着雾气,看上去有点神思不属。她笑得并不开怀,笑意没到眼底,不是自己见惯的女孩子那种撒娇装痴的笑法,倒带着点无可奈何。那个端酒杯的姿势、仰头喝酒的姿势,则是洒脱利落毫不扭捏,让他有说不出的感觉。

罗音注意到了他的视线,眉毛一挑,本能地想敲打他两下,但又一想,邵伊敏和自己同住这么久,完全不见有人追求,老戴这样的花花公子献下殷勤,似乎也不是坏事,反正邵伊敏肯定不会上他的当,倒是会好好让他碰壁,也算是他活该了。

5

第二天邵伊敏刚一上班,徐华英就将她叫进了办公室,告诉她定好了十点钟和昊天百货的苏哲见面商谈合作事项,让她现在尽快收集一下昊天百货在各地的物业形态资料。

她答应下来,踌躇一下说:"徐总,有一件事我必须先告诉您。我和昊天的苏哲三年前曾经恋爱过,如果您觉得这样的关系会影响到我参与合作这件事，我没有意见。"

徐华英笑了："他在北京看着你的样子目光灼灼，我要看不出你们关系不一般，那我就真像外面传说的那样不是女人了。哎，三年前，小邵，看不出你早恋呀。"

邵伊敏的脸腾地红了，她一时不知说什么才好。徐华英笑着摇摇头："你觉得这样的关系会影响你对工作的判断吗？"

"不会，我自信我能够把工作和个人的感情分清楚，更何况是一段早已经过去的关系。"

"那就行了，目前我们谈的只是合作的可能性。出去做事吧，我相信我对你的判断，你也要相信你的自控能力。"

邵伊敏出来和秘书核对徐华英一天的日程，嘱咐她提前十分钟到前台等候苏哲的到来，再让办公室主任安排好会议室，然后回自己办公室专心做徐华英交代的工作，并不打算去见苏哲。

苏哲代表昊天对丰华去年兼并的市中心破产国有商场项目提出了两个合作方案，一个是现金收购，一个是合作开发。

徐华英主持会议，久未在集团露面的王丰也出人意料地参与了讨论。丰华高层经过激烈争论，从中长期的发展目标出发，接受了第二个方案，决定和昊天就商业地产开发展开合作。

春节过后不久，本地几家报纸同时登出了昊天百货进军中部市场的报道，称在珠三角、长三角发展迅猛的昊天百货悄然登陆本市，集团副总苏哲宣布在年内分别在市内城南、城北各开一家大型商场。据知道消息的人透露，昊天正和本地民企丰华集团商谈城北商场合作细节，此举意味着本地商业竞争将更加激烈。

罗音是中午坐在食堂一边吃饭一边翻当天的报纸时看到这个消息的。她看到配了一幅苏哲照片的报道，不禁怔住，这个名字加上这照片，她当然印象深刻。报道正好是此时坐她对面的经济部才转正的记者王灿采写的，罗音跑过一段时间的商业新闻，那会儿王灿当过她的实习生，两人关系很不错。

"哎，罗音，这个苏总真人可有气质呢，照片没照好。"

的确，那张小小的照片上，苏哲穿着深色西装，神情沉郁。罗音想，时间仿佛也给这个男人留下了印记，他看起来比三年前她在学校偶遇他时成熟了许多，当然也比一年多前在餐馆的那次相遇更加严肃。

王灿扒拉着餐盘里的饭，并没注意到罗音的神情，发愁地说："主任要我深度报道，可是这个苏总只接受不到五分钟的采访，就打发我去见副总了，差点连照片都不让拍。丰华那边更绝，徐总不出面，全让她的助理邵小姐处理。"

"邵伊敏吗？"

"是呀，你认识她吗？她太厉害了，看着不比我大多少，可真是老练。接受采访有问必答，流利清晰，逻辑严密，记下来基本可以不用加工直接引用，就是不会有任何不该透露的内容。要是徐总肯接受采访就好了，她有时真是敢言呀，能挖到猛料。"

罗音禁不住好笑："邵伊敏是我同学，我们现在还合租呢。你根本不用指望她会放不该放的消息出来。"

王灿却大喜："罗音，你帮一下忙，请她帮我安排徐总做个采访好不好？不见得是谈丰华和昊天的合作，你知道我们版面推出了地产人物，一直想采访她也没能约到。"

王灿个子娇小，一双眼睛弯弯含笑非常可爱，此时恨不能越过桌子跳到罗音身上摇晃她。罗音招架不住地笑："你别跟我放电撒娇行不行？明知道我从一开始就最吃不消你这个。怕了你了，我回去跟邵伊敏说说，不过她接不接受我可不敢保证。她的性格，真要是原则问题，就没有商量了。"

王灿忙不迭点头："你帮我说就行了，好罗音，我爱你。"

罗音答应了王灿，心底却有些犹豫。她想丰华既然和昊天谈及合作，想必邵伊敏和苏哲已经碰过面了。春节过后这段时间邵伊敏都很忙碌，每天回家都比她晚，也看不出和往常有什么不一样。但罗音对她心事不形于色的本事早就领教了，知道自己最好别去触碰。

看着搁在手边的报纸，罗音有一点怅然，庆幸她迟滞的青春期萌动似乎完成了它最好的结局，自生自灭了。照片上的男人终于不再像从前那样直接触动她的心，而是成了和她的生活不相干的一则新闻。

是因为和张新日渐亲密，还是因为自己终于长大成熟？她不清楚，也并不在意答案。前段时间，她碰到过赵启智，赵启智跟她打听邵伊敏的近况，脸上的神情还是那么微带惆怅。他已经交了女朋友，但并不是痴缠了他两年的小师妹宋黎，同时计划着研究生毕业后参加公务员考试。她当时打趣赵启智："启智兄，当情圣当腻了吗？"赵启智并不以为忤，只呵呵一笑，现在她想，这句话对自己同样适用，没人能认真当一个单恋的情圣到永远。幸好她也没有。

晚上回家后，罗音和邵伊敏讲起同事王灿的采访要求，邵伊敏沉吟一下道："过一段时间吧，眼下公司正加紧和昊天商谈合作方案细节，确实不方便接受采访。"

邵伊敏谈到昊天如此坦然，罗音大大地松了口气。

昊天和丰华的合作谈判紧锣密鼓地进行着，这段时间邵伊敏和苏哲的碰面不可避免地多了起来。但邵伊敏坚持不做工作以外的任何接触，苏哲也很配合，并不谈工作以外的事情。

到三月初，两家公司终于达成协议，昊天收购了丰华持有的市中心项目60%的股权，双方合作开发，将于近期完成建筑设计规划，对旧商场实施定向爆破，原地建起一个购物中心，地上九层、地下两层，经营百货、餐饮、娱乐等项目，此外在旁边建成一座高二十二层的塔楼，用于写字楼和酒店式公寓。

双方商量后，决定在酒店公开做一个协议签署仪式，请来市里领导和各路媒体，共同发布这一消息。苏哲还特意从深圳请来了他的父亲苏伟明出席这一仪式，充分显示了昊天集团对这一项目的重视。

苏哲去机场接了父亲，陪他吃过饭以后，上了二楼会议室。此时偌大一个会议厅灯光大半还没打开，里面酒店服务员和工作人员正在布置会场，摆放着会议需要的用品，调试投影仪。主席台边，邵伊敏穿着白色衬衫、深蓝色铅笔裙，正拿着名单和酒店工作人员核对席卡。他走了过去，对她说："伊敏，你跟我过来一下。"

她只当他还有其他事交代，随他过去，不想他带她走进外面大厅一侧的一间休息室，里面坐着他的父亲苏伟明。苏伟明应该七旬左右，但保养得宜，身材挺拔，目光犀利，和苏哲一样穿着雪白的衬衫、藏青色西装，打着灰、蓝、黑三色的领带，风度翩翩，并无任何老态，看上去只有五十出头的样子。

苏哲对他说:"爸爸,这位就是我跟您说起过的邵伊敏小姐,徐总的特别助理。"

邵伊敏没想到会有如此正式的一个介绍,只能礼貌地打招呼:"苏董事长您好,徐总马上过来。"

苏伟明审视着她,她略微奇怪,但并不在意,静静站着,终于他点了点头:"邵小姐你好,今天辛苦了。"

"我应该做的。苏董事长请坐一会儿,我先出去做事。"

邵伊敏走出休息室,叫来一个服务员,请她往休息室送去茶水,然后到外面大厅窗边沙发坐下,核对手里的资料,每次做这样的活动她都头痛领导来的时间不好控制。手机响了,她拿起来接听,居然是远在北京的刘宏宇打来的:"伊敏,这会儿听电话方便吗?"

"方便,你说。"

"我太兴奋了,等不及你上网了,我今天收到MIT的Offer,这是我最想要的一个Offer。没想到来得这么晚,我差点快绝望准备接受另一所学校了。"

他的兴奋感染了她:"太好了,祝贺你,宏宇。"

"我实在淡定不了,出来沿操场跑了两圈。"刘宏宇在电话中大笑,"这是我一直以来的志愿,终于成真了。我说过收到这个Offer请你吃饭的,你可不许推。"

"那好,等我出差去北京,你请我吃涮羊肉好了。"

"再过半个月,我的导师要去你那边的理工大参加一个学术研讨会,我参与了他的研究项目,会陪他一起开会。你别嫌我不是专程过去,诚意不够就行了。"

"怎么会?刚好我手头的事差不多忙完了,你来了我陪你好好转一下。"

"那说定了，你忙吧，我去之前再给你打电话，再见。"

邵伊敏收起手机，嘴角含笑出了一会儿神。她知道MIT是麻省理工学院的简称，号称世界理工大学之最，刘宏宇能够拿到那边的全额奖学金，当然极其难得。亲耳听到一个人梦想成真，也是一件开心的事情。

6

苏哲远远注视着邵伊敏，他已经很长时间没看到她这样微笑了：眉目之间带着温情，显得十分柔和放松。他想她刚才接听的只可能是私人电话了，他情不自禁猜测电话另一端的是谁。

她又接听了另一个电话，瞬间恢复工作时的状态，站起来招手叫来丰华的一个员工，对他嘱咐着什么，从神态到身体语言都冷静、简洁、明确，然后快步走进会议厅。

过了一会儿，他的秘书过来："苏总，邵小姐跟我核对了仪式流程，让我把媒体提问的提纲交给你，问你还有什么需要准备的。"

苏哲接过提纲，无奈地想：她明显在尽量回避他，他再试图接近，就近乎纠缠了。

可是，他做不到就此放手。

签字仪式进行得十分顺利。当天晚上，徐华英、王丰夫妇在酒店宴请昊天董事长苏伟明、苏哲以及陪同的高层。

觥筹交错，宾主尽欢之际，苏哲出来，只见邵伊敏坐在离宴会厅不远的休息区沙发上，拿份杂志看着。他知道她需要负责安排晚宴及善后，只能在外面坐等，他走过去，身影投到她身上，她仰起了头。

"你吃过没有？"

她点点头："苏董事长的讲话与通稿略有不同，我刚才已经跟记者核对了明天见报的稿子细节……"

"我们可以不谈工作了吗？"

"那我真的不知道该和你说什么。"

他在她身边坐下，将领带拉松了一点："我没想到我们现在只能在工作场合打交道。"

"这已经让我很为难了。你是丰华的重要合作方，我不知道该怎么说才显得不算无礼。"

"我记得你一向坦率。"

"好吧，我直说，我留在这里没出国，并不是在原地等你回头。"

"我知道。你不会等任何人。"

一瞬间，她仿佛要说什么，最终却仍保持沉默。跟过去一样，她的沉默仿佛是一堵无形的墙，能够将人隔离开来。

这时宴席散场，邵伊敏说声"失陪"，走开几步给司机打电话，让他将车开到酒店门口等老板，签字结账以后下来，正要请门童叫辆出租车，却发现苏哲已经将车开了过来。

"我明天得去香港出差，大概去十天。看在我差不多十天不会来纠缠你的分上，上车吧，我送你回家。"他看着她的表情，笑了，"呵，你好像不用把松一口气的表情那么明显地挂出来。"

邵伊敏无可奈何地一笑："对不起，我没想到我的表情会这么坦白。"

她上车，苏哲发动车子："我不想死缠烂打，伊敏，可是现在看来，我不纠缠你，就再没半点机会了。"

"我不明白你要的是什么机会。我们分手这么久了，各有各的生活，我过得很不错，也并不恨你，只是我没法再和你在一起了。"

"我经常会想，这三年，你在过什么样的生活，伊敏。"他的声音低而温柔，"当然，我知道你会把自己安排得好好的，不管是上学还是工作，你是那种不允许自己出偏差的性格。可是我还是不能说服自己放心，我不知道你如果不开心了，会找哪个没有人的地方，让全世界都忘掉你。"

他竟然还记得她随口说过的一句话。邵伊敏咬牙止住一声叹息从唇边逸出，尽可能平静地说："那是孩子气的愿望，其实全世界哪管你是不是开心。我们能做的，不过是让不开心过去，不跟自己纠结。"

"你不用轻描淡写。我一直很矛盾，希望你生活顺利，足够坚强，这样你可以多一点开心；可是我又怕你坚强到马上忘掉我，那样我再也不可能进入你的生活。"

"你的生活那么丰富，我还能在你的记忆里有一个位置，也许我应该感到荣幸。可是你的固执真的让我困扰了，苏哲，坦白讲，我不喜欢同样的过程重来一次。"

"别急着一口拒绝我，给我一点时间，让我们试一下有没在一起的可能再说。"

"可我看不出有拿自己的生活去做这种尝试的必要。当然了，你不一样，你可以不断去试验各种可能性，反正你一直把生活当成一个追逐和征服的游戏。"

"你这么说未免太武断了。"

"你又要跟我说你不会对一个游戏这么认真吗？不过我真的认为，认真游戏可能正是你的乐趣所在。这种生活方式也没什么不好，只是不适合我。并且我早被你征服过了，有什么必要再试呢？"

"这么说来，我在你眼里除了是自负的浑蛋，还是一个虚荣的傻瓜了？我的全部行为可以用征服欲望作祟来解释。"他微微苦笑，"可是说到征服，你觉得谁更像被征服的那一个，到底是一点不想回头的你，还是跟你纠缠不清的我？"

"我没有那么刻薄。不，其实我从不怀疑我们在一起时你的真诚和投入。除了结局，你给了我一段算得上很好的记忆。但那都已经过去了。"

苏哲注视前方，握着方向盘的手指关节有点泛白了："三年了，明知道你不可能主动给我打电话，我却总存了一点侥幸，一直保留着这个号码，手机从来不关，接到陌生来电总要心跳加速。对我来说，从来没有过去。"

她干涩地说："回忆是个好东西，证明过去的时光还有价值，可是困在回忆里没什么意义。"

苏哲再度沉默，车很快开到邵伊敏住的宿舍楼下，她正要拉开车门下车，苏哲重新开了口。

"我知道在你眼里，我从来生活得说不上认真。我以前也怀疑自己不会对任何事、任何人有执着的时候。可是你对我来说是不一样的，相信我，伊敏，如果三年时间我还没认清这一点，那我未免太可悲了。"

Chapter Eight 247

邵伊敏好不烦恼:"你总该问一下我的意愿吧,我的拒绝对你来说就是一种矫情、一种欲拒还迎吗?三年前你对我来说是一种抗拒不了的诱惑,我为那个诱惑付出了代价,也并不后悔。可是现在不同,我对生活有自己的计划,不喜欢你这样重新闯进来,还一副不容拒绝的样子。"

"你拒绝起人来向来决绝,我怎么可能蠢到觉得我不会受到拒绝。我只是想告诉你,如果你和我一样,三年来被一个回忆缠绕不放,就会知道我不放手的决心和你不回头的决心至少是一样大的。"

"苏哲,除你之外,我的确没有什么恋爱经验,你给过我很好的体验,可那是激情多过爱情。我猜爱情应该除了能让人快乐外,还能让人放松,让人有信赖感。你给不了我这些,我们没有可能了。"

她伸手打开车门,苏哲一把抓住她,她诧异地回头,他凝视她的眼睛,轻声说:"你甚至不打算给个机会试着……"

一瞬间,邵伊敏表面的平静被打破了,幽暗的灯光下,她的表情微微扭曲,她倾过身子,离他很近地看着他:"我怎么敢再去试?你认为我是冷血动物,轻易就能做到忘却,对不对?你永远不可能知道我花了多久才走出来。那样的痛,我一生经历一次已经足够了。"她的声音低而清晰,然后她甩脱他的手,打开车门下去,"别浪费你的时间了,苏哲,就这样吧。"

她关上车门,大步走进宿舍。

7

邵伊敏一口气上到七楼,开门进去,罗音还没回,室内一片黑暗。她靠门站了好一会儿，让心跳平复下来才开灯，觉得刚才的对话让自己疲惫不堪。

洗完澡出来，她拿了红酒和杯子，坐到沙发上，给自己倒了小半杯。她并不是每天睡前都要喝酒，而且每次也颇为节制。可是今天，她心里纷乱如麻，很有干脆喝醉了什么都不用再想的冲动。

然而她知道，酒并不能解决自己的问题，那些孤寂挨过的日子、无眠的夜晚、心底的痛楚一一涌了上来，想到不知道还要和苏哲怎样纠缠下去，她就有点不寒而栗。她仰头一口喝下酒，再给自己倒上。

不知道喝到第几杯时，门外传来轻微的声音，她只当是罗音又忘了带钥匙，起身走过去拉开里面的木门，隔着格栅状的防盗门看到罗音和张新正相拥热吻。她扑哧一笑，连忙合上木门，重新坐回沙发喝酒。

罗音大窘，推开张新："快走吧快走吧，叫你不用上来。"

张新并不难为情，抚一下她的头发："早点休息，明天我来接你去打球。再见。"看着她拿出钥匙开了门他才下楼去。

罗音红着脸进去，可再一看邵伊敏一脸心不在焉，也就放了心。她先去洗澡，出来时只见邵伊敏仍在喝酒，不禁有点纳闷，拿了个杯子坐过去，也给自己倒了小半杯酒。

"你不是不爱这个吗？"

"今天突然有点想喝。"罗音抿了一小口，让那酸涩的味道在口腔内打个转，再慢慢喝下去。

今天看完电影出来，张新吻了她，这不是他头一次吻她，不过以前的吻都没这次来得热烈。她得承认自己的回应也说得上激动,而且有点被自己的反应吓到了,连忙要求早点回家。张新送她上来,在门边再次吻她。此时红酒在她口腔内扫过,仿佛那个吻还在延续。她为自己的这个联想脸红了,可是又想,她已经满了二十五岁,才有这样的骚动,应该得算迟熟了吧。

她侧头看一下邵伊敏,邵伊敏正喝下一口酒,察觉到罗音的目光,回头对她一笑:"张新人不错,你们很幸运。"

罗音吃了一惊,同时脸更红了,这是她第一次听邵伊敏主动评判别人:"呃,怎么想起说这个?"

"喝了点酒后的一点小感慨吧,在对的时间遇上对的人,不是每个人都有这样的幸运。"邵伊敏仰头将酒喝光,显然带了点醉意。

"我一直觉得我跟他之间没什么激情。"借着酒意盖脸,罗音说,"不知道这样的平淡感情够不够过一辈子。"

"那得你自己去评判了,只是激情……看起来很美,但可能不是一样能持久的东西吧。能让你考虑到一辈子的那个人,感情的基础又哪止于一点激情?"

"你一直这么忙工作,不打算恋爱吗?"难得今晚邵伊敏看上去有谈兴,罗音索性将长久的疑问说了出来。

"恋爱?当然要的。还是那句话呀,很难在对的时间遇上对的人,而且眼前又这么忙,加上我的性格,"邵伊敏笑着摇头,"我猜这件事对我并不容易。"

"你希望对方是什么样的?"

"你听倾诉有职业偏好了,罗音。"邵伊敏笑出了声,"我说不好,其实很简单吧,理智、负责任、宽容、值得我信任,这要求高吗?"

"高倒也不高，可是都太抽象了。而且，你不觉得这些条件你自己都已经具备了吗？何必还要求诸男人？"

"呵呵，你对我评价真高。不，我并不能完全自给自足，不然真的可以考虑独身也不错了。"

罗音也笑了："乱讲，干吗要独身，别的不说，老戴就想追你。"

邵伊敏愣了一下，笑得止也止不住了："你今天是存心来逗我开心的吗？"

罗音笑道："你就当我是逗你吧，反正老戴对你来说也太不靠谱。晚安，我先去睡了。"

Chapter Nine

我再没从前那样孤勇，不会拿自己的身体和生活做任何赌博

1

刘宏宇陪他的导师过来参加学术研讨会，本地刚刚摆脱阴冷的寒冬，气温一点点升高，春意宜人。刘宏宇周四、周五参加完了学术研讨会，周六约好了和邵伊敏见面。

邵伊敏找公司借了辆本田，开到宾馆接刘宏宇，他已经提前等在楼下了。

"你已经转过理工大了吧，我带你去号称中国最美的大学看樱花好不好？"

刘宏宇没有异议，不过邵伊敏把车开过去后有点傻眼了，离校门口老远就开始塞车了，一看都是准备进这所著名大学赏花的游客，交警正在指挥疏导车流。

"我这主人太差劲了宏宇，只知道上网搜这个时间本地最有特色的游玩项目，没想到周末大家都过来了。"

刘宏宇好笑："你在这边待了这么久都没来过这里吧。"

"我来过，不过是读书的时候，那会儿没这么多人跟车。"

"走吧，这样就算进去了，看到的人头也多过花了。"刘宏宇说，"不如去你的学校转转，后面的墨水湖好像很开阔。"

"你怎么知道我们学校后面的湖？并不出名呀。"

刘宏宇笑着说："知道你被哪所学校录取以后，我特意上网找资料看过，信不信由你，好长时间我在网上、报纸上看到这边师大的消息都有点激动。"

邵伊敏也笑了，慢慢跟车往前挪，然后打方向盘转向另一条路向师大后面驶去。她工作以后再没回师大，更别说回到墨水湖边。心里不免略微迟疑了一下，可是马上想，她叫苏哲放下，可是自己分明就没有完全放下。难道因为一次湖边的分手就再也不能看湖了吗？未免太过可笑。

到了湖边，邵伊敏停好车，两人沿着湖岸散了会儿步，沿湖垂柳刚刚罩上一层烟绿，软软的春风拂面而来，吹得人十分舒畅。两人找了张石凳坐下，远远看对岸，房地产开发得更密集了。她想，自己的确多虑了，对着春日暖阳下波光潋滟的湖面，那个夜晚似乎已经走远无痕，时间是最好的良药，曾经以为碎掉的心似乎也在悄悄愈合，眼前只剩下初春的美景和温柔的风。

"伊敏，这座城市真不错，理工大后面的小山，还有你学校后面这片湖，真让人羡慕，更别说现在气候又这么宜人，这会儿北京还冷得要命。"

邵伊敏失笑："头一回听人夸本地的气候，你该听说过这里夏天出了名的暴热吧，而且算得上宜人的春秋两季都特别短，春天连晴几天就会气温急升，秋天一场雨后就差不多入冬了，冬天、夏天都难熬而且漫长。"

"听着和我准备去的地方差不多。"刘宏宇也笑，"MIT靠近波士顿，据说也是夏季炎热潮湿，冬季寒冷。好多人就是因为气候，如果同时收到斯坦福和挨着MIT的哈佛的Offer，宁可放弃哈佛呢，更别说MIT了。"

"那你为什么放弃斯坦福？"

刘宏宇一共收到了六份Offer，斯坦福的来得早于MIT，但权衡后，他还是选择了至少在国内并不及斯坦福有名的MIT："那边的专业更符合我一直的志向，我要去的那个系全美排名第一，而且我欣赏MIT那股子治学的疯狂劲头。我父母对我很生气，他们觉得一样是全奖，MIT名头太不够响亮了。"

邵伊敏微微点头，能理解刘宏宇的选择："大概什么时候动身？"

"八月中旬，现在还得好好把毕业设计做完。我拿到Offer准备去美国的同学已经开始相亲了。"

"不会吧。"邵伊敏再度失笑，"马上要走了，现在交女朋友哪来得及发展感情？"

"他们来不及慢慢谈情呀。每年都是这样，从二月底开始研究生楼道里的女孩子就多了起来，大家都知道到美国不好找太太，尤其我们这样念理工的人。介绍人一撮合，谈上几个月后结婚，然后八月一块儿出国，这还算慎重的。我就知道有个去普林斯顿的师兄，去年从认识一个女孩到结婚只花了二十来天。"

邵伊敏简直像听到天方夜谭，她没想到刘宏宇待的那所以理工科闻名全国的大学会出如此匪夷所思的事："我真佩服他们的胆量，这样决定婚姻，真是很大的冒险。有人给你介绍女朋友吗？"

"有啊，"刘宏宇嘴角挂了个调皮笑，"我还接到过情书，可是我不打算这样尝试。"停了一会儿，他突然问，"伊敏，你现在有男朋友吗？"

邵伊敏一下子红了脸。她平时待人疏离,和旁人几乎没有私人交往,在公司又坐上一个相对重要的位置,以徐华英的心腹面目出现,没人敢贸然上来跟她攀交情问这样的问题,更别说像罗音那样一进报社就有人张罗着介绍男朋友了。她不知道刘宏宇怎么会突然问起这个,只能老实摇头。

刘宏宇注视着她,诚恳地说:"伊敏,不如考虑一下我吧。你是我上高中时就喜欢的女孩子,现在我并不是要求你马上答应我和我结婚去美国。我知道你对生活有自己的安排,我只请你考虑一下我,接受我当你的男朋友,我会等你的答复,多久都可以。"

邵伊敏难得受惊,此时也吓得眼睛瞪得大大地看着刘宏宇,心想,难道他们学校的疯狂竟是一种普遍现象?可是刘宏宇神情真诚,完全没一点开玩笑的意思。

"宏宇你知道你在说什么吗?我们认识这么久,除了高中毕业时你对我说过一次喜欢以外,我们一直就是朋友一样相处的。你提这样的建议,我觉得比你的师兄认识二十多天结婚好不了多少。"

"我们认识快十年了好不好?我是认真考虑过的,可能以前我们之间唯一的障碍就是距离,如果在一座城市,我早就开始追求你了。"

"这算什么考虑呀,你马上要去一个更远的地方。"

"所以我要先把这句话说出来,至少还有一点机会,不然我会遗憾一辈子的。伊敏,你并没有独身的打算对不对?你希望未来的男朋友是什么样的,或者说你对婚姻有什么样的要求?"

"我……我当然希望他是一个理智、负责任的人,能包容我的孤僻性格,我们能相处得开心,互相信赖……"罗音明明也问过她差不多的问题,她从来言辞流利,此时却破天荒地有点结巴了,"对未来有共同的规划,还有……我说不清了,宏宇,这未免太傻气了。"

"我觉得我们的想法非常接近。我一直欣赏你的性格,从来不认为那是个需要人容忍的缺点。只要你同意,我们可以试着交往。你愿意跟我结婚然后一块儿出国我当然求之不得,不过以你的性格,我猜我没那份幸运。我愿意在那边等你,多久都可以。"

"宏宇,你是在建议我们谈两地恋爱吗?距离是所有感情的敌人,我不能答应你。你去到新的地方,融入新的环境,自然会认识新的人,有无限的可能等着你。你用这个束缚住自己或者束缚住我,对我们两人都不公平。"

"不,我不打算束缚你,伊敏,在你答应嫁给我之前,你有选择的自由,我知道你对人、对己都认真负责,所以我愿意信任你的选择。如果你遇到更合适的人,请及时告诉我就可以了。"

"呃,这可真疯狂。"邵伊敏有点无语了,可是刘宏宇看着她的样子实在真诚,"就是说你也一样喽?"

"理论上讲,我应该也一样,不过我要去的地方是MIT,你上网查一下就知道,那里学业负担重得恐怖。我的打算是争取能在四年内读完博士课程,这就意味着我可能连跨过波士顿大桥的时间都没有。而且我清楚知道我喜欢的人就是你,不可能有时间或者有兴趣再去认识别的女孩子了。如果你肯信任我,我的建议只束缚我自己。"

邵伊敏完全呆住,没想到和老同学见面会有这样一场对话。良久,她苦笑着道:"宏宇,你似乎热衷于给我惊奇,第一个对我说喜欢我,第一个向我求婚。你的建议很……慷慨,可是对不起,我还是不能答应，这对你太不公平了。"

刘宏宇微笑地看着她："眼下我给不了你更多，伊敏。我拿的全奖也不过是扣除学费后一年两万多美元罢了，也就是说我要过好几年清贫的日子，直到拿到学位毕业，好在我学的专业应该有比较好的职业前景。我唯一能许诺给你的，就是我愿意把我的未来交给你。"

"我很感动，真的。可是……"她不知说什么好，"你真的是过来开会的吗？我不知道什么样的研讨会能够刺激你动这样的念头。"

"我可不是临时动念，伊敏，其实我犹豫好久了。上次你出差去北京，我差点就鼓起勇气跟你说了，可是当时我前途茫茫，根本没资格拿自己的心事来烦你。拿到 Offer 以后，我第一个想要告诉的人就是你，如果不开这个会，我也一定会专门来一趟。虽然拿到的只是一份奖学金，可是毕竟我对未来多了一点信心，要再不跟你说，我想你大概会一直拿我当个谈得来的同学罢了。"

"我还是不知道怎么说好，宏宇，你也谈过恋爱，你觉得像我们这样的两个人，有可能和你那不靠谱的师兄一样，跳过恋爱那个环节一下谈婚论嫁吗？"

"我们还有时间呀，我的毕业设计没多大问题，剩下就是办护照和签证，顺利的话，八月下旬动身。如果你没意见，我们可以趁这段时间加深了解。如果觉得可以谈下去，网络也很方便。"

邵伊敏再次呆住，刘宏宇伸手过来握住她的手，她微微往回缩了一下，可还是停在了他的手中。她并不反感这坚定温暖的接触，只是十分茫然，抬起眼睛看着跟自己并肩而坐的人，迟疑了片刻才说："可是……"

"别可是了,你好好想想再答复我好了。我的提议是长期有效的,你马上回绝的话,就太伤我的心了。"

2

两人中午按原定的计划去吃农家菜,一路上刘宏宇再没将话题转到这件事上来,只随意讲着学校里的趣事,对于农家菜的味道也是赞不绝口。

邵伊敏的心算是慢慢平静下来。两人吃过午饭后,她再开车,准备带他去市区转一下时,手机收到短消息,是罗音发过来的,问她下午去不去打羽毛球。她想两个人似乎都不爱逛街,而且再两两相对,总有点尴尬,就问刘宏宇愿不愿意去打球,刘宏宇笑了:"我一直喜欢羽毛球,虽然校队高手太多我冲不进去,可是在羽毛球协会,我算排得上名次的。"

邵伊敏给罗音回了短消息约好时间,然后送刘宏宇回宾馆拿衣服,再开车回家换衣服拿球拍。他们赶到羽毛球馆时,罗音、张新、戴维凡还有另外一男一女已经开始打球了。看到邵伊敏带着个男人一块儿走进来,罗音和戴维凡不约而同惊得停了手。邵伊敏给他们做了介绍,不过她的介绍就是通报各自姓名,简单到不能再简单,然后再去订了一片场地,开始和刘宏宇打球。罗音瞟一下戴维凡,见他不动声色,她不禁暗暗佩服他那情场老手的名号不是白来的。

刘宏宇果然没吹牛,打了没多久,邵伊敏就知道他是让着自己了。旁边的张新看得心痒,过来挑战,一局下来,也认输了。等刘宏宇休息一下,戴维凡按捺不住也过来了,这两人球技算得上旗鼓相当,打得十分激烈。

罗音和邵伊敏在另一个场子上打了一局下场休息。罗音看着场上的情形暗暗好笑。老戴面色严肃,今天打得格外认真,平时那点自恃技高漫不经心的样子全没了。她看了下他对面的刘宏宇,固然没有老戴那么高大英俊卖相好,可是人家个子高高的,眉目端正开朗,既有书卷气又举止大方,的确是看着很舒服的一个男人。

"你们认识多久了?"她问邵伊敏。

邵伊敏好笑,换个时间这么一问她还得好好想想,偏偏上午刘宏宇才总结过:"快十年了吧。"

罗音一怔,老戴算是没半点机会了:"那不是青梅竹马吗?"

"你当我今年十四呀,我们是高中同学,你可真能联想。"话是这么说,邵伊敏想想刚才刘宏宇跟她提的建议,觉得会联想也真是一种好的直觉,而自己作为女性的直觉实在是有点欠缺。

果然罗音好笑地回头看看她:"刚才他看你的眼神可不像普通同学会有的眼神。"

邵伊敏哑然,恰好这时手机响了,她拿出来一看,是苏哲的号码。

那天他们分手后,苏哲便去了香港,其间给她打来电话,说有事情要多耽搁几天,她只"哦"了一声。那边苏哲并不理会她的惜字如金,仍然很流利地交代着行踪,说会在这个周末赶回来,然后叹息一声:"突然想起以前,也是走在中环街头,接到你打来的电话。"

她当然也记得,那次也是苏哲出差去香港,她在城市喧嚣的人行天桥上,头一回对着手机说出了想念。这样的回忆并不让她愉快,她无话可说,沉默地挂上电话。

现在她确实不想接他的电话了,可是也只能站起来走开几步接听。

"你好。"

"你好,伊敏,我回来了,晚上一起吃饭好吗?"

"不好意思,我今天和人约好了,没时间。"

苏哲也不勉强她:"那好,我回头再打电话给你。"

她放下电话,也说不上算不算松了口气,转头对罗音说:"打球吧。"

一场球打完,大家各自去球馆的淋浴间洗澡换了衣服。众人出来以后,罗音建议一块儿去吃饭,出乎她的意料,这次邵伊敏一口答应了。

上车后,刘宏宇好笑地看着她:"伊敏,我的建议让你很为难吗?"

"不是呀,"邵伊敏将车倒出车位,跟上前面戴维凡的车,"我坦白吧,你别鄙视我,我在天人交战,觉得答应了你,未免占了你的便宜。"

刘宏宇大笑:"这是什么逻辑,明明是我在打你的主意。我欢迎你提前决定给我惊喜,不过眼下你不要为这事困扰了,我们还有的是时间,什么时候想好了再说都可以。"

邵伊敏也觉得自己的心神不宁未免可笑,笑着摇摇头:"我们去好好吃饭得了,他们都很会玩很会吃,不像我,吃来吃去都是招待公司客人的地方。"

的确,罗音、张新和戴维凡一伙人都很"腐败",带着他们去吃了一顿小巷深藏的美味晚餐后,又拉着他们同去钱柜K歌。

邵伊敏不喜欢唱卡拉OK,而且在那种密闭的包房待久了,耳朵里微微的鸣响会让她觉得不舒服,每次公司有类似应酬她全是推给办公室主任。刚好刘宏宇也不好此道，说他明天也得和导师一块儿赶早上飞机，于是两人先告辞了。

两人出来以后，刘宏宇说："你今天陪我一天了，刚才还喝了点酒，开车不安全，我陪你回去，然后自己打车回宾馆就行了。"

邵伊敏并没喝多少酒，不过还是照他的话，将车放下。刘宏宇拎了她的球包和自己的背包，陪着她慢慢往她租住的地方走着，享受着带一点凉意的夜风吹拂的安静感觉。到宿舍院外，刘宏宇站定，将球包交给她："上去吧，早点休息。"

她仰头看着他："宏宇，明天我不送你了，不过我答应你，你出国时我一定去北京送你。"

刘宏宇笑了，抬手替她将被风吹乱的一缕头发整理好："那我们说定了。"

他的手指很温暖，轻轻触到她被晚风吹凉的脸，她情不自禁将脸靠到他的手上，享受这不让她抗拒的触摸。夜色下他注视她的目光很温柔，看着这个眼神，她觉得心情和天气一样宁静安详，停了一会儿她徐徐离开他的手，伸手拦停一辆出租车："去吧，再见。"

刘宏宇紧紧握一下她的手，上车走了。邵伊敏站在路边，看着远去的出租车红红的尾灯消失在夜色中，心想，也许刘宏宇的这个提议并不像初听起来时那么惊悚，毕竟他是自己的同乡、同学，两人认识了差不多十年之久，她和他在QQ和MSN上谈私事最多，交往起来，显然比再去和一个陌生人从认识开始要容易得多。

她正要转身进院子，一辆车疾驰过来，带着刺耳的刹车声急停在她面前。她惊得后退一步，站上人行道，车门打开，苏哲下来，从车头那边绕过来站到了她面前。

"我的确很有自虐精神,在车里坐了两个小时。我想见你,可是怕你直接又是一个没时间丢给我,一直对着手机犹豫要不要打电话给你,结果让我看到这样深情的一幕。"

昏黄的路灯灯光下,尽管苏哲的神情和声音都保持着平静,邵伊敏也能辨出隐含的怒意。她并不怕他发火,但不希望在这里闹得别人看笑话:"你有什么事吗?"

"我们是站这儿谈呢,还是上你住的地方谈?"

她看看身边的人来人往,认输了:"一定要谈的话,找个地方吧,咖啡馆或者茶馆都行。"她自己拉开沃尔沃的车门,坐上了副驾驶座。

3

苏哲发动车子,两人都保持着沉默。很快邵伊敏发现苏哲没有在路边咖啡馆停下来的意思,而是朝城外开去,速度还着实不慢。她只好系上安全带,认命地懒得作声。她一向方向感不算差,这一年多又经常开车,看着窗外,意识到是开往他们第一个情人节待的那个郊区湿地保护区,不禁苦笑。她想对着墨水湖她可以做到释然,不知道对着那里还能不能保持平静。

车内 CD 放着 Bon Jovi 的歌,邵伊敏这几年没放下英语,业余时间听得较多的也是英文歌曲,刚好这首她听过,*It's My Life*,她凝神听着反复吟唱出的那几句:

I did it my way

(我走我自己的路)

I just wanna live while I'm alive

(我只想趁我活着的时候认真生活)

It's my life…

（这就是我的人生……）

她不能不想到，似乎正是从这个湖边开始，她的生活变得让她无从把握了。

车停下来，邵伊敏开门下去，迎面吹来带着青草和湖水气息的凉风，有点凉，她只穿了薄薄一件运动服，情不自禁瑟缩了一下，苏哲见状脱下西装外套披到她肩上。

她情不自禁仰头看向天空，大半轮明月悬在一眼望不到边的湖面上空，并没有多少星星，灰白色浮云缓缓流动，月光时而明亮，时而暗淡。

她转身看着站在面前的苏哲，努力笑了："终于我们也有旧可怀了，真好。要是你和每一个分手的前女友都这样怀念，你的日程会很紧的。"

苏哲一把抓住她的肩头，凑近她的脸，咬着牙说："现在看我这样狼狈，你很开心吗？"

"我要是像你以为的那样恨你就好了，那我现在确实能很开心。"邵伊敏沉默一下，终于还是说了，"可是我并不开心，信不信由你。"

苏哲凝视她一会儿，松了手，从口袋里取出烟盒，没有打开又放了回去，靠在车上，长长叹了口气："你和他，是在恋爱吗，伊敏？"

邵伊敏坦然地说："他向我求婚，我答应他好好考虑一下。"

一瞬间苏哲脸上错愕、震惊、愤怒、绝望……各种表情混杂到了一块儿，他努力平复着情绪，好一会儿才哑声说："我不知道该说什么好，伊敏，如果是因为我的纠缠让你厌烦想逃避，我道歉，我以后会和你保持你能接受的距离，可是不要因为这个就轻易答应他。"

她一下沉默了，靠到车上，过了好一会儿才说："我做任何决定都会考虑再三，而且我尊重他对我的诚意，不会因为逃避就随便走进一段婚姻，所以不用担心我。"

"你的确从来不随便做决定，所以我永远记得你曾经那么认真又那么简单地跟我说一个'好'，答应和我去深圳。可是我实在够蠢，竟然没能珍惜守住你的这个承诺。"

"我们一定要不停地重提旧事吗？"

"那天你说你花了很长时间才走出来，我很难过。"

"不不不，忘记我那天说的话，我只是一时情绪化而已，我不记恨你，也不想充当怨妇让你内疚。"

"不要跟我说你早原谅了我，因为我并不打算原谅自己。"

"那又何必，虽然你的生活是你的事，可是那样自我折磨对我没有意义。"

苏哲回头，对她微微一笑，此时正好浮云飘过，皎洁月光下他的笑容温柔得让她一窒："有没有听过杜甫的一句诗：人生不相见，动如参与商。"

邵伊敏摇头，她对诗词的了解只限于课文而已。

"参与商是中国古代的星宿名，按照现在天文学的星座划分，参星是猎户座，商星是天蝎座。参星在西而商星在东，当一个上升，另一个会下沉，永无相见的可能。我在深圳住一栋高层的顶楼，每次用天文望远镜看星星，都会想起这句诗。现在我不知道是哪一种比较容易让我接受一点：是永远再见不到你，还是见到你却无法再接近你。"

"可能我比较凉薄，总觉得这样相见，不如不见。"

苏哲短促地一笑："是呀，我自己毁了你对我的信任，怪不得你。照你这样的决心，我想我的机会很小了。如果你决定了你的生活去向，我不会再来打搅你。可是在能看见你的时候，我还是愿意待在这里看着你。"

邵伊敏呆住。转瞬之间流云遮住月光，他的面孔陷入昏暗之中。她完全不知道说什么好了，如果苏哲保持刚见面时的强硬态度，她根本不会动容，可是眼前这样的表白，令她有点负担不起的感觉。

昔日的点滴一点点流淌在邵伊敏眼前，所有她以为已经达成妥协，好好安放在心底的记忆突然全部翻腾起来。她咬着牙压制着自己想要冲口而出的一声叹息，这样的用力让眼睛有些涩涩的感觉，她只能仰头看着暗沉的天空，努力试着让这一阵情绪波动过去。

苏哲伸手将她搂进怀里，她微微挣扎了一下，但恐惧地发现，自己并不抗拒这个拥抱。她想近几年来一片空白的感情生活果然给自己留下了很大的麻烦，她竟然对所有的温暖接触如此渴望。她迟疑一下，伸手抱住他的腰，那个坚实的身体如此陌生地散发着温度，诱惑她更加贴近。她试着将脸贴在他胸前，倾听着他的心跳，呼吸着她一度熟悉的气息。苏哲俯下头轻轻吻她的头发，他的嘴唇慢慢移向她的额头，灼热地烙下。她猝然后退一步，挣开了他。

邵伊敏再能开口时，声音已经沙哑了："苏哲，这样只会让我鄙视自己，到了今天，仍然控制不了自己的那一点身体反应。"

"那么到了今天,你还是觉得我想要的不过是你的身体吗?"

"如果我们想要的只是彼此的身体,倒用不着这样挣扎了。"她重新靠到车上,苦涩地说,"我不怀疑你的诚意,苏哲。可是我想,你想留住的不过是你记忆中那个单纯的女孩子罢了。她当时生活单调,贪心幼稚,只想盲目抓住一点温暖,也不管那个温暖能不能属于自己。"

"如果我给过你温暖,你也温暖了我,伊敏,在我心里,你仍然是那个女孩子,永远是。"

"没有人能永远单纯如最初,但有一点我的确没变,苏哲,我和从前一样,对人从来没有无原则的信任,对感情这个东西从来没有把握。而且现在,我再没从前那样的孤勇,不会拿自己的身体和生活进行任何赌博。所以抱歉,我给不了你想要的回答。"

风带着流云缓缓而过,明月清辉重新徐徐洒下,苏哲俯头注视着她,他俊朗的面孔此时表情是沉郁的:"应该是我对你说抱歉,明知道你不喜欢,我也不会放手不争取,不过我答应你,最终你给我什么样的回答我都无条件接受。"

"你在给我出难题,想看我会固执自我到什么程度吗?"邵伊敏涩然一笑,"可是没办法,我们都只能做自己必须做的那个选择。回去吧,而且以后再不要有这样的见面了。白天那个男人向我求婚,我虽然还没答应他,但我必须做到配得起他对我的信任和爱。"

她不再看他,拉开车门先上了车。隔了好一会儿,苏哲才上车。两人一路沉默地返回市区,车停在宿舍院外,她跳下车,头也不回地进了院子。苏哲注视着她的背影,降下车窗,从烟盒里抽出一支烟点燃,只觉得有从心到身的疲惫慢慢袭来。

昊天集团正酝酿着在港交所上市，苏哲连日在香港做着准备工作，与集团前期选定的保荐人沟通，会见由保荐人组织的中介机构团队。这项工作繁杂而耗时，他不得不比预计的时间待得更长，差不多天天加班到深夜。但所有工作的劳累似乎都抵不上此时这种完全无能为力的感觉来得压迫，他将左手搁在车窗上，看着暗红的烟头上烟雾袅袅上升，半天才弹一下烟灰。

张新开车送罗音回来，他的车正停在苏哲的车后。他学的是机械，做的是广告，却是不折不扣的车迷，对各类车子的性能特征有超乎寻常的爱好，虽然眼下只买得起一辆经济型轿车代步，并不妨碍他订阅各种汽车杂志，每年去看北京、上海大的车展。此时，停在前面的沃尔沃XC90在本地比较少见，他下了车自然不免要多看几眼。

罗音知道他的这点爱好，取笑他："看到好车，比看到美女的反应强烈多了。我先上去了，再见。"

张新连忙说："我送你上去。"

罗音突然停住脚步，沃尔沃驾驶座车门打开，苏哲走下来，绕到后座，拉开车门，拿出搁在那里的羽毛球包，一时犹豫要不要打电话叫她下来拿。罗音迟疑一下开了口："嘿，你找邵伊敏吗？"

苏哲诧异地回头看着她，罗音自嘲地想，他果然一点印象也没了，她只大方一笑："我是邵伊敏的同学，罗音，我们以前见过不止一次了，现在我和她合租。"

苏哲点头："你好，麻烦帮我把这个拿上去给她，谢谢，我先走了，再见。"他将球包递给罗音，再礼貌地对张新点点头，转身拉开车门,却突然停住动作,回头看着罗音,"我们似乎去年在一家餐馆也见过面,对吗?"

罗音没想到他没记住以前在学校的直接对话,却记得去年秋天在餐馆的那匆匆一面,想起当时她花痴的凝视,不禁有点脸红:"是啊,吃鸭子煲的地方,当时我男朋友也在。"

苏哲根本没看张新,只盯着罗音:"你一直和伊敏租住在这里吗?"

"对,我们毕业后就合租,没搬过家。"

他的表情瞬间变得复杂难言,但再没说什么,只点点头,突然转身上车,发动车子开走了。

张新仍然在琢磨那个球包:"哎,不是那个马上要去美国的MIT准博士送邵伊敏回来的吗?球包怎么在这个人手里?"

"你这个八卦男。"罗音收回视线瞪他。

张新有点难为情:"我没八卦的意思呀,不过一向只看到老戴的复杂剧情,没想到邵伊敏……嘿嘿。"

罗音想,是的,关于邵伊敏,没人想得到她那如止水一般的平静下面,涌动过什么样的波澜。

4

邵伊敏接下来的工作仍然异常忙碌,她先陪同徐华英带着地产公司的高层和昊天那边地产开发的负责人共同确定购物中心的规划方案、出资细节,选择合作银行。徐华英不止一次在公司内部会议上感叹,昊天在商业地产开发方面的实力和经验让丰华只有学习的份。

原商场的定向爆破工作也提上了日程,这个环节由丰华这边全权负责。通过招标，一家外地工程爆破公司拿下了这个项目。初步确定好时间以后，邵伊敏的任务就是同这家公司共同跑各个相关部门，办理定向爆破需要的各项烦琐手续。这天下午，她刚回办公室，桌上外线电话就响了，她忙拿起来接听。

"你好，请问哪位？"

"邵小姐吗？你好，我是林跃庆，乐清、乐平的父亲。"

"林先生你好。"邵伊敏很意外，她和林跃庆只在几年前见过两面，此后再没联系。

"邵小姐，我现在在本市，想看你什么时间方便，约着一块儿吃个饭。"林跃庆十分客气地说。

邵伊敏考虑了一下："这样吧，林先生，我今天晚上还要加班，方便的话，晚上八点在华新路口的咖啡馆见面行不行，吃饭就不用了。"

林跃庆一口答应。放下电话，邵伊敏无奈地摇头。她当然知道，林跃庆找她，只可能是谈论苏哲，关于这个话题，她真不知道有什么可和第三者谈的。

近一个月里，苏哲出现的次数并不多。昊天的城北百货店与丰华的合作正按计划进行，在城南的百货店已经先一步托管了本地另外一家效益不佳的商场，开始前期管理人员进驻和店铺升级改造工作。各项工作都有专人负责，进行得有条不紊。他还是香港、本地两头跑，不过走之前和回来之后，他一定会给邵伊敏打电话交代一下行踪。他的语气平静而温和，她也只能礼貌应对。

忙碌之余，她不可能不想自己面对的怪异状况。可是自从那晚以后，苏哲很守自己的承诺，和她保持着合适的距离，不过这并不妨碍他像一个标准男友那样，详细报备自己的行踪。约她出去，就算她一口拒绝了，他也毫不为难，只嘱咐她按时吃饭，早点休息。偶尔两人在公司碰面时，他目光温柔，举止体贴，差不多有眼睛的人都能看出点不一样来。邵伊敏一眼瞥见徐华英的秘书看着他们一脸惊奇和玩味的表情后，只好匆匆走开。不过苏哲除此之外，再没有让她为难的举动，她于情于理都只能听之任之了。

晚上邵伊敏准时到了咖啡馆，报上林先生的名字，带位小姐直接将她领到角落一个座位，林跃庆已经等在那边了。几年不见，他看上去没太大变化，仍然是十分精明强干的样子。见她过来，他起身招呼。

邵伊敏让服务员上一杯拿铁，然后看着林跃庆："林先生，乐清、乐平都好吧。"

"谢谢你关心，他们都很好，乐清去美国加州大学伯克利分校学建筑设计，乐平在温哥华卑诗大学学海洋生物，"他补充道，"咏芝现在在一间贸易公司做事，应该做得还算开心。"

自己教过的两个孩子居然也上大学了，邵伊敏微微一怔，不能不感叹时间过得真快："林先生今天找我，有什么事吗？"

"邵小姐，你很爽快，肯定知道我是因为苏哲来的。"对着邵伊敏那双镇定澄清的眼睛，林跃庆有点尴尬，"你也知道，我是他表兄，他妈妈是我的小姨，我们关系很近，也一直很亲密。"

邵伊敏不作声，他只有继续讲下去："我想苏哲可能跟你说过，他和他父亲关系一向不大好，四年前还是他母亲求他，他才肯回去做事的。后来为了某些事，他又差点和他父亲闹翻。"

"他母亲现在身体还好吧？"

"她的手术很成功，现在每年复查，应该没有大碍了。"

"那就好。"

"我想我是扯得有点远了,可是他家情况确实复杂。我简单说吧,这几年,苏哲潜心工作,做得很不错,和他父亲、哥哥也算和解了。目前昊天金融、融资和上市方面的事务是由他负责,恐怕现在除了我,他家没人能理解他为什么要主动跑到这边管昊天百货的中部拓展业务。"

邵伊敏笑了:"我没理解错的话,林先生觉得他的决定和我有关系。"

"不是我觉得,是他亲口对我说的。"

"是吗?"邵伊敏摇摇头,"可是我对他的决定无能为力,他做决定之前并没有征求过我的意见。"

"你始终不肯原谅他吗?"林跃庆突然问道,邵伊敏蓦地抬头看着他,他也毫不避让地注视她,"对,我知道你们恋爱过,也知道你们分手的原因。"

"我不知道苏哲都跟你说过些什么,林先生。总之那都是过去的事了,我当时就告诉他,我原谅他了,但除了原谅,再没别的了。"

"邵小姐,我冒昧问一句,没有一点挽回的可能吗?哪怕苏哲为你承受你想象不到的压力,香港、深圳和本地三处奔波,拒不向他父亲解释他目前的状态,一心只想多在这边待点时间等你回头?"

邵伊敏沉默了好一会儿,才道:"如果你是想让我愧疚,那么好吧,我确实有负疚感,虽然他做的牺牲或者说努力不是我要求的,也不是我想要的。"

"苏哲想要的不会是你的负疚感,如果他知道我多事来找你,恐怕会和我翻脸。"林跃庆喟然长叹，"甚至我自己都不知道我找你说这些是为什么，明摆着你心志坚定，如果他都没法打动你，我一个不相干的外人哪里能影响到你。可是这样拖下去，我怕他会再度和他父亲起争执，我的小姨恐怕又会夹在中间着急两难了。"

"林先生，我很为难，不知道该说什么好。我觉得我跟苏哲已经尽可能讲明白了，没有一点暧昧不清的地方。"

"我并不是把苏哲要面对的难题摆到你面前让你为难，他是成年人了，知道自己在做什么，了解你的个性也应该远胜于我。如果他明知道不可能成功，还愿意把自己的时间花在这里，的确他应该自己承担所有后果。可我还是必须多事问一下，你觉得你对他是不是太苛刻了？"

邵伊敏想了想才说："林先生，我不想无礼，不过我也冒昧一下，请问在提出离婚以前，孙姐原谅过你吗？"

林跃庆沉下脸来："这是什么意思？"

"我猜孙姐肯定原谅过，而且不止一次。因为她临走之前，跟我回忆起过去十分温柔不舍，更不要说你们还有两个可爱的孩子，维系你们关系的纽带远强于我和苏哲那样脆弱的恋爱。可是不用说，孙姐的原谅对你来说算不上什么，不然你们也不会走到离婚那一步。"

"你这是在跟我说，男人其实通通不值得原谅吗？"

"我只是在说，如果信任的基础已经不存在了，原谅其实没多大意义。我早原谅了，可是我没法再去信任。刚才林先生还讲到孙姐的近况，我猜你们在离婚后相处良好，也是出于同样的理由，因为她不再拿爱人的标准来要求你，自然一切都能宽容。"

林跃庆的神情倒缓和下来："我的确是个很坏的例子，几乎可以证明你的理论无懈可击。可是你这样推论苏哲，未免对他不公平。他跟我不一样，这几年他很自律，我几乎再没见他喝酒过量，更不用说去声色场所。他的时间差不多全花在工作上面了，不然我姨夫也不可能将上市这样的重要工作放心交给他去做。"

邵伊敏垂下眼睛看着摆在面前的咖啡杯，不知道再说什么好，也不想再这样争论下去。

"他爱你，这个事实对你也没任何影响吗？"

她抬起眼睛，惊讶地看着林跃庆，他只能叹一口气。

"是的，他爱你。他跟我一块儿去过温哥华，连续两年，独自挨个儿去那边的大学转，连乐清、乐平都知道他是在找你。过去几年，他经常趁休息时回来住两天再走，不见得是喜欢本地的气候吧。"

邵伊敏紧紧抿住嘴唇不作声，

"我很多事，问过他为什么会这么放不下你。你猜他怎么说？"林跃庆当然并不指望邵伊敏会猜，只有些怅然地继续说，"他笑了，说由不得他自己，他没得选择了。"

邵伊敏的心重重跳动，她只能垂下眼睛，继续沉默。林跃庆看出她的意兴阑珊，暗自摇头，知道以自己的说服力，是不可能说得她改变主意的，只希望这一番话多少让她有点动心，就算达到目的了。

再坐一会儿，邵伊敏礼貌地告辞，并谢绝了林跃庆送她："我自己开车，林先生，再见。"

邵伊敏出了咖啡馆开车回家，照例将车停到附近的停车场，再背了笔记本包步行回自己租住的宿舍。四月下旬的天气，温度不算低了，暖洋洋的风吹得人有一点奇怪的懈怠感，她步子缓慢，

Chapter Nine

没来由地觉得疲倦，同时意识到最近经常会有这样的感觉。

当然近来她实在太忙，天天加班，周末也没有休息，连打羽毛球的时间都没有，可是她从来没太把工作的压力当一回事。此时她只能承认，也许还是内心难以名状的那点焦虑终于影响到了身体。

苏哲在本地时，他不着痕迹地接近她，专注的眼神、温柔的声音让她没法漠然视之；他出差了，他的影响却仍然在，哪怕没有林跃庆找她谈话，她也不可能做到完全不考虑到他。

而林跃庆今晚的话，更是在她心中掀起了涟漪。

本来她的计划是忙完公司这段时间的事情，下半年准备出国探望爷爷奶奶，同时好好给自己放个假。现在她突然渴望早些开始假期，离开这一团乱麻。居然起了这样的逃避念头，她有点好笑，又有点无奈。

上到七楼，刚摸出钥匙，手机响了，她一边开门，一边接听："你好。"

"是我，伊敏。"苏哲的声音从手机中传来，"下班了吗？"

"已经到家了。"

她进了门，突然惊讶地发现房内也传来苏哲的声音，循声一看，罗音靠在沙发上看本地电视台播放一个经济类节目，正是苏哲在接受访问，侃侃而谈即将开业的昊天百货城南店的定位："会走年轻时尚路线，和本地其他百货店形成错位竞争。"她不禁笑了："电视上在放你的访问。"

"公司的员工说我在电视上显得过分严肃，并不配合百货店走的时尚路线。"苏哲也笑了。

邵伊敏看看屏幕，的确，他说话的声音低沉温和，但脸上没什么笑意，整个人冷冷的，再看一下坐他对面采访的主持人，道："采访你的是李思碧，我的校友。"

"对，上周采访时，她还跟我提到过你。怎么你最近下班都这么晚，徐总用人很厉害呀。"

"快忙完了，定了这个周四晚上定向爆破拆除旧商场。"

"正想跟你说，我后天晚上的飞机回去，会去现场的，如果我赶不回去，你一定要注意安全。"

"有专业爆破公司负责，没事的，我只是去招呼一下现场媒体。其实，"邵伊敏迟疑一下还是说，"你不用这样两地跑，太累了，专心留在香港把该做的工作完成了不好吗？"

"我知道什么事对我来说更重要，别为我担心。"

"好吧，晚安。"

"晚安。"

邵伊敏收了电话，罗音有点讪讪地说："没想到李思碧也转做经济类节目了。"

此时正好电视上是李思碧对着镜头微笑："非常感谢苏总和今天到场的各位嘉宾，今天的节目就到这里，观众朋友，再见。"

邵伊敏笑笑，并没在意，去拿睡衣洗澡。她和李思碧一直关系平淡，自然也不关心对方的节目。这差不多是头一回她和苏哲在电话里有这么长时间的对话，她只能承认，林跃庆的话让她产生的感觉远不止一点愧疚，尽管她觉得这愧疚来得有点莫名其妙。

罗音写完稿出来看电视打发临睡前的时间，拿了遥控器一通乱按，无意中看到这个访谈节目。她一边看一边感叹，看着那么娇艳妩媚眼波灵动的李思碧，上了镜却显得有点呆板，跟嘉宾的互动也说不上有火花，难怪这几年在电视台发展得都不算很如意。

而坐在几个来宾中间的苏哲穿着浅蓝色衬衫、深蓝色西装,一向卓尔不群,神情冷淡,回答问题简明扼要,那个惜字如金的劲头和明显的距离感让她不由自主想到了邵伊敏。

恰好这时,邵伊敏进了屋,而且罗音一听她接听的电话,就知道是电视上正接受采访的苏哲打来的。罗音有点尴尬地想,幸好邵伊敏一向对其他人的心事行为完全无视,不然自己恐怕有点难以解释清楚了。

邵伊敏洗完澡出来后坐到另一张沙发上,打开笔记本,她这段时间忙碌得上网只是收发邮件,往往碰到刘宏宇在线,也只有匆匆几句对话而已。此时邮箱里躺着刘宏宇发来的邮件,她的愧疚感更严重了,点开邮件,她想着这样焦虑下去,恐怕放假都解决不了问题。

他的邮件很简单,只是问她劳动节期间有没有什么安排,他打算过来看她。她对着显示屏出了好半天神,记起三年前自己也差不多在同样的时间准备去深圳看望苏哲,这个联想让她感觉异常苦涩。

她顿时做了决定,按下纷乱的思绪回复他:"你正忙毕业设计,不用特意跑过来,我等手头的事情忙完,过两天确定长假期间没什么事的话,就买票去北京。"

合上笔记本,她有点愣怔,这算是下了决心,还是另一种逃避,她不知道。可是她清楚自己心乱的程度,已经不是喝点睡前的红酒能解决问题的了。

5

丰华与昊天合作的旧商场项目地处繁华市区,周围高楼林立,店铺众多,实施定向爆破对环保和安全要求非常高。丰华邀请了多位工程院士和知名专家进行多次现场勘测、设计、论证和实验,设计确定方案,选定的爆破公司也在业界享有盛誉。

为了不影响交通,也为了确保安全,经与交管部门协商,定向爆破时间定在周四晚上10:30。邵伊敏在公司吃过晚饭就来到现场,她负责的是现场协调和媒体接待这一块工作,手机几乎一刻不停地在响,只能嘱咐办公室一个文员将记者领到集中区域,分发通稿。

爆破公司的工程技术人员正在对各种细节进行检查,数以百计的民警、医务、消防和城管人员先后进场。十时许,相关部门开始清场,并拉出警戒线。警戒线外,先后聚集了数以千计的围观群众。警方为保安全,封锁了警戒线外的一座人行天桥,安排给政府相关部门、丰华和爆破公司指挥人员使用,邵伊敏将记者也安排在那边。

徐华英也过来了,邵伊敏见缝插针安排了罗音的同事王灿做了个简短的现场采访,算是兑现了答应罗音的事。

一个电视台记者看着下面黑压压一片人群,一边架摄像机找角度,一边喃喃地说:"看热闹的人还真多。"

旁边另一个记者笑道:"和平年代,看烟花容易,看一场爆破不容易,可以理解。我刚才还在下面采访了商场以前的员工,从老远的地方赶过来的,特意要看他工作了几十年的地方在他眼前拆毁。他记忆里都是商场当年的辉煌,很强烈的对比呀。"

见现场差不多井然有序了,邵伊敏松了口气,只见苏哲也走上了天桥,他穿着白色条纹衬衫和深色长裤,先跟徐华英打了招呼。

徐华英笑道:"小苏,不是去香港出差了吗?还是不放心要过

Chapter Nine 277

来看一下呀。"

苏哲笑道:"哪里,有徐总坐镇,我只是来看看热闹。"

他走到邵伊敏身边,两人凭栏向下看去,交警正加快指挥车流通过,准备几分钟后中断这条道路的交通,而前方两百米处,就是等待爆破的老商场。

"小时候,我母亲经常带我来逛这个商场,那会儿觉得它真大,简直像迷宫一样。刚才我给她打电话,说这里马上要拆掉,她也有点感慨。"苏哲注视着那栋八层楼的建筑物,它已经打好洞填满炸药,包扎着防止碎石乱溅的竹笆和降尘用的水袋,看上去满目疮痍,"每次回到这座城市,我都觉得有点认不出来的困惑,按说它的变化也没那么大,可是总和我童年记忆里的不一样了。"

邵伊敏微笑,她关于童年的记忆少得可怜,也从来不愿意多想:"你的记忆很固执。"

"对,我以前居然以为自己是个最不固执的人,多可笑。这事忙完了,应该可以好好休息了吧,你最近脸色不大好,劳动节我带你去疗养院住几天好吗?"

邵伊敏迟疑了一下,轻声说:"对不起,劳动节我有安排了,准备去北京。"

苏哲蓦地回头,两人的视线在路灯灯光下交接,邵伊敏突然觉得无法面对他这样复杂的眼神,先垂下了眼睛。

"去见那个向你求婚的男人?"

她点点头。

"这么说,你已经决定了?"苏哲搁在天桥上的手蓦地握紧了栏杆,指关节泛白。

"我不是从前你喜欢过的那个女孩子了,苏哲。我和这座城市一样,其实都在不断变化,不要再拿记忆来和现实作比较困扰自己。"她看着远方,疲倦地说。

"今天我来,正是准备亲眼看这座记忆里的商场在眼前灰飞烟灭,可是这样也不妨碍我保留我的回忆。"

她无言以对。这时已经是10:25,天桥下的主干道交通被中断,往来车辆在道路两端等候爆破。刹那安静下来的现场只听到工程人员的对话和民警拿高音喇叭对围观群众发出的警告声。

看着下面突然空荡下来的大道,他们不约而同地沉默了。

旁边不远处,爆破总指挥和工程技术人员正通过对讲机进行着引爆前的倒计时。这时,邵伊敏的手机响了,她拿起一看,却是父亲家里的号码,不禁奇怪,家里很少这么晚打电话过来。她连忙走开一点接听:"爸爸,我这会儿有事,等一下给您打过去好吗?"

"小敏,你听我说,我刚刚接到你叔叔的电话,你爷爷……去世了。"她父亲声音沙哑地说。

邵伊敏难以置信地瞪大眼睛:"您说什么?"

"半个小时以前,突发心脏病,小敏,"她父亲已经哽咽了,"我们得尽快赶去加拿大。"

接连两声闷响传来,脚下人行天桥一阵轻微颤动,对面八层楼高的老商场在她眼前缓慢倒下,几秒钟内化为一片废墟,紧接着废墟上腾起浓浓的白色烟尘,周围响起一片惊奇的欢呼。

邵伊敏看着那片烟雾上升扩散,发现整个世界突然在自己耳边寂静下来。她拿下仍然贴在耳边的手机,屏幕显示通话仍在继续,可是她将手机放回耳边,却听不到任何声音;她环顾四周,每个人都兴奋地指着对面仍在升腾的烟尘议论,她却只能看到一张张不断开合的嘴。

苏哲和众人一样注视着爆破现场,几台消防车已经开过来开始喷水压制烟尘。不远处爆破公司负责人正兴奋地对记者宣布:"楼体倒塌方向基本和预定计划一样,本次定向爆破非常成功。"

他看着幽暗灯光下的废墟,心情复杂,再回头一看,发现邵伊敏握着手机,在灯光下面色惨白,紧紧咬着嘴唇,眼睛仿佛定在了某个方向。他大吃一惊,搂住她的肩膀:"怎么了,伊敏?"

此时四周的喧嚣声渐渐回到她耳内,她来不及庆幸脱离那样可怕的寂静,匆忙将手机换到另一只耳朵,可是耳朵内嗡嗡作响,她根本听不清。苏哲扳过她的脸,对着她,焦急地说:"出什么事了?是不是不舒服?"

她只觉得耳内鸣响得狂乱,看见他嘴唇在动,破碎的字句低微而零乱地袭来,她却没法将它们组织成有意义的句子。她努力定神深深呼吸,让自己站稳,慢慢开口:"请帮我听一下这个电话,苏哲,很重要,我好像听不大清了。"她的声音听起来怪异而有点尖利,完全不同于平时。

苏哲一手搂住她,一把拿过她手里的手机,放到自己耳边,里面正传来一个焦灼的声音:"小敏,小敏,你怎么了,说话呀。"

"你好,我是邵伊敏的朋友,她现在看上去情形不大好,请问你是哪位,刚刚跟她说了什么?"

"我是她父亲,她没事吧?我刚刚告诉她,接到加拿大的电话,她爷爷去世了,我得和她一块儿去奔丧。"她父亲的嗓子完全嘶哑了,"小敏现在怎么了?"

"她可能是受了刺激,应该没事,我现在马上带她去医院,待会儿给您回电话。"

苏哲放下电话，邵伊敏看见他脸上的恻然就明白了。她知道自己那点侥幸心理彻底落空了，眼前一阵发黑，再也撑不下去，软倒在他怀里。

那边徐华英也觉察出异样，走过来低声问："小邵，怎么了？"

苏哲抱住邵伊敏："徐总，她有个亲人去世了，我先带她离开这里。"

在众人惊奇的目光下，他抱起邵伊敏急急下了天桥奔向不远处停着的车子，拉开车门将她放到副驾驶座上，系好安全带，然后火速上车发动汽车向医院开去，同时拿手机打电话给认识的医院副院长，简单给他讲了下情况，请他联系一个专家过来。

邵伊敏慢慢清醒过来，茫然片刻，马上伸手到包里去摸自己的手机。苏哲连忙将手机递给她："你别乱动，马上就到医院了。"

她困惑地看着他，只觉他的声音小而模糊，苏哲不得不大声重复一遍。

"不用去医院，请送我回家。"她哑着声音说，回拨家里的电话，刚响了一声，邵正森就接听了："小敏，你没事吧？"

"我听不清，您稍微大声一点，"她忍着耳朵内带点刺痛感的鸣响凝神听着，"对，我没事，爸爸，您什么时候动身？"

"我现在正在等加拿大那边传死亡证明材料过来，然后好订机票。我去那边探过亲，有护照，直接拿证明材料去签证就可以了，你好像还没办护照吧小敏？"

"我明天一早就去办护照，您让那边把证明材料也给我传一份过来，传真号码是……"她撑住头，禁不住呻吟出声，只觉眩晕到大脑里一片空白，完全记不起天天在用的办公室传真号码了。

Chapter Nine

苏哲已经将车开进医院停下，拿过手机，将自己办公室的传真号码报给了邵正森："邵先生，请传这个号码就可以了，我明天会陪伊敏去加急办护照。您订好去北京的机票请打个电话过来告诉我航班号，我安排人去机场接您。请您节哀，我会照顾好伊敏，并和您保持联系。"

他把手机递给她，替她解开安全带："下车，我带你去检查一下。"

她仍然撑着头："送我回去吧，我没事，我得去查一下办护照的程序。"

苏哲下了车，绕过来拉开车门，强行将她抱下来："你的听力很成问题知不知道，刚才你父亲在电话里的声音大到我都能听见。你现在跟我去检查，办护照无论如何也是明天的事了，不然你这个样子怎么去加拿大？"

他不等她再说什么，抱着她匆匆跑进医院挂号大厅，刘院长已经等在那边，马上带他去了三楼的耳鼻喉科，先让值班医生检查，说已经通知了一位耳科专家，应该一会儿就到。

苏哲跟医生介绍他知道的情况："在定向爆破现场，不过同时接到一个很让她受刺激的电话，突然听不清声音并昏倒。"

医生给邵伊敏做耳镜检查："鼓膜应该没问题，外耳道也没有充血，请跟我进里面去做个听力检查。"

耳科专家胡教授赶过来了，看着值班医生写的病历，笑道："病情写得太简单了，病人好像情绪不稳，什么也不说，你知不知道她的既往病史？"

苏哲有点踌躇，不过蓦地记起四年前邵伊敏曾患过神经性耳鸣，当时颇受困扰，他连忙告诉胡教授。

"照你说的离现场的距离,做过减噪处理的定向爆破产生的压力波不至于引起中耳、内耳损伤和听力下降。我刚才看了值班医生做的耳镜检查,鼓膜完好,等下看看听力检查的结果。如果病人以前有神经性耳鸣,工作劳累加上情绪激动,再有震动外因诱导,有可能会产生一种应激反应。"

过了一会儿,邵伊敏随值班医生进来,胡教授翻看值班医生拿来的检查结果,告诉苏哲:"听力略有下降,基本可以排除爆震性耳聋的情况。但耳鸣和眩晕不能忽视,我现在开点药,晚上输液,留院观察一下。明天白天必须查血,做前庭功能检查,排除突发性耳聋的可能性。"

"胡教授,她这种情况可以坐飞机吗?"

"还是得先做彻底检查,如果已经有突发性耳聋的前兆,气压剧变引起中耳气压及颅压骤变,很可能造成不可逆转的听力损失,没必要去冒那个险。而且就算没事,短期内也最好不要乘飞机,不然耳鸣症状不可能好转。"

苏哲看向邵伊敏,她默不作声,呆呆看着对面的墙壁,也不知道这些话听进去没有。他谢过刘院长、胡教授和值班医生,然后搀起邵伊敏,随护士去了十楼一个单人间病房,脱掉她的鞋子,安排她躺下,看她毫不抗拒的样子,不禁担心。好在护士很快配药过来给邵伊敏做静脉滴注,他趁这时间赶紧下去缴费,上来时病房里只剩邵伊敏一人了。她安静躺着,一只胳膊搭在床边输液,另一只胳膊抬起来盖在眼睛上,一动也不动。

苏哲几乎以为她是睡着了,可是马上发现,她的面孔被胳膊挡住大半,下巴那个轮廓分明是牙齿咬得紧紧的。他坐到床边,轻轻移开她的胳膊,她紧闭着眼睛,神情痛楚到扭曲。苏哲握住她的手,正要说话,她先开了口。

"我的名字是爷爷起的,我猜他本来希望添个孙子,一鸣惊人,可是有了我这样不爱说话的孙女,他说他也开心。读大学前,我只出过一次远门,十一岁时,爷爷奶奶带我回他们的老家,那是浙江一个小县城,我第一次坐火车旅行。其实爷爷在老家没有很近的亲人了,我知道他们是想带我去散心,让我忘了父母离婚的不开心。能跟爷爷奶奶生活在一起,我是开心的,可是我从来没对他们说过。我太自私,以为未来还有大把时间,以为什么都在我的安排内,我把他们通通排在了我的工作后面。我本来计划下半年去看他们的,可是我忘了,时间对于我来说也许很充足,对于他们来说是不一样的。我再也见不到爷爷了。"

她一直声音平缓没有起伏地说着,始终没有睁开眼睛。这差不多是苏哲第一次听到她如此滔滔不绝,他默默握紧她冰凉的手,贴到自己的嘴唇上,希望传递一点温度给她,希望她能发泄出来也好。

终于,眼泪顺着她紧闭的眼角无声流淌了出来。

6

第二天一早,邵伊敏不顾苏哲的反对,起床就要出院回家。

"你觉得自己全好了吗?"

她把乱糟糟的头发梳顺绾起来,从化妆包里摸出发卡固定好,实事求是地回答:"耳鸣和头晕都还有点,但好多了,我打算赶早去办护照,然后去公司交接工作。"

苏哲深知她的个性,也不多说什么,跟医生打了招呼后带她下楼:"先去你家,你把行李收拾好,直接放我车上,省得还得回来,然后去我的办公室看传真到了没有,再去出入境管理处办护照。护照没那么快下来的,你把事情办完了就老实在医院待着检查治疗。"

邵伊敏点头。她为集团高层办过护照,自己也办过去香港的通行证,跑过不止一次出入境管理处,大致知道程序。

罗音被闹钟叫醒后,照例还在床上懒上一会儿才慢吞吞爬起来。做倾诉版记者这个工作有个最让她满意的地方,就是作息时间还算适合她爱睡懒觉的习惯,若不是今天和一个读者约好了上午见面,她一般会睡到将近九点才起来,吃过早餐,慢慢走到报社,差不多快十点的样子,正好开始一天的工作。她就觉得虽然每天听到的故事越来越离奇狗血,写起稿子想找到爱越来越困难,不过比起邵伊敏那样刻板固定的工作,还是眼前的职业比较适合自己。

她伸着大大的懒腰走出卧室,却一下怔住。一个男人坐在沙发上,回头看看她,马上移开了视线。她满脸通红,猛然退回卧室关上门,意识到衣冠笔挺坐在客厅的正是苏哲,而自己穿着的幼稚卡通图案睡衣虽然是最保守的两件套式样,落在他眼里总归不好。

可这是自己的家呀,她一边换衣服一边有点郁闷地想。昨晚她睡得很晚,邵伊敏还没回来。两人合租基本形成了默契,邵伊敏从来没带男人回来过,她也没让张新在这里待得太晚,更别说过夜了。

罗音再走出卧室时,苏哲已十分知趣地起身到了和小客厅相连的阳台上打电话。罗音松了口气，总算不用从他面前穿过去卫生间。可是她转眼看到自己的内衣正晾在阳台上随风摆动，也只有无能为力地苦笑了。

她洗漱完毕，正准备干脆回房拎上包早点走掉算了，苏哲却转回头："早上好。"

罗音糊里糊涂地回了句："早上好。"

早上初升的太阳从苏哲侧边照过来，罗音看着他，他依然没什么表情，面有倦色。她还是第一次在这么明亮的光线下离得如此近地看他，猛然意识到，她现在没有了以前那样一对着他就窘迫紧张的感觉。他依然高大，依然俊朗，可是整个人看上去沉静而内敛，不再是她记忆里那个神采迫人、让人在他的视线下不安的男人了。

苏哲轻声说："待会儿看到伊敏，请不要问她问题，她爷爷去世了，心情不大好。"

罗音吃了一惊，忙不迭点头。这时，邵伊敏拎着一个行李箱走出了自己的房间，她苍白憔悴的脸色吓了罗音一跳，但罗音马上记起苏哲的嘱咐："早上好，你们坐会儿，我先去上班了。"

"罗音，我可能要出去几天。"邵伊敏像每次出差前一样交代去向，并不多解释，罗音只好点头。苏哲接过邵伊敏手里的行李箱，两人先下楼去了。

苏哲已经打电话问过程序，先送邵伊敏去她的集体户口所在地的派出所开证明，再去自己的办公室。加拿大的传真已经发过来了，他递给她，她拿在手里，却不愿意看，迟疑一会儿还是递给他："对不起，帮我看看吧，我……"她说不下去，只能将头扭向一边。

苏哲迅速翻看了一下，有医院、使馆分别出具的证明，应该比较齐全了："走吧，去办护照。"

"我自己去好了，你应该还有工作要做。"

苏哲微笑："还好你没跟我客气到说'谢谢''麻烦你了'，我应该知足了，我的工作我有数，已经安排好了。"

两人到了出入境管理处，拿号填表拍照后将资料递进去，一问取证时间，规定是出国奔丧可以办理加急，但也需要五个工作日。办证大厅里人头攒动，十分嘈杂，苏哲走出去打电话。邵伊敏在心里计算着时间，今天是周五，除去周末，照这个速度，能不能赶上葬礼都很成问题。她靠墙站着，茫然看着眼前人来人往，出了好一会儿神，才想起给丰华的办公室主任打电话。他有亲戚在省公安厅，邵伊敏想看看能不能帮忙提前一点，主任答应马上给她联系。

苏哲进来时，看她脸色灰败，吓了一跳："怎么了，是不是头晕了？"见她摇头，他又道，"时间你不用担心，我刚才打过电话了，应该能提前一点。"

说话间，他的手机响了，他接了电话，牵她走出来："应该下周一上午就能取，待会儿我再确认一下，然后让秘书订机票。"

邵伊敏松了口气，知道这样的提前来之不易，不知道他是托了什么样的关系才争取到，可是对着他说谢谢，他固然不愿意接受，她也说不出口，只能默默随他上车，给主任发了消息，告诉他问题已经解决。

等苏哲再直接拖她去医院做检查，她已经没办法反对了。

"我已经给徐总打过电话，她说让你先做检查，没事的话再去交接工作。"

胡教授开出的检查着实不少，而按他的说法，每一项都是必要的，查血排除感染，做头颅CT扫描排除内听道和小脑桥脑角病变，椎基底和大脑血管循环障碍，做眼底和脑血流图检查排除听神经瘤，做前庭功能检查看是否有眼颤……所有检查做完了，大半天时间过去了。

胡教授一项项翻看结果，告诉他们："从检查来看，应该能排除大部分病理性病变，但低频听力下降，有阵发性高频声调耳鸣、眩晕，仍然符合原因不明突发性耳聋的征兆，必须卧床休息，配合高压氧舱治疗，避免情绪波动、感冒和疲劳。"

"我下周一必须坐飞机去北京。"

胡教授正色说："我也不用拿严重性来吓你，不过你必须知道，有时听力的损伤是不可逆的。你如果一定要去，至少这几天要休息好并配合治疗。"

苏哲看看邵伊敏一脸神思不属，知道和她说也白搭，只能点头，送教授出去。

邵伊敏基本没再发表意见，安排什么做什么，包括她父亲打来电话告诉她已经到了北京："你朋友安排人到机场接我直接去使馆办理了签证，很顺利，现在已经订了去温哥华的机票，明天可以动身，替我谢谢你朋友。"她也只说："知道了，您先过去，我办好签证就赶过去，路上小心。"

等她做完高压氧舱治疗，苏哲送她去公司和秘书、办公室主任办理交接，自己在接待室等着。

邵伊敏努力集中思绪，将所有该交代的事交代清楚，然后进了徐华英的办公室，跟她告假。

徐华英一边签字一边说："你放心去，不用着急工作。生老病死、生离死别，我们谁也躲不过，只能面对。"

邵伊敏跟着她工作三年，知道她在公司曾多艰难。王丰正式收押等待上庭受审、轻易不能探视的时候，又赶上母亲突然病危，很多时候邵伊敏陪她加班完了，收拾好东西告辞先走，都只见她独立窗前抽烟。那样的内外交困，徐华英也咬牙全挨了过来，眼下说这样的话，当然不是泛泛而谈的安慰。邵伊敏眼圈发红，只能克制胸中的情绪翻涌，郑重点头。

邵伊敏周末在医院住了两天，很配合地卧床休息，上午输液，下午做高压氧舱治疗。她明显没有说话的心情，苏哲也保持沉默，只买了书报上来给她看，拿笔记本坐旁边处理自己的事情，到了时间就打电话让人送餐。到了晚上，她请他回去休息，他也不多说，替她将灯光调暗，说了晚安就回去了，到第二天早上准时带早点上来，仍然是一待一天。

邵伊敏下午去做高压氧舱治疗，回来刚进门，正听到苏哲靠在病房窗边用英语讲电话。她仍然受耳鸣影响，可是几步之遥，加上英语不差，大致听得出他正让对方将和港交所的会议推迟几天，随后再接另一个电话，改成了普通话，不耐烦地说："我知道了，老郑。"静听了一会儿，他笑道："你也不用抬老爷子来压我了，就这样吧，我明天给你电话。"

又讲了几句，他放下手机，手撑着窗台看着外面，那个姿势透着疲倦。她走过去，站到他身后，双手环抱住他，他明显一震，一动也不动地站着，低头看她扣在他腰间的手，纤细修长，手背上淡蓝色血管清晰可见，留着输液的针眼痕迹。良久他才转身，将她搂进怀里，看着她的眼睛。自从周四晚上，她前所未有滔滔不绝地诉说，直到倦极入睡后，这是两人第一次视线交接。

"明天我拿到护照以后自己去北京，你不要让他们改时间了，照日程安排去香港开会吧。"

"就知道你这样主动抱我，是想客气地叫我滚蛋了。"他温和地说，"我这两天都不大敢跟你说话，生怕一开口，你就记起旁边有个讨厌的人还没自动消失。"

邵伊敏苦涩地牵动嘴角，却也没能扯出一个笑容："唉，我也没那么乖张不讲道理吧。"

"你倒是不乖张，只是一切太讲求合理了。我已经推了会议，打算陪你去加拿大，不然实在不放心你。"

"不用，苏哲，我没事的，耳鸣减轻了，头晕症状也基本没有了。"

"你始终不愿意我陪你吗？"

她仰头看着他，良久才说："你已经陪了，在我最难受的时候。"

"是呀，我庆幸我凑巧在，不是因为我无聊到觉得这对我算什么机会，只是实在不希望你总是一个人咬牙硬扛。不过，"他长叹一声，"我觉得你好像还是更愿意一个人待着挨过去，不想让别人看到你难过的样子，就像你说过的那样，宁可让全世界都把你忘掉。"

他的声音温柔低沉，邵伊敏沉默片刻，摇摇头道："我所有最软弱的时候都是在你面前发作的，已经没法在意是不是会更狼狈了。可是最终，我们还是得自己去面对各自的问题。你也不想我以后对着你只是因为愧疚，对吗？"

"你决定了的事,我总是没法改变的。"

"其实我也没能改变过你的决定,打电话吧,我去躺一下。"她松开苏哲,躺到病床上,克制着自己做完治疗后的不适感觉。

高压氧舱治疗据说能增高血氧含量,增加组织获氧,促进血管收缩,改善、防止内耳组织水肿、渗出和出血,可是坐进去相当于三十米潜水,对于鼓膜有刺激,每次做完后邵伊敏都觉得有点恶心想吐,只能静静躺着等那阵不舒服过去。

她没诉说过不舒服,但苏哲问过胡教授,自己也上网查了相关资料,知道她治疗完了要脸色苍白躺上好一会儿才能恢复。他站在窗边,看着她仍然是习惯性地屈一只胳膊遮在眼睛上,仿佛要挡住自己的难受。他想,果然还是没法像自己期望的那样,分担她所有的痛苦,有时也只能这样看着她挣扎。

而更多时候,她甚至是拒绝别人看她挣扎的。他试着回想那唯一的一次,她在他怀里放声大哭,其实只是和继母起了争执,但也不知是累积了多久的郁卒一起发作了。要换在现在,可能她只会耸耸肩就将其丢到一边吧。看着她这样长大成熟,他只觉得心疼。

他去卫生间拧了一条热毛巾,过来轻轻拉开她的手,替她擦去额头上的冷汗,然后坐到病床边,握着她的手。两人都没再说什么,只是静静待着。

第二天一早,苏哲送邵伊敏去出入境管理处,顺利取到了护照,他马上让秘书订了最近时间的一张飞北京、一张飞香港的机票。两人赶到机场,她乘的航班已经快要停止办理登机牌了。

苏哲帮她托运好行李,将她送到登机口,然后一样样嘱咐她:

Chapter Nine

"下飞机后，会有一个张经理在机场等着接你，送你去办签证。订好了去温哥华的航班，给你叔叔家打电话。我已经让秘书给你的手机开通了国际漫游，下飞机后记得开机。按时吃药，如果耳朵有任何不适，一定不要忍，马上去看医生。"

邵伊敏再也忍不住，微微笑了："我快成残障人士了。"

"你的确是，如果你不听医生的话一意孤行。"苏哲并不介意自己表现得絮叨，"有什么事，马上给我打电话，答应我。"

邵伊敏点头，快步走进登机口，将登机牌递给地勤人员，走进登机通道，然后她突然止步，缓缓回头，对原地注视她的苏哲挥了下手，继续走了进去。

苏哲看着那穿着黑衣的身影消失在视线内，意识到这应该算她头一次在大步离开时的回顾了。

Chapter Ten

对我来说，你已经是一种抹不去的存在，我只知道我早就没有选择了

1

邵伊敏祖父下葬的那一天，天气晴朗，风和日丽。他长眠的墓园没一丝阴森感，抬头看去是空旷碧蓝的天空，远处背景是连绵的洛基山脉，近处则是无边无际的草坪，一眼看去，是一片平铺着的墓碑。此时正赶上温哥华樱花季的尾声，到处是一株株盛开的樱花树，大片大片粉红、洁白的樱花如烟雾一般笼罩树端，轻风吹来，花瓣如细雨洒落在绿茵茵的草坪上。

所有的人肃穆而立，做着最后的告别。邵伊敏一只手紧紧握住奶奶的手，一只手牵着名字发音和她相似的小堂弟邵一鸣。她转头看着奶奶的神情，那张满是皱纹的脸上是有不舍，然而更多是平静。三岁的小一鸣穿着黑色西装，柔软的小胖手放在她手里，站得直直的，专注地望着墓碑上镶着的爷爷的照片。

那一刻，没有眼泪，她终于释然了，心头一直纠结郁积的情绪仿佛被一只如风般温柔的手轻轻抚过，耳边连日尖锐的鸣响也渐渐低了下去。

这里全是她的亲人，她的生命并不孤单。

邵伊敏和父亲一块儿返回北京。苏哲头一天已经从深圳飞到了北京，过来接机。她准备在北京待上一天，她父亲没出机场，直接买了回老家的机票。离起飞还有一个多小时，她和苏哲便陪他去首都机场的餐厅吃饭，因为时差的关系，他们都疲倦而没什么胃口。

邵正森郑重感谢苏哲："太麻烦你了，小苏，特别是你表嫂还专程出席了葬礼，我们全家都很感动。"

孙咏芝在葬礼头一天打电话过来致意已经非常周到了，而第二天，她特意从居住的温西区开车出席在公共墓园举行的葬礼，让邵伊敏一家意外又感动。将近四年不见，孙咏芝一身黑色套装，看上去精神状态极佳。她紧紧拥抱了邵伊敏，告诉邵伊敏乐清、乐平都让她转达慰问，邵伊敏同样抱紧她，充满感激。

"您别客气，本来我答应了您要照顾好伊敏，应该陪她过去的。"苏哲彬彬有礼地回答。

他走开帮邵正森办行李托运手续，邵正森看了下他的背影，再看看女儿，欲言又止。邵伊敏知道他想说什么，不过她确实没有和父亲谈心的习惯，同机十一个小时回来，除去休息，也只泛泛谈了彼此的工作，聊了下她异母妹妹的学习情况，此时正打算回避这个话题，可看到父亲斑白的两鬓和疲惫的神态，她蓦地心软了。

"爸爸，您照顾好自己的身体，别为我操心，我没事的。"

邵正森微微苦笑："倒要你来嘱咐我了。我把照顾你爷爷奶奶的责任全推给了你叔叔，把照顾你的责任全推给了你的爷爷奶奶，我这一生实在是太自私了。"

"爸爸，都过去了，爷爷走得很安详，现在奶奶心情平静，我也过得不错，何必还想那些呢？"

"人年纪一大，再不反省一下，算是白活了。算了，小敏，爸爸也不多说什么了，你一向把自己的生活打理得很好，不需要我这不成功的父亲教你什么，不过一定要照顾好自己的身体。"

邵伊敏点头："我知道了。"

送邵正森进了安检口，苏哲拖了邵伊敏的行李上了外面的车。
"这几天耳朵有没有什么问题？"

"没事了，偶尔耳鸣，很轻微。"邵伊敏将座椅放低，半躺下来，尽力舒展身体，"其实你不用特意又跑一趟北京，我打算办点事，明天晚上就回去的。"

"你不让我去加拿大，我再不来接你，怎么放心得下。而且在北京，我也有事情要处理。"

邵伊敏不再说什么，半合上眼睛躺着。前后不过十天的时间，往返温哥华和北京，两次倒时差，中间又经历葬礼，她确实觉得很累。本来奶奶很想留他们多住几天，可是父亲的工作丢不开，必须赶在劳动节假期结束前回国。那边叔叔也忙于工作，婶婶又再次怀孕，每天晨吐十分辛苦，依然要照顾一家人的生活起居。她实在不忍在那边多打扰叔叔一家的生活了，只告诉奶奶，她一定会争取再拿到假期过来住一段时间。

到了苏哲下榻的酒店，进了订好的房间，苏哲见她无精打采，让她马上上床睡觉，告诉她自己就住隔壁，明天上午会出去办事，她醒了打他的电话，然后他就走了。邵伊敏洗了澡，关上手机倒头便睡，这一觉算是近一段时间最沉酣的。她再睁开眼睛时，窗帘低垂,房间黑暗寂静,让她一时有点不知道自己身在哪里了。

恍惚间她记起刚才的梦境,仿佛是重现在温哥华机场看到的情景,透过高大的玻璃墙看出去,海面上成群的海鸥在低低飞翔盘旋,那样自由自在的姿态让她无法移开眼睛。她当时出神地注视着飞翔的海鸥,只觉得此情此景好像在被遗落的某个梦里出现过。

往昔突然变得清晰如在眼前,曾几何时,冬日几点繁星下,她和一个男人伫立湖畔,仰头看一群候鸟从容不迫地挥动翅膀,掠过视线。天空中那样的暗夜飞行、身后那样温暖的怀抱,时光流逝,记忆却没有走远,所有她想遗忘的仍然被好好珍藏着。

而此时,她不确定到底是刚刚流连的梦境还是深藏难忘的记忆让她神驰。

邵伊敏坐起身,将枕头塞在背后靠着,将手机拿过来打开,发现自己这一觉当真了得,昨天晚上八点不到上的床,现在快中午十一点了。长时间以来,不管头一天晚上几点睡,她的生物钟固定会在早上七点半将她叫醒。每次看到罗音在休息日睡到快十点才自然醒,她都隐隐有点羡慕。

手机马上收到短信,是苏哲上午发来的,请她醒了打他的电话。

她梳洗以后换了衣服,先给苏哲打电话,苏哲正在外面准备陪客人吃饭:"要不我让司机过去接你一块儿吃饭?"

"不用了,我要出去办点事,你忙你的吧,晚上见。"

2

邵伊敏出了酒店直接叫出租车去了刘宏宇就读的大学,在路上她给刘宏宇打了个电话,请他到学校门口等她。

她只在走之前匆忙给刘宏宇发了简单的邮件说明情况。刘宏宇看她一身黑衣从出租车上下来,连忙迎过去,握住她的手,怜惜地看着她:"伊敏,节哀。"

她点头,勉强一笑:"没事了,宏宇,请我吃饭吧,我饿坏了。"

"去体验一下我们学校的小食堂好不好,很不错的。"

说是食堂,其实完全不同于邵伊敏以前在师大吃习惯了的学生食堂。这里是大食堂二楼的一个小型餐厅,竹木桌椅,宽敞舒适,靠窗而坐,可以看到北京难得一见的河畔垂柳婆娑,十分清静。两人点了菜和啤酒,随意饱餐了一顿,然后去学校著名的人工湖边散步。

此时长假还没结束,学校里相对安静。站在这名声显赫的湖边,刘宏宇微笑:"是不是见面不如闻名?"

邵伊敏在自己待的城市见多了一望无际的天然大湖,也笑了:"这里当然不一样呀。"

两人找长椅坐下,对着湖面,五月的轻风吹拂过来,很是惬意。

"抱歉我完全没能替你分担,伊敏。"

邵伊敏摇摇头,垂眼默然一会儿道:"过去了,我以后会多抽时间去陪陪我奶奶。"

一时两人都沉默了,刘宏宇不禁想起自己的父母。他一直目标明确,家人以他为豪,全力支持他实现理想,他也习惯了他们的无条件支持,现在不觉有些怅然。

邵伊敏不想气氛这么沉重,转移话题:"宏宇,你准备几时去办签证?"

"我已经办好护照了,说起签证也很讨厌。我就知道有人拿到哈佛的Offer,踌躇满志,意气飞扬,觉得世事无不可为,可是居然转眼之间就被拒了,成了所有等签证人眼里的反面案例。BBS上流传着好多神道道的攻略,据说还有人以签证咨询为业,专门教人怎么应付不同类型的签证官,生意很不错。"

"他们要是拒了你是他们的损失。"其实这是前段时间刘宏宇QQ的签名:拒了我是你们的损失。

刘宏宇被逗乐了:"要命,那个签名挂了两天我就换了,别人都说我太猖狂,导师也狠狠骂了我,哈哈。"

"这算猖狂吗?你肯定没告诉他们以前你是怎么填高考志愿的。"

他们读的高中是家乡名头最响亮的学校,而刘宏宇考试完毕后估分,填志愿时只填了目前读的这所学校,并且明确拒绝调剂,当时很出风头。

刘宏宇笑着摇头:"那是年少轻狂,不一样,可是倒也很值,至少让你留下了印象。我觉得导师说得有道理,其实目前的这种猖狂恰好反映了我的焦虑和浮躁。"

"你的导师对你期许很高呀。读理工的人理性有余,偶尔轻狂一下,我觉得能算很好的调剂。"

"这话我要说给导师听,估计他会大摇其头,然后好好教我以厚德载物之道。"刘宏宇笑道,"他一向严谨,我选择了MIT,他才算对我点了点头。"

邵伊敏看着湖心亭子的倒影怔怔出神,刘宏宇回头看着她,此时她的头发用发夹固定成马尾,鬓边细碎的发丝随风飘拂着,轮廓秀丽的面孔宛然和他记忆中那个从来独来独往的沉默女生重叠起来，他的心被柔软地触动了。

当时的她坐在他的左前方，乌黑的头发也是这样束成马尾，上课总是全神贯注，下课多半是独自在操场边走走，从来不参与别人的闲聊。重点学校的重点班，大家学习都很努力，她的用功并不突出，但沉默成她那样的人就很少了。

他清楚记得自己头一次注意到她的存在时的情景。数学老师有个很好的教学习惯，就是让学生分成小组讨论，轮流讲自己的解题思路。轮到邵伊敏时，她声音清脆流利，讲得简洁明确，没有一点内向同学常见的期期艾艾，下午斜射进教室的阳光光柱里灰尘舞动，照了一点在她清秀的面孔上，衬得她的皮肤仿佛透明一样，刘宏宇破天荒第一次对着课本走了神。

从那以后，他总是不由自主地偷偷注意着她。她低头沉思的样子、她默然望向天空的样子、她大步流星走路的样子……他从没对人讲过自己的初次心动，可是他珍藏着这份记忆。

"伊敏，是不是有话想对我说？"

"宏宇，关于之前的那个提议。"邵伊敏也回头对着他，"我现在给你一个回答好吗？"

"我感觉你是要拒签我了。"刘宏宇仍然微笑，温和地看着她，"我越发后悔弄了那个猖狂的签名上去。"

"哎，两回事，我从来没做那样的联想。"

"有相通的地方呀伊敏。如果你是觉得我在向你求婚这件事上表现得没一点谦卑，那我觉得自己很活该了。因为回来以后我再想想，也觉得自己很欠揍，拿着一个MIT的Offer就厚着脸皮跑去找你了，确实很自以为是。"

Chapter Ten 299

"你给我的,是男人能给女人的最大肯定和诚意,我很珍惜。我可以坦白地讲,我真的觉得,如果拒绝了你,一定是我的损失。"

刘宏宇笑里带了点苦涩:"然而你还是要拒绝。"

邵伊敏平静地说:"我爱过一个人,宏宇,三年前我们分手了,我以为分手以后我和他的生活再没有关系。不过最近,他说他想重新开始。现在我的心情很混乱,在我不能确定我的想法前,至少我得对你做到诚实。如果我一直拖着等自己想清楚再对你说,那对你不公平。"

"嘿,我早说过我没找你要公平呀。"刘宏宇倒露出松了口气的表情,"你当然有好好选择的自由。我的确有浮躁的时候,可是并没有狂妄到希望我一说求婚,你就爱上我的地步,我希望的是你慢慢接受我。"

"你让我惭愧,我不知道说什么好。"邵伊敏苦涩地笑,"至少请你保留你选择的权利好吗?不然该轮到我焦虑而且狂妄了,可能回去会把签名改成:生平头一次,这么好的男人对我说,他等我选择。"

刘宏宇哈哈大笑,知道她是在开玩笑。他认识她这么久,从没见她用过QQ或者MSN签名表达情绪:"生平头一次,我希望我能更好一些,好到足够让你无法拒绝。不,伊敏,别让我的建议成为一种负担。对我来说,未来几年的生活已经确定是在一个单调的环境里苦读,我并没有为你放弃什么,相反,只要你还没对我说不,我就能保留一个少年时期梦想成真的机会。"

"少年时期的梦想,"邵伊敏侧头想了想,"对,我的确也有过。当时我想当一个老师,有一个幸福稳定的家庭。你别笑我,这个好像还说不上是梦想,只能算一点愿望吧。现在我回头想想,这样简单的愿望,似乎也并不容易实现。没人说得清下一个路口等着自己的是什么。"

刘宏宇正色点头:"我知道未来对我们两个人来讲都不确定,并且生活也不是一个简单的选择问题。伊敏,我只能告诉你,你做你该做的选择,而我愿意信任、接受你的选择。"

3

邵伊敏回公司销假时,徐华英看着她:"小邵,不要逞强,我并不是刻薄的老板,愿意给你假期让你好好休整。"

"我没事了,工作反而比较容易排解心情。"

徐华英点头:"好,你去和秘书把事情交接一下,最近她手忙脚乱的,还真是把我急得够呛了。"

邵伊敏恢复了正常的上班族生活,甚至连周末的羽毛球运动也恢复了,唯一不同的是,苏哲越来越频繁地出现在她的生活之中。他仍然经常去香港、深圳出差,但回来了一定会第一时间去公司接她。

徐华英看到他,只好笑地扬一下眉毛:"小苏,我的助理很难追吧?"

周围几个人全笑了,邵伊敏好不尴尬,苏哲却并不以为意,笑道:"徐总,让伊敏少加点班,我的机会会多一些。"

徐华英大笑:"这建议很合理,采纳了。我先走了。"

丰华集团的员工从最初的惊诧中恢复过来后,确认了徐总的特别助理正被昊天的苏总紧锣密鼓地追求着。没人会不知趣到去问邵伊敏什么,可是并不妨碍小道消息在公司里悄悄流传。

这天午休时间，邵伊敏去茶水间冲咖啡，终于第一次听到了关于自己的议论。

"他们以前就认识，我听徐总的秘书说的。"

"我奇怪男人的眼光呀，"说话的是人事部一个助理，倒是用的纯研究的语气，"像邵小姐这样冷冰冰生人勿近的人，一样有条件这么好的帅哥追求，没理由我们找不着好男朋友吧。"

邵伊敏再怎么不去注意别人的闲聊，听到自己的名字也得止步了。不过她知道公司一般人对自己的忌惮，并没有进去吓得她们脸白噤声的兴致，只拿了杯子转身回办公室，改喝纯净水了。

站到窗前看底下的车来车往，她知道自己现在的状态有点奇怪，不要说公司同事要议论、要好奇，闲下来一想，她都有点苦笑加无奈了。

苏哲几乎是以静悄悄的姿态，不声不响却又理所当然地重新占据了她身边的位置。只要在本地，他会来接她下班，带她出去吃饭，有时陪她看场电影，有时带她去郊区散步，然后送她回家。两人交谈得并不多，可是居然都觉得这样很是平静自然。发展到后来，连她去羽毛球馆他都管接管送了。

当他第一次到羽毛球馆接她时，罗音还能保持镇定，戴维凡和张新都不由自主地睁大了眼睛。

苏哲礼貌地和他们一一打招呼，邵伊敏先去洗澡换衣服，他就坐在球场旁边等着。他穿着白色衬衫加深色西裤，明显和球馆里清一色的运动装束很不搭调，但他泰然自若，专注地对着球场，似乎在看打球，又似乎心不在焉地在想什么。

罗音下场休息，坐到他旁边，一边拿毛巾擦着汗，一边顺口问："苏先生平常喜欢什么运动？"

他回头微微一笑:"叫我苏哲吧,平时有空我会去慢跑一下。"

邵伊敏出来,他很自然地帮她提着球包,一手替她整理头发,微笑着说:"吹干呀,还在滴水。"

罗音很肯定地确认,他对着邵伊敏的那个笑是不一样的。她在张新脸上看到过同样的表情,带着宠爱和开心。而邵伊敏仰头看了他一下,虽然随即移开视线,可是如果那都不算默契,罗音觉得自己就是白混倾诉版阅人无数了。

他们俩离去以后,罗音看看戴维凡难得有些黯然的面孔,居然心软了,并不打算乘胜追击再去取笑他。可是张新和戴维凡言笑无忌惯了,老实不客气地拿胳膊拐了他一下。

"老戴,不容易呀,从小学到现在,我终于也等到了,能看到有个女孩子成功没落入你的魔掌。"

戴维凡没好气地瞪他,可自己也知道跟老张硬气不起来,只能笑骂:"罗音把你带坏了,原来多老实忠厚一个人啊,现在也知道讽刺挖苦打击刻薄我了。"

没等罗音发作,张新抢先说:"我积攒了多少年的妒忌呀,终于爽了,今天哥哥我请客,音音,你说你想吃什么?"

"有你这样重色轻友的吗?安慰我也得问我想吃什么吧。"

"有什么可安慰的呀,你都没来得及开始,就已经结束。说到底,你还是太走运了。我其实一心想看着你去表白,邵伊敏淡淡一笑拒绝,你把你以前哄女孩子的招数全用上,拼了命去追求。"罗音越说越开心,"她不理你,然后你越陷越深,每天为相思所苦,从此对所有女人都没有兴趣。曾经沧海难为水,除却巫山不是云,取次花丛懒回顾,过尽千帆皆不是,蓦然回首……"

张新抱住她及时制止了她的诗兴大发:"得得得,咱不说了,再说老戴真要跟我们急了。"

戴维凡哭笑不得,的确还没开始就已经结束,他只有过一点朦胧的想法罢了,就算想表现得深情,似乎也显得无厘头了,更别说现在还被罗音这么一搅:"你可以去写小说了,只写点婆婆妈妈诉苦的东西太浪费你的想象力。"

4

本地盛夏已经不声不响地来临,炙热的阳光、酷热的天气、持续的高温,一如既往地考验着大家的忍耐力。苏哲又去香港出差了,打电话说定了周五的航班回来。

周五下午两点,邵伊敏参加公司的一次例会,这次会议范围比较小,是讨论徐华英自己独立做起来的品牌代理公司盛华商贸的业务。

这两年盛华一直平稳发展,但聘请的总经理和公司磨合并不算好,已经离任。徐华英只能抽时间处理那边的事情,大半具体的管理工作由邵伊敏在负责。这次来开会的几个品牌经理分别汇报了最近的经营状况,眼下最重要的就是昊天百货城南店开业在即,公司代理的几个品牌都在做卖场装修收尾工作。

徐华英听完他们的汇报,说:"丰华和昊天的合作不止一个商场,盛华代理的品牌将来也和昊天百货有很紧密的联系,第一个店,不能马虎,待会儿小邵和马经理再到现场去看一下。"

城南店在烈日下矗立着,明晃晃的太阳下,外立面的修整在做紧张的收尾工作。邵伊敏和马经理走进去,里面装修基本结束,只剩下零星的电钻声、敲敲打打声,各个品牌都在做卖场布置,商场的工作人员也往来穿梭进行过道等公共部位的吊旗、POP安放。

邵伊敏的手机响了,她对马经理说了声对不起,稍微走开一点接听。

"伊敏,我已经回来了,待会儿去公司接你好吗?"

"我现在在昊天城南店看卖场装修的情况。"

"你去那里干什么,装修噪声对你的耳朵会有刺激的。"苏哲的声音突然有点急躁了。

"没事,这边装修已经基本结束了。"

"你等我一会儿,我马上过去接你。"

她放下电话,随马经理一路看着盛华代理的几个品牌卖场,这些卖场散布在商场几个楼层,装修进行得都算顺利。有几个柜台,已经有店长对店员开始现场培训。

最后转到盛华代理的一个美国牛仔裤品牌时,马经理对邵伊敏说:"就这里装修最麻烦,跟北京总代理那边来回交涉了好多回,总算最后的效果还不错,商场招商部也很认可。对了,昊天百货招商部向经理那天还向我打听你呢。"

邵伊敏纳闷,难道真是全民八卦,昊天那边也对他们老板的私生活这么有兴趣?可是自己差不多只到过苏哲的办公室拿一次传真而已,哪至于就弄得要满世界打听了。她只能笑一笑。

"她说她跟你以前认识,不过你恐怕不记得她了。向安妮,你有印象吗?"

邵伊敏摇摇头:"也许见面会想起来吧。"她突然若有所思,从来强大的记忆力一下自动将某段回忆带到了眼前,而那个回忆绝对说不上让人愉悦。

她并不说什么,只仰头看卖场中间背板上的巨幅牛仔裤招贴,那是一个矫健得引人遐想的男性背影和一个女人渴慕的眼神,整个画面十分有诱惑性。

"我每天从这里走过,看到这个图都会忍不住停下来多看一眼。"一个柔美的声音在邵伊敏身后响起,她转头,后面不知何时站了一个苗条的女子,穿着商场管理人员的灰蓝色制服套装、黑色高跟鞋,相貌娇美,头发整齐地绾在脑后,露出光洁的额头,化着一丝不苟的淡妆。

马经理笑道:"向经理,我刚刚跟邵助理提到你,你就过来了。"

"不过邵小姐可能不记得我了,毕竟我们只一面之缘。"

邵伊敏微笑:"我的记忆力一向还算可以,你好,向经理。"

马经理笑道:"你们聊,我先去那边看看。"

向安妮对马经理点头,然后微笑着转向邵伊敏:"盛华代理的几个品牌这次同时最早宣布入驻昊天百货城南店,对我们招商工作支持力度很大,请向徐总转达我们的谢意。"

"向经理客气了,两家公司是合作关系,相互支持是应该的。"

向安妮扬起眉毛,摇摇头:"你还是这么镇定,我很佩服。当然我也不指望你主动问我什么了。我冒昧问个问题,希望你别介意,反正我从来都是别人生活里的冒昧客人。"

"如果是私人问题,我不一定会回答。"

"你对我还在昊天工作,现在出现在这里毫不好奇吗?"

"我对别人的生活一向没多大好奇心。"

向安妮再次摇头:"好吧,被你打败了。我还是不理解苏哲的选择,他那样自我随性的男人,居然会对你一直坚持。我向他要过解释，他只是笑着说，你的性格十分强大，他被征服了，就这么简单。当然，现在看也确实强大，可是强大得让我永远没法理解。"

"你我只是路人，没必要去试着理解一个路人的生活，那样可能会干扰到自己的生活。"

向安妮的微笑顿时敛去，她停了好一会儿才说："没错，我的生活已经被自己干扰到了。"她的视线再转向那张海报："知道我为什么爱看这个招贴吗？有时候我想，我的生活其实也是这样，看着某个背影时间太久，竟然不知道那人其实已经走远，早已走出了我的生活，属于我永远没法把握住的那一部分。"

"伊敏。"苏哲快步走了过来，他的衬衫领口解开，袖子卷起，眼神锐利地扫向向安妮，"向经理，有什么事吗？"

向安妮却十分平静："苏总，我只是和邵小姐谈点公事。"

苏哲伸一只手扶住邵伊敏的腰，柔声说："走吧，这边电钻的声音还是很刺耳，对你的耳朵没什么好处。"

邵伊敏点头，对向安妮说："再见，向经理，如果卖场装修还有什么问题，请尽管跟马经理提。"

她迎面碰上马经理，两人交换了几个工作细节，然后邵伊敏告辞，随苏哲出了商场。

苏哲一边发动汽车，一边闷声说："关于向安妮，可不可以听我解释一下？"

邵伊敏默然，苏哲并不理会她的沉默，看着前方继续说："三年前我已经请她自动辞职，但她拒绝，我只能让人事部门将她调离总部，她自己选择了去百货分公司。我并不分管百货这一块的业务，三年来我和她私下没有任何联系。这一次她是直接向集团那边申请过来的，中层的人事任免，我并没有在意，调令下达后她过来报到，我才知道。她的理由是她家在本地，父母年纪大了，希望她回来工作。于情于理，我都没办法再去让人事部门将调令收回。可是，我相信她几年前已经明确知道，我和她早就没有一丝一毫的可能。"

邵伊敏仍然保持沉默，苏哲将车停到路边，身子倾过去，握住她的手："你不相信我吗？"

她抬起眼睛看着他，眼前的苏哲神情看似平静，眼睛却锐利地闪着光，她隔了一会儿才说："我信，你没必要费这么大事跟我编故事玩。可是我会觉得很无趣，如果往后的日子，你不得不解释，我不得不听解释……"

"你以为我还敢再给你听这种解释的机会吗？"他俯下头看着她，笑得苦涩，"一次你已经放手得那么坚决，再有一次，我想我握得再紧，恐怕你也会断腕转身走掉了。"

两人一时都沉默了，邵伊敏垂下眼帘，轻声说："走吧，待会儿交警该过来了。"

"昊天上市的前期工作已经做得差不多了，接下来可以不用总往那边跑。"苏哲重新发动车子，开上大道，声音不疾不徐地说，"我们结婚吧，伊敏。"

他说话的口气好像是"我们今天去吃淮扬菜吧"，邵伊敏再怎么镇定，也惊得完全无语了。

苏哲注视着前方说："我知道这个求婚很不像样，可是再这么拖下去我大概会发疯。一想到已经有人抢在我前面向你求婚了，而你在认真考虑，我就忍不住要做噩梦。"

邵伊敏苦笑："我还能考虑吗？和你这样出双入对，我要是再去考虑别人的求婚，怎么对得起他的诚意，又怎么能说服自己？"

"对不起，伊敏，我知道我很自私，不过仗着你对我保留了往日的记忆和情分，就这样纠缠不肯放手，剥夺你的别的选择。"

"我实在听怕了'选择'这个词。好像一切都铺到我面前，只等我比较挑选。可是我哪有资格拿别人的心意来作对比，我只惭愧我没付出同样的诚意。而且，"邵伊敏迟疑一下，叹了口气，"苏哲，我觉得你始终小心翼翼地对我，我也始终表现得患得患失，我们两人这个样子，好像说不上是正常恋爱的状态，真的有必要继续下去，甚至说到结婚吗？"

苏哲眼睛注视着前方："别再问我这个问题，伊敏。我爱你，我没像爱你这样爱过别的女人。对我来说，你已经是一种抹不去的存在，我只知道我早就没的选择了。"

这是他第一次当面对她说到爱，声音仍然低沉平静，然而对邵伊敏的震动不下于刚才听到求婚，她抿紧嘴唇看着车窗外，再没有说话。

车子顺着林荫大道向前开，进了苏哲住的小区。邵伊敏下车，看着三年没来的地方，一时有点恍惚。这里的房子外立面似乎翻修过，树木更加茂盛，仰头只见枝叶繁密间透出隐约天空。

那个告别的夏夜似乎重又出现在眼前，身边这个男人曾那样大汗淋漓地紧紧拥抱她，带着灼热呼吸在她耳边逼问："真的快忘了我吗？"

回忆让她有些失神，苏哲握住她的手，带她上楼，拿出钥匙开门。她注视着他手指间那把闪着幽光的银灰色钥匙，刹那间百感交集。

昔日的时光如在眼前，尽管做过那么多遗忘的努力，可是那一段回忆已经铭刻进青春岁月，正如苏哲所说，成了抹不去的一种存在。

同样的钥匙她也保留着一把，和爷爷奶奶住过的老宿舍黄铜钥匙一起，用一根红绳结拴着，曾被她紧握于掌心，刺出伤口，后来一直静静躺在她的箱子底下，她几年没去翻动那两把钥匙了，可是从没忘记过它们代表着什么。

一个早已拆迁被夷为平地，是她再也回不去的家。她后来只回了老家一次，却始终提不起勇气去看那片原地重新竖起的高楼；而另一个，正是眼前这座房子。木制电扇缓缓转动，柚木地板，深色的家具，米色的窗帘和颜色略为暗淡的宽大咖啡色沙发，她从前喝水用的马克杯仍然放在茶几上，旁边是她留下的那本《走出非洲》。

所有的东西都保持着原样，仿佛时光固执地停留在了这个地方。

在这座房子里，她曾度过生命中迷惘岁月初次的放纵失控，曾第一次体会沉沦带来的致命快感，曾和一个男人建立起从未与别人有过的身心无限接近的亲密关系，曾试着交付自己的信任与承诺，曾经历在想念中辗转的独处时光……所有的回忆突然沉重而铺天盖地地袭来，让她有喘不上气的感觉。

苏哲拥住她，凝视着她的眼睛："我曾经很狂妄，说要教给你恋爱的感觉。可是到头来，是你给了我爱情的感受，远不止一点点喜悦那么简单。"

他俯下头吻她的眼睛，她的睫毛颤动着扫过他的嘴唇，他再吻向她的嘴唇，轻柔的话语仿佛直接送进了她的唇中："我怕得而复失，怕我从来不曾拥有你。"

他的吻在加深，她被动地张开嘴，任他掠夺她的呼吸和思维。那样熟悉而陌生的感觉，如潮水般淹没两个人。

"我爱你。"他再次附到她耳边，轻声说。这样低沉的话语令她耳中嗡然一响，她微微向后仰头，似乎要看清近在咫尺的这张面孔，却突然合上双眼吻住他。这个吻从缠绵到热烈，悠长到他们呼吸紊乱，同时有了微微的窒息感。他的手在她的身体上游移，他的唇灼热地烙过她的每一寸肌肤，急迫中带着疼痛。

时间一分一秒在流逝，每时每刻都留下印记。那些铭心记住的，那些来不及遗忘的，通通成为生命的点滴珍藏。

番外一　谁是谁的选择——柳芸

1

柳芸二十三岁认识苏伟明，和他结婚时，只有二十四岁。

她以未嫁之身给一个大她十四岁、带了一个三岁儿子的丧偶男人做"填房"，居然并没多少人觉得奇怪。因为苏伟明的优秀来得实在太明显，而柳芸的青春与美貌，对比之下并不耀眼。

三十八岁的他家世显赫，事业有成，风度翩翩，一举一动都散发着成熟男人的魅力，眉间略带的郁郁之色，更让感情生活近于空白的少女着迷，她对他的爱不可避免混合着崇拜。

可是嫁给这样的男人，其实并无一点浪漫色彩。上有身居要职的公公、性格挑剔的婆婆要侍奉，下有一个才上幼儿园的调皮男孩要照顾，她连喘息的机会都没有，就必须学着做母亲，甚至要比母亲更细心，略有一点不周到的地方，就有"毕竟是后妈"这样的评语甩过来。

而那个优秀的丈夫，性格深沉，真正醉心的是工作，把她所做的一切视为理所当然。

柳芸没有后悔过自己的选择，特别是继子苏杰八岁时，她怀孕了。在无微不至地照顾一个一直只叫她阿姨的男孩五年以后，她终于有了真正做母亲的机会。

苏伟明听到消息后并不兴奋，只微微皱眉："一定要生吗？"

柳芸第一次被激怒了："难道你不想要这孩子？"

"既然有了，就生吧，希望是个女孩。"苏伟明安抚地说，并不想挑起一场争吵，事实上他们婚后没争吵过。柳芸从来没违逆过他的意志，他满意自己这个温顺的妻子。

如果可以选择，柳芸倒是愿意按丈夫的意志来，生个女儿，可老天显然不像她那样把苏伟明的意志视作理所当然。

苏哲出生了，苏杰瞟一眼自己的弟弟，倒也没什么反感情绪。苏伟明在年过四十后再一次做父亲，没有第一次的兴奋，看着哭闹的小儿子，对苏杰笑道："本来想给你添个妹妹，不过弟弟也好。"

连祖父母的评语都是"也好也好"。柳芸搂紧小小的婴儿想，不对，他不是"也好"，对我来说，他是唯一的、最好的。

苏哲慢慢长大，和他父亲苏伟明完全不亲近。苏伟明有点啼笑皆非，问妻子："这小子跟我有仇吗？我说东，他必然一声不响地往西；我说南，他就头也不回地向北，完全不像你的性格。"

柳芸笑，并不打算约束儿子，尽管已经约束自己成了积习："男孩子为什么要性格像我，像你不是更好吗？"

苏伟明只能承认有道理。长子苏杰性格张扬，长得比较像他的生母。而次子苏哲，综合了父母的外貌优点，是个引人注目的孩子。至于性格，目前他只觉得这孩子小小年纪已经太有主见，有时不声不响地冷眼看人的样子，倒真有几分像自己。

番外一　谁是谁的选择——柳芸　313

只有柳芸知道，苏哲并非有意和他父亲作对，他只是为她做的一切觉得不值罢了。这个家里，大概也只有她的儿子注意到了她的委屈、辛苦和寂寞。他不认为她的奉献有价值，于是选择对父亲以及家里的每一个人冷漠以对。

苏哲略微长大后，曾问过母亲："你后悔当年的选择吗？"

柳芸笑了，摇摇头："阿哲，你始终不明白妈妈，看到你父亲后，我就没有其他选择了。"

没有选择吗？苏哲对这说法微微冷笑，他马上决定了，以后一定会拒绝让自己陷入没有选择的人生。

读高中时，父亲不愿意受祖父的诸多限制，决定将公司迁往深圳。母亲已经开始给他办转学手续了，他却明明白白地说："我想就在这边读完高中。"

他就读的是本省重点中学，师资和各方面条件都很好，他父亲沉思一下，觉得男孩子早点独立也是好事，便同意了。

柳芸想，与其让他们父子在一起相看两厌，倒不如让儿子在这边读书，他一向有主见，这边又有自己的姐姐一家人帮着照顾，没什么不放心的。

苏哲开始过他想过的生活，差不多每一步都是按自己的选择进行着。没有考他父亲希望他填报的大学，留在本地升学；没有按他父亲的意愿去英国留学，而是去了美国；没有在毕业以后去他父亲的公司工作，而是选择了一份在他父亲看来近乎游手好闲浪费生命的闲差事替人打工。

他成了那个家庭的局外人，只在节假日时过去小住。

看起来比他任性爱惹祸的异母兄长苏杰，倒是一路走着让父亲满意的道路。苏杰大学学习管理，毕业后加入父亲的公司，很快锋芒毕露，成了父亲的得力助手。在私人生活方面，苏杰有过一段荒唐放纵，然后适时收敛身心，工作勤奋，还去读了EMBA，闲暇时打打高尔夫，并且娶了一个门当户对的女孩子。从哪方面看，苏杰都是标准而合格的继承人。

有了这样的对比，苏伟明对苏哲越发失望，偶尔的通话和见面，两人势必不欢而散。让他更不悦的是，柳芸不声不响地站在苏哲那边，对他"慈母多败儿"的训诫，她只说："我这一生已经这样了，他有权过他喜欢的生活。"

一向没任何抱怨的妻子这句话毕竟流露了意难平，他只能冷笑："你这一生过得很不如意吗？"

"是我自己的选择。"妻子微笑，一句话说得他哑然。

这一年，柳芸的身体出现了不适，拿到体检报告后，她长久地看着，然后打电话给苏哲："回来吧阿哲，你快二十八岁了，应该已经享受了足够久的自由，男人毕竟还是得有一份事业傍身，妈妈第一次求你。"

出乎她的意料，苏哲很快答应了，语气萧索："我在这边也待腻了，马上辞职过去就是了。"

2

从初中起，苏哲搁在课桌上的书本就会不时夹上字句或幼稚或文艺的情书，他不会炫耀，但也不会当真。班主任对少女的痴狂无可奈何，只能半开玩笑地嘱咐他少"放电"。

他也不屑于"放电"，因为实在没那个必要。他清楚知道自己对女孩子的影响,根本不用他主动追求,微笑、皱眉、出神,就有女孩露出沉醉的表情。

一个又一个女孩子流着泪对他说:"我爱你,苏哲,哪怕你并不爱我。"

他只能耸耸肩。

读大学时,他终于有了一个认真交往的女友,肖慧。

理工大女生本来就少,那样漂亮、开朗的女生更是稀有了。她和他不同系,比他低一届,有一天突然拦住他,笑吟吟地对他说:"我喜欢你,苏哲,我们试着交往一下吧。"那一瞬间,她的勇敢和特别打动了他。

她是个生气勃勃的女孩子,足够聪明又足够有趣,他们交往一直到了毕业那年。他准备去美国留学,她看着他办手续准备签证,突然一反常态地紧紧抓住他的手:"为我留下来好吗?"

他笑:"我们都还太年轻,现在说为彼此做什么决定都还太早。"

"那我跟你结婚,一块儿去美国,我去那边继续读书。"

他诧异:"你学习天赋不错,我不反对你去美国深造,可是现在谈到结婚,我完全没准备。"

"你完全不在乎我。"她放了手,冷笑道,"苏哲,你从来只考虑自己,没想过我的感受。"

"这么说话可不公平。"苏哲也笑了,并不打算提醒她,自己从一开始就说了要出国,而她说她不在乎这一点。

"我以为交往一年多,我们感情已经这么好,你的未来计划里至少应该有我的一个位置了。既然在一起时我也没做到这一点,两地以后我就更没信心了,我们分手吧。"

她是第一个主动跟他说分手的女孩子,他倒是佩服她的果断:

"我尊重你的决定，慧慧。"

苏哲去美国，先读工科，然后转读商科，闲暇时去世界各地旅游，继续着自由自在的生活。学成回国，他在北京待了一阵子，经人介绍加入了一家悄然挂牌打算进军国内市场的外资保险公司，然后受命回到了他出生的这座城市，负责中部代表处，待遇优厚，生活从容。

直到他遇到邵伊敏。

跟一个看上去没有好奇心的冷静女孩子交往，真是一个全新的体验。她从不打听他的任何事，也不主动谈及自己。他的好奇心刚好也不旺盛，不过他猜，她应该没有一个正常的家庭，也没有一个幸福的童年，才会拥有如此强大的自控能力，努力将生活归纳到自己能掌控的轨道，不肯轻易受人影响。从这一点讲，他们有相似之处。

跟他在一起，她表现得温柔甜蜜，和一般女孩子没什么两样，不同的是，她十分坦荡，不会欲语还休，不会躲闪试探，那么爽快地承认：她喜欢他。但他清楚知道，那算不上爱，她甚至不在意他的情绪，一点没有迎合哄他的打算。经过那么久的自我约束，她享受着他带来的放纵感，却仍旧保留着理智。

她第一次在他面前情绪失控，是在接了一个电话后。他在卧室换衣服，只隐约听她语气突然由平和转为强硬，他只想，和自己头一天接父亲的电话一样，真不是一次愉快的对话，可是又不能不敷衍。

走到客厅，他只见她坐在飘窗窗台上，看着很平静，可是再一细看，她一只手紧紧按住另一只手，却止不住身体绷紧到了颤抖的地步。他刚试着安慰她，她就爆发了，那样狠命地甩开他，那样声嘶力竭地说她受够了。

他的判断被证实，紧紧抱住这个挣扎得绝望的女孩子，让她在自己怀抱中安静下来。他突然记起年少时，自己也曾经有过如此愤怒却得不到宣泄的时刻，祖父母和父亲的长期忽略、母亲的无原则隐忍、大哥的不屑一顾……他选择离开他们，一个人生活。而这个女孩，同样选择了孤独，希望伤心的时候全世界将她遗忘。

他试着安慰她，用自己总结的生活方式，希望她不至于在孤独中越走越远。

她对他似乎更加依恋了，将学习之余的时间都交给了他，他以为终于彻底征服这颗如此理智的心，却突然得知，她打算参加托福考试，毕业后就去加拿大。

轮到他情绪失控了，他尖刻地指责她，而她并不辩解，却更让他恼怒。

他突然意识到，这段关系，他竟然并没有任何选择，全由眼前这个才二十岁的女孩子掌控着。她选择了何时开始和他在一起，选择了这段关系有一个期限，选择了自己将来要走的路，而那个计划里完全没有他的位置。

那么好吧，分手。

她没任何异议，仍然是头也不回地大步离开，从他的视线中消失。

3

苏哲独自参加了户外俱乐部组织的稻城亚丁之行，同一个写字楼办公的向安妮也在一个团里,她热情地跟他打招呼,他却意兴索然。他当然知道向安妮对自己的意思,可是完全没有回应的心情。

夏天的稻城亚丁,雪白的圣山在雾中若隐若现,沿途景色壮丽和秀美兼备,同去的人啧啧惊叹,他却提不起精神。他本来是打算带邵伊敏同来的,而此时想到这个名字,他就有挫败感。

晚上他独自在外面抽烟,高原深蓝的天空星河璀璨,浩瀚壮阔,似乎伸手可摘。意识到自己对着星空又想到了她,他狠狠丢下烟头,一转身,只见向安妮正站在自己身后,那渴慕的眼神,他实在太熟悉了。

他淡淡地说:"晚上气温低,回去吧,小心着凉。"

她突然紧紧抱住了他:"苏哲,我一直爱你。"

从别人嘴里,爱永远来得如此容易。他说:"对不起,安妮,我想我对你没有同样的感觉。"

"没关系,我知道目前你不爱我,我对自己的行为负全责。"

现在女孩子都宣称对自己的行为负责,他冷笑,星光下那张面孔越发冷峻诱惑,向安妮主动献上了自己的嘴唇。

那么试试看,他能不能在一个怀抱里忘记另一个人,像从前一样。

回到炎热的城市,苏哲仍然倦怠而无聊,每天若有所思,却又不愿让自己深想,到底是什么让自己难以平静。恰在此时,母亲打来了电话,第一次开口要求他过去。他不知道是什么让母亲做出了这个决定,也许父亲又给她施加了压力吧,而他刚好也厌倦了留在这里,也许隔开一定距离,能更加有效地忘却。他答应了母亲的要求，开始办辞职手续。

向安妮不出意料地不肯放手，他只当不知，打算带她去商场买份礼物送她，算是彻底告别。

在地下车库，他看到了那个熟悉的身影，推着自行车，他按响喇叭，她却头也不回，只将车子移向路边一点。还是什么也惊扰不了她，可是她一身打工的打扮和明显的瘦弱突然触动了他。

他下车，想问一下她是不是经济方面有困难，可是面前那张秀丽的面孔如此消瘦，眼睛越发大而深邃，神情却依然平静，看看他，再看看从车里探出头来的向安妮，居然勾起嘴角一笑，仿佛眼前的一切都在她的意料之中。

那一瞬间，他明白了，没办法，至少眼前，他忘不了她，哪怕即将离开。他突然做了决定，下决心不让这个难以忘怀成为他单方面的记忆。

他送走向安妮，再回到这家商场。夏天沉闷的天气终于转成了雷雨大风，她打完工下到地下车库，神情疲乏，带着一身的油烟味道，拒绝让他送，清楚明白不带一点负气感地讲，她把一切当成一个意外，愿意接受同样不可理喻的开始和结束。这段感情对她来说不是一场游戏，可是既然说了再见，她愿意选择就此不再见面。

她穿上雨衣，骑自行车走了。他在片刻失神后，开车追了出去。狂风暴雨中那个身影如此纤弱，然而她根本没有回头，只埋头骑车，他决定冲上去拦住她，哪怕她拒绝也要把她抱上车，不让她这么逞强。

可是他刚加速转过一个路口，捷达在迅速积水的路面上抛锚了，他眼看着那个身影消失在风雨中，只能打电话给修理厂让他们来拖车。他下了车，暴雨刹那间扑面而来，他全身湿透，可是他浑然不觉，只挂念着同样在雨中的她。

他毕竟还是违背她的意愿，将一个告别延长又延长了，可是她平静地接受了，纵容了他的任性，任由他将回忆强加给她，同时许诺，不会在他忘记她之前忘记他。

他没能料到的是，他的记忆竟然来得那样长久。

这是他的选择吗？

4

苏哲和父亲、大哥的磨合并不顺利，公司中跟红顶白想看他笑话的人不少，那份压力是他没体验过的。唯一站在他这边的是母亲，而母亲对公司事务从不插手，既然选择了回来工作，他只能靠自己。

工作之余，他会去酒吧放松一下心情。这座城市灯红酒绿，诱惑无处不在，红尘喧嚣中，他想念在另一个地方那个安静的女孩，那样安静的相处，竟有恍然如梦的不真实感。

向安妮也悄然过来，又悄然应聘。在公司看到她，他略微诧异，可她十分坦然，说她想换个环境，和他没关系。他也由她去，并不理会。她再约他，他也只笑道："不，我不打算跟公司员工出去，不方便，而且我有女友了，不打算再和别的女孩子约会。"

他牵挂她，赶回去为她过了生日，她轻声答应，毕业后会来深圳。那一刻，他的喜悦让他自己都吃惊。这个从来慎重不肯要他承诺，也不肯给他承诺的女孩子，终于选择了奔向他。

这样到了冬天,他母亲终于告诉他,她得了乳腺癌,决定去医院动手术。他震惊之下再一追问,母亲承认,去年夏天已经身体不适,一直心怀侥幸,去了几个医院检查,而他和他父亲竟然都一无所知。他愧疚而愤怒,不知道母亲这样隐忍是为什么,可是看到父亲依然镇定,只找来医生详细咨询,他想,是呀,如果预料到自己的先生不过是这反应,好像说与不说没什么两样。

他到处查资料,了解手术的风险和术后情况。此时向安妮出现了,她学医出身,以前在美资医药公司做抗癌药品销售,父亲是外科专家,她帮他收集翻译国外最新资料,选定最合适的手术医院,又自告奋勇地愿意陪他母亲去做手术。他母亲松了口气,让他留在国内专心工作。

他恼怒地拒绝,甚至没向他父亲告假,就一起去了美国。在异国他乡,他母亲做了烦琐的术前检查,他提心吊胆地等待着手术安排,而他父亲过来,只了解一下时间安排,不待手术进行,就说要赶去香港参加一个会议。父子俩又是一通大吵。他们从来对其他人客气有礼,不动声色,却总能成功地激怒彼此。

这段难熬的日子,向安妮体贴地陪在他旁边,表现得理智温柔包容,劝慰他又劝慰他母亲。尽管打算付可观的报酬给她,他也承认,她做的他受之有愧,因为她要的他给不了。

她却说:"这是我自己的选择,你没必要不安。"

手术成功了,他长长松了口气,向安妮一样开心,建议出去喝酒放松一下。喝到酣处,她吻他,他避开,温和地说:"安妮,我很感激你这段时间的陪伴,可是抱歉,我……"

她打断他:"我们在另一个半球,今天晚上你只是你,我只是我，我不要知道你的其他，就当你我完全是陌生人，我需要你，我知道你也需要我。如果过了今晚，你没有这样的感觉，我不会纠缠你。"

这个邀请听起来合理而诱惑，可是事后，他的感觉并不好，没有以往那样的轻松，反而只觉得沉重。他穿衣服打算离开，向安妮从身后紧紧抱住他，他只能正色说："我觉得很抱歉，以后肯定会约束自己，再不会让这种事发生，也希望你再不要提起这件事。"

她睁大眼睛看着他，仿佛不相信自己的耳朵："可是昨晚那么好。"

"并不好，安妮，这只是一种情绪发泄，没有意义，我们忘了它吧。"

接到邵伊敏从国内打来的电话，他内心突然忐忑，这样的负疚感以前从来没有过，他只能告诉自己，过去了，不用再想这件事了。他想选择性遗忘，可是他没法像以往那样坦然地把这种事情当一场春梦让它了无痕迹，而自称对自己负责的向安妮更是没有忘却。

5

苏哲再次看到她大步离开，消失在夜色中。她选择了分手，那份决绝来得无可挽回。

他的母亲慢慢康复，他的工作渐上正轨，他和父兄的关系日益改善，他甚至交了新的女友。

他告诉自己，仍然能够按自己选择的方式安排生活。

可是已经太迟，有一个身影占据了他的心，让他的选择变得没有意义。

他到处出差，某个冬日到了北方的一座城市，天空飘洒着南方看不到的大雪，他和别人一块儿吃饭，旁边桌飘来一个地名，突然触动了他。

那个很少谈及自己的女孩，过年时给在美国的他打去电话，说这边下着小小的雨雪，而家乡那边正是大雪纷飞。那是她第一次提到她出生的城市，她的声音带着以前没有过的一丝软弱无力，却又轻声笑了，而他当时正满心莫名的情绪，居然并没有安慰独自留在他那个空寂屋子里等他的女孩。

他找朋友借了一辆车，设定好GPS，独自开往那个地方。将近四个小时的车程，有目的地，却完全没有目标。

展现在他眼前的是一座北方常见的中型工业城市，整齐划一的街道、灰扑扑的建筑物，带着点衰败，没有任何特色和景致可言，而她不曾透露过别的信息给他。他只知道在十八岁以前，她生活在这里，是重点中学的好学生，是一个不愉快家庭里的沉默女孩。

他下车向路人打听，然后到了本地最好的中学。隔了院墙看进去，大雪覆盖的操场空无一人，远处教学楼和这座城市的主色调一样是灰色的，纷纷扬扬的大雪中，他不知道他想看到的是什么。

她曾背着书包从这里出来，走过前面并不宽阔的街道吗？

那时她是否就如此大步疾行？

他对她的生活了解得如此之少，却安于一个简单判断，这是他爱她的方式吗？

他开始寻找她，去温哥华，回他们留下回忆的城市。

他和她的老板一块儿吃过饭，他曾在餐馆碰到过她的室友，她也和他大哥见过面。

他们却唯独没碰到过彼此，直到近三年后，在北京一个会所。

再次看到她，他疲惫地想，也许确实有一种命运，强过人的意志。

如果能重新开始，他会做出同样的选择吗？

他记起她曾说过的话："如果可能，我不会选择跟你有那样一个开始，但是没有那样一个开始，我们也许不会有任何可能。"

有时候，选择就意味着命运。

他从未后悔命运给他如此不能遗忘的时光。

番外二 倾听与讲述——罗音

这天下午,我接到一个女人的电话,嗯,当然是一个陌生女人,因为我的手机号码和另外两个同事一样,印在报纸倾诉版上,差不多每天都要接到好几个陌生男女的电话。

她的普通话很标准,声音清脆,非常好听。她说她必须讲出她的故事,不见得有希望能登出来,可是她没人可以诉说,只有找我。她希望这样能埋葬一段过去,再开始新的生活。

这段话有点打动我了,我们约时间,她说她近来很忙,希望能约在晚上。好吧,就晚上,我固定是在两个地方接待倾诉者:要么报社的一间小会客室,要么是报社对面的绿门咖啡馆。

她说那就绿门吧,她喜欢这名字,让她想起欧·亨利的小说 The Green Door。我是个不可救药的文学女青年,听她知道欧·亨利的名字,不觉对她好感大增。

绿门的老板娘苏珊是我见过的最美丽的女人。我常年在绿门接待倾诉者,和她混出了不浅的交情,每次我去,只要她在,她都会和我聊上几句。我问过她,为什么给咖啡馆起这名字,是不是读过欧·亨利的小说,她大笑着摇头,说是前任老板留下来的,在她看来,没什么意义。

也许世间事物多半如此,我们投射过去的目光才会赋予它特殊的含义。

到了约定的时间,一个苗条女子准时走了进来,她四下一看,直直走到我面前:"请问是罗音吧,我白天给你打过电话。"

我起身请她坐下,她是个相貌娇美的女子,化着淡妆,看上去二十七八岁的样子,穿一套米色套装,非常精致。

她很直率,一一回答着我的问题:安妮,二十九岁,在一家商场做管理工作。

我打开了录音笔,告诉她,如果倾诉能登出来,我会对名字、职业等通通做虚化处理,现在请只管讲。

安妮踌躇了一下,似乎一时不知道从哪儿说起。好多人都是这样,带着满腔心思跑来,却会欲语还休。良久,她突然问我:"罗记者,你相信一见钟情吗?"

老早以前,我问过好多人同样的问题,得到的回答千奇百怪。不过我最喜欢我的同学、学数学的江小琳的回答,这时我原文引用了:"我相信所有没发生在我身上的奇迹。"

其实那个奇迹似乎也发生在我身上过,可是好像不用细说了。安妮听了我的话,微微一笑:"我不知道那算不算奇迹,那是五年前,我二十四岁。我从医学院毕业,我父母都是医生、教授,可我越学越不爱这个职业,所以没听从他们的话继续深造,一毕业就去了一家美资医药公司做医药代表。"

她陷入回忆中,目光仿佛越过了我:"我们公司在市中心的一座写字楼办公。我的生活很上轨道,工作算得上顺利,男朋友也很体贴,直到有一天,我在电梯里遇到一个人,什么都变了。"

我听过太多遇到一个人改变整个生活的故事,好多人都是像安妮这样,回忆起来带点喟然,又带点甘愿。想来这样的改变其实他们还是喜欢的,平凡平淡的生活就此有了不一样的可能性。

"他个子很高,长相,怎么说呢,用帅或者英俊来形容似乎很不够,只是觉得整个人都很有神采,由内而外散发着一种摄人心魄的气质,和写字楼里的大多数人一样,穿着西装打着领带,可是站在一堆人里,就显得很不平常。我相信所有人都和我有同样的感觉,一眼就能在人堆里看到他。"

我莞尔,可不,大概每个人都会有遇到一两个出众人物的机会吧,这么一说,好像我也有过相同的感觉。

"简单地讲,我对他一见钟情了,注意他下楼的楼层,打听他工作的地方,和他相遇时会主动对他微笑着打招呼。他很随和,我们就这样认识了。然后,我对男朋友提出了分手。"

我倒是佩服她的当机立断。她注意到我的目光,笑了:"我是不是很无情又很可笑?只是认识了这个男人而已,可越看自己的男朋友,我越觉得相处下去没什么意思。就算追不到他,大概我也定不下心来和男朋友继续下去了,不如早点解脱。"

"我试着接近他,他倒并不难接近,有时开车出来在路上看到我,也会捎上我送我一段路。呵呵,以前都是男朋友管接管送的,分手后,我只有自己上下班了,顺便说一下,前男友的车可比他的捷达好得多。"她继续讲着,"我加入了他待的一家户外运动俱乐部,留心收集他车上放的音乐,听他谈的话题,然后努力培养相同的兴趣,总之不放过任何和他走得更近的机会。"

我在心里叹口气,不是我故作悲悯,实在是听了太多这样的故事，每个人都以为自己经历独特，其实只是重复着大同小异的过程，把自己弄得陷溺日深，最后不知道是爱上了那个人，还是爱上了那样深陷其中不能自拔的感觉。

"我想我们足够熟悉了，在情人节那天，我鼓起勇气对他开口约他出去，他却笑了，说：'不，对不起，安妮，我喜欢上了一个有趣的女孩子，正准备晚上去约她。'我的心顿时比当时的天气还要冷，也只能强撑着装出一副不在乎的表情，不然怎么还可能有机会。

"我相信没女孩子能抗拒他的追求。我只能装成不在意的样子，偶尔和他碰上时，会开玩笑一样问他，追到手没有。他笑笑说：'有趣的女孩子，值得多花点时间。'我妒忌得发狂，也只能扮没事人跟他一块儿笑。

"有一次在酒吧碰到他独自喝酒，我问：'怎么不带你女朋友一块儿来？'他说，她还是个学生，而且喜欢安静怕吵闹，不喜欢来酒吧这种地方。我很吃惊，他居然会喜欢一个学生，也许是我太职业女性化了，根本不是他喜欢的那一型吧。于是我去拉直了头发，穿尽可能学院气的衣服。可还是白搭。

"快到夏天时，户外俱乐部组织七月去稻城亚丁，他报了两个名额，说女朋友正好放假了，他准备带她一块儿去。我也报了名，想看看到底是什么样的女孩子能够吸引住他。"

我早习惯了这样琐碎的回忆，写稿只能从这样的流水账里提炼出一篇能见报能抓住读者眼球的文章，所以我静静听着。

"可是到了集合那一天，他一个人来了。我问他，他不耐烦地说和女朋友分手了,然后再懒得理人。我又惊又喜,不能不觉得这算是我的机会来了。我们飞到成都,然后包车自驾,我当然和他乘一辆车。他一路上都很沉默,我也不打扰他。"她又有点出神,停了一会儿才说,"夏天的稻城亚丁很美,沿途草原都是星星点点的野花正在怒放,远处雪白的雪山、清澈的河水,那样美丽的高原风光,而坐在我一心爱着的人身边,我觉得那算得上是梦想之旅。第四天到达稻城后,晚上其他人都去看当地的文艺表演,他独自在外抽烟散步,我跟了上去。我知道他并不欢迎人打扰,可是我管不住自己了。"

她突然顿住,随即苦笑:"我要继续说下去,你会不会觉得我很傻?"

我也笑:"不,我从来不对倾诉者的品质或者行为下判断,我只负责倾听,倾诉者对自己负全责。"

她笑出了声:"没错,我主动向他献身了,他迟疑时,我也是这样对他说的:'我知道目前你不爱我,我自己对自己的行为负全责。'"

"嗯,我不下判断,不过我得说这不算一个好选择。"我温和地说。

她点点头:"我知道,可是我完全不后悔。从稻城亚丁回来后,他还是那么若即若离的,我若是约他,他偶尔也会带我出去,可总是心不在焉。到了八月中旬,他突然跟我说他打算辞职去深圳工作。我呆住了,问他是不是想躲开我,他好笑,说不,他从来不用躲谁,相处不下去了都是直接说分手的,不过是家里人一定要他过去,他刚好也在这边待腻了。我想说那我怎么办,可是明摆着,他的安排里根本就没包括过我,我也说过对自己负责。

他说：'走吧，去商场，我送份礼物给你。'我坐上他的车，一路想的全是，这算分手的礼物吗？我并不稀罕什么礼物，我要的是他这个人呀。"

我有点怜悯地看着她，求之不得的那个人就那么重要不可取代吗？很多次倾诉者来做类似倾诉，我总想问这个问题，可是也从没问出口过。

"车子到了地下车库，他突然下车，和一个骑自行车的女孩子讲话。他的神情那么紧张，我再也忍不住了，做出无辜的姿态，降下车窗对着他们笑，问他是不是遇到了熟人。那个女孩子转头看着我，也笑了，说对，是熟人，再见，然后转身走了。他一直盯着她的背影消失，天气那么热，我却有点发抖。这么说这个女孩子就是他分手的女朋友了，穿着T恤、牛仔裤，背了个双肩包，还戴了顶有快餐厅标志的棒球帽，看上去很瘦弱，只能算是清秀罢了，可他看着她的眼神那么专注，他从来没用这样的眼神看过我。

"他重新上了车，突然说：'对不起，安妮，今天算了吧，礼物我回头买给你，我想一个人静一静。'我问他，是不是因为那个女孩子。他坦然点头，说：'对，我还是喜欢着她，没办法，对不起，我送你回家吧。'

"我能说什么？他说得那么理所当然，一点也没在乎我的感受，我猜我要是和他吵闹，他恐怕只会冷冷一笑，然后走得更远。我只能装大方不在乎了。他送我回家后就匆匆开车走了，后来晚上狂风暴雨，我一直站在窗前看着外面的电闪雷鸣，想象他去接那个女孩子，想象他们接下来会做什么。这样的想象让我发疯，可我控制不住自己。

"第二天,我下班后直接去他的办公室,他的秘书已经走了,他独自站在窗前看着远方。看到我来,他说正好,然后拿出一个首饰盒子递给我:'看看是不是喜欢,发票在里面,不喜欢可以去换或者退。'我气极了,问他,这算是拿我当什么了?他倒是诧异,说当然是当朋友,告别礼物,不用想太多。我问他是不是和女朋友和好了。他笑了,说哪有那么容易,不过他会争取。

"我的心全凉了,问他:'你不是要去深圳吗?打算带她一块儿过去吗?'他说:'不,她还有一年才毕业,等毕业了再说。'我脱口而出:'那么我呢?'他很直截了当地说:'我想我们从一开始就有共识的,今天就算是结束了,希望你以后过得开心。大家还是朋友,无谓的纠缠就没什么意思了。'

"我无话可说,只能勉强笑着说,既然是朋友,那把深圳的联系方式留一个吧,大家以后也好联系。他倒是很痛快,留了那边的一个电话给我。接下来,他和他的公司办了交接就消失了,我也向公司提出了辞职,收拾东西去了深圳。"

我吃了一惊,在心里嘀咕,这样尾行过去,可真算是纠缠了,恐怕没什么好果子吃。

"我去了深圳,没费什么事就打听到了他工作的地方,其实是他家的公司,我直接去应聘,也顺利考了进去。他看到我,大吃一惊,可是我只说我想换换环境,并不是来纠缠他。他居然一笑,说:'那好,随便你。'

"他果然是随便我了。我再想约他,他都是摇头说没时间,我也不好公然去纠缠老板的儿子。那天在公司里听他的秘书议论,他连夜订机票回去给女朋友过生日,第二天又一早赶回来开会,说他简直是情圣了。我也只能默默听着。

"我几乎想放弃时,却终于来了机会,也许不能算机会吧。他母亲生病了,乳腺癌,我刚好学医,以前就职美国医药公司,主要产品正好是一种后续治疗药品,公司在美国还赞助了一家知名医院的专项研究,我父亲也是国内一个知名的外科专家。我主动说明自己的背景,帮着联系美国的医院。他送他母亲出国做手术,我主动要求同去照顾,他妈妈也同意了,觉得有个女孩子一块儿去要方便一些。"

我无语,当然我听过很多为爱奉献的故事,可是因为预知结果,越发觉得有些凄凉。

"同在异国,我们总算走得更近了一点。我在公司工作,对他家的情况也有所耳闻。他和他父亲相处得不算好,他父亲没多花时间陪他母亲,只来看了一下就回国了,走前他们又大吵了一通,他母亲情绪也很不稳定。他的压力很大,直到手术成功,他才算松了口气,我提议去酒吧放松一下,他同意了。我们都喝多了,接下来,很顺理成章地,我们……"

我不得不摇头了:"这不是顺理成章呀,安妮,充其量就是放纵情绪的宣泄。"

她再次苦笑,娇美的面孔有点扭曲了:"你说得没错,因为第二天,他也是这么说的,而且他说,他觉得很抱歉,以后肯定会约束自己,再不会让这种事发生,也希望我再不要提起这件事。

"我们回国后,在公司碰到他,我还是只能装作若无其事。他看上去总是有点心神不宁,我知道他工作压力很大,他父亲要求很高,他哥哥又一向表现强势出众。有时我会看到他一个人去酒吧喝酒，但他总是不愿意再和我坐一块儿了，我过去，他会找理由走掉。我想安慰他，想为他分担，我觉得我有能力开解他，可是他并不接受。"

虽然做倾诉记者讲究的是倾听，可是我多少总有点管不住自己的毒舌，这时再也忍不住了："安妮，请恕我直言，你这样的心态，可能会害了你。他是成年男人了，如果不能面对自己的负担和压力，也用不着你主动请缨去分担。有时这样的想法只能导致无谓的牺牲，人家还不会领情。"

"呵呵，你说得没错，只是当时我哪有这个觉悟。我只想，他女朋友马上快毕业过来了，我再不抓住机会，可能就没任何机会了。那天我又在他常去的酒吧碰到了他，我们闲聊，他说打算劳动节回去看看他女朋友。我实在忍不住了，就问对方有什么值得他这样牵挂着。他笑了，说他也不知道，只知道他忍不住就是会牵挂她，然后摇摇头，说：'这女孩子，性格太强大了，栽在她手里，也不算冤枉。'"

我也有点好奇心起，什么样的女孩子能这样套住一个既有魅力又随心所欲的男人呢？

"他去了洗手间，手机放在桌上，我呆呆地看着，想应该死心了吧。这时电话响了，上面显示了两个字：伊敏。"

我惊得拿咖啡杯的手一抖，她并没有注意到，自顾自说着："那是他女朋友的名字，我管不住自己，接了电话。她很镇定，问我是谁，我把该说不该说的全说了，稻城亚丁、一块儿去美国……现在你得批评我了吧？"

我摇摇头，勉强压住自己的惊讶，告诉自己同名的人很多："我猜你已经为自己的行为付出了代价，不用我来批评了。"

"没错,她没听完就挂了电话,他回来以后,我勉强镇定着,我们聊了几句,他拿上电话就走了。第二天到了公司,他看到我只是冷冷一眼,转身走开,我知道完了,他从来没这样冷漠地看过我。我追上去,他只不耐烦地说要去开会,然后转头叫他的秘书给他订到汉江市的机票。

"再看到他,是几天以后,他把我叫进他的办公室,让我自己辞职,他会给我一笔钱,算是回报我照顾他的母亲。我问他:'这算什么,难道我说的不是事实,大家都不用面对事实吗?难道你们俩的感情这么脆弱,要迁怒于我吗?'他笑了,笑得冷冰冰的,说他不是迁怒,他肯定得自己去面对这件事,他只是不想再见到我罢了。

"我拒绝辞职,只说愿意调离总部,他答应了,让我自己去人事部门办手续。我申请去了公司下面的百货部,再以后,看到他的机会就不多了。他见到我,倒是再没有发怒,只是非常礼貌客气,和对其他员工没有任何区别。他变了,变得非常专注于工作,待人比以前更疏远。"

我忍不住问:"难道那段恋爱对他影响那么大吗?居然改变了他的整个行为。"

"只有天知道了。我没办法再接近他,不过公司职员总是爱议论老板的。听说他后来又交过女朋友,可没多久就分手了,之后一直独来独往。我有点不相信他是我曾经认识的那个人,以前他也并不算随便,可是在不用负责任的前提下,还是可以接近的。我也真想知道,是什么样的女人,能对他有这么大的影响。"

"你后来见到那个女人了吗?就是你说的伊敏。"我再也控制不住自己的好奇心。

"当然,我们公司百货部今年来汉江拓展业务,本来他不分管这一块,却主动要求过来了,我猜他是为了那个女人。于是我也向公司提出了请调,这几年我做得还不错,也算是中层骨干了。调回来,倒不是对他还有什么奢望,我知道我和他几乎是没可能了,可就是有点不甘心。另外,父母确实希望我回来工作。

"我也实在有点倦了,这三年中间有人追求我,不止一个,可是相处得还是没感觉,我想难道我得一辈子陷在这样无望的单恋中吗?这未免太惨了,我回来看看,彻底死心,好像也算是一种选择。"

"我过来报到,他很惊讶,把我叫去办公室,直接说他再也不想听到旧事重提了,我说我有分寸,不会再做蠢事。他明明并不相信我,毕竟我做的蠢事实在不少,不过他还是点头,说那就好,然后让我出去做事。用不了几天,我就知道了他在追求我们合作方公司的董事长助理。他本来负责的是总公司的香港上市,可是为了这个女孩子,不惜两地飞来飞去。听说他父亲责怪过他,也没能改变他的决定。

"前几天,我在百货公司终于又和这个女孩子见面了。她清楚知道我是谁,可是很镇定,直视我的眼睛,和我谈着公事。呵呵,几年不见,她没什么学生气了,好笑的是,我们现在看上去倒是挺同类的,都是职业女性的样子,穿着套装、高跟鞋、化淡妆,说起话来客气周到。不一会儿,他也来了,那么紧张地看着她,说卖场装修,太吵,对她的耳朵没什么好处,赶紧走吧。她礼貌地跟我说再见,然后走了。看着他们那样亲密的背影,我知道这段故事算彻底结束了。"

我已经确定故事的主角是苏哲和邵伊敏无疑了,其实我对他们俩早就有好奇心，可是从没料到会以这种方式满足自己的好奇，一时不知道说什么来安慰眼前的安妮了。

她笑了："讲完了，松了口气。罗小姐，你听的故事应该很多，我这个是不是一个典型的炮灰女配的命运？"

我也笑了，她能自嘲，应该是放下心事了吧："其实我觉得很多时候，命运和道路一样，是自己选择的，你现在放下，也不算迟呀。"

她点头："是呀，二十四岁到二十九岁，从刚见面到今天，快五年时间了，实在够长的。有时我不得不愿赌服输，幸好这几年虽然荒废了专业，可工作还做得上手，没有白活。今天讲完了，希望可以就此忘记往事，重新开始。"

"忘记？大概很难，其实也是自己的人生经历，不用努力去遗忘才是最好的释然。"

她沉思一下，点了点头："有道理，谢谢你。我有个不情之请，这个故事能不能不登出来，很抱歉我拿你做树洞，浪费了你的时间。"

我也点头："没问题的，我的职责就是倾听，并不是每个故事都适合见报的，我们尊重当事人的意见。"

她告辞走出了咖啡馆，我给张新打去电话，他坚持每天来接我，不管多晚。在听了这样充满无奈的故事以后，我想我是幸福的。真庆幸，我们能回到自己的生活里，不必一直充当别人命运的配角。

原来一见钟情真的存在，原来并不是每个奇迹都值得人感激，原来坚持并不总是一种美德，原来放弃需要更多智慧……

我脑袋里条件反射般涌现好多句子，都适合安在这样一篇讲述后面当记者点评，同时不禁失笑，当真是有职业病了，这个又不用我写成稿子。

番外三　我庆幸我没有错过她——苏哲

1

"她有什么值得你这样牵挂不放？"

问这个问题的是向安妮，她的面孔透着绝望。其实前几天晚上在酒吧碰上，她就问了我这个问题，我当时心情很轻松地回答："这女孩子，性格实在是强大，栽在她手里，我认了。"

我没想到那个回答会刺激到向安妮，并使她接了伊敏打给我的电话。我匆匆赶回去想挽回，但伊敏的回答决绝而没留任何余地，她大步走开，当然根本没回头，我留在了原地，沮丧而恼怒。没错，似乎也在这湖边，我和她散步，开玩笑地说她是那种可以把生离死别当普通再见处理的人。她并不生气，倒觉得好笑。真到了分手时，她连再见都不说，我意识到，她根本不想再见。

此时我不想再回答向安妮的任何问题了："我的感情，和你没有关系。你坚持不辞职也随便你，去人事部门办调动手续吧。"

她冷笑："这算什么，为你们的分手迁怒于我，可说不上公平。你在我面前扮情圣有什么意思？你又没许诺过我什么，一切是我自愿。我只想知道，我的感情对你来说没有任何意义吗？或者你可以告诉我,你们的感情就如此脆弱,甚至面对不了一点事实吗?她难道不知道一直以来你的生活态度就是这样随心所欲吗?"

"我不是迁怒于你,向安妮。我只是不想再见到你,见到你我会更加厌恶我自己的行为。你的感情,很抱歉是你的事了。"

她一言不发,转身走出了办公室。

伊敏当然知道我一直活得随性,所以她一直不信任我,一直抗拒着我。

然而就是这样,她也许诺了。

我回去给她过生日,这寂寞的孩子,一个人待在那个空落落的房子里,并不指望别人记得她。看到我,她那样用力地拥抱我,那样将头抵在我胸前。她对我轻轻说了个"好"字,答应毕业后和我一块儿去深圳,我当时只是开心。现在我才意识到,我给她的不过是一点点温暖,她却初次答应为我改变她的人生。

我却并没领会到那个"好"字的分量,没有重视那个来之不易的承诺。我从来觉得追悔于事无补,于人无益,可是这一刻,我确实是在追悔。

如果我早知道会这样对她恋恋不舍,而她会去得这样决绝,还会那么随性生活吗?我猜我不会,这个代价,付得太大。我不知道要用多长时间做到淡漠,并且我也不想淡漠。

"我不会在你忘了我之前忘了你的,我猜我的记忆应该会比你来得长久。"她曾这样对我说。

她一向吝于表达自己的感情,可是坦白起来毫不计较。哪怕她觉得我会先忘了她，她也不介意说出自己的感受。

可是我怎么才能做到忘记她？

2

"一定要选这样一天说结束吗？"

问这话的是别人介绍给我的女朋友，我们认识不久，而这一天是情人节。

"对不起，很抱歉在这么个日子说这话。可是如果我们再交往下去，对你会更不公平。"

她是大方得体的女孩，虽然一脸失望，但也没说什么，转身走了。

早上还是秘书提醒我要不要订花送女朋友，我才想起是情人节，蓦地想起我和伊敏的第一个情人节。

"你赢了，我猜以后的日子，我会记得你给我的这个情人节。"

在那个湖边，她的眼睛亮如寒星，嘴角微微上挑，这样坦然地对我说。可是赢的那个人真的是我吗？现在这样一天，她身边有人陪吗？她会记得我们共度的那个情人节吗？

和她分手的第二天，我还在想怎么去找她求得原谅。不过公司那边马上打我的电话，一堆事等着我回去处理。我只能心神不宁地赶回深圳，生意就像一个欲罢不能的游戏，有时这游戏显得乏味，却没办法断然中止，身陷其中，只能继续。随后我还陪母亲去了一趟美国，做术后检查。

母亲的情绪也说不上稳定，后期的治疗很折磨人。她一生隐忍，为这个家庭默默付出，病成这样，长期郁积何尝不是原因之一呢？我和父亲继续冷战，她却一定要我答应，不要因为她的病责怪父亲。她勉强笑着说："当初嫁他时就知道他性格强势自我，有过婚姻，有复杂的家庭，一切都是我自愿选择的，我从来没指望过改变他，这么多年，也说不上牺牲，只是自己心甘情愿的选择罢了。"

我无话可说，却情不自禁想到了伊敏。她也有隐忍的性格，可是她从来坦白、爱惜自己，不会为别人改变自己，我爱她对她自己生活的坚持。

几次拨她宿舍的电话号码，我却又挂上，如果面对面都不能求得她的谅解，电话里又怎么说得清楚？而且我知道我请求原谅的解释甚至连自己都觉得没有说服力，她一向逻辑强大性格坚强，我根本不敢想象打通电话就能让她回心转意。

我的手机从没关机，偶尔接到陌生号码的来电，我都会心跳加快，可回回电话那端的那个人都不是她。

我终于还是打了她宿舍的电话，却总是没人接，看看时间，我想应该是毕业了，这样可真是消失在人海之中了。我对自己说，好吧，这是你活该了。一生之中不知道要和多少人相遇再擦肩而过，也许我和她就只有这样的缘分了。

我开始认真工作，家人对我的变化十分满意。我对父亲还是亲近不起来，可是不像从前那样一言不合就翻脸走人了。

别人介绍女孩子给我认识，我想试试能不能开始新的感情生活，就去约会、吃饭、逛街、购物、泡酒吧，然而一切那么程式化、那么乏味。

关于她的记忆翻涌上来，我提不起精神再去敷衍谁。我知道我不用再去做这种尝试了,只能认命地发现,她给我的影响其实远大于我可能给她留下的印记。

我想她应该是和先前计划的一样,去温哥华留学,和爷爷奶奶团聚。表哥林跃庆去探望嫂子和乐清、乐平兄妹,我也同去了。小兄妹俩长大了,看着他们,我越发想念那个曾用清脆声音给他们上课的女孩子。一转眼,他们也快上大学了。我去了几所有名的大学,抱着万一的指望,查看它们的海外学生名单,还是一无所获。

加拿大那么大,她不见得一定在温哥华。她一向目标明确,我只是她生命里的一个意外,虽然她许诺过会记得我,大概也不过是记得罢了。

可是我怎么能够做到忘了她?对她的想念,固然折磨着我,却也让我心里充实。我没试过对人对事这样固执,然而她这样长久占据我的心,我愿意。我甚至害怕我会忘了她,有时会像履行一项仪式一样,一点点回忆我们相处的时光。

3

"你怎么又不声不响地跑回来了?"

表哥林跃庆一边点菜,一边问我。

"没什么事,回来待两天而已。"

"你倒比我还喜欢这个地方,如果不是生意,我宁可待在深圳那边。"

我笑笑,并不说什么。表哥叹口气:"阿哲,不管过去在这城市发生了什么事,你也该放下了。"

"如果什么事都能放下，生活倒怪没意思了。"我并不想多说，只给两人各倒了一杯啤酒。

"姨妈让我劝劝你，以前她只发愁你玩心太重，定不下心来好好做事。现在好，你矫枉过正，完全不玩了，难道从此不交女朋友以后也不结婚吗？"

"我又不是没试过，至少眼下没这打算，以后再说吧。"

"你又不是不知道姨妈，说着说着就拉扯上我，怪我离婚了不说，几年还不结婚，完全不给你带个好头。"

"是啊，你为什么不再结婚？可别跟我说还惦记着咏芝姐，上次我们去加拿大，已经看到有人在追咏芝姐了，你那脸色可真精彩。"

"我希望咏芝幸福，毕竟是我孩子的妈妈，一个人在异国也不容易。惦记也说不上，我们已经各走各路了。不过到了我这个年龄，再想找到激情和结婚的冲动很难了。婚我可能还是会结吧，准备找个顺眼又会生活的女人，搭伴过日子。哎，那边的女孩子你认识吗？不停在看你。"

我顺着他的视线看过去，摇摇头："不认识，别理她。"

出了餐馆，我谢绝了表哥："不，我回我那儿去就行。"

"你那边方便吗？应该很久没住人了吧。"

"我让物业定期打扫了。"

表哥欲言又止，开车送我回了家。

我上楼拿出钥匙开门，打开灯，怅然地看着眼前的屋子。屋里十分整洁，物业按我的要求，每周三次派钟点工过来打扫，所有的家具陈设保持着原样，甚至浴室那一套用了一小半的倩碧护肤品也按她的习惯仍然摆在架子上。我告诉物业，万一有女孩子过来开门，一定记得马上打电话给我。可是跟我预计的一样，我并没等来这样的电话。

  她什么也没拿走。玄关处放着她的米色绒质室内拖鞋；床头搭着她的黄绿色碎花睡衣，我曾笑过这保守的样式如同修女服装；衣柜里还挂着一件白色衬衫，她的大多数衣服是这种简单的式样；抽屉里放着一件浅粉色胸罩，我清楚记得那内衣是我给她买回来的，她看到后惊叫一声满面通红，那好像是她难得的动容时刻，让我为之怦然心动。她那满是红晕的面孔此时如此清晰地浮现在我眼前，以至于有一瞬间我以为她还在这间屋子里。

  然而定一下神，我只看到茶几上放着印了卡通兔子图案的马克杯，那是她习惯用来喝水的杯子，旁边放着一本书。我走过去，坐到她通常坐着看书的那个位置，再一次拿起这本书，注视着书名：《走出非洲》。这本书后面盖着师大旁边一间书店的图章，夹着一枚印了梅花的书签，已经翻得略旧了，没有任何文字记号在里面。

  我的手指摩挲着封面，也许在某个周末，她也曾以同样的方式摩挲着这本书。

  我以前从来没看到过伊敏看小说，每次看到她，她都拿着教科书或者英文。也许独自待在这个寂寞的屋子里，毕竟让她觉得需要一点文学的慰藉；又或者这本没什么情节，却有着优美细腻笔触的书隐秘地打动了她。

  我去了那家书店，买了同样一本书，让店员盖上同样的图章，放在深圳的住处，并且已经看了不止一次。

  我再次翻到她夹了书签的那一页，这一章的标题是：双翼，相对来说是这本更近似于散文的小说中男女主人公同时出现时间最多的章节。

　　我反复看过这一章,那些漫游在草原上追逐猎物的日子,那些驾着飞机翱翔于蓝天尽情享受自由的时光,也许那个过于安静、将一切藏于心底的女孩子毕竟有一颗渴望挣脱所有束缚的心,我只能这样想。

　　我从读高中开始,除了住校,就独居这里,然而现在,我真切感受到,在这个房子里留下更多印迹的,似乎是那个女孩子。

　　她第一次来这里时,那样战栗地在我的怀抱里,生涩却勇敢地承受着我的激情;她蜷缩在沙发上看书,安静得几乎没有存在感;唯一的一次失态大哭也是在这里,就算那样,她也只字不提真正让她不开心的事情;她敏锐得让我吃惊,猜到我即将离去,却没半点抱怨;她将头死死抵住我,失控地抱紧我,只为我突然记起了她的生日……

　　这样的回忆在这个屋子里蔓延流淌,我默默坐着,任自己沉浸其间。

　　如果这座城市已经没有了她,那么至少这个屋子里,她仍然是无处不在的。

4

"她很爱你吗,你这么放不下她?"

　　问这个问题的是我的大哥苏杰,我们自小不算亲密,这两年关系倒是日渐好转,按他的说法,是我成熟了,能很好分担家族生意的重担。

"我并不缺爱我的人,我只是缺一个我爱的人。"

我们两人都笑了,兄弟间进行这样的对话,的确有点可笑。尤其大哥,他是从来不相信什么爱情的。他的婚姻是两家大人共同愿望下撮合而成的联姻,他并无不满。他之所以问我这个问题,是因为父亲刚刚跟我发了火,勒令我必须等香港上市的工作有了眉目再去内地,我的回答还是我可以两地跑,不会耽搁正事,可也别想我耽搁自己的私事。

大哥笑着摇头,显然没把我的话当真,只嘱咐我好自为之,别没事惹老爷子生气,然后走了。

独自待在办公室,我敛去了笑,看着窗外乌云翻滚的天空和下面大片的高楼大厦,只希望将要来临的台风不至于影响到下午的航班。

这样空中穿梭,自然很累,可是叫我一直待在香港,我恐怕真的会发疯。

终于又见到她了,在我绝对没有准备的一个场合,她却显得从容。原来她一直留在那座城市工作,甚至见过我大哥苏杰,我也曾见过她的老板。但她既没特意和我碰面,更没特意避开我。

她礼貌周到,递名片给我,叫我苏总,说"相遇只是偶然"。听到她的声音低低讲电话和人约在酒吧碰面,我的心凉了,这么说她的生活里已经有了别的男人。

我送她去三里屯南街后,开车回自己住的酒店,可是怎么也没法平静,想来想去,还是拿了车钥匙去了她和徐总住的希尔顿酒店。我查到她的房间号码后打电话上去,她还没回。我坐在一楼咖啡座，喝咖啡等着她。她一向好静，却也会和人约在酒吧，并且这么久还不见回来。也许时间真的能改变一个人吧。

我终于透过玻璃长窗看到她，她下了出租车，冬夜寒风中她向后掠着头发，微微摇晃一下才站定，正要往里走，一个高个子男人追下来将她的包递给她，两人笑着挥手说再见。那男人上出租车走了，她大步走进来穿过大堂，去电梯那边，我原地坐着，突然没了上去叫住她的勇气。

她已经有了她的生活，我还应该再去打扰她吗？我的想念对她而言也许只是一种困扰。

这样嫉妒，这样患得患失，在我是头一回。

可是我终究放不下，如果我们就此不见，各走各路也许可能。既然已经见到，我又怎么能放手？

我开始不管不顾地纠缠她。我表现得强硬，其实内心毫无底气。我所倚仗的，不过是她对我还有一点温情回忆，这样近乎无赖的做法，已经不能算是追求女孩子了，我只是实在怕再度和她失之交臂。

看到在北京曾送她回酒店的那个男人轻轻抚摸她的头发，听她说那人已经向她求婚，而她正在认真考虑，我的心沉到了谷底。然而我不能再拿自己的绝望来困扰她了，她有权做她想做的选择。我跟她说我不会放弃，但一定接受她最终的选择。

幸好我没有放弃，在她失去亲人最痛苦的时候，能守在她身边。

可她还是拒绝了我的陪伴，独自去加拿大奔丧。我毕竟不能像希望的那样为她分担所有，她始终是那个宁可独自面对生活的女孩子。

5

"苏哲,我觉得你始终小心翼翼地对我,我也始终表现得患得患失,我们两人这个样子,好像说不上是正常恋爱的状态,真的有必要继续下去甚至说到结婚吗?"

我开口求婚了。伊敏惊讶、犹豫,这样反问我。

"别再问我这个问题,伊敏。我爱你,我没像爱你这样爱过别的女人。对我来说,你已经是一种抹不去的存在,我只知道我早就没的选择了。"

我第一次对她说了那三个字,她会不会对我说,我不在乎。我不知道她是不是还像最初那样爱我,可我知道我爱她。现在对我来说,爱情哪里止于一点小小的喜悦,既然对她的爱已经重到我无法摆脱。我想留住她,用婚姻,用她向往的平静安稳生活留住她。

早上我先醒来,她依然熟睡,晨曦里她的样子那么恬静,长长的睫毛投下一排阴影。我长久看着她近在咫尺的面孔,听着她细微稳定的呼吸,完全没了睡意,又不想惊醒她,轻轻吻一下她搁在枕上的指尖,出了卧室。

我走到客厅飘窗那边坐下,推开一点窗子,热烘烘的空气扑面而来。回来以后我就住在这里,很多次一边独坐抽烟,一边想她。而此时,她正在我的床上熟睡,这一点让我的心充满宁静和喜悦。

她并没有马上答应我的求婚,居然说:"要不我们一块儿住一段时间再说吧。"

我哭笑不得:"好吧,被你拒绝这么多回,这一次好像来得最婉转。"

我不给她反悔的机会,马上陪她回去收拾东西。

她的同学罗音在家,她有点尴尬地对着罗音解释:"最近这段时间我不住这边,不过房租我照付。"

罗音忽闪着眼睛打量着我们,笑着点点头。

她只收拾了一个简单的箱子,住进了我家。

只要不出差,早上我送她上班,然后再去自己的办公室,晚上我坚持去接她,她若是开会,我就在接待室等她。

回到家里,她有点招架不住地抗议:"我不喜欢这样成为别人注意的焦点啊。"

"他们看习惯了以后就不会再注意了。"

她默然好一会儿,我以为她不开心,不想她却开了口:"苏哲,我想这个周末去一趟北京。"

"出差吗?我陪你去。"

她摇摇头,一双眼睛澄澈地看着我:"不是出差。一个同学出国读博士,他下周三的飞机。那天我不可能有空,但我早就答应了一定去送他的,只能趁周末去,机票我已经订好了。"

我怔了一下,当然知道那个同学是谁,点了点头:"好,我送你去机场。"

她那么坦荡,我只能以坦荡回报她了。

没有她的屋子分外安静而空落,我不知道怎么会起这种联想。

其实她在家也是安静的,通常我在书房,她在客厅,各拿一台笔记本电脑处理自己的事情,或者坐沙发上看看碟,我抱着她,她专注看着荧光屏。

她曾问我:"哎,会不会无聊?你可以出去消遣的,不用老陪着我。"

我好笑:"我泡夜店的习惯差不多戒了两年多了,你叫我出去干什么,难道在街上乱转?"

我习惯也喜欢看她在这座房子里轻盈地走动,让我有了家的感觉。明天她就能回来了,我对自己说。

我很晚上床,睡到半夜,突然惊醒,外面有钥匙开门的声音。我起床走出卧室,她正在玄关那里换鞋子,我过去抱住她:"不是说明天回来吗?"

"吃过饭后,看时间还早,直接买了晚班机票,没想到晚点这么多。"

她神情疲惫,显然这样当天来回是很劳累的。我心疼地说:"何必这么赶,住一天再回呀。"

"想到你在家等着我,突然不想一个人住在酒店了。"她声音沙哑轻柔,随即掩口打个哈欠。"抱歉吵醒你了。"

我抱起她,一边直接走进卧室,一边吻她:"这样被吵醒,我很开心,亲爱的。"

"哎,放我下来,我去洗澡,困死了。"

"不放。"我吻着她的耳朵,轻轻地说,她听力始终有点下降,侧头疑惑地看着我,我提高一点声音,"一辈子也不放。"然后吻住她的唇。

6

"小叔叔,你知不知道你害我和平平打赌输了?"

乐清的面孔出现在电脑屏幕上,这孩子明明已经上了大学,长得跟我一般高,笑起来偏偏还一副少年促狭的样子。我问:"你们赌什么?"

"赌你会不会找到邵老师。"

我一怔,哭笑不得:"你们这两个孩子可真是越来越顽皮了,居然拿我打赌玩。"

"不是玩啊。你去那么多次温哥华,就算什么也不说,我和平平也都知道你是在找邵老师。我总觉得以邵老师的个性,会消失得很彻底,可平平坚信,你一定会找到她。"

我喟然,命运走到哪一步,谁说得清?两个人分开,如同参商再不相见,完全是可能的。也许我足够幸运吧。

"其实我输得很开心,我喜欢邵老师,真高兴看到你们在一起。"

我禁不住微笑。

"你会和邵老师结婚吗?我记得你说过,你是想保持独身的。"

"喂,你没必要记得我说的每一句话吧。"

乐清哈哈大笑:"你完了,小叔叔,你肯定已经求过婚了对不对?"没等我说话,他跳了起来,"我去给平平打电话。"

过了一会儿,我的手机响起,这次是乐平打来的。她跟小时候一样,连声叫我,急急发问:"小叔叔小叔叔,邵老师答应你的求婚了没有?"

"没有。"

"呃,你要把仪式弄得浪漫一点,要到对你们有特别含义的地方,要营造出特殊的气氛,要……"

我更加哭笑不得,打断她的指点:"好了好了,别发挥你少女的想象了,我有分寸。"

她意犹未尽:"你要加油啊小叔叔,我刚才跟乐清打了赌……"

"喂,你们这两个孩子,居然又拿我打赌。"

她哧哧笑:"我赌邵老师会在一个月内同意你的求婚,乐清说肯定不止一个月。你可千万别让我输了,我要保持对乐清的不败纪录。"

放下手机,我只能笑着摇头。他们都认为伊敏必然会接受我的求婚,只有我自己知道,要说服她,是一件很难的事情。

可是,我会说服她的。

7

"你喜欢男孩还是女孩?"

我问伊敏,她下意识地回答:"都喜欢。"

这个回答让我开心:"我也一样。"

她正注视着草地上她的小堂弟邵一鸣迈着胖胖的小短腿奔跑踢球,这个四岁的小男孩有着和她发音相近的名字,我喜欢。

她的婶婶正抱着她才出生不久的小堂妹,和她叔叔、她奶奶在闲聊。小小的婴儿长着一张花瓣般娇嫩的面孔,奶奶很肯定地说:"和小敏小时候一模一样。"呵,我喜欢。

这样温暖的天气,和煦的阳光,轻风拂面而来,带着海洋气息和花的芬芳。而靠在我身边的她,神情那么放松、那么温柔,我喜欢。

一切都是如此协调而美妙。

她对于结婚这件事十分不确定。

我忘了那是我第多少次求婚，她还是犹疑，理由居然是她性格孤僻，可能并不能算一个好妻子人选："我不会安慰人，不算体贴，有时我想，像我这样的性格，可能更适合一个人生活。"

我只好堂而皇之地说："现在说这晚了，我已经彻底适应了有你的生活，你再不嫁我，我就没人要了，你叫一个已经三十二岁的男人上哪儿再去找第二春？"

她笑："何必谦虚呢苏总，我看到跟你搭讪的女人从这里排到深圳了。"

"早两年，或许吧。可是现在我这么居家贤良，还准备买菜谱回来给你洗手做羹汤，别人想搭讪我也会觉得我无趣了。你再不对我负责，我可怎么办？"

她只好认输。

然而她还有别的隐忧。

"我不知道我将来会不会是一个好妈妈。"

"傻孩子，为什么这样想？"

"我和自己的妈妈就不亲密呀。读中学时，有一次她去学校看我，给我带去了一个新书包，我接是接了，就是不肯抬头正眼看她。后来她告诉我，那天她伤心极了，一路哭着回去的。我也难受，可我不知道该怎么和她相处才算自然。"

我握住她的手："伊敏，遇到你以前，我以为我不会成家的。"

她抬眼看着我。

"我跟我父亲从小相处不好,到现在也没能达成真正的和解;我厌恶家庭,习惯随心所欲的生活,从不认为自己能适应婚姻。只有跟你在一起后,我才开始想,我们自愿接受某些束缚,准备过不一样的人生,都是值得的。"

我凝视着她的眼,说:"你需要放弃的,只是迟疑。对我来说,你就是最好的。"

我们终于结了婚,温哥华是我们蜜月的第一站。接下来我们准备去肯尼亚,亲眼看看那里的星空、雪山以及原野上奔驰的野生动物。

握着她和我戴了同样指环的手,看着她温柔注视眼前奔跑的小孩子,我庆幸我没有错过她。

番外四　为了告别的相会——路是

> 记忆是相会的一种方式，忘记是自由的一种形式。
> ——纪伯伦

1

路是发现，从留学开始一直到现在，常年耽于路途，她对于不管什么地方的机场都有一种莫名的亲切感。

国内的机场变化往往很大。某个机场突然之间会大兴土木，隔一段时间去，司机问起去1号还是2号航站楼，她一时会有些茫然；某个机场本来老旧得有点儿时光停滞的感觉，再来却见旧貌换了新颜，曾经拥挤、摆放着工艺品和土特产的候机室摇身一变，宽敞明亮，无可挑剔的现代化了，徜徉其间，她只觉得整齐划一，没了任何亲切感。

国外机场相对感觉固定很多，在某个机场，没碰上行李丢失或者机场人员罢工，她会认为是幸运；在某个机场，哪怕安检复杂到让人误机抓狂的程度，她也并不动容。

不管在哪里，听到航班因为各种情况延误时，她不像其他旅客那样着急、烦躁甚至动怒，只会安静地坐着，仿佛置身在陌生人中，远离家庭的琐事，不理会办公室的案牍劳形，是难得属于她个人的放松时间。

她努力回想这个心态是从什么时候开始的,却清晰记起结婚那年去蜜月旅行,在迪拜机场等候登机时,突然不可扼制地想抽烟,她跟丈夫苏杰打了个招呼,独自穿行在装饰着棕榈树的候机厅内,满眼都是宽袍大袖的男士和遮挡严实的女士。走出几百米找到一个吸烟室,进去她才发现,里面没有一个与自己同性别的人,她只能狼狈退出……

一转眼,她的婚姻已经平稳地度过了所谓的七年之痒。她兼顾着家庭与事业,是众人眼里的成功女性,然而时时酸痛的后颈令她此刻觉得疲惫与倦怠。贵宾室里偶遇一个絮叨的熟人,令她更是不胜其扰,她找了个借口出来,去了航站楼地下一层,打开笔记本电脑处理一份邮件,然后看才买的杂志。

手机响起,是五岁的女儿打来的,声音软软地问她现在在哪里,什么时候回家。她也放软声音与她对答,认真报告着自己的行程:"妈咪先去你舅舅工作的那座城市待两天,处理完事情,然后就可以回家陪宝宝了。"

放下手机,她微微惆怅,再度计划回家以后与苏杰商量,卸下一部分工作,可以多一点时间留在家里陪伴女儿。

"小是。"

有个声音在一侧轻轻唤她,她诧异抬头,站在她面前的是个高大的男人,穿着黑T恤,衬出健康的体形,双肩包背在一侧肩上,英挺的眉目间略有风霜之色,

路是不得不用手扶住膝头的笔记本电脑,稳住心神。

她曾回忆过他,每次都是在机场,孤身一人独坐,只能等待

一个或者准时或者延误的航班的到来,这是个人无法操纵决定的时刻,带着点听天由命的意味,似乎最能放纵心情。

她没想到的是,他们与机场有如此不解之缘,在伦敦希思罗机场分手,又在广州白云机场重逢。

"少昆——"她叫他的名字,然后静默。

相互问候别来无恙吗?相互探问接下来的行程吗?

她通通觉得不合适,有万语千言哽在喉间,却不知道说什么好。

尚少昆打破了沉默,看着她笔记本电脑上屏保出现的梳着童花头的小女孩微笑:"你女儿吗?长得很像你,真可爱。"

"她五岁了,小名叫宝宝。"

两人再度静默,同时记起,他也曾叫她宝宝。

女儿的小名是苏杰起的,当时路是处于分娩后的疼痛与虚弱状态,听他俯下身对那个粉嫩的婴儿叫宝宝,她的心被占得满满的,没有任何想法与异议。

到女儿慢慢长大,她才恍惚记起,曾有一个男人,小她四岁,却在亲昵的时刻叫她宝宝,带着无限宠爱。

她真切地意识到,她的青春岁月一去不回头了。

2

路是在二十五岁的时候认识的尚少昆,那时他才二十一岁。

他是个高大英俊的男孩子,衣着随便,头发剪得短短的,举止洒脱,走起路来步幅很大,静止时却是一个懒洋洋的姿态,性格不羁,仿佛对周遭世界保持着一个距离。

她的心在第一时间被击中，体会到她以为永远没可能感知的悸动。她从小受着严格的家教，虽然有几分耽于幻想，却隐藏得极好，一直保持着淑女的仪态，没有纵情任性，没有大喜大悲，只在他面前，她不由自主流露出了孩子气。

那是她生命里再也不会重来的三年。

他们第一次在一起，是尚少昆回国奔丧归来以后。他叔叔突然英年早逝，他显然受了很大打击，意志消沉，成天关在伦敦郊区的房子里不出来。

她并不擅长安慰人，只每天下班后去给他做饭，陪他喝酒，听他讲那些平时他并不提及的往事。

他年少时相继失去父母，由远房堂叔收养，堂叔怜惜他，对他视如己出，比他略小的堂弟也同他关系很好。他在潜意识里早就视叔叔为父亲了。

当他带着醉意抱紧她时，她能感知，那样的需索并不算纯粹的激情，可是她根本不想拒绝。

如果他想借着放纵身体放逐悲痛，她也想借着放任怜惜放纵身体。

他们成了并不被人看好的情侣。

穿着他的毛衣，袖子遮没手背，被他半夜带去喝啤酒；与他到伦敦治安不算好的一区探访声名狼藉的夜店；冒着严寒，陪他去看曼联与利物浦队的比赛，对规则一无所知，却和全场人一起欢呼；开着二手车，在英国乡村公路上疾驰。

没有过去，没有将来，没有目标，没有计划……她第一次那样生活,享受的同时,却矛盾着。

他有力的臂膀抱紧她,在她耳边叫她宝宝时,四岁的年龄差距不是问题。然而隔开一点儿距离,心跳的感觉慢慢平复,她就不能不考虑以后的生活。父母一直倾向于让她回国,她慢慢开始恨嫁,希望有一种更安定从容的生活,不管是在哪里:有一个带花园的房子,种上玫瑰和药草,养一条狗;每天与丈夫吻别,各自去上班;时机成熟,生至少两个孩子,然后一起慢慢变老……

她认为自己不算贪心,可是这显然不是尚少昆在他那个年龄想要的。

他的不羁并不只表现在行动上,而是一直有几分叛逆,在国内大学念到一半,不理会任何劝告,弃学来了英国,没有深造的打算,在一家华人开的公司工作,做的是小打小闹的进出口中介业务,在毕业于名校的她看来,这实在算不上正经营生。业余时间,他天南地北地闯荡,爱的是呼朋唤友的玩乐,并不热衷于她更喜欢的在家里享受阅读、听音乐与烹饪美食的乐趣。

路是能接受差异,并且认为个性差异也许是彼此吸引的关键。家境也不是她考虑的重点,她甚至想,只要两人达成共识,大不了先在国外结婚,父母鞭长莫及,到后来还是会祝福她。

唯一的问题是,尚少昆根本没有结婚的打算。

他更抗拒孩子,直言不想不征求小孩子的意见,就把他们带来这个动荡不安全的世界。

看着爱生活、爱热闹、爱人群的他竟然有如此悲观的一面,她不得不诧异,并试图劝慰他:"你不是第一个对世界和未来感到悲观的人,上个世纪从垮掉的一代到嬉皮士,全认为这世界没什么希望,迟早会完蛋。可你看大家还不是一样继续生活着,而且只要不苛求，各自都能找到属于自己的乐趣。"

"我从来不苛求世界，所以不认为找乐子是困难的事，可是我对自己没把握，我能让我叔叔不对我过于失望就不错了，恐怕没法去负担生孩子再陪他正确长大的责任。"

"你的生活目标就是不让你叔叔失望吗？"

"那是之一，"他略微思索，她满心期待自己也能成为另一个之一，然而他重新开口，说的却是，"刚出来时，我还想混出一个样子，不让婶婶看扁我。可是这两年成熟了，才发现自己实在幼稚。她其实没看轻我，只是我们是两类人，没法让彼此认同。"

她想，她到底有没有在他心里占据一席之地？两个人已经如此亲密，他怎么会不去计划一个属于他们的未来？这个男人真如他自己认为的那样已经成熟了吗？他和她是否也是两类人，很难求得一个认同？

一段关系如果有了疑虑，就很难维持甜蜜。其间他们友好坦诚地交谈，尝试分开，准备退回去做好朋友。可是没过多久，她发现这主意根本是个笑话，她外国的同学和同事能轻易做到的事，对她来说成了不可能完成的任务。她没法安于和他做朋友，眼看别的女孩子跟他搭讪；彻底退出他的生活圈子，眼不见为净，她又不舍。

她克制不了想和他在一起的欲望：如果好风度、好教养并不能让一个人避免失恋带来的痛，那么向他屈服，也不是罪孽吧？

这样的进退维谷之间，尚少昆再不敏感，也觉察出了路是的挣扎。

终于有一天，路是看到了他跟另一个英国女孩子亲热谈笑，旁若无人。他分明清楚看到了她眼里的痛，却丝毫不肯退让，手仍然搁在那女孩子的肩上。

路是知道，他拒绝了她，并且代她做了决定。

一瞬间，她也做出了决定——辞去工作回国，隔了一个大洋，分处不同的大陆，断掉所有的贪恋与不舍。

尚少昆到希思罗机场送她。虽然这里号称全欧洲最繁忙的机场，五号航运楼仍然算得上宁静，难得那天天气晴好，没有薄雾影响飞机的起降。

一切按部就班地运行着，没人理会一个女人是在此告别爱情，还是奔向新生。

他陪她办好行李的托运，动作有条不紊。她本来想留一个潇洒的背影给他，再不纠结心事，却还是忍不住握住他的手："少昆，你有没有爱过我？"

他凝视着她，表情有难得的温和："我一直爱你，只是没办法以你期待的方式爱你，对不起。"

她努力睁大眼睛忍住泪，告诉自己可以挥手说再见了，嘴唇动了动，却唯恐哽咽，只能匆匆向安检走去，快要进去，又回过头来。

他仍站在原处看着她。

只是看着而已。

她曾陪朋友租TVB的剧集看过，知道电视剧的桥段到了这种时刻，走的人哪怕过了安检也会挣扎着跑出来，留下的那个人必然会买下一航班的票追过去。

然而她清楚地知道，那是别人的剧情，他们不会这样，他们将会相忘于江湖。

3

"小是,你现在住哪一座城市?"

"我住深圳。你呢?"

"我还是满世界跑,这几年在巴西的时间比较多。不过,我在伦敦市区买了套公寓,算是我唯一的不动产。"

路是清楚地记得,她当时向往带花园的房子与带田园气息的生活,但为了上班方便,只能租住市区公寓;他那么爱热闹,倒租住在郊区一套带花园的房子里,却又根本无心打理,还招来过邻居投诉。她不禁哑然失笑:"我以为你并不喜欢伦敦。"

"夏天的伦敦还是不错的。"

谈话一旦开始,到底要流于泛泛,从现况一直讲到英国人无话可说时必讲的天气。两人都意识到了这一点,却又无可奈何。

面对这个仍然英俊的男人,路是心里却没有多少喜悦,百般滋味交集,她真切意识到了流年偷换,时光无情,最清晰浮上来的竟是黯然。

尚少昆变换了一个站立的姿势,路是一向敏感,马上收摄心神:"赶时间吗?"

他将手里的登机牌给她看,他要去的是与她目的地相邻省份的省会城市,飞机起飞时间比她早半个小时,的确该进安检了。

"其实我在那边坐了一个多小时,又去书店翻了所有不算碍眼的书,从你身边经过了一次,只在刚才听到你接电话的声音才看到你,真是该死。"

"没有对面不识已经很好了。"她微笑。白云机场不算小,地下一层候机厅也很大,多少人来去匆匆没有余暇旁顾,能为一个声音驻足,也算是有缘,"毕竟我们很多年没见,我也老了。"

"胡说,你一点没老。"

她笑着领受了这个恭维,知道自己在三十六岁的年龄,保持着还算上佳的状态,尚未露出丝毫颓势。这算是一个窃窃的安慰吗?她的笑里带了点儿自嘲的意味。

"去登机吧。"

"我准备回国住一段时间,还没买手机,把你的号码给我。"

路是轻轻摇头,终于她能清晰拒绝他一次了:"不,少昆,如果有缘,我希望我们还能偶遇。可是打电话的话,大概你我都会不知道说什么好。"

尚少昆也笑了:"有道理。再见,小是。"

看着那个高大的身影走向自动扶梯,路是想,机场真是一个适合说再见的地方。

每个人在这里都只是稍作停留,来去匆匆。再恶劣的天气、再严重的延误,也不至于让人生出会从此羁留不去的恐慌。

多年不见的这个人有了成熟沉郁的姿态,再不是与她相恋时那个落拓不羁的大男孩了。活在她记忆里的影像突然变得模糊,她竟然并不为重新见到他而雀跃,不为他再次消失在人海中而失落。谁能说清重逢算不算一件好事,谁能面对曾经最亲密的人以陌生面目出现在眼前?

路是提起笔记本包,踏上自动扶梯,随着人流进安检,走向登机口。

一个旅程之后还有另一个旅程,她与无数人擦肩而过,也包括他。

最终,他们都有各自归去的方向。

4

路是结束出差回家,意外看到苏杰正与宝宝坐在地板上搭着积木。看到她,宝宝欢呼一声,爬起来冲向她,将搭就的积木全部带倒。

宝宝絮絮对她讲着幼儿园与家里发生的事情:

新来的外教老师叫Jane,有着一双绿眼睛;

罗罗又把沙子放进我的帽子里,被老师批评了;

小琪不小心打坏了地球仪,老师说没关系;

爸爸前天带我去看马戏表演,我喜欢那只白老虎;

我就要有一个小弟弟了……

路是享受着女儿身上甜而柔软的味道,突然被这句话结结实实吓到。一直默然看着她们的苏杰莞尔:"宝宝,也许是小妹妹也说不定的。"他转向妻子,"伊敏怀孕了,苏哲把这消息告诉宝宝后,她兴奋得大概已经告诉幼儿园的每个小朋友了。"

苏哲是苏杰的弟弟,宝宝的叔叔,而伊敏是他太太。路是吁一口气,一抬眼,看到苏杰眼里的戏谑,不禁尴尬。当然,他清楚她刚才瞬间的误会。

路是亲自下厨,做出一顿晚餐,给宝宝讲故事,好不容易哄她睡着,然后再去书房回复邮件,一时却有些失神。

苏哲是苏杰的异母弟弟,第一次相见,她便一怔。苏杰已经算是英俊男人,苏哲则不能只用英俊来形容,他有着异常出众的外表,眉宇之间的那份落寞不羁,让她情不自禁想起某一个人。

苏杰说起弟弟，有些与他父亲近似的恨铁不成钢，她却笑，不是每个人都适合用一个世俗标准衡量价值。

这份宽容，只可能来自她对她爱过的那个男人的记忆，她暗自承认，有一类男人，确实是没法约束的，女人会不由自主地纵容他们。

然而苏哲放弃了他的自由，开始陷于一段漫长而曲折的恋情。

不同于她和苏杰各自有不俗的家世，堪称门当户对，双方父母乐见其成。那个叫邵伊敏的女孩子来自一个离异家庭，苏哲与她交往，父亲明确表示了不赞成的态度，然而苏哲的态度同样明确，平静地说："不管你们怎么想，她是我想与之生活一辈子的人。"

那样随心所欲的小叔子，被众多女孩子仰慕，一向对什么都抱着无所谓的态度，不在乎失去父亲的欢心，不在乎游离于家族庞大的财产之外，突然表现得如此坚持，而且认真，令路是震惊。

爱情可以这样改变一个人，她却没能令另一个人为她做出改变。她知道对比毫无意义，却依然惆怅。

她不由自主关注着他们的婚姻，关注着那个安静而不卑不亢的女孩子。

他们竟那么相爱。

一旦得出这个结论，再想到自己的婚姻，她百感交集。

与苏哲长邵伊敏七岁一样，苏杰正好也比她大七岁，她却从来没在他面前撒过娇，流露出小女人情态。当然，第一次见面时，她就是将近二十九岁的成熟女子了。两个理智的人决定婚姻，似乎都没把情趣放在考虑的第一位。

她只从别人的闲聊中知道，苏杰年轻时曾有浪子之名，但他的荒唐时光在某个时段结束，随后收敛身心投入工作。

她并不去追问他为谁改变、因何改变。她想，既然她决定将一段感情埋进心底，那么也不必去翻腾别人的秘密，每个人大概都得以不同的方式适应生活。

她不是没有恐惧过，甚至在婚礼前夕想偷偷一走了之。当然，只是一个动念，到底被她压制下去。

他们顺利地结了婚，场面盛大，嘉宾如云，远胜过苏哲与邵伊敏后来小而低调的婚礼。

她却不由得想到，如果可以选择，她要的也许只是像苏哲与邵伊敏那样：被一双眼睛深深凝视，被一双手紧握，被至亲的人见证誓言。

她不得不收敛心神，提醒自己，不可以心猿意马。

一转眼，她与苏杰在一起生活了七年，有了可爱的宝宝，无论是事业上还是生活中，都算得上相处和谐的夫妻。

如此而已。

一只手搭到路是的肩上，她回头，苏杰看着她。

"很累吗？"

"有一点。我觉得我该放慢一些节奏，多花点精力在宝宝身上。"

他点头："宝宝一定会很开心。对了，后天的会议由我去开，你可以腾出时间出席那个艺术展的开幕式。"

她略微惊奇："你怎么知道我更想出席那个开幕式？"

苏杰笑："你跟策展方商量开幕式的时候我在旁边，我知道你投注了多少心思在里面。"

他竟然有这份细心,她心底泛起一阵暖意:"阿哲一定很开心吧。"

"又开心又紧张,吃饭的时候,伊敏欠身去拿张纸巾,他都要连声说'我来我来'。"苏杰笑着摇头。

她想象得出苏哲看伊敏的眼神,不禁微笑出神。

"也许我们应该再要一个孩子。"

她呆住,隔了一会儿才问:"你想要个儿子吗?"

"男孩女孩都好。"他简洁地回答,"记得当年我继母生下阿哲,我也是开心的,家里多一个孩子,感觉不那么孤单。"

要两个孩子是她曾经梦想的一部分,没想到这男人也有同样的想法。她有些微感喟,微笑道:"我考虑一下。"

就算他们之间没来得及有爱与激情,现在把他们联系在一起的,也是更为牢固的东西,她这样想。

幸好,她经历过,仍旧保留着所有美好回忆。

谢谢生命中曾有彼此出现;

有一些相会,只是生命里的片段;

有一些记忆,是另一种相会的方式;

如果相忘,也是一种释然,再无遗憾。